JUSTINE PUST

With you I hope

ROMAN

Besuche uns im Internet:
www.knaur.de

Hat dir dieses Buch gefallen? Lesetipps und vieles mehr rund um unsere romantischen Lieblingsbücher findest du auf Instagram: @knaurromance

Aus Verantwortung für die Umwelt hat sich die Verlagsgruppe Droemer Knaur zu einer nachhaltigen Buchproduktion verpflichtet. Der bewusste Umgang mit unseren Ressourcen, der Schutz unseres Klimas und der Natur gehören zu unseren obersten Unternehmenszielen. Gemeinsam mit unseren Partnern und Lieferanten setzen wir uns für eine klimaneutrale Buchproduktion ein, die den Erwerb von Klimazertifikaten zur Kompensation des CO_2-Ausstoßes einschließt. Weitere Informationen unter: www.klimaneutralerverlag.de

Originalausgabe August 2022
Knaur Taschenbuch
© 2022 Knaur Verlag
Ein Imprint der Verlagsgruppe
Droemer Knaur GmbH & Co. KG, München
Alle Rechte vorbehalten. Das Werk darf – auch teilweise –
nur mit Genehmigung des Verlags wiedergegeben werden.
Redaktion: Catherine Beck
Covergestaltung: Kristin Pang nach einem Entwurf von Claudia Sanner
Coverabbildung: Collage unter Verwendung
von privaten Motiven und Shutterstock.com
Illustrationen im Innenteil von Shutterstock.com:
Artelka_Lucky (Mohnblume) und nereia (Kleckse)
Satz: Adobe InDesign im Verlag
Druck und Bindung: CPI books GmbH, Leck
ISBN 978-3-426-52813-6

2 4 5 3 1

Liebe Leser*innen,

bei manchen Menschen lösen bestimmte Themen ungewollte Reaktionen aus. Deshalb findet ihr am Ende des Buches eine Triggerwarnung.
Achtung: Diese enthält Spoiler für das gesamte Buch.
Wir wünschen euch gute Unterhaltung mit *With you I hope*.

Justine und der Knaur Verlag

Dieses Buch ist für dich.
Wir sind alle auf der Suche, verlier dich nicht auf deinem Weg.

PLAYLIST

Thirty Seconds To Mars – Rescue Me
NIN – Every Day is Exactly the Same
blink-182 – First Date
Tom Odell – Numb
The Veronicas – Untouched
Lady Antebellum – Just A Kiss
Rag'n'Bone Man & P!nk – Anywhere Away From Here
Miley Cyrus – Midnight Sky
plxntkid – Rose Quartz
Zoe Wees – Control
New York Dolls – Trash
Daughtry – It's Not Over
The Fray – You Found Me
Lady Gaga – Million Reasons
Céline Dion – Ashes
Billie Eilish – Everything I Wanted
OneRepublic – Counting Stars
Tom Grennan – Little Bit of Love

MEGAN

*E*rinnerungen sind ebenso wertvoll wie zerbrechlich. Wir müssen sie erhalten, bewachen wie Schätze und dafür sorgen, dass sie nicht durch ein Feuer in der Gegenwart zu einem Häufchen Asche ohne Bedeutung verglühen. Jeder Mensch hat seine eigene Art, Erinnerungen zu bewahren. Für mich sind es Fotoalben. Nicht diese schrecklich lieblosen Versionen, die man online mit ein paar Klicks erstellt. Sondern oldschool. Eingeklebte Bilder der glücklichsten Momente, ganz ohne Filter und Bearbeitung. Schnappschüsse in Licht, das nicht optimal ist, unterbrochen von Eintrittskarten, getrockneten Blüten und Geschenkband. Der Versuch, diese kostbaren Augenblicke zwischen den Seiten für immer zu versiegeln.

Immerhin können die Andenken nicht verblassen, wenn sie auf den schwarzen Blättern eines Albums dokumentiert sind. Meine Fingerspitzen sind klebrig von den Resten des Leimstifts, mit dessen Hilfe ich die Fotos des letzten Jahres in einem neuen Buch untergebracht habe.

Um mich herum liegen Stifte, Glitter, Washi-Tape und Fotos in unterschiedlichen Größen, die mich, meine Schwester und all die Menschen um uns herum zeigen, die langsam zu einer zweiten Familie geworden sind. Ich hebe eins davon hoch, betrachte Mia und mich, wie wir unserer Mom einen Kuss auf die Wange drücken. Ich erinnere mich so gut an diesen Moment. Wir drei haben mein neuestes Rouge ausprobiert, und während es auf meinen Wangen eher aussah, als hätte ich mir einen Strich aufgemalt, verlieh es der dunkelbraunen Haut meiner Mom einen so schönen Schimmer, dass sie es noch immer benutzt. Mit einem Finger streiche ich über das Bild.

Und obwohl ich dieses Foto liebe, den Moment liebe, in dem es entstanden ist, und meine Familie liebe, tut es weh. Denn es zeigt mir nicht nur, welches Glück ich habe, sondern auch, was ich nicht habe.

Nach einigem Zögern ziehe ich das neue Fotoalbum näher an mich heran, positioniere das Bild in der Mitte der ersten Seite und betrachte noch einmal den Spruch, den ich mir auf Pinterest herausgesucht habe.

Glück wird aus Mut gemacht.

Ekelhaft kitschig, aber ziemlich passend für Mia und mich und diese Stadt, in der wir gelandet sind. Selbst wenn die Gründe dafür nicht unterschiedlicher hätten sein können. Mia ist geflohen, ich habe nach der Familie gesucht, die mich nicht haben wollte.

Nachdem ich den Satz in meiner schönsten Schrift und mit einem roségoldenen Metallicstift auf das schwarze Papier geschrieben habe, klebe ich das Foto mit dem passenden Washi-Tape fest und nicke. Es ist das perfekte Geschenk für einen Abschied, der zugleich ein Neubeginn ist – wenn auch nicht für mich.

Seufzend klappe ich das Fotoalbum wieder zu und verstaue es in der Kiste vor mir. Inzwischen habe ich mich so daran gewöhnt, dass meine kleine Schwester auf meinem Sofa schläft, dass ich mir nicht mehr vorstellen kann, dass dieser Raum wieder mir allein gehören soll. Die Wohnung kommt mir plötzlich unglaublich groß vor. Natürlich kann ich den Gedanken niemals laut aussprechen, aber mich beschleicht ein Gefühl, das ich lieber verdrängen würde: Einsamkeit.

Ich suche kein fehlendes Puzzlestück, keine Heilung meiner Wunden und niemanden, der den Schmerz in mir teilen will. Es ist verdammt noch mal mein Schmerz, und ich will ihn nur für mich. Doch jetzt, in diesen Moment, der so angefüllt ist von schönen Erinnerungen, kann ich trotzdem nicht anders. Fröstelnd streiche ich mir über die nackten Arme, als würde mein Körper sich nach einer Umarmung sehnen. Mia scheint diesen Gedanken gehört zu haben, denn sie steht im Türrahmen und sieht mich an. »Was machst du da, Megan?«

»Etwas furchtbar Kitschiges, das ich niemals zugeben werde«, entgegne ich und grinse meine kleine Schwester an. Für mich hat es nie eine Rolle gespielt, dass wir adoptiert sind. Mia ist meine Schwester, nicht nur, weil wir das Glück hatten, dass unsere Mutter uns beide aufgenommen hat, sondern auch, weil unsere Seelen unwiderruflich verbunden sind.

Ich reiche ihr das Fotoalbum, das ich für sie gemacht habe. Meine Schwester lächelt, drückt das Buch an ihre Brust, kennt mich jedoch gut genug, um es nicht sofort zu öffnen. Sie trägt eines ihrer Sommerkleider, die bei jeder Bewegung sachte mitschwingen. Ihr schwarzes, glattes Haar liegt schwer über ihren Schultern.

Mia schüttelt den Kopf über mich. »Wolltest du mir nicht beim Packen helfen, statt in den Fotos zu blättern und zu basteln?«

»Wollte ich, aber es waren ein paar wirklich krasse Monate. Wer hätte gedacht, dass wir uns beide in Belmont Bay verlieben?«

Mia zuckt mit den Schultern. »Ich bin sicher, es liegt an den Milchshakes im *Joey's*.«

»Eine Verschwörung? Sie machen ahnungslose Besucher abhängig mit den Spezialmischungen und sorgen so dafür, dass die Einwohnerzahl steigt?«, will ich skeptisch wissen, muss bei dem Gedanken jedoch lächeln. Es würde auf absurde Art zu Tanja und Joey, den Besitzern des örtlichen Diners, passen.

Wir schauen einander kurz an und seufzen zeitgleich. Es erscheint so unwirklich, Mia jetzt gehen zu lassen. Mir ist klar, dass ihr Auszug längst überfällig ist. Eigentlich kam sie nur noch in unsere, besser in meine Wohnung, wenn ihre Wäsche zur Neige ging. Da sie für ihr Studium die meiste Zeit in der nächsten großen Stadt verbringt und nur an den Wochenenden und in den Semesterferien in Belmont Bay ist, ist es auch nur logisch, dass sie ihre Freizeit mit ihrem Freund verbringen will und nicht mit mir.

»Du ziehst wirklich aus«, sage ich und spüre wieder diesen kalten Stich. Für einen Herzschlag schließe ich die Augen. Ich sehe Mia wieder vor mir, wie sie letzten Sommer aus dem Bus gestiegen ist. Den gesamten Körper übersät mit Prellungen und einer blutenden Seele. Damals hätte ich es nicht für möglich gehalten, dass sie am gleichen Ort ihren Frieden findet wie ich. Meine Lider heben sich wieder, finden in die Realität und das Jetzt zurück.

»Mit dem Rad sind es nur ein paar Minuten«, wehrt Mia ab, lässt sich aber trotzdem neben mir auf den Boden sinken. »Du wirst gar nicht merken, dass niemand auf deinem Sofa schläft.«

Da irrt sie sich, doch das werde ich ihr nicht sagen. In den letzten Wochen war mir ihre Abwesenheit viel zu bewusst. Die Angst des Verlassenwerdens war viel zu greifbar.

»Es fühlt sich nur komisch an.«

»Ja, für mich auch«, gesteht sie und lächelt. »Aber jetzt streiten wir uns auch nicht mehr um den Abwasch.«

»Definitiv ein Pluspunkt.«

Ich würde gern etwas sagen, das meine verwirrten Gefühle zumindest ein wenig in Worte fassen kann – aber in solchen Dingen war meine kleine Schwester immer viel besser als ich. Wenn ich emotional werde, mache ich schlechte Witze und versuche mir nichts anmerken zu lassen. Sie hingegen ist eine Meisterin darin, ihre Gefühle in poetische Worte zu kleiden. Oder in Shakespeare-Zitate. Oder beides.

Ein Hupen erklingt, noch bevor ich es geschafft habe, ihr zu sagen, was ich denke.

»Komm, Conner wartet sicher schon«, meint Mia.

Ich bin froh, dass Conner und meine Schwester ein Paar sind. Von all den Menschen in dieser Stadt gehört er zu jenen, denen ich am meisten vertraue, auch wenn er auf den ersten Blick wie ein Bad Boy wirkt. Zu lange Haare, mehr Tattoos als freie Haut und seine Einsilbigkeit lenken davon ab, dass er die besten Milchshakes der Welt macht und seine Seifen selbst herstellt. Er ist einer von den guten Jungs, und meine kleine Schwester verdient nach allem, was sie erlebt hat, genau das.

Mia steht auf, ehe sie mich auf die Füße zieht. Zusammen bringen wir die letzten Kisten mit ihren Sachen nach unten, verstauen alles im Wagen und witzeln darüber, dass Conners neueste Lavendelseifenmischung ihn riechen lässt wie unsere Granny.

Er ist unsere Sticheleien inzwischen gewöhnt und tut sie nur noch mit einem Schulterzucken ab, bevor er sich die lange Mähne zu einem Knoten bindet. »War das alles?«, will Conner wissen und erwischt mich damit eiskalt. Kein flapsiger Spruch will mehr über meine Lippen kommen. Dennoch schaffe ich es, irgendwie zu nicken.

»Falls ich noch etwas finde, bring ich es rüber«, murmle ich stockend, versuche, das Gefühl zu verdrängen, dass meine kleine Schwester mich verlässt.

»Ab heute wohnen wir hochoffiziell zusammen«, verkündet Mia. Sie schlingt glücklich die Arme um Conners Hals, und er beugt sich zu ihr, um ihr einen zärtlichen Kuss auf die Lippen zu hauchen.

»Könntet ihr bitte nicht direkt vor mir mit eurem romantischen Abend beginnen?«, merke ich an und verschränke die Arme vor der Brust. Ich gönne ihnen ihr Glück. Wirklich. Nachdem Mia in ihrer letzten Beziehung durch eine Hölle aus Gewalt und Kontrolle gehen musste, soll sie jetzt einfach nur glücklich sein.

Allerdings hinterlässt es trotzdem diesen Stich in meiner Brust, zu wissen, dass sie nun nicht mehr auf meinem Sofa schläft. Dass es keine Abende mehr geben wird, in denen wir zu viel Pizza und Eiscreme essen und in den alten Fotoalben blättern. Okay, ich merke selbst, dass ich melodramatisch werde. Natürlich wird es diese Abende noch geben – aber eben nicht mehr so oft.

Conners Haus mag nur einen Marsch durch den Wald von meiner Wohnung entfernt liegen, aber es ist dennoch nicht das Gleiche. Auch wenn es nicht immer einfach war, war es doch schön, ein Stück meiner Familie um mich herum zu haben. Mias Lächeln hat die Gedanken verscheucht, die sich nun wieder aus ihren Löchern wagen und mir all die Fragen entgegenwerfen, auf die ich einfach keine Antworten finde.

Mia scheint den Schatten zu spüren, der in meinen Augen flackert. »Treffen wir uns Donnerstag im Diner?«

Ich nicke stumm, denn ich will nicht anfangen, noch emotionaler zu werden, und wenn ich jetzt den Mund öffne, könnte das durchaus passieren. Mia umarmt mich zum Abschied, steigt in den Wagen. Für einen Moment stehe ich einfach nur am Rand der Straße, blicke ihnen nach.

Und dann bin ich wieder allein.

Die Treppen bis zu meiner Wohnung kommen mir plötzlich schrecklich steil vor. Hinter mir fällt die Tür ins Schloss, bevor ich in die Küche gehe. Im Kühlschrank steht noch eine Flasche Weißwein, die ich nun ohne Rücksicht auf Verluste öffnen werde. Mit dem vollen Glas setze ich mich auf das Fensterbrett. Am Himmel zeigt sich bereits der Mond, obwohl die Sonne erst dabei ist, unterzugehen. Die Äste der Bäume zeigen die prachtvollen Knospen und hellgrünen Blätter. In all dieser Ruhe höre ich das Gefühl der Einsamkeit in mir seufzen. Der Ausblick wäre schön, wenn nicht ein großes Spinnennetz inklusive des haarigen Bewohners die Sicht versperren würde. Spinnen machen mir keine Angst, doch sie verursachen diese Gänsehaut, die einem instinktiv sagt, man solle sich fernhalten. Einen Moment zögere ich, dann laufe ich ins Wohnzimmer und hole meine Kamera. Aus meinem einstigen Hobby, das ich auf Instagram teile, ist inzwischen mein Job geworden – was dafür sorgt, dass ich manchmal das Gefühl habe, die Welt nur noch hinter einer Kameralinse hervor zu betrachten. Wie ein Schutzschild zwischen mir und der Realität.

Ein paarmal drücke ich auf den Auslöser, doch die Stimmung des Lichts will sich nicht so einfangen lassen, wie ich es gern hätte. Frustriert lege ich die Spiegelreflex wieder weg. Fotos kann man löschen. Erinnerungen meist nicht. Und vor manchen kann man nicht einmal davonlaufen. Als ich nach Belmont Bay kam, war ich auf der Suche nach der Familie, die mich nicht wollte – und fand stattdessen ein Zuhause, nach dem ich gar nicht gesucht hatte. Unglaublich, wie die Zeit vergeht, wie schnell aus Tagen Wochen werden, die sich in Monate erstrecken und zu Jahren reifen. Zwei Jahre nenne ich diese Wohnung schon mein Zuhause, doch erst meine Schwester hat es wirklich dazu gemacht. Zu Hause. Und nun, da sie fort ist, wieder ihr eigenes Leben führt, fühlt sich meins an, als sei ich wieder auf der Suche.

Auf der Suche nach meiner leiblichen Familie. Nach der Mutter, die mich allein auf einem Busbahnhof mitten in New York gelassen hat, und dem Vater, von dem ich nicht einmal weiß, ob er je versucht hat, mich zu finden. Nach Antworten, die mir niemand geben kann, außer diese zwei Personen, die ich nicht einmal kenne.

Die Spuren meiner Mutter haben mich in diese Stadt gebracht, haben mir gezeigt, dass ich nicht immer rastlos sein muss, sondern auch mal stehen bleiben darf. Nur was, wenn ich inzwischen zu lange auf einer Stelle stehen geblieben bin? Belmont Bay sollte nie der Ort sein, an dem ich bleibe – doch nun weiß ich nicht mehr, ob ich wirklich wieder gehen möchte.

Vielleicht läuft es genauso im Leben: Man bekommt nicht das, von dem man dachte, es zu wollen, sondern das, was man tatsächlich braucht. Offenbar beginnt der Wein zu wirken, denn solch schwülstige Gedanken überfallen mich nicht gerade oft. Trotzdem blicke ich weiterhin gedankenverloren aus meinem Fenster, vor dem die Glühwürmchen im Mondlicht tanzen.

2

LEO

Jeder Tag ist gleich. Es fühlt sich fast an, als könnte ich in die Zukunft sehen. Nur ohne irgendeine Spannung, obwohl ich in einem immerwährenden Drama feststecke, das nicht mein eigenes ist.

Meine Großmutter hat gesagt, dass uns im Laufe des Lebens die Liebe zweimal begegnet: eine, mit der wir für immer zusammenleben, und eine, die wir für immer verlieren werden.

Scheiße – wenn das stimmt, bin ich am Arsch, denn ich habe nicht nur meine bereits verloren, sondern sorge auch dafür, dass andere es tun. In meinem Job mache ich praktisch kaum etwas anderes, als ohnehin schon fragile Beziehungen endgültig über eine Klippe zu stoßen. Aber zu meiner Verteidigung: Es gibt in Idaho wenig Bedarf an Privatermittlern – und im Gegensatz zu meinem Vater bin ich nicht gut darin, Betriebskriminalität aufzudecken. Meine Kunden sind in 95 Prozent der Fälle Menschen, die ihren Partnerinnen und Partnern misstrauen. Und zu meinem eigenen Leidwesen haben sie meist recht. So wie Mrs Stuart recht hat.

Jedes Mal, wenn ich einer Ehe den Grund liefere, geschieden zu werden, fühlt es sich an, als würde ich meine eigenen Wunden noch mehr aufreißen, damit sie nie ganz verheilen. Dabei ist meine eigene Erfahrung damit, der Betrogene zu sein, schon lange her.

Meine Hand zuckt zu meinem Telefon, öffnet das Bild, das ich längst hätte löschen sollen. Kelly strahlt mich von dem Foto an. Sie hat ihre Hände um meinen Hals geschlungen, schmiegt sich an mich und gibt mir das Gefühl, dass wir ein Happy End verdient haben. Aber so weit kam es nie. Stattdessen sitze ich in diesem Auto, mache einen Job, den ich nicht mag, und frage mich, ob ich die Liebe noch einmal finden kann, ohne dass mir erneut das Herz gebrochen wird.

Ohne das Foto zu löschen, stecke ich mein Handy weg und konzentriere mich wieder auf den Fall von Mrs Stuart. Ihr Mann kommt gerade aus einem schmuddeligen Hotel, gibt seiner Geliebten einen Abschiedskuss und geht seines Wegs, als sei alles normal. Für ihn ist es das wahrscheinlich sogar.

Nach den letzten vier Wochen kenne ich Mr Stuart besser als meinen eigenen Vater. Ich weiß, was er zu Mittag isst, welche Bücher er gern liest, auf welchen Datingseiten er sich rumtreibt, und zu allem Überfluss leider auch, wie seine Genitalien aussehen. Gelangweilt lege ich die Spiegelreflexkamera zur Seite. Durch das übergroße Teleobjektiv bekommt man zwar gestochen scharfe Bilder, doch meine Arme werden schwer. Außerdem ist die Arbeit getan.

Ich habe sämtliche Beweise für die Untreue von Mr Stuart gesammelt und dokumentiert und, sobald ich die Fotos ausgedruckt habe, in der Akte abgelegt.

Und damit erfülle ich das perfekte negative Klischee eines Privatermittlers in den USA. Ich gehe nicht so weit, dass ich mich selbst strafbar mache, aber ich schlängle mich an der Grauzone entlang, die das Privatleben schützt.

Es ist also nicht so, dass ich einfach in ein Hotelzimmer stürmen kann, in dem jemand gerade Ehebruch begeht, um dann Fotos zu schießen.

Aber je nach Bundesstaat kann es den Ausgang einer Scheidung maßgeblich beeinflussen, besonders wenn ich haarklein dokumentiert habe, wann und wie oft der Betrug erfolgt. Doch was hier so technisch klingt, zeigt nicht, welche Wunden es aufreißt.

Jetzt kommt der nächste Teil meines Jobs, den ich nicht leiden kann. »Scheiße.«

Das Schlimme an der Liebe ist, dass wir den Schmerz auch mit rationalem Denken nicht ausblenden können. Und meine Aufgabe ist es, jemandem die Gewissheit zu geben, dass der Schmerz nicht nur real, sondern die Trennung, die daraus folgt, meist endgültig ist.

Für heute kann ich allerdings nichts mehr tun. Ich starte den Wagen und folge der Hauptstraße. Vor mir liegt die Skyline von Boise mit den Bergen in der Ferne. Die schönste Stadt im Südwesten von Idaho, zumindest, wenn man die Touristenblogs fragt. Ein paar Graureiher schweben in der Luft, als würden sie dem Sonnenuntergang entgegenfliegen. Bevor ich mich jedoch über diesen Anblick freuen kann, muss ich scharf abbremsen, um einem verirrten Radfahrer auszuweichen. Fluchend wische ich mir über das Gesicht. Wahrscheinlich ein Tourist, der den Weg zum Boise Greenbelt, einem langen Rad- und Fußgängerweg, sucht, der verschiedene Parks und Naturgebiete entlang des örtlichen Flusses verbindet. Die Graureiher sind verschwunden, doch meine Sehnsucht nach den Bergen nicht. Von Hügel zu Hügel schweift mein Blick über die unendliche Fläche aus felsigen Formationen, die im Licht der Abendsonne golden funkeln. Seufzend fahre ich mir durch die schwarzen Haare. Aktuell wäre mir die Einsamkeit der Natur wesentlich lieber, als einmal quer durch die Stadt zu gondeln. Besonders, da am Ende nichts auf mich wartet, das diesen Tag noch retten könnte.

»Du bist spät dran«, begrüßt mich mein Vater, als ich die Kanzlei betrete. Das *Daddarios* liegt inmitten der Innenstadt von Boise. Die raue Fassade passt gut zu dem minimalistisch kühlen Stil der Inneneinrichtung. Mein Dad nennt es modern, doch für mich fühlt es sich einfach nur kalt an.

Die meisten anderen Privatermittelnden sind bereits im Feierabend oder haben noch eine Observation. Die im Raum verteilten Schreibtische sind leer, und die Berge aus Papieren schimmern im Licht der Abendsonne, die durch die großen Fenster dringt.

»Ich hab den Fall fast abgeschlossen«, erkläre ich, um dieses Gespräch zumindest etwas versöhnlicher zu gestalten.

»Gut, denn ich habe einen neuen Auftrag für dich.« Die Stimme meines Vaters klingt kühl, nach einem Geschäftsmann. Sein Spezialgebiet hat herzlich wenig mit meiner Arbeit zu tun. Während ich das negative Klischee unserer Branche verkörpere, ist er der erste Mann in Boise, den Firmen anrufen, wenn sie vermuten, jemand in ihrem Konzern würde sich etwas in die eigenen Taschen stecken. Selbst mit der Polizei hat er schon zusammengearbeitet, korrupte Politiker überführt und Menschen geholfen, die sich unverschuldet in Schwierigkeiten gebracht haben. Lange Zeit war er mein Held, bis er diesem Bild nicht mehr gerecht werden konnte, denn auch Helden haben Geheimnisse. Und seine zeigen eine Seite von ihm, die ich lieber nie gesehen hätte.

Die Zeitungsausschnitte der Fälle, in denen er sogar der Polizei geholfen hat, hängen in goldenen Rahmen an der Wand hinter seinem Schreibtisch. Er ist der Held, und ich mache die Arbeit, die sonst niemand tun will.

Nur knapp gelingt es mir, ein Stöhnen zu unterdrücken. Ich werde nie verstehen, wie wir uns äußerlich so ähnlich sein können und doch so grundverschieden sind. »Dieses Mal kein potenzieller Fremdgänger?« Ganz leise keimt in mir die Hoffnung auf, dass er mir mal etwas mehr zutraut als wieder einen potenziellen Fremdgänger, doch sein Blick reicht, um diese Hoffnung gleich wieder zu ersticken.

Mein Vater mustert mich einen Moment streng. Mir ist klar, dass er es nicht gern hört, wenn ich schlecht über meinen Job rede. Unseren Job. Das Familiengeschäft.

Seit zwei Generationen sind die Daddarios Privatermittler. Wir alle landen über kurz oder lang hier. Nachdem mein Großvater verstarb, übernahm mein Vater das Geschäft und baute es aus, und inzwischen sind wir führend in dieser Stadt, vielleicht sogar die Besten im Bundesstaat. Und das, obwohl wir nur aus einem Fünferteam bestehen. Sie alle machen einen besseren Job als ich, dem das alles doch im Blut liegen müsste.

»Nach dem, was im Mini-Markt passiert ist, wirst du wohl verstehen, warum ich dir erst mal die kleineren Sachen gebe«, brummt er.

Meine Zähne pressen sich zusammen. Diese Sache wird er mir noch ewig vorhalten. Ich sollte eine unehrliche Kassiererin überführen. Bei den Testeinkäufen musste ich feststellen, dass sie nicht alles richtig boniert und sich so etwas Extrageld verschafft hat. Allerdings wurde mir auch schnell klar, dass sie dies nur tat, um die Behandlung ihres krebskranken Mannes zu finanzieren. Also warnte ich sie vor, damit sie nicht in die von mir gestellte Falle lief. Zugegeben, es war nicht richtig von ihr – aber was hätte ich getan, wenn es um den Menschen gegangen wäre, den ich am meisten auf der Welt liebe? Wahrscheinlich etwas Ähnliches. Weil die Liebe uns manchmal eben dazu bringt, Dinge zu tun, die nicht immer nur gut sind. Ich räuspere mich.

»Die Frau war keine Schwerverbrecherin.«

»Nein, aber sie hat gegen das Gesetz verstoßen, und es war deine Aufgabe, das zu beweisen.«

Grimmig kneife ich die Augen zusammen. »Du bist wohl kaum der Richtige für ein moralisches Urteil, Dad.«

Sein Gesichtsausdruck verfinstert sich. Wir reden nicht viel über die Dinge, die ich aus seinem Leben weiß, aber nicht wissen sollte. Genau genommen reden wir insgesamt nicht viel. Mein Dad ist nicht mehr mein Held, sondern nur noch ein Mann, in dessen Vergangenheit es viele dunkle Flecken auf der augenscheinlich weißen Weste gibt.

Grollend wischt mein Vater sich über die Nase.

»Und du bist offensichtlich nicht der Richtige für diesen Teil unseres Berufs.«

Autsch. Das hat gesessen.

Mein Dad liebt alles an diesem Job. Das Spurensuchen, das Beobachten, das Puzzeln. Manchmal glaube ich, dass es mich auch glücklich machen, mich erfüllen könnte. Doch dann stecke ich wieder mitten in dieser Spirale der immer gleichen Momente, Gespräche und Augenblicke.

Für einen Wimpernschlag warte ich darauf, dass er mir eine Standpauke hält, doch es ist spät, und wir sind beide müde. Das erkenne ich bei ihm schon daran, dass die Ärmel seines Hemds nach oben geschlagen sind und die Kaffeemaschine bereits aus der Steckdose gezogen wurde. Er hat die absurde Angst, dass irgendetwas Feuer fängt, wenn es noch am Strom angeschlossen ist.

»Dieser Fall könnte dir gefallen, Junge. Der Ort klingt, als würdest du ihn mögen.«

Ich fahre mir erneut durch die Haare und lege den Kopf schief, während ich Dad betrachte. Obwohl er bereits auf die sechzig zugeht, sind seine Haare noch immer so voll wie meine. Nur hat sich das tiefe Schwarz inzwischen in ein Grau verwandelt. »Schieß los.«

»Es ist ein Außeneinsatz.«

So klingt es, als wäre ich ein Geheimagent, der die Welt retten muss.

»Und wo geht's hin? Middelton? Kuna? Blacks Creek?«

»Nein.« Alexander Daddario schnaubt und wischt sich erneut über die Nase, ehe er sich auf seinen Schreibtischstuhl sinken lässt. Er tippt ein paarmal auf der Tastatur herum, ehe der Drucker anspringt.

Wortlos ziehe ich ein Blatt Papier mit einer Routenplanung hervor. Ich lege die Stirn in Falten. »Wo zum Teufel liegt Belmont Bay?«

3

LEO

*I*ch mag keine Menschen, die sich mehr darüber aufregen, dass man ihre Lügen aufgedeckt hat, als darüber, dass sie gelogen haben.

»Du glaubst diesem Kerl doch nicht!«

Mr Stuarts Kopf hat einen dunklen Purpurton angenommen. Er fuchtelt wild mit den Armen und lockert immer wieder seine Krawatte, als würde er zu wenig Luft bekommen. Seine Noch-Ehefrau sitzt seelenruhig neben mir auf dem Samtsofa und nippt an ihrer Tasse Tee.

»Möchtest du dir die Fotos ansehen, Schatz?«, will sie gelassen wissen, wobei sie mir einen entschuldigenden Blick zuwirft. Eigentlich vermeide ich es, ins Kreuzfeuer zu geraten, doch Mr Stuart hat zum ersten Mal gegen seinen Zeitplan verstoßen und damit meinen eigenen durcheinandergebracht. Nun sitze ich mitten in diesem Schlamassel.

»Ich ...«

Mr Stuart hört auf zu fuchteln und zu leugnen. Er taumelt einen Schritt zurück, als würde ihm erst jetzt klar werden, dass er seine Ehe für ein paar vergnügliche Stunden in einem Hotel an die Wand gefahren hat. Sein Hilfe suchender Blick trifft meinen, doch mein Mitleid hält sich in Grenzen. Was er getan hat, hatte System. Das war weder ein Ausrutscher noch eine einmalige Sache, er hat sich selbst in diese Situation gebracht. Ich bin nur die arme Socke, die sie aufgedeckt hat. Die Einzige in diesem Raum, die mein Mitgefühl hat, ist Mrs Stuart.

Betrogene Seelen heilen nicht wie gebrochene Knochen. Wenn jemand das weiß, dann ich. Und noch besser weiß ich, dass Betrug viele Formen haben kann, denn ich trage zwei Narben davon auf meiner Seele.

»Pack deine Sachen, James. Du kannst in das Hotel fahren, aus dem du gerade kommst«, sagt sie und steht auf, bevor sie sich an mich wendet. Ihr Gesicht ist völlig ruhig, aber in ihren Augen spiegelt sich ein Schmerz, den ich nur zu gut kenne. »Ich bringe Sie noch zur Tür.«

Nickend stehe ich ebenfalls auf. Wir gehen an dem untreuen Ehemann vorbei, der es sich nicht verkneifen kann, mir zuzuzischen: »Ich hoffe, Sie sind glücklich darüber, dass Sie meine Ehe zerstört haben.«

Für einen kleinen Moment bleibe ich stehen, sehe ihn an und frage mich nicht zum ersten Mal in meinem Leben, wie verblendet Menschen sein können. »Es war nicht meine Entscheidung, meine Ehefrau zu betrügen.«

Dann wende ich mich ab, bedanke mich bei Mrs Stuart und gebe ihr die Karte eines Scheidungsanwalts. Als sich die Tür hinter mir schließt, weiß ich, dass der Krieg zwischen den beiden einstmals Liebenden erst beginnt. So ist es meistens, und vielleicht muss es auch so sein. Nachdenklich blicke ich die Tür an. Das ist immer der schlimmste Moment in meinem Job, wenn ich nichts hinterlasse als Scherben und Trauer um eine Liebe, die gestorben ist, ohne dass jemand es bemerkt hat.

Mit langsamen Schritten gehe ich zu meinem Auto zurück. Auf der Rückbank liegen bereits die zwei Reisetaschen für meinen nächsten Auftrag, prall gefüllt mit dem technischen Kram, den man eben braucht, wenn man herumschnüffeln will. Unschlüssig sitze ich da, ohne den Wagen zu starten. Hinter der Haustür ist nichts zu hören, und die dicken roten Vorhänge versperren den Blick auf das Drama im Inneren. Dennoch sind meine Gedanken noch immer bei Mrs Stuart. Ich hoffe, dass sie das alles verkraftet.

Und ich wünsche mir, dass auch ich endlich mit meinen eigenen Wunden abschließen kann. Wieder ziehe ich das Handy aus der Hosentasche. Wieder öffne ich das Foto. Mein Finger schwebt einen Moment über dem kleinen Mülleimersymbol, aber ich schaffe es einfach nicht.

Vielleicht weil ich Angst davor habe, was passiert, wenn ich diese letzte Verbindung zur Liebe einfach trenne. Seufzend klemme ich das Handy in die Halterung am Armaturenbrett. Ein letztes Mal blicke ich zu dem Haus, in dem Mrs Stuart gerade ihren Mann verlässt, dann starte ich den Wagen, drehe die Musik auf, damit sie meine Überlegungen endlich übertönt, und fahre meinem neuen Ziel entgegen. So ist das mit dem Leben in diesem Job. Man steht auf und macht weiter. Tag für Tag. Egal, wie viel Kraft es kostet oder wohin der Weg einen führt. Und ich kenne es nicht anders, obwohl ich es mir wünsche.

Die Wahrheit habe ich gesucht und gefunden, nicht nur für Mrs Stuart, sondern auch für mich. Und genau wie ihr hat mir nicht gefallen, was ich gesehen habe.

Die Erinnerung an den eigenen Betrug keimt in mir auf. Kellys Gesicht vor mir. Ihr Lächeln. Die Art, wie ihre Haare sich im Wind wiegen, oder sich Laub darin verfängt, wenn wir durch den Park streifen. *Strichen,* verbessere ich mich. Denn so sehr die Erinnerung auch die Sehnsucht weckt, so tief sitzt auch der Schmerz, den diese erste große Liebe in mir hinterlassen hat.

Die geheimen Nachrichten, die großen und kleinen Lügen, die Hoffnung, dass alles nur ein großes Missverständnis ist, dass es keinen anderen gibt als mich. Aber es gab ihn. Und er hat meinen Platz eingenommen, während mir das Herz gebrochen wurde.

Ich fahre an den Seitenstreifen. Mein Herz klopft, als wüsste es bereits, was mein Kopf sich noch weigert zu verstehen. Mit einem Finger tippe ich auf das Display, öffne das Foto erneut. Ich brauche einen Abschluss, wenn ich wirklich wieder Liebe finden möchte. Das kleine Papierkorbsymbol scheint mich anzustarren. Und dann drücke ich drauf.

Möchten Sie das Foto endgültig löschen?

Ja. Ich denke schon. Also bestätige ich den Befehl und atme aus. Irgendwo zwischen Erleichterung und Unglauben, dass ich das gerade wirklich getan habe.

Ich lenke den Wagen wieder auf die Straße zurück. Die Musik dröhnt weiter aus den Lautsprechern. Thirty Seconds To Mars mit *Rescue Me* läuft gerade, als würde das Schicksal mir etwas damit sagen wollen. So ungern ich es auch zugebe, ich würde mir jemanden wünschen, der mich rettet. Jemanden, der mir die immer wiederkehrenden Gedanken, die Angst und den Schmerz nimmt und mich an einen Ort bringt, an dem es all das nicht gibt.

Eine naive, romantische Vorstellung von der alles heilenden Liebe, die der Realität nicht standhalten kann. Das weiß ich, doch irgendwie hoffe ich dennoch darauf, dass es jemanden gibt, der mir zumindest dabei helfen kann, mich selbst zu retten.

Mein Blick schweift über das Gebirge. Zum ersten Mal seit Monaten lasse ich meine Heimatstadt hinter mir und fahre ins Ungewisse. Doch es macht mir keine Angst, dafür breitet sich Vorfreude in mir aus.

Dieser Job sorgt dafür, dass mir langsam, aber sicher die Energie ausgesaugt wird. Ich bin nicht wie mein Vater und auch nicht wie mein Cousin Maxx. In den Leben anderer herumzustochern wie in Hackbraten ist das Letzte, was ich mir von meiner Zukunft wünsche.

Alles, was ich will, ist ein schönes Haus im Grünen und eine Arbeit, die mir Spaß macht. Kein Schnüffeln, kein Drama, nichts davon. Nur Ruhe und die Berge. Vielleicht einen Hund.

Dieses Bild, so undeutlich es auch ist, sorgt dafür, dass ich freier atmen kann. Vielleicht weiß ich noch nicht, was ich statt dieses Jobs tun sollte, aber zumindest weiß ich, dass es so nicht mehr weitergehen kann. Die Stimme meines Vaters kommt wieder in mein Bewusstsein, und die Art, wie er meine Arbeit als minderwertig und schlecht empfindet. Und vielleicht ist das der Grund, weshalb sich irgendwo in meinem Inneren ein Schalter umlegt, der schon seit Wochen kurz davor war zu kippen. Was ich brauche, ist ein Neubeginn. Ein neues Kapitel, in dem ich zuerst mit mir selbst beginne und nicht mit den Erwartungen, die Dad oder meine Familie an mich stellen. Ich werde meinen Auftrag in Belmont Bay nutzen, um mir zu überlegen, was ich eigentlich will und wie mein Leben aussehen soll, wenn ich nicht mehr in der Kanzlei meines Vaters arbeite.

Je mehr meine Gedanken darum kreisen, desto mehr breitet sich ein Lächeln auf meinem Gesicht aus. Die Sonne geht langsam unter und taucht die leerer werdende Straße in ein dunkles Orange. Obwohl ich seit mehr als einer Stunde fahre, fühle ich mich noch immer ungeahnt motiviert. Meine Finger trommeln auf dem Lenkrad im Takt der Musik mit.

Ja, ein Neuanfang. Das ist es, was ich will. Und eine Zeit außerhalb meines sonstigen Dunstkreises wird sicher dabei helfen.

Mein Weg führt mich weg von den geradlinigen Straßen und näher zu den endlosen Wäldern, deren Farbspiel im Licht der Abendsonne zu schimmern scheint. Der Snake River begleitet mich auf der einen Seite, schlängelt sich durch die Klippen, Felder und Wälder.

Abseits der Straße und fernab der Städte steckt Idaho voller Wunder. Ich kann mir keinen besseren Ort in den USA vorstellen, um zur Ruhe zu kommen, sich zu entspannen und sich der urwüchsigen Lebensart hinzugeben.

Hier findet man nicht nur Juwelen der Natur, sondern auch echte Edelsteine. Was meiner Heimat den Beinamen »Edelsteinstaat« eingebracht hat – doch auf der Suche nach Schätzen bin ich nicht.

Die von Flüssen, Seen, Bergen und einem kristallklaren Nachthimmel geprägte Landschaft ist es, die dafür sorgt, dass ich niemals woanders leben möchte. Nur mit Boise kann ich mich nicht anfreunden: zu viel Lärm, zu viele Menschen.

Am östlichen Rand ziehen die Rocky Mountains an mir vorbei, ohne je ganz zu verschwinden.

Die Stimme des Navis schickt mich nach links.

Willkommen in Belmont Bay.

MEGAN

Meine Boots geben ein schlürfendes Geräusch von sich, während ich über die verlassenen Straßen von Belmont Bay schlendere, den Kopf in den Nacken gelegt, um die Sterne zu betrachten. Es gibt viele Dinge, die ich aus meiner Zeit in New York City vermisse. Aber der Nachthimmel von Idaho entschädigt mich für alles. Wie schimmernde Diamanten auf einem dunkelblauen Samttuch breiten sich die Sterne am Himmelszelt aus. Ein glitzerndes Chaos, das doch so voller Ordnung scheint.

»Du kannst nicht den Rest deines Lebens jobben.«

Ich verdrehe die Augen, obwohl mir natürlich bewusst ist, dass meine Mutter es nicht sehen kann. Mit dem Handy zwischen Schulter und Ohr geklemmt gehe ich weiter, während ich in meiner Handtasche krame. »Das sagst du immer.«

»Ja, und ich habe recht. Dann war das Jurastudium eben das Falsche für dich, aber du kannst doch andere Kurse besuchen«, sagt sie ernst.

Ich kann mir lebhaft vorstellen, wie sie sich auf den Holztisch in meinem Elternhaus beugt und mürrisch mit den Fingern trommelt.

»Wozu, ich mache doch schon das, was ich tun möchte«, gebe ich zurück, nur um mir gleich darauf auf die Zunge zu beißen. Niemand hat mir gesagt, dass man auch mit über zwanzig Jahren noch immer die Erwartungen seiner Eltern diskutieren muss.

»Etwas, von dem du nicht leben kannst.«

»Noch nicht leben kann«, korrigiere ich. »Mein letztes Bild hat die Miete für mehrere Monate gezahlt.« Das ist zwar eine Lüge, aber nur eine kleine. Es war knapp über einer Monatsmiete. Das ist doch schon mal was.

»Ich mache mir nur Sorgen. Deine Nebenjobs sind immer so …« Ihre Pause zieht sich in die Länge, als würde sie darauf warten, ein Wort zu finden, das den Zwiespalt ihrer Befürchtungen optimal beschreibt. Was sie eigentlich sagen möchte, ist: schmuddelig.

»Es ist eine Bar, Mom. Und nicht einmal eine coole mit Bikern oder geheimen Mafiatreffen. Nur die einzige Bar in der Stadt, und du kennst die Gegend doch. Glaub mir, viel sicherer wäre ich auf keinem Campus der Welt.«

»Das überzeugt mich nicht.«

»Weil nichts dich überzeugen kann, wenn du gar nicht überzeugt werden willst«, sage ich und unterdrücke dieses Mal kein genervtes Stöhnen.

Ich liebe meine Mutter, aber sie hat diese Art, die mich an die Decke gehen lässt, wenn ich nicht aufpasse. Manchmal kommt es mir vor, als würde ihr Kopf ganz anders ticken als meiner. Selbst durch das Telefon kann ich hören, wie sie schmunzelt. »Da kann ich dir nicht widersprechen.«

Vor den Türen der Bar bleibe ich stehen. Das rote Neonlicht spiegelt sich in der Pfütze vor meinen Füßen, und die stumme Melodie der Nacht wird von der gedämpften Musik unterbrochen. »Ich bin jetzt da, Mom.«

Obwohl es am anderen Ende der Leitung kurz still ist, bin ich sicher, dass sie nickt. »Megan?«

»Ja?«

Ihre Stimme wird leiser. »Ich hab dich lieb.«

Nun bin ich es, die grinsen muss. »Ich dich auch, aber jetzt muss ich arbeiten und dem Mafioso der Stadt sein Bier geben.«

»Sehr witzig.«

»Ich weiß, das hab ich von dir. Bye!«

Im Licht der Nacht liegt die Bar vor mir. Aus den schmutzigen Buntglasfenstern dringt schummriges Licht, das kaum reicht, um den Asphalt unter meinen Boots zu beleuchten. Neben der großen roten Holztür, von der der Lack langsam abpellt, finden sich einige Plakate zu kommenden Veranstaltungen und wenige Meldungen über verschwundene Katzen, die allesamt der örtlichen Floristin, Stella, gehören. Schnell lasse ich das Handy in meine Tasche fallen und betrete das *Red Lady*.

Sofort schlägt mir der eigentümliche Geruch von schalem Bier und abgebrannten Kerzen entgegen. »Du bist spät dran«, begrüßt mich Dennis, der hinter dem dunklen Tresen steht und mich mit einem versucht strengen Blick betrachtet. Der Vinylboden unter mir quietscht schrill, während ich auf meinen Boss zugehe. Das Innere der Bar wird erleuchtet durch einige Industrielampen, die von den großen Deckenbalken hängen, und Kerzen auf den einzelnen Tischen. Durch die Neonschilder, die teilweise noch aus den Fünfzigerjahren stammen und die dringend mal wieder entstaubt werden müssten, bekomme ich jedes Mal das Gefühl, ich würde eine Zeitreise antreten.

Es sitzt nur ein Gast am hintersten Tisch der Bar, direkt neben der Dartscheibe. Der alte Bennett kommt fast jeden Abend, trinkt ein Tonic Water und spielt ein paar Runden. Wenn er einen Plaudertag hat, also mehr als drei Silben spricht, spiele ich manchmal mit. Zwischen uns hat sich so etwas wie eine Freundschaft entwickelt, seit ich vor zwei Jahren in diese Stadt gezogen bin. Was zum großen Teil auch an der simplen Tatsache liegt, dass er meine Schwester beschützt hat, als ich selbst nicht anwesend war. Und an seinem Hund. Zur Begrüßung nicke ich ihm kurz zu, ehe ich mich meinem grimmigen Boss zuwende. »Ich würde ja sagen, feuer mich, aber das wäre schlecht für uns beide«, gebe ich zurück und verstaue meine Handtasche hinter der Bar unter der Kasse.

Dennis verzieht das Gesicht. Obwohl er die fünfzig bereits überschritten hat, sieht er noch immer aus, als könnte er das Cover einer Zeitschrift zieren. Vorzugsweise eine, die sich um die Pflege von Bärten dreht, denn sein roter Bart ist ein wahres Kunstwerk. Der Schnauzer ringelt sich nach oben, und in den langen Kinnbart sind sogar Perlen eingeflochten.

Er schüttelt den Kopf, und wäre die Musik nicht so laut, hätte ich die Perlen klimpern hören können. »Trotzdem zieh ich dir 'ne Viertelstunde ab.«

»Kein Problem, die bleib ich einfach länger.«

Er gibt ein Brummen von sich, das mich jedoch nur zum Lachen bringt. »Kommst du allein klar?«

»Der Ansturm kommt erst in ein paar Stunden, oder siehst du hier schon jemanden?«, frage ich und drehe mich einmal um mich selbst. »Ja.«

Ich kenne Dennis nun seit einigen Monaten, doch erst in den letzten Wochen sind mir die tiefen Schatten unter seinen Augen und der schmerzverzerrte Zug um seinen Mund wirklich aufgefallen. Besonders wenn das *Red Lady* einen der guten Tage hat, werden seine Bewegungen im Laufe des Abends immer steifer, langsamer und, so ungern ich es auch zugebe, gequälter. Die meisten Gäste bekommen nicht mit, wie er das Tablett mit beiden Händen trägt oder es vermeidet, die Spirituosen aus dem obersten Regal zu nehmen. Aber all diese kleinen Dinge sind es, die mir sagen, dass heute keiner seiner guten Tage ist.

Manchmal vergesse ich, dass er krank ist, und erwische mich selbst dabei, wie ich denke, dass er für diese Art Leid doch noch viel zu jung ist. Wobei mir klar ist, dass ich damit eines der klassischen Klischees bediene, gegen die ich sonst immer so lautstark anbrülle. Nur ist mir das erst durch ihn wirklich bewusst geworden: dass man nicht alle Krankheiten sehen kann. Bevor ich ihn kannte, war mir nie bewusst, was für ein Glück ich habe, in einem gesunden Körper zu stecken. Und welches Privileg es ist, ohne dauerhafte Schmerzen durch das Leben zu gehen. »Geh dich ausruhen, ich komme klar.«

»Hast du deinen Schlüssel?«

Zum Beweis ziehe ich den Schlüssel mit dem kleinen funkelnden roten Ball als Anhänger hervor. »Ich komme klar. Du kannst nach oben gehen, wenn's zu viel wird, hol ich dich. Du hast schon die letzten zwölf Stunden hinter der Theke gestanden.«

Dennis überlegt, will den Bierkasten vor sich verschieben und macht dabei eine unbedachte Bewegung. Sein Torso zieht sich zusammen, und eine Hand greift nach dem Rücken, als würde er versuchen, die Qual nur durch eine Berührung zu lindern. Nur sein Gesicht beleibt ausdruckslos, als sei der Schmerz längst zu einem Teil von ihm geworden.

Das, was ihn plagt, hat den wenig klangvollen Namen Morbus Bechterew – eine besondere Form entzündlichen Rheumas, das in seinem Fall schon ziemlich weit fortgeschritten ist. Er hat versucht, es mir zu erklären, doch viel mehr als Schmerzen und Versteifung der Wirbelsäule konnte ich nicht behalten. Eigentlich macht es auch keinen Unterschied, denn allein ihn so zu sehen, bricht mir fast das Herz.

Ich bleibe reglos stehen. Inzwischen ist mir dieser Anblick nur allzu vertraut, doch das ändert nichts daran, dass es scheiße bleibt. Dennis' Blick wird etwas düsterer. Langsam richtet er sich wieder auf. »Bist du sicher?«

Sachte schiebe ich meinen Chef in Richtung Tür neben der Bar, hinter der sich eine Treppe in das obere Stockwerk verbirgt. »Ja, jetzt geh schon.«

»Wenn du mich brauchst, dann ...«

»Werd ich nicht«, unterbreche ich schnell und grinse ihn frech an. »Verschwinde und lass mich meine Arbeit machen.«

Er nickt knapp, bewegt sich aber noch immer nicht. »Ich hab ein paar Interessenten. Für die alte Lady. Also die Bar«, murmelt er und blickt über die Schulter, als hätte er Angst, wir würden belauscht werden.

Meine Gesichtsmuskeln verkrampfen sich, als ich sie dazu zwinge, mein Lächeln aufrechtzuerhalten. »Das ist doch toll.«

Wieder nickt Dennis. »Ich wollte nur, dass du es weißt. Unser Plan zu gehen ist nicht mehr nur ein Plan.«

»Mach dir um mich mal keine Sorgen.«

Einen Moment steht er noch zögernd da, dann geht er und lässt mich allein. Endlich Zeit zum Durchatmen.

Ich meinte es vollkommen ernst. Dennis muss sich um mich keine Gedanken machen – wie eine Katze lande ich immer auf den Füßen, manchmal breche ich mir dabei den Knöchel, aber im Großen und Ganzen komme ich gut davon.

Dennoch wird mir die Bar fehlen. Die Jobauswahl in dieser Stadt ist begrenzt, was dazu führt, dass mir danach nur eines der kleinen Restaurants bleibt oder ich mich außerhalb der Kleinstadt umschauen muss. Aber das sind Probleme, mit denen Zukunfts-Megan schon zurechtkommen wird. Ganz sicher. Hoffentlich.

»Ich hätte gern noch eins.«

»Wow, gibt's was zu feiern?«, frage ich und bringe dem alten Bennett ein neues Tonic Water. Sein von der Sonne zerfurchtes Gesicht verzieht sich etwas.

»Wohl eher das Ende einer Ära.«

Ich seufze, sehe mich in der Bar um, als würde ich sie zum ersten Mal sehen. Die dunklen Balken, der Tresen aus Kirschholz und die kitschigen Neonschilder. Mein persönliches Highlight ist die Musikbox, die nur noch zwei Songs abspielt, dem ganzen Raum aber durch ihre bloße Anwesenheit eine Präsenz verschafft wie in einem Klassiker der Hollywoodfilme. »Wie lange steht die Bar schon?«

Bennett sieht zu mir auf. »Sie ist älter als ich, und das will schon was heißen.«

»Wirklich schade«, stimme ich zu und blicke mich noch einmal um. »Aber gut für Dennis. Ein Neuanfang in wärmerem Klima, wo sein Rheuma vielleicht besser wird.«

»Nicht zu vergessen ein finanzielles Polster. Die Rechnungen seiner Medikamente will ich mir nicht einmal vorstellen.«

Ich verziehe das Gesicht. Alles, was in Richtung Finanzen geht, versuche ich möglichst weit von mir wegzuschieben. Egal, ob es meine eigenen sind oder die von Freunden.

»Gut für ihn«, wiederhole ich also.

»Gut für ihn, schlecht für uns.«

»Darauf trink ich.«

Wir stoßen mit Tonic an, und ich setze mich neben ihn. Unter der Woche ist außerhalb unserer Aktionstage wie dem Karaoke-Dienstag nicht viel Andrang, die meisten Besucher kommen erst am Donnerstag oder am Wochenende.

Doch um ehrlich zu sein, ist es auch dann selten über meiner Schmerzgrenze, was den Ansturm angeht. Früher in New York hatte ich in jedem Café mehr zu tun als hier. Außerdem sind die Menschen in Belmont Bay netter. Meistens zumindest.

Ich bin mir sicher, jemand wird das Potenzial der alten Lady noch erkennen, und es wundert mich, wieso es nicht schon längst von einem neureichen Hipster-Pärchen gekauft wurde.

»Ich werde diesen Job wirklich vermissen«, murmle ich mehr zu mir selbst als zu dem grimmigen Mann neben mir.

Er fährt sich über die Glatze, ehe er den Kopf schüttelt. »Verständlich, du wirst fürs Rumsitzen bezahlt.«

Ich lache auf. »Das ist nur einer der wirklich vielen Gründe.«

»Nenn mir den zweiten.«

»Unsere unfassbar netten Gespräche zum Beispiel.«

Bennett schüttelt den Kopf. »Du bist eine schreckliche Lügnerin, Megan.«

Damit hat er recht, denn wenn es etwas gibt, das ich nicht mag, dann sind es Lügen. Nichts wird besser, indem man die Wahrheit verdreht.

Bevor ich aufstehe, drücke ich seine Schulter. Auch wenn er mir nicht glaubt, habe ich diese kurzen Unterhaltungen tatsächlich immer genossen. Gerade würde ich die Welt gern noch eine Weile anhalten, sodass alles bleibt, wie es in den letzten Monaten war. Manchmal halte ich mich so sehr an den Erinnerungen fest, damit mir nicht schwindelig von den vielen Veränderungen in meinem Leben wird. Doch so spielt das Leben eben, oder?

Alles verändert sich, auch wenn man selbst am liebsten stehen bleiben würde, und dafür bleiben genau die Dinge unbeweglich, von denen man sich wünscht, sie würden sich verändern.

Ein paar Stunden später jongliere ich mit zwei Tabletts zwischen den aufgeregten Gästen, während ich versuche, weder jemanden anzurempeln noch etwas von dem kostbaren Bier zu verschütten. Die Touristensaison ist da – und mit ihr eine ganze Ladung Menschen, die diese Kleinstadt ordentlich aufmischen. Besonders, wenn auch noch ein Footballspiel auf dem pixeligen alten Großbildfernseher an der Wand übertragen wird.

Der Sommer hat die Touristen angezogen, der Sport einige Einheimische, und meine Idee, den Freibier-Vize-Freitag einzuführen, sorgt für regen Zulauf. Ohne Zusammenstöße schaffe ich es an den Tisch von Mia und Conner.

Meine Schwester sieht mich grinsend an. »So mag ich Barbesuche«, meint sie mit einem Hauch von Triumph in der Stimme.

»Du meinst, wenn du nichts bezahlen musst?«

»Einer der vielen Vorteile, dich als Schwester zu haben.«

»Lass das nicht Mom hören, Zuckerstern.«

»Warum bekommt Mia ihr zweites Bier umsonst, und ich muss meins bezahlen?«, brummt Conner, bevor er an seinem Glas nippt. Die unzähligen Tattoos auf seinen Armen, Händen und dem Hals wirken in dem schummrigen Licht, als würden die vielen Muster und Linien sich bewegen.

Ich stemme eine Hand in die Hüfte. »Du bist nicht meine Schwester.«

»Aber ich könnte dein Schwager werden.«

»Untersteh dich, wir sind viel zu jung für so was«, zische ich schnell, bevor er noch auf unkluge Ideen kommt.

Mia fängt an zu kichern, denn ihr scheint der Gedanke an eine Ehe mit Conner keine gruselige Gänsehaut zu bereiten. Damit ich mir das liebevolle Geturtel nicht weiter mit ansehen muss, mache ich mit der Arbeit weiter.

Jeder Gast bekommt ein Freibier. Das sorgt nicht nur für ausgelassene Stimmung, sondern auch dafür, dass ich mein Work-out heute ausfallen lassen kann. Aber ich will mich nicht beschweren, ich mag es, wenn die *Red Lady* voller Leben ist. Ich winke noch einmal meiner Schwester zu, danach bleibt mir keine Zeit mehr, mir Gedanken um meinen Job zu machen oder mich über den Kitsch zwischen Mia und Conner zu amüsieren.

Eine Bar allein zu leiten ist nicht so einfach, wie es klingt. Selbst wenn sie so klein ist wie in dieser Stadt. Ich komme ganz schön ins Straucheln, überlege kurzzeitig sogar, ob ich Dennis um Hilfe bitten soll. Doch irgendwie schaffe ich es bis zu der magischen Grenze, an der sich der Trubel langsam lichtet.

Die meisten Einheimischen sind bereits gegangen, nur einige Touristen besetzen weiterhin die Tische. Mia gewinnt gerade das kleine Dartturnier gegen Bennett und Conner, als ein neuer Gast die Bar betritt.

Schwarzes Haar, breite Schultern und diese Augen ... verdammt.

Er bleibt an der Tür stehen, sieht mich an, wie ich ihn ansehe. Die dunklen Augen scheinen Funken zu sprühen, die sämtliche Hormone meines Körpers durcheinanderbringen. Für einige Herzschläge kann ich ihn nur anstarren. Seine nahezu schwarzen Augenbrauen ziehen sich nachdenklich zusammen, bevor er vorsichtig einen Schritt nach dem nächsten ins Innere der *Red Lady* macht. Verdammt.

Ich bin Realistin. Durch und durch.

Von Dingen wie Liebe auf den ersten Blick halte ich genauso wenig wie vom streng monogamen Konzept der Ehe. Aber in dem Moment, als sich unsere Augen begegnen, zuckt etwas in mir zusammen. Mein Körper reagiert auf ihn wie der Mond auf die Erde – und umgekehrt.

Zumindest deute ich es so, dass wir beide in unserer Bewegung verharren und einander ansehen, als gäbe es nichts anderes mehr. Aber dann ist der Moment vorbei.

Ich schütte mir Bier über die Hand und unterdrücke einen leisen Fluch. Offenbar bin ich doch schon einen Tick zu lange Single, und Belmont Bay ist nicht gerade eine Stadt, in der man sich für zwanglose Affären treffen kann. Geschweige denn, dass ich hier große Auswahl hätte. Dennoch kann ich meinen Blick nicht von ihm lösen, während er auf den Tresen zugeht.

»Hey, Fremder, was darf's sein?«

Selbst für mich ist das ein ziemlich flacher Spruch, aber es ist spät, meine Füße tun weh, und ich trage eins der schulterfreien Shirts, die ganz hinten in meinem Kleiderschrank versteckt waren, weil sie eigentlich nicht mehr in dieses Jahrzehnt gehören.

»Auf dem Schild draußen stand etwas von Freibier«, sagt er und schenkt mir ein Lächeln, das fast schon schüchtern wirkt. Die schwarzen Haare hängen ihm in die Stirn, ehe er sie lässig nach hinten schiebt.

»Neu in der Stadt?«

»Sieht man mir das so sehr an?«

Lächelnd zucke ich mit den Schultern. »Die Stadt ist zu klein, um neue Gesichter nicht zu erkennen. Urlaub oder Arbeit?« Immerhin kann ich es mir verkneifen, ihm ein Kompliment für sein unglaublich dichtes Haar zu machen. Um ihn nicht die ganze Zeit anzuschauen und womöglich in die Verlegenheit zu kommen, in dem warmen Braunton seiner Augen zu versinken, betrachte ich die Gäste. Bereit, jederzeit zu den Tischen zu sprinten, falls jemand noch etwas bestellen möchte.

»Eine Mischung aus beidem, würde ich sagen.«

Ich nicke und stelle das Bier vor ihm ab, obwohl es schon kurz nach zwölf Uhr ist und er damit eigentlich kein Freibier mehr bekommen dürfte. »Und was für ein Job führt dich her?«

»Ich bin wegen des Festivals hier.«

»Ein Journalist also.« Noch während ich das sage, betrachte ich ihn genauer. Die braune Lederjacke hat ihre besten Tage schon lange hinter sich. Die Ellenbogen sind abgewetzt und rissig, doch sie schmiegt sich trotzdem an seine breiten Schultern. Das helle Shirt betont seine von der Sonne gebräunte Haut und das dunkle Haar. Verdammt, ich gebe es wirklich nicht gern zu, aber aus der Nähe ist er noch attraktiver, und zu meiner Schande kann ich diesen Eindruck nicht auf den Alkohol schieben, denn im Dienst trinke ich nie.

Das fein geschnittene Gesicht wirkt durch die Andeutung eines Dreitagebarts rauer, die gerade Nase lässt ihn fast schon aristokratisch wirken, und der Zug um seine Lippen bringt mich dazu, meine eigenen aufeinanderzupressen. Er mustert mich mit diesem schüchternen Lächeln, bei dem sich etwas in mir zusammenzieht.

»Ja, ich hab viel Gutes über das Theater hier gehört«, murmelt er.

»Wenn du Shakespeare-Fan bist, solltest du auf deine Kosten kommen«, meine ich möglichst diplomatisch. An einem der hinteren Tische macht man sich bereit zu gehen und gibt mir mit einem Handzeichen zu verstehen, dass ich die Rechnung fertig machen kann.

»Bist du keiner?«

Die Gäste zahlen, das Trinkgeld ist mickrig, aber ich will mich nicht beschweren. Bevor ich das Geld in der Kasse verstaue, sehe ich meinen Fremden wieder an. »Was?«

»Shakespeare-Fan.«

Unwillkürlich beginne ich zu lachen. »Scheiße, nein.«

Die Überraschung in seinem Gesicht zaubert ein Grübchen auf seiner linken Wange hervor. »Warum nicht?«

»Ich steh nicht auf diesen ganzen Kitsch und die tragischen Enden. Außerdem fliegen mir nicht genug Dinge in die Luft.«

Er verschluckt sich fast an seinem Bier. »Wie bitte?«

Vielleicht liegt es an der Uhrzeit oder seinen tiefbraunen Augen, die mich mehr anziehen, als sie sollten, aber ich lehne mich auf die Unterarme. »Ich mag Action, weniger Intrigen und unnötiges Gerede. Dann doch lieber explodierende Autos, Kugelhagel und rohe Gewalt.«

Während er sich über den Mund wischt, bleibt mein Blick an seinen Lippen hängen. »Ich weiß ehrlich nicht, was ich dazu sagen soll, aber es verstört mich, dass du mich an meinen Vater erinnerst«, murmelt er.

Natürlich kann ich ihm nicht sagen, dass ich auch keine Ahnung habe, was ich noch sagen soll oder was das hier wird, aber es ist nicht die klügste Entscheidung, die ich heute getroffen habe, jetzt mit ihm zu flirten. »Dann steht dein Vater wohl auf gute Filme«, versuche ich das Knistern zwischen uns zu entschärfen.

Da habe ich die Rechnung allerdings ohne den Fremden gemacht. »Jedes Weihnachten werde ich dazu gezwungen, mir sämtliche *Stirb langsam*-Filme anzusehen. Zweimal.«

Mein Grinsen wird breiter. »Das klingt nach dem perfekten Fest.«

»Dann würdest du dich bei uns sicher sehr wohlfühlen.« Er lacht.

»Ich bin Leo«, stellt er sich vor und reicht mir die Hand. Kurz zögere ich. Dann ergreife ich sie.

4

LEO

»Megan.«
Ein Name. Nur ein Name.

Doch alles, was er in mir auslöst, lässt Hitze durch meine Adern rauschen. Ich blicke in ihre braunen Augen, deren goldene Sprenkel im schummrigen Licht zu funkeln scheinen. Ich bin kaum eine Stunde in dieser Stadt, und schon wurde ich überrascht. Zweimal.

Erst mit Freibier, dann mit Megan.

Und jetzt von meinem eigenen Verhalten, denn ich halte ihre Hand noch immer fest, als könnte ich den Gedanken, sie wieder loszulassen, nicht ertragen. Verdammt, ich benehme mich unheimlich. Schnell ziehe ich meine Hand zurück und umfasse stattdessen mein Bier.

Meine Barkeeperin lässt mich allein am Tresen sitzen und geht zu einer kleinen Gruppe. Ein Mann, der aussieht wie ein gealterter Actionfilmstar, ein Kerl mit Dutzenden Tattoos auf seinem ganzen Körper und eine junge Frau. Ihre Gesichtszüge und ihr schwarzes, spiegelglattes Haar lassen mich vermuten, dass sie Wurzeln irgendwo in Ostasien oder Fernasien hat. Doch es ist ihr Lachen, das mich unwillkürlich auch zum Lächeln bringt. Megan umarmt sie lang, doch ich verstehe nicht, was sie ihr ins Ohr flüstert. Dafür ist jedoch sehr gut zu erkennen, wie die Schwarzhaarige knallrot wird.

Als sie an mir vorbei zum Ausgang geht, wirft sie mir einen Blick zu, den ich nicht deuten kann. Die kleine Gruppe verschwindet, und Megan kommt wieder hinter den Tresen der Bar.

»Freunde von dir?«, frage ich so beiläufig wie möglich.

»Meine Schwester, ihr Freund und der alte Bennett.«

Stirnrunzelnd sehe ich sie an. »Der alte Bennett?« Mir ist selbst nicht ganz klar, warum mich genau diese Information am meisten überrascht. Allerdings wäre es auch unhöflich gewesen, nach ihrem Familienstammbaum zu fragen – auch wenn ich die Neugier nicht leugnen kann.

Sie nickt, schnappt sich ein Tablett mit benutzten Gläsern und spült sie aus, während sie redet. »So nennen ihn alle, ich bin mir nicht einmal sicher, ob das nicht sogar sein Vorname ist. Alter. Bennett.«

Ich muss lachen.

»Gewöhn dich lieber dran, diese Stadt ist schräg«, erklärt Megan und macht eine ausladende Geste.

Diesen Eindruck hatte ich bisher nicht, allerdings ist eine Kleinstadt im Dämmerlicht des Sommers auch nichts Ungewöhnliches in Idaho. »Ach wirklich?«

»Auf jeden Fall.«

»Könntest du das näher ausführen?«, frage ich grinsend. Ihr rotes Haar schwingt in großen Locken hin und her, während sie sich hinter der Bar bewegt. »Du meinst für deinen Artikel über das Festival?«

Ich gerate kurz ins Stocken. »Genau.«

Megan schnappt sich einen Lappen und beginnt damit, die bereits freien Tische von Krümeln und klebrigen Getränkerückständen zu befreien. Erst jetzt fällt mir auf, dass wir nahezu allein sind. Nur ein Tisch ist noch besetzt, offenbar ebenso Touristen, denn sie studieren eine Karte und sprechen davon, die Berge zu erkunden.

»Na ja, die ganze Stadt ist süchtig nach Shakespeare, was schon seltsam ist, wenn man bedenkt, dass es ansonsten nur Wald, Kartoffeln und Berge in Idaho gibt.«

»Also ohne den Patrioten raushängen zu lassen, aber Idaho hat mehr zu bieten«, werfe ich ein. In meinem Kopf mache ich mir eine Notiz, dass Megan offenbar nicht von hier kommt.

Herausfordernd sieht sie mich an. »Ach ja?«

»Den Snake River, die Seven Stars Alpaca Ranch und natürlich die Crystal Gold Mine, und ...«

»... und nichts davon hat auch nur ein bisschen Bezug zu Shakespeare«, beendet Megan meinen Satz.

Da ich dieses Argument nicht untergraben kann, fahre ich mir nervös durch die Haare. »Stimmt.«

»Und es ist nicht nur die Shakespeare-Sache«, fährt sie fort und geht zum nächsten Tisch. »Diese Stadt ist wie eine Mischung aus der Serie *Virgin River* und sämtlichen Büchern von Stephen King, mit einem Hauch *Die Frauen von Stepford*.«

»Das waren eine Menge Film- und Fernsehreferenzen.«

Sie wirft den Lappen nach mir. Da ich darauf nicht gefasst war, erwischt sie mich eiskalt. Der klamme Stoff trifft mich im Gesicht, und ich stolpere zurück. Ihr Grinsen entschädigt mich jedoch für diesen Angriff.

»King ist eine Buchreferenz, nur fürs Protokoll«, sagt sie amüsiert und hebt den Lappen vor meinen Füßen wieder auf. Dabei rutscht ihr Shirt etwas nach oben und entblößt die Ranken eines Tattoos, doch ehe ich mehr erkennen kann, ist sie schon auf dem Weg zum Tresen.

»Bist du ein Fan von ihm?«

»King? Würde ich nicht sagen. Seine Enden sind schrecklich. Aber irgendwie ist er zum Kulturgut geworden«, erklärt sie.

»Du bist also nicht von hier?«, frage ich weiter.

»Nein. Ich bin in New York City geboren und aufgewachsen.«

New York … Ja, das passt zu ihr. Die zerrissene Jeans, die selbstverständliche Coolness, mit der sie ein Shirt trägt, das bei einer falschen Bewegung vielleicht zu viel zeigen könnte, und ihre Art, einfach so durch mich hindurchzusehen. Ich hätte eher darauf kommen können, dass sie aus einer Großstadt kommt. »Und was hat dich hierhergebracht?«

Ihre Gesichtszüge werden kurz hart. Es ist nur der Bruchteil einer Sekunde, doch ihre lässige Art ist wie verschwunden. Stattdessen schweift ihr Blick ab. »Ich war auf der Suche nach etwas.«

»Und hast du es gefunden?«

»Nein.«

»Aber du bist noch hier.«

»Ja, weil ich etwas noch Besseres gefunden habe.«

»Und was?«

»Ein Zuhause, in dem niemandem auffällt, dass ich schräg bin, weil alle anderen es auch sind.«

Nun muss ich lachen. Sie ist schräg. Und das liegt nicht an ihren knallroten Haaren. Ich kann es nicht genau benennen, kann sie nicht einordnen – und das sorgt dafür, dass ich den Blick kaum von ihr lösen kann.

»Klingt, als würde diese Stadt mir gefallen.«

Sie stemmt die Hände in die Hüften. Einen Moment blickt sie mich an, mustert mich von oben bis unten, als würde sie versuchen, mich einzuschätzen. Dann nickt sie plötzlich, als habe sie ihr Urteil für diese Nacht gefällt. »Das will ich doch hoffen, denn so sehr ich unseren kleinen Plausch nach Mitternacht genieße – ich muss dich jetzt leider rauswerfen, Leo.«

5

MEGAN

*H*aare haben in meiner Familie einen besonderen Stellenwert. Wenn man als weißes Mädchen bei einer schwarzen Mom und mit einer japanisch-amerikanischen Schwester aufwächst, geht es gar nicht anders. Meine Mutter hat immer sehr viel Wert darauf gelegt, dass wir wussten, wie wir unsere Haare am besten pflegen können. Meine Locken sind zwar kein Vergleich zu dem Afro meiner Mom, doch dank ihres Wissens habe ich gelernt, mit meiner eher krausen Haarstruktur gut zurechtzukommen. Und sogar noch mehr, denn ohne meine Mom wäre ich wahrscheinlich nicht so stolz auf mein Haar.

Zumindest meistens, denn auch wenn ich versuche, mich dagegen zu verwehren, gibt es diese Momente, in denen ich meine Locken wegwünsche.

Und heute ist so ein Tag. Egal, was ich tue, sie scheinen sich gegen mich verbündet zu haben, denn jedes Mal, wenn ich eine der Welle geglättet habe, erscheint eine neue auf der gegenüberliegenden Seite. Stöhnend lasse ich das Glätteisen sinken.

»Megan, jetzt komm schon!«, höre ich Mias Stimme zum wiederholten Male. Das habe ich seit ihrem Auszug jedenfalls nicht vermisst.

»Ich bin gleich da!«, rufe ich.

»Das hast du schon vor zwanzig Minuten gesagt.«

»Zeit ist relativ.«

»Jetzt komm schon.«

Ein letztes Mal betrachte ich mein Spiegelbild. An den meisten Tagen gefällt mir, was ich sehe. Von dem knalligen Rot meiner Haare bis hin zu meinen nicht zu verachtenden Kurven, doch heute fühle ich mich unförmig, und der Pickel direkt neben meiner Nase macht es kein Stück besser. Stöhnend ziehe ich das Glätteisen aus der Steckdose und öffne die Badezimmertür.

Mia betrachtet mich mit diesem Blick, den nur kleine Schwestern aufsetzen können. Sie kneift die Augen leicht zusammen und redet mir so ein, ich habe sie ohne Grund warten lassen. Allerdings kennt sie mich gut. Sie legt den Kopf schief und sagt: »Du siehst gut aus.«

»Sehe ich nicht immer gut aus?«

»Doch, aber wenn du mehr als eine Stunde im Bad brauchst, hast du keinen guten Tag und brauchst mehr Komplimente als sonst.«

»Schön, dass es dir aufgefallen ist.«

»Können wir jetzt los? Conner und Chris warten sicher schon«, meint sie und lächelt. Chris ist nicht nur der Arzt der Stadt, sondern auch der letzte Mann, mit dem ich ein Date hatte. Dass es nicht gefunkt hat, scheint meine Schwester immer noch zu bedauern.

»Klar, ich brauch nur noch meine Jacke.«

Schweigend fahren wir in die Stadt, wobei ich mit den Fingern auf dem Lenkrad herumtrommle, weil ich meine innere Unruhe nicht verbergen kann. »Ist alles in Ordnung?«, bricht Mia das Schweigen, als ich geparkt habe.

»Ja.«

Ich hasse es zu lügen, aber ich kann ihr schlecht erzählen, dass ich die halbe Nacht wach gelegen habe und dann meinen Daueralbtraum von Neuem erleben musste.

Er läuft immer gleich ab: Ich spiele mit meinen Autos auf dem Teppichboden im Flur. Dann höre ich etwas. Stimmen. Rufe. Schreie. Aber ich kann nicht verstehen, was sie sagen, bin noch zu klein, um die Bedeutung der Worte wirklich zu verstehen.

Und dann sehe ich sie fallen. Die Frau, an deren Gesicht ich mich nicht mehr erinnern kann, obwohl sie mich geboren hat. Sie fällt und fällt und fällt.

Manchmal wache ich von ihren Schreien auf, aber heute Nacht war mir dieses Glück nicht vergönnt. Stattdessen sah ich sie in einer Lache aus Blut liegen, das meinen kleinen Spielzeuglaster rot färbte.

»Megan?«

Ich zucke zusammen. »Es ist einfach nicht mein Tag«, schiebe ich nach und hoffe, dass sie es dabei belässt. Mia kennt diesen Traum bereits, so wie der Rest unserer Familie. Es ist die einzige Erinnerung an meine leibliche Mutter, die ich noch habe, aber auf diese eine würde ich gern verzichten. Zumindest, wenn sie mir auch nach über zwanzig Jahren noch den Schlaf raubt. Meine Gedanken sind konfus und meine Zündschnur heute besonders kurz. Vielleicht ist es einfach gerade das Leben, das mich überfordert, und nicht nur ein Aspekt davon.

Ein paar Minuten später klingelt die kleine Glocke des Diners über uns. Conner sieht uns mit einem breiten Grinsen an, ehe er auf den Tisch deutet, an dem bereits Chris sitzt.

»Ihr seid spät«, stellt er fest, wirkt aber nicht wütend, sondern eher amüsiert. Ich mag Chris. Er ist der Inbegriff eines netten, gutaussehenden Kleinstadtarztes. Wüsste ich nicht, dass er echt ist, würde ich glauben, er entstamme einem der Groschenromane, die unsere Granny so oft unter dem Bett versteckt hat.

»Megan ist schuld.«

»Nein, meine Haare sind schuld«, grummle ich und lasse mich auf das kirschrote Leder der kleinen Sitzbänke nieder.

Chris runzelt die Stirn. »Ich finde, deine Haare sehen aus wie immer.«

»Und wegen genau solcher Sätze wirst du immer Single bleiben.«

»Autsch. Ich glaube, du brauchst eine Portion Zucker, damit deine Laune sich hebt«, gibt er zurück. Das ist unser kleines Spiel. Er sagt etwas Nettes, ich sage etwas nicht so Nettes. Aber inzwischen kennt Chris mich gut genug, um zu wissen, dass ich es meistens nicht so meine.

»Tut mir leid, ich bin heute etwas gereizt.«

»Ist uns gar nicht aufgefallen«, kommentiert Mia mit einem Grinsen. Seit sie die Sprechstundenhilfe von Chris geworden ist, verbünden sich die beiden ständig gegen mich. In der Regel ist es zu meinem Besten, doch gerade kann ich nicht gut damit umgehen.

Der gutaussehende blonde Arzt mit dem Lächeln zum Niederknien sieht mich wissend an. »Gibt es einen speziellen Grund dafür, dass wir Zeugen deiner schlechten Laune werden?«

Auch wenn die Gerüchtekocher in der Stadt noch immer glauben, wir hätten etwas miteinander, ist zwischen mir und Chris nur Freundschaft. Leider. Mein Leben wäre sicherlich sehr viel einfacher, wenn ich die feste Freundin eines Arztes mit einigen Immobilien in der Stadt wäre. Allerdings ist diese Sache mit der Sicherheit und der Zukunft nicht wirklich mein Fall; es nimmt den Dingen den Reiz, wenn jeder Schritt vorhersehbar ist. Zumindest für mich.

»Ich mach mir Sorgen um Dennis, um meinen Job, das letzte Bild, das ich bei Instagram vorgeführt habe, hat noch immer keinen Käufer, und wenn ich Mom noch einmal darum bitte, mir bei der Miete auszuhelfen, bin ich offiziell als Erwachsene gescheitert«, zische ich und greife nach einem der rosa Milchshakes, die Conner zu unserem Tisch bringt.

»Ich kann dir aushelfen«, bietet Chris mit einem Achselzucken an. Es ist nicht das erste Mal, dass er das tut, doch dieses Angebot kann ich nicht mit gutem Gewissen annehmen. Man leiht sich kein Geld von einem Freund, dem man einen Korb gegeben hat. Oder?

Ist das schlimmer, als sich das Geld von einer Mutter zu leihen, die man enttäuscht hat?

»Nein, ist schon gut«, wehre ich ab. Immerhin kann der Geschmack des Milchshakes meine Laune etwas heben. Eins der besten Dinge daran, dass Mia und Conner zusammen sind, ist die simple Tatsache, dass wir seine Spezial-Milchshakes bekommen. Kein einfacher Erdbeer-Shake, sondern ein Erdbeer-Marshmallow-Shake mit Krokant-Topping. Er entlockt mir ein wohliges Seufzen. Das Diner gehört zwar Joey und seiner Frau Tanja, doch Conner ist der Herr über die Milchshakes.

»Besser?«, will Mia wissen. Ihre Hand tätschelt meine Schulter, als wäre ich ein kleines Mädchen, das sich gerade mit dem Rad auf die Nase gelegt hat. Und so ungern ich es auch zugebe, hat dieser Vergleich einen Funken Wahrheit in sich.

Von uns Schwestern ist sie immer die, die geradlinig ihren Weg geht. Mein Weg hingegen ist eine Schlangenlinie mit ein paar eingebauten Sackgassen und noch mehr Gruben, in die ich in unregelmäßigen Abständen stolpere.

Ein paar Schulwechsel innerhalb von New York, ein paar Experimente mit Drogen, ein paar Entscheidungen, die ich bereue. Okay, eine ganze Menge Entscheidungen, die ich bereue. Hauptsächlich, weil ich anderen Menschen damit wehgetan habe. Darin bin ich gut. Der Grund, warum ich gar nicht erst versuche, jemanden außerhalb meiner Familie an mich heranzulassen.

Das letzte Mal, als ich dachte, so etwas wie Liebe zu fühlen, habe ich mein Studium geschmissen und bin mit einem Musiker an der Ostküste entlanggetourt, bis ich verstanden habe, dass unsere Verbindung nicht Liebe, sondern Selbstzerstörung war. Auf weitere Erlebnisse dieser Art kann ich verzichten.

Ich zwinge mich zu einem halben Lächeln und nicke. Wenn es etwas schafft, meine Laune zumindest kurzzeitig zu heben, dann Zucker.

»Gut, denn spätestens ab morgen zwinge ich dich dazu, gute Laune zu haben.« Mia klatscht in die Hände.

Oh, verdammt. Ich hätte das Shakespeare-Festival fast verdrängt. »Wieso muss ich gute Laune haben, wenn du auf dieses ganze Shakespeare-Ding stehst?«

»Weil du mich liebst und dich mit mir freust.«

»Wieso nur bin ich kein Einzelkind?«, stöhne ich und lasse den Kopf gespielt theatralisch auf den Tisch sinken, während ich Mia ansehe.

Chris räuspert sich. Er ist nicht nur der Älteste in unserer eher ungewöhnlichen Truppe, sondern auch der Erwachsenste. Ihm sind unsere kindischen Streitgespräche in der Öffentlichkeit oft unangenehm, was uns allerdings nicht davon abhält. »Pfannkuchen oder Waffeln?«

»Endlich jemand, der die richtigen Fragen stellt«, brummt Conner.

Wir entscheiden uns einstimmig für Waffeln, und ich lehne mich zurück, während Conner in der Küche verschwindet.

Der Sommer in dieser Stadt hat immer etwas Magisches an sich. Ich blicke durch die großen Fenster des Diners, die mir gestatten, das Festivalgelände vor dem Belmont-Bay-Theater zu betrachten. Die

Vorbereitungen für das Fest unterstreichen den Zauber nur. Der Platz rund um das Rathaus und Theater ist gesäumt von vielen kleinen Buden, an denen Lichterketten hängen. Überall sind Girlanden, Luftballons und spürbare Vorfreude.

Doch das, was ich an dem Sommer in dieser Stadt so sehr liebe, ist das Licht. Das Strahlen. Nicht nur der Sonne, sondern auch das der Menschen. Im Sommer blüht diese Stadt auf wie die Wildblumen auf den Feldern.

»Wer war der Kerl gestern?«, fragt Mia so plötzlich, dass ich fast zusammenzucke.

»Welcher Kerl?«, kommt es synchron von Chris und mir.

»Gestern, in der Bar«, erklärt meine Schwester und sieht mich mit diesem Blick an, der mir gar nicht gefällt. Seit sie ihre große Liebe gefunden hat, ist sie fest entschlossen, dass ich ebenso viel Liebe verdiene. Das Problem daran ist nur, dass ich keine Lust habe, nach einer Beziehung zu suchen. Ich mag mein Leben genauso, wie es ist, bis auf die Tatsache, dass ich es nicht im Griff habe. Die Option, mir das Herz brechen zu lassen oder das eines anderen zu brechen, klingt in meinen Ohren alles andere als verlockend.

Ich habe mit ansehen müssen, was es mit meiner Mutter gemacht hat, wohin es meine kleine Schwester getrieben hat und wie ich selbst so viele Menschen enttäuscht habe. Nein, danke.

»Nur ein Journalist, der die undankbare Aufgabe bekommen hat, über das Festival zu schreiben«, erkläre ich betont nüchtern. »Warum fragst du?«

Sie legt den Kopf schief. »Er war niedlich.«

»Das ist der Hund vom alten Bennett auch.«

»Der ist aber nicht gerade ins Diner gekommen ...«, murmelt Mia in ihren Milchshake.

LEO

Die rote Schrift des *Joey's* zieht mich wie magisch an, was vielleicht auch an meinem knurrenden Magen liegt. Verdammt, für ein Frühstück habe ich sicherlich noch Zeit. Zielsicher überquere ich die Straße und schiebe die Tür des Diners auf. Über mir bimmelt ein kleines Glöckchen, als ich das *Joey's* betrete.

Die kühle Luft ist das Erste, was mir diesen Laden sympathisch macht. Ich bleibe kurz stehen und genieße die Abkühlung, während ich auf die schwarz-weißen Kacheln unter meinen Füßen blicke. Dann schaue ich zum kirschroten Tresen, hinter dem sich Kuchen, Cupcakes und Obst stapeln und mich ein grimmig dreinblickender Kerl ansieht, den ich bereits aus der Bar kenne. Die langen Haare und Tattoos lassen ihn in der Idylle dieser kleinen Stadt definitiv auffallen.

»Hey«, grüße ich und gebe mir die größte Mühe, mich unauffällig nach Megan umzuschauen. Ich habe ihre roten Haare bereits beim Hereinkommen leuchten sehen. Nun, da ich vor dem Mann stehe, wage ich einen Blick über die Schulter. Sie sitzt mit ihrer Schwester an einem der Tische. Sie lachen vergnügt über etwas, das ein mir unbekannter Blonder gerade gesagt hat.

»Willst du was trinken?«

Ertappt nicke ich. »Welche Milchshakes gibt es?«

»Erdbeere, Schoko und Vanille. Blaubeere ist aus.«

»Ich nehm Erdbeere.«

Er nickt. »Du bist der Journalist?«

Überrascht sehe ich ihn an. »Hat sich das schon rumgesprochen?«

»In Belmont Bay gibt es keine Geheimnisse. Ich bin Conner.« Er reicht mir den Milchshake. »Willst du auch was essen?«

»Was kannst du empfehlen?«

»Ich besorg dir Waffeln.«

Das klingt zwar nicht, als würde er mir eine Wahl lassen, aber bei Waffeln kann ich gar nicht Nein sagen. Wieder wandert mein Blick zu Megan, genau in dem Moment, als sie auch zu mir sieht. Ich schlucke, kurz überfordert, ob ich irgendwas tun sollte. Lächeln? Winken? Beides?

Sie nimmt mir die Entscheidung ab, indem sie kurz die Hand hebt und sich dann wieder auf ihr Gespräch konzentriert.

Erst dann blicke ich Conner an. Er hat eine Augenbraue nach oben gezogen und scheint zu überlegen. »Du kannst dich zu uns setzen«, meint er und winkt mich mit sich. Ich folge ihm zum Tisch der anderen.

Sobald Megan mich ansieht, setzt mein Herzschlag kurz aus. Sie sieht in der strahlenden Sonne, die durch das Fenster scheint, noch schöner aus als im schummrigen Licht der Bar. Zu meinem Glück werden meine Gedanken von etwas ganz anderem abgelenkt.

»Das sind Chris und Mia. Unsere Megan kennst du ja schon«, stellt Conner vor und drückt sich an mir vorbei auf die rote Sitzbank, sein Geruch dringt mir so intensiv in die Nase, dass ich schlucke.

»Alter, warum riechst du so gut?«, platzt es aus mir heraus.

Conner fährt sich durch die langen Haare und zuckt mit den Schultern. Nur das schmale Lächeln auf seinen Lippen verrät, dass er mein Kompliment gern hört. »Gefällt dir der Duft?«

»Ja, was ist das? Dein Parfum?« Zugegeben sind mir die amüsierten Blicke von Mia und Megan langsam unangenehm, aber mir ist noch nie ein Mann begegnet, der so gut riecht.

Triumphierend hebt er das Kinn. »Nein. Meine Seife. Zitronengras, ein Hauch von Pfeffer, dunkle Schokolade und Bernstein.«

Irritiert blinzle ich. »Du riechst wie ein verdammter Gott.«

»Wenn ihr zwei so weiterflirtet, wird Mia noch eifersüchtig«, kommt es von Megan, die den Kopf schief legt und mich mustert, als wüsste sie noch nicht, was sie davon halten soll, dass Conner mich mit an den Tisch gebracht hat.

»Flirtet ruhig weiter«, winkt Mia ab.

Ich schlucke mein falsches Schamgefühl hinunter und versuche zu ignorieren, dass sich alle am Tisch kurz verkrampfen. Das Gefühl, willkommen zu sein, ist zwar nicht verschwunden, doch ich bleibe der Fremde in der Runde, obwohl mir alle anderen ebenfalls fremd sind. Der Einzige, dem es nicht so zu gehen scheint, ist Conner.

Mit einem wissenden Grinsen dreht er sich zu seiner Freundin um. »Hab ich dir nicht gesagt, es ist nicht zu viel?«

»Okay, der Punkt geht an dich«, gibt Mia zu und schüttelt den Kopf, als könnte sie nicht glauben, dass ich auf Conners Seite bin. Oder besser auf der Seite von Conners Seife. »Dann hoffe ich, dass Leo morgen gleich die ganze Palette kauft, denn ich kann es wirklich nicht mehr riechen.«

»Kaufen?«, frage ich dazwischen, während ich mich auf dem freien Stuhl niederlasse. Nur kurz betrachte ich Megan, die gerade dabei ist, eine riesige Portion Waffeln mit Schlagsahne zu essen. Allein bei dem Anblick bekomme ich Hunger. Allerdings bin ich nicht sicher, ob es clever ist, jetzt nach meiner versprochenen Ration zu fragen.

»Conner stellt eigene Seifen her, und da meine Schwester ein Talent für wirtschaftliches Denken hat, gibt es diese auf dem Festival zu kaufen«, erklärt Megan mir knapp.

Für zwei Herzschläge sehen wir einander in die Augen. »Das musst du dringend in deinem Artikel erwähnen. Ich bin sicher, der Onlineshop ist danach wie leer gefegt.«

Chris blickt kurz zwischen uns hin und her, dann reicht er mir die Hand. »Du musst Leo sein.«

»Chris ist der beste Arzt in Belmont Bay«, fügt Mia hinzu, noch bevor ich dazu komme, etwas darauf zu erwidern.

»Und der einzige«, kommt es von Conner.

Der Arzt grinst. »Kann ich nicht leugnen.«

Wir mustern einander, und ohne zu wissen, warum, ist es kurz, als würde er mich als Konkurrenten betrachten.

»Es hat sich also tatsächlich schon rumgesprochen.«

»Der neue Journalist, der das Festival besucht.«

»In dieser Stadt bleibt wohl wirklich nichts geheim«, lache ich und fahre mir durch die Haare.

»Ja, und Megan tratscht gern.«

»Hey!«, wehrt sie sich und boxt Chris spielerisch gegen den Oberarm. »Ich tratsche nicht.«

»Schon gut«, unterbreche ich sie. »Ich sollte mich geehrt fühlen, dass du dich noch an mich erinnern konntest.«

»Da kann ich dir nur zustimmen.«

»Und Leo, wie lange bleibst du in der Stadt?«, fragt Mia und nippt an ihrem Milchshake.

»Kann ich nicht genau sagen, ich denke, so zwei Wochen. Vielleicht auch drei«, antworte ich so ehrlich und ausweichend wie möglich. Denn noch habe ich keine Ahnung, wie lange mein Job hier dauern wird.

Megan zieht die dunklen Augenbrauen zusammen. »Ich dachte, du bleibst nur für das Festival?«

»Das wird das Hauptthema des Artikels, aber ich würde die Stadt gern insgesamt näher … kennenlernen«, antworte ich schnell und merke, wie ich nervös werde. Einer der Gründe, warum ich meinen Job nicht mag, ist die Tatsache, dass ich ein schlechter Lügner bin.

»Das klingt doch großartig«, wirft Mia ein. »Woher kommst du?«

»Boise.«

»Oh, da geh ich zur Uni.«

»Tatsächlich? Ist das nicht eine ziemlich weite Strecke?«

Mia zuckt mit den Schultern. »Unter der Woche bin ich meist in einer WG und an den Wochenenden hier – und natürlich während der Semesterferien, wie jetzt. Für Theatervorstellungen kann ich mich meist befreien lassen.«

»Du bist Schauspielerin?«

Megans Schwester wird rot und schiebt sich eine schwarze Strähne hinter das Ohr. »Ja.«

»Auch hier am Theater?«

Das strahlende Lächeln ist wieder zurück und vermischt sich zu einem gewissen Stolz. »Sag Bescheid, wenn du eine Führung brauchst. Nicht nur für das Theater.«

»Gibt es denn noch mehr zu sehen?«

»Conner und ich wandern. Glaub mir, es gibt keine schöneren Wälder als die von Idaho.«

Da kann ich ihr nicht widersprechen, doch mein Blick schweift wieder zu Megan, denn ich bin sicher, dass ich keine Augen für eine andere Schönheit haben werde, solange sie in meiner Nähe ist.

6

MEGAN

*D*er Geruch nach Wasser, Bergen und Blumen weht durch die geöffneten Fenster von Conners Wagen herein, als hätte die gesamte Stadt für die Touristen extra Parfum aufgelegt. Der flirrende Asphalt treibt mir den Schweiß auf die Stirn, was mich jedoch nicht davon abhält, grimmig die Arme vor den Brüsten zu verschränken.

»Ihr seid unmöglich«, schimpfe ich. Mir ist vollkommen bewusst, dass zum Leid der Zwanziger gehört, dass ständig jemand versucht, einem die erste große Liebe aufzudrücken – aber ausgerechnet meine Schwester sollte es doch besser wissen. Ich bin nicht gut in diesen Dingen. Viel zu kompliziert.

Conner und Mia werfen einander amüsierte Blicke zu. Ich hingegen rutsche noch tiefer in meinen Sitz auf der Rückbank.

»Wir gehen zum Festival, er geht zum Festival«, meint Conner leichthin. »Warum sollten wir ihn dann nicht mitnehmen?«

»Weil er ein Journalist ist und nicht Mitglied dieser Familie.«

Conner dreht sich halb zu mir herum. »Ich gehöre zu dieser Familie?«

»Wenn ich jetzt Ja sage, wirst du mir das den Rest meines Lebens vorhalten, oder?«

»Auf keinen Fall.«

»Doch, wird er«, mischt Mia sich ein, hält den Blick aber auf die Straße gerichtet, während sie fährt. »Aber ich verstehe auch nicht, warum das ein Problem für dich ist.«

»Es ist kein Problem«, grummle ich. Obwohl das natürlich gelogen ist. Ich kann meiner Schwester nur nicht erklären, warum ich das nicht will. Leo ist viel zu nett, viel zu attraktiv, und der Pickel an meiner Nase schmerzt zu sehr, um ihm noch einmal unter die Augen zu treten. Er ist nicht der Typ für etwas Zwangloses. Ich aber.

Und zack, da haben wir schon einen Teil des Problems.

Ich sollte meine Finger schön bei mir behalten.

»Warum reden wir dann darüber?«

»Weil ...« Mir fällt nichts ein, das mich nicht noch mehr ins Dilemma stürzen würde. Ich presse die Lippen aufeinander und schweige, während in meinem Kopf ständig das Bild von Leo in dieser Lederjacke auftaucht. Wie kann er das verdammte Ding überhaupt tragen bei dieser Hitze? Und warum sieht er darin so gut aus? Was stimmt nur mit mir und meinen Hormonen nicht?

Conner dreht sich auf seinem Sitz halb zu mir herum. »Ich glaube, du hast sie kaputt gemacht.«

»Weißt du, Schwesterherz, es ist nichts falsch daran, dass du Leo attraktiv findest«, sticht Mia mitten in die Wunde.

»Das tue ich nicht«, gebe ich empört zurück.

»Doch, tust du.«

»Gar nicht wahr.«

Triumphierend hebt sie das Kinn. »Du kannst dagegen argumentieren, wie du willst, aber ich hab genau gesehen, wie du an deinem Ring gedreht hast, während ihr miteinander gesprochen habt. Und das tust du nur, wenn du jemanden heiß findest.«

»Das habe ich ganz sicher nicht getan.« Demonstrativ verschränke ich die Arme vor der Brust, als wollte ich den schmalen Goldring an meinem kleinen Finger verstecken.

»Doch, hast du«, sagen Mia und Conner wie aus einem Mund, was mich noch mehr mit den Augen rollen lässt.

»Ich habe ganz sicher kein Interesse an Leo, und wenn, dann ist es nicht romantisch, sondern rein sexuell.«

»Dinge, die eine kleine Schwester nicht hören will.«

»Du hast damit angefangen, Zuckerstern«, säusle ich. »Also wenn du kein Gespräch mit mir über Sex führen willst, den ich vielleicht mit Leo haben könnte ...«

»Das Thema würde ich auch gern umgehen«, meint Conner. Er räuspert sich unbehaglich.

»Ich will gar nicht wissen, was ihr in deiner Hütte tut …«

»Megan«, schnaubt Mia, grinst aber.

»Dann lasst uns nicht mehr über Leo sprechen.«

Ich bin froh darüber, dass die beiden mir diesen Gefallen tun. Nachdem sie mich zu Hause abgesetzt haben, laufe ich mit einem seltsamen Gefühl die Treppen hinauf. Der Gedanke, morgen den halben Tag mit Leo zu verbringen, ist komisch. Nicht nur, weil ich ihn eigentlich gar nicht kenne, sondern auch, da mich das im Normalfall nicht stört. Ich habe nichts gegen neue Bekanntschaften, warum also bin ich so schrecklich nervös, wenn ich nur daran denke? In meiner Wohnung angekommen, werfe ich die Handtasche auf das Sofa und sehe mich kurz um.

Seit Mias Auszug ist mein Zuhause wieder in seinem gewohnten Chaos versunken. Überall liegen Fotos, Dekoartikel für meine Instagram-Bilder und gleich zwei kaputte Ringlichter. Verflucht sei meine Schnäppchensucht.

Ich brauche keine fünf Minuten, um mich dafür zu entscheiden, dass es nichts bringt, mich mit Netflix und Tiefkühlpizza auf das Sofa zu verziehen. Die Nachmittagssonne strahlt noch vom Himmel – und wenn ich mich schon ablenken muss, kann ich mich auch auf die Suche nach neuen Motiven machen.

So chaotisch, wie ich bin, meine Kameratasche ist immer ordentlich und steht am gleichen Platz. Ich schultere sie, fische mir eine der Mentholzigaretten aus meinem heimlichen Vorrat, stecke sie mir hinters Ohr und mache mich auf den Weg in den Wald.

Einer der vielen Gründe, warum ich mich in diese Stadt verliebt habe, ist die simple Tatsache, dass sie von allen Naturschönheiten Idahos ein Stück abbekommen hat. Der Wald und die Berge umringen Belmont Bay und werden nur von dem Snake River unterbrochen. Genau diesem Fluss ist es auch zu verdanken, dass sich viele kleine Seen in der Stadt verteilt haben – und natürlich die namensgebende Bucht mit Blick auf das Gebirge.

Ganz so spektakulär ist der Waldweg hinter meinem Haus nicht. Er ist nur eine Abgrenzung zwischen der Straße und den dahinter liegenden Grundstücken, von denen eines auch Conner gehört.

Prachtvolles Grün strahlt von den Blättern der Bäume, die dicht zusammmenstehen und sämtliche Tiere vor der neugierigen Linse meiner Kamera schützen. Sträucher säumen den breiten Weg durch das Dickicht. Von den Touristen und Wanderern wurde dieser Weg erschaffen, doch warum sie auch ihren Müll hier abladen müssen, werde ich wohl nie verstehen. Mit grimmigem Blick sammle ich eine Coladose auf, nur um kurz darauf innezuhalten. Dieses Mal mache ich erst ein Foto, bevor ich auch die Verpackung eines halb gegessenen Burgers aufsammle. Zum Glück habe ich inzwischen immer eine Mülltüte in meinem Rucksack. Nachdem ich alles wieder verstaut habe, gehe ich weiter. Das anschwellende Rauschen der Baumkronen ist wie die Musik der Natur, die mich auf meinem Weg in ihre Mitte begleitet. Es klingt fast wie die Brandung des Meeres. Das Rascheln der Laubblätter über mir, der Gesang der Vögel und das Knarren der Äste im Wind, all das kann meine Kamera nie einfangen. Doch das Gefühl, das mir all diese Eindrücke verschaffen, schlägt sich dennoch in den Bildern nieder. Von Moos bewachsener Boden und Kletterpflanzen, die sich um die Baumstämme ranken, durchbrochen von dem Blau, Rot und Gelb der Blumen. Die Fotos sind schön, ruhig. Aber noch ist nicht das Richtige dabei, es fehlt etwas, auch wenn ich nicht weiß, was es ist. Vielleicht bin ich auch schon zu oft durch diesen Abschnitt des Waldes gelaufen. Der Weg wird unebener, und die Spuren der Menschen verschwinden in dem immer strahlenderen Grün.

»Bo!«

Ich wirbele gerade noch rechtzeitig herum, um der großen Dogge etwas entgegenzusetzen zu haben. Bo springt fröhlich an mir hoch und erwischt meine Nase mit seiner langen Zunge. Ein Lachen unterdrückend, befehle ich ihm, zu sitzen, ehe ich mich vor ihn hocke und hinter den Ohren kraule.

»Bo!«

»Wir sind hier«, rufe ich in die Richtung, aus der der alte Bennett kommt. Er schnauft, wirkt aber beruhigt, als er mich sieht. Und natürlich seinen Hund, der inzwischen auf dem Rücken liegt und sich von mir den Bauch streicheln lässt.

»Böser Junge«, schnaubt Bennett. Seine Dogge ignoriert das jedoch, während ich weiter durch das schwarze Fell wuschele.

»Was hat er dieses Mal gejagt?«, frage ich, ehe ich zu Bennett hinaufblicke.

»Ein Kaninchen«, antwortet er. »Glaube ich zumindest, meine Augen sind nicht mehr die besten.«

»Gut, dass er stattdessen mich gefunden hat.«

Bennett schnaubt nur. Er blickt sich um, als würde er Ausschau nach dem Kaninchen halten. Ich hingegen beende die Streicheleinheiten und klopfe mir die schwarzen Haare von der Jeans.

»Du willst Fotos machen?«

»Ja, das Wetter ist zu schön, um den Abend drinnen zu verbringen.«

Wie selbstverständlich nickt er. »Hast du in diesem Stück des Waldes nicht schon alles gesehen?«

Etwas hilflos zucke ich mit den Schultern. »Ja, aber bei meiner Orientierung verlaufe ich mich nur, wenn ich mal einen anderen Weg gehe.«

Das schmale Grinsen erinnert mich an einen Vater, der noch nicht weiß, ob er stolz oder belustigt darüber sein soll, was sein Sprössling von sich gegeben hat. Na ja, es erinnert mich zumindest an die Väter, die ich mir vorstelle, denn in meinem eigenen Leben gab es nie jemanden, der diese Rolle wirklich für sich beansprucht hätte. »Kennst du die alte Baracke am Fluss?«

Ich bin kurz irritiert, denn in meinen eigenen Gedanken verlaufe ich mich ganz gern und finde dann den Weg zurück zur Konversation, die ich gerade geführt habe, nicht mehr. »Nein.«

Er pfeift, und Bo springt auf, um an seine Seite zu treten. »Dann komm, ich zeig sie dir.«

Wir nehmen den Weg über Conners Grundstück bis zu seinem Haus, wo wir in den Wagen von Bennett steigen. Soweit ich weiß, gehören ihm sämtliche Häuser in diesem Abschnitt. Irgendwann muss ich ihn mal danach fragen, doch gerade steht mir nicht der Sinn nach einem Gespräch über Geldanlagen.

Entspannt lasse ich den Blick aus dem Autofenster schweifen. Die

Bergkette hinter dem Wald funkelt in der abendlichen Sonne. Obwohl ich keine Ahnung habe, wo Bennett hinfährt, frage ich nicht weiter nach. Schließlich landen wir auf der bewaldeten Seite des Belmont-Bay-Sees. Er fährt noch ein Stück in den Wald hinein, bis die Bäume zu dicht werden.

Wortlos steigt er aus, und ich folge ihm, während Bo aufgeregt vorläuft und jeden zweiten Baum zu seinem Eigentum erklärt.

»Da ist sie.«

Bennett stoppt und deutet auf eine Lichtung. Ein kaum noch sichtbarer Trampelpfad führt direkt zu einem Haus, dessen eingeschlagene Scheiben wie Augen zu uns blicken.

»Wow, wie lange steht das Ding schon leer?«

Bennett kratzt sich am Kopf. »Um die dreißig Jahre, schätze ich. Vielleicht auch länger.«

»Und niemand hat es seitdem für sich beansprucht?«, frage ich verwirrt, denn so ein Haus mitten im Wald und nahe dem See sollte eigentlich der Traum jedes Immobilienbüros sein.

»Ein paar Leute glauben, sie sei verflucht.«

»Du bringst mich zu einer verfluchten Hütte im Wald?«, frage ich ernsthaft entrüstet zurück.

Er winkt ab, als sei es keine große Sache. »Die Leute reden viel, wenn ihnen ihr eigenes Leben zu langweilig geworden ist.«

»Du glaubst also nicht an einen Fluch?«

»Alles, was ich glaube, ist, dass die Familie in diesem Haus gottverdammtes Pech hatte«, brummt Bennett. »Sind pleitegegangen und über Nacht aus der Stadt verschwunden. Kein Fluch, nur das gute alte Amerika.«

»Verschwunden?«

»Würdest du auch tun, wenn du solche Schulden gehabt hättest.«

Ich erspare mir einen Kommentar dazu, denn aktuell bin ich auf dem besten Weg in eine ähnlich prekäre Situation. Neugierig gehe ich vor. Die graue Fassade ist ein heftiger Kontrast zwischen all dem Grün. Obwohl ich den See riechen kann, ist von der schillernden Oberfläche des Wassers nichts zu sehen. Doch weit kann es zum Ufer von hier aus nicht sein.

»Und du meinst, wir können da einfach rein? Ohne dass jemand den Sheriff ruft?«, denke ich laut, während ich die Veranda betrete. Die Haustür ist aus den Angeln gehoben und rutscht mit einem lauten Knall zu Boden, als ich sie berühre. Bo schlägt sofort an.

Falls sich Geister im Haus befinden, sind sie jetzt jedenfalls gewarnt.

»Du gehst doch sonst auch nicht so auf Nummer sicher«, beschwert sich der alte Mann. »Siehst du hier jemanden? Ich jedenfalls nicht.«

»Na, dann mal los.«

Ich schiebe mich durch den Eingang, merke jedoch, dass Bennett auf der Veranda stehen bleibt. »Kommst du nicht mit rein?«

Er deutet auf Bo, der gerade damit beschäftigt ist, ein Loch in den ehemaligen Vorgarten zu buddeln. »Wir warten hier.«

Obwohl ich nicht begeistert bin, weil mich die unwirkliche Angst überfällt, ich könnte einem Geist begegnen, nicke ich knapp. Ich kann sämtliche Actionfilme mitsprechen, aber bei Geisterfilmen brauche ich Licht zum Einschlafen. Einen Moment zögere ich noch, dann betrete ich das Haus vollständig.

Von Geistern sehe ich keine Spuren, dafür ziemlich viel Staub, Scherben und Möbel, die erschreckend gut erhalten sind, wenn man davon absieht, dass sie unter einer dichten Schicht Dreck verborgen sind. Mit vorsichtigen Schritten gehe ich durch den kleinen Flur, an dessen Wänden eine Reihe vergilbter Fotos hängt. Einige Bilder fehlen, haben nichts hinterlassen als hellere, ovale Flecken an der Wand. Andere haben zerbrochene Rahmen und zersplittertes Glas. Ich drücke mich dicht an die Wand und mache ein Bild dieser Erinnerungen, die nicht meine sind.

Es fühlt sich seltsam intim an, die Familienbilder von Menschen zu betrachten, die ich gar nicht kenne – und das, obwohl Instagram eine meiner Haupteinnahmequellen ist. Doch das hier ist anders. Dieses verfallene Haus war mal ein Zuhause.

Zu Hause ...

Belmont Bay ist es für mich geworden, aber mir fehlt trotzdem ein Teil meines Selbst. Ein Stück von dem, was ich bin und wer ich sein kann. Nicht zu wissen, wer die eigenen Eltern sind und warum sie sich entschieden haben, mich nicht aufzuziehen, ist wie ein schwarzes Loch in meinem Inneren. Ein Loch, das ich versucht habe zu füllen.

So kam ich hierher, in diese Stadt. Auf der Suche nach den Spuren meiner Mutter, die sich im Nichts aufgelöst haben. Im Weitergehen sehe ich ein paar schlechte Graffiti, die wahrscheinlich von den versuchsrebellischen Jugendlichen aus der Stadt kommen.

Ohne dass ich es verhindern könnte, spüre ich den nur allzu vertrauten Stich in meinem Herzen. Wer weiß, vielleicht war meine leibliche Mutter wirklich hier, nicht nur in der Stadt. In diesem Haus. Hat die gleichen alten Bilder betrachtet und sich die gleichen Fragen über die Familie gestellt, die einst hier gelebt hat. Vielleicht war sie mal ein Teil von dieser Stadt, so wie Bennett, und ich fühle mich hier deshalb so heimisch. Dieser Gedanke macht es sogar noch schwerer, denn das würde bedeuten, dass ich mich ihr trotz allem nahe fühle. Obwohl sie sich gegen mich entschieden hat.

Obwohl sie mich allein gelassen hat.

Allein in einer Dunkelheit, in der sie mein Licht hätte sein sollen. Früher war ich wütend. Wütend auf sie, wütend auf meine Mom, die mich adoptiert und versucht hat, mir alles zu geben, was meine biologische Mutter nicht geben wollte. Ich war wütend auf die ganze Welt und habe es an allen ausgelassen. An allen Menschen um mich herum. Es gab so lange Zeit nur mich und meine Wut, aber dann ... wurde die Wut abgelöst von der Leere.

Ich bin innerlich so leer wie dieses Haus, voller Erinnerungen und Wünsche, die niemand hört.

Damit ich mich nicht noch mehr in diesen Irrgarten der Gefühle eines Adoptivkinds verirre, lenke ich mich ab, indem ich jeden Zentimeter des Hauses unter meine Linse nehme. Kurz überlege ich sogar, ob ich die morsche Treppe hinaufgehe – doch nachdem ich mit meinen Boots schon auf der ersten Stufe einbreche, lasse ich es lieber.

Der Staub kitzelt, und ich niese so laut, dass Bo vor dem Haus anfängt zu bellen. Das ist dann wohl mein Zeichen, dieses Haus wieder zu verlassen. Etwas wehmütig trete ich in die Sonne und nehme das Taschentuch des alten Bennett dankbar entgegen.

»Und sind ein paar gute Aufnahmen dabei?«

Ich nicke grinsend. »Danke, dass du mir die Hütte gezeigt hast.«

»Bedank dich nicht, ich hab nicht oft die Chance, jemandem noch etwas in dieser Stadt zu zeigen.«

»Die werden bearbeitet großartig aussehen«, sage ich und kann das Lächeln in meinem Gesicht kaum abschalten, »aber dieses hier gefällt mir am besten.« Ich reiche ihm die Kamera, damit er sich das Bild genauer ansehen kann. Es zeigt ihn von hinten, das Profil ist leicht nach unten geneigt, sodass der Betrachter den Eindruck bekommt, er schaut zu Bo. Der sitzt neben ihm und blickt zu seinem Herrchen hinauf. Der Sonnenuntergang hinter den beiden Silhouetten zaubert ein magisches Licht, als würde es die Freundschaft zwischen Mensch und Tier noch unterstreichen.

»Wann hast du das denn gemacht?«

»Müsstest du dich nicht langsam daran gewöhnt haben, dass ich einfach jeden fotografiere?«

»Nein.«

Ich lache auf. »Darf ich es posten?«

Sein Gesicht verzieht sich und zeichnet die Falten um seine Augen herum tiefer. »Posten?«

»Auf Instagram.«

Noch immer blickt er mich völlig verständnislos an. »Ich habe keine Ahnung, was das bedeutet, aber ich fürchte, du willst eh nur ein Ja von mir hören.«

»Stimmt.«

»Tu, was du nicht lassen kannst. Aber wenn du damit Geld verdienst, musst du mich ins Diner einladen.«

»Danke, Bennett.«

Er winkt ab.

7

LEO

Ich wache mit einem Stöhnen auf. Meine Schulter schmerzt von der unbequemen Haltung, und ich fühle mich, als sei ich um Jahre gealtert. Blinzelnd reibe ich mir über das Gesicht. Die Sonne steht schon hoch am Himmel. Halb blind von dem Licht, das in den kleinen Wohnwagen fällt, taste ich nach meinem Handy. Verflucht, ich habe den halben Tag verschlafen.

Während ich mit einer Hand die Schulter massiere, versuche ich meine Gedanken etwas zu ordnen. Nach der langen Nacht ist es nicht ungewöhnlich, dass mein Körper den Schlaf nachholen will. Allerdings ist mein Bett zu Hause doch bequemer als die behelfsmäßige Pritsche, auf der ich heute geruht habe.

Ein Hotel wäre wesentlich entspannter gewesen, aber die waren alle schon ausgebucht. Der Trailerpark hingegen kostet einen Bruchteil, und meine kleine Bude ist ohnehin nur ein Schlafplatz. Es gibt Schlimmeres.

An diesem Gedanken halte ich mich fest, als ich ins strahlende Sonnenlicht trete – und meine Schuhe in einer Pfütze aus Erbrochenem stehen. Offenbar ist heute einer dieser Tage. Großartig.

»Sorry, Mann«, höre ich einen Kerl sagen, der an einem der provisorischen Zäune rings um die Trailer lehnt. »War 'ne ziemlich heftige Party gestern.«

Sein nach hinten gegeltes Haar und die Zigarette zwischen seinen Lippen lassen ihn wirken wie eine schlechte Kopie von James Dean.

»Ist mir aufgefallen«, gebe ich zurück und versuche, dabei nicht zu angepisst zu klingen.

Das Letzte, was ich gebrauchen kann, ist Ärger da, wo ich schlafe.

»Hier«, meint er und tritt vor, um mir ein Taschentuch zu reichen, mit dem ich zumindest die Spritzer von meinen Schuhen entfernen kann. Mit so viel Freundlichkeit hatte ich angesichts seiner finsteren Miene gar nicht gerechnet. »Danke, ich bin Leo.«

»Arin«, meint der Unbekannte. »Auf der Durchreise?«

»Kann man so sagen.«

»Das Festival?«

Ich nicke und blinzle zu ihm hinauf. »Bist du von hier?«

Falls das überhaupt möglich ist, wird sein Blick noch finsterer. »Unglücklicherweise, ja.«

Er weicht meinem Blick aus, aber ich habe schon viele Menschen wie ihn gesehen. Menschen, die durch all das, was sie erleben mussten, zu jemandem geworden sind, den sie selbst nicht mehr wiedererkennen. Und dann stranden sie an solchen Orten. Einem Trailerpark weit abseits der hübschen Innenstadt, in der alle mit Shakespeare-Zitaten um sich werfen.

»Danke für das Taschentuch«, sage ich, weil ich nicht weiß, was ich sonst sagen könnte.

Er winkt ab, als sei es keine große Sache und nicht ein Akt der Freundlichkeit, die ich hier nicht erwartet habe. »Klar.«

Ich laufe über den sandigen Weg, wobei ich versuche, möglichst viel der bröckeligen Flüssigkeit von meinen Schuhen zu bekommen. Von irgendwo hinter mir höre ich, wie jemand lautstark nach einem Schnaps verlangt. Der Trailerpark bietet definitiv ein anderes Bild als die Kleinstadtidylle, die ich von Belmont Bay erwartet habe.

Die Trailer und Wohnwagen haben ihre besten Jahre bereits hinter sich. Überall liegen oder stehen kaputte Elektrogeräte herum, zusammen mit leeren Bierdosen und Flaschen in braunen Tüten. Der Geruch nach Bier, verbrannten Reifen und Hilflosigkeit hängt ebenso über diesem Ort wie eine bedrückende Ausdruckslosigkeit. Nur wenige der kleinen Grünflächen vor den gut zwanzig Trailern sind gepflegt; den meisten sieht man an, dass der heiße Sommer sie ausgetrocknet hat. Die Farblosigkeit wird im Kontrast des angrenzenden Waldes nur noch deutlicher. Dieser wird durch einen Maschendrahtzaun abgegrenzt – doch auch in dem hängt Müll. Einige Tiere, und vielleicht auch Menschen, haben den Zaun stellenweise so demoliert, dass es ein Leichtes ist, durch die Maschen zu schlüpfen. Niemand hier hat es verdient, so zu leben. Nicht die alte Lady, deren pinker Sonnenschirm bereits zu einem fleckigen Rosa ausgeblichen ist. Nicht der pöbelnde Trinker, der die halbe Nacht von Aliens gefaselt hat. Und nicht das junge Pärchen mit den drei kleinen Kindern, die sich gerade darüber streiten, dass sie nicht genug Geld haben, um sich und ihren Kleinen etwas zu essen zu kaufen. Und auch nicht Arin, von dem ich nichts weiß, außer dass er gern Partys feiert und offenbar immer Taschentücher griffbereit hat.

Niemand verdient so ein Leben. Manchmal vergesse ich, wie viel Glück ich hatte. Im guten alten Amerika sind wir alle nur eine falsche Entscheidung von Orten wie diesen entfernt. Ein Fehltritt, und man fällt in ein Loch, aus dem es kein Entkommen mehr gibt. Eine Spirale aus Angst, Armut und Anfeindungen.

Seufzend starte ich den Wagen und fahre los. Mir bleibt keine Zeit, meinen Gedanken nachzuhängen, ich muss auch noch einen Job erledigen. Selbst wenn der den Stich des schlechten Gewissens nur schlimmer macht.

Zu allem Überfluss klingelt mein Handy. »Dad, ich fahre gerade.«

Er schnaubt abfällig. »Und? Wozu hast du die Freisprechanlage?«

»Es ist erwiesen, dass es …«

»Wir können diskutieren, oder ich sag dir einfach, was ich zu sagen habe, und du kannst sicher weiterfahren«, unterbricht mich mein Vater, und ich rolle mit den Augen, froh darüber, dass er das nicht sehen kann.

»Was bringt mich zu der Ehre deines Anrufs?«

»Der Drucker ist kaputt.«

Das hätte ich kommen sehen können. Seit ich versucht habe, die Kanzlei etwas mehr in das aktuelle Jahrhundert zu bringen, scheint mein Vater einen Kampf mit den elektronischen Geräten zu führen.

»Ist er kaputt, oder sind die Patronen alle?«

»Die Patronen können nicht alle sein, ich habe sie gerade gewechselt.«

Das ist nicht gut. Das letzte Mal, als er etwas gewechselt hat, konnten wir danach einen neuen Drucker kaufen.«»Ich ruf Maxx an«, sage ich, wohl wissend, dass mein Cousin nicht gerade begeistert sein wird.

»Nein«, schnaubt mein Vater sofort.

»Doch.«

»Ich bin ein erwachsener Mann und sehr wohl in der Lage, die Patronen des Druckers allein zu wechseln«, ruft er mir aus dem Lautsprecher entgegen, und ich verziehe das Gesicht. Natürlich könnte ich ihn darauf hinweisen, dass er diesen Satz schon mal gesagt hat, doch dann würde es nur wieder zu einem Streit kommen.

»Maxx wird wissen, ob der Drucker hin ist oder nicht«, versuche ich es etwas versöhnlicher. Wir schweigen einen Moment, ganz so als wüssten wir nicht, ob wir uns mit dem Drucker nun einig geworden sind oder nicht.

»Wie läuft dein Auftrag?«, wechselt mein Vater das Thema. Vielleicht ahnt er, dass ich dieses Mal recht haben könnte, auch wenn es seinen Stolz verletzt.

Ich könnte jetzt ausführen, dass ich bereits ihr Auto verwanzt, eine Kopie ihres Terminplaners von ihrem Mann bekommen habe und nun dabei bin, ihr eine Weile bei der Arbeit zuzusehen, doch ich spare mir lange Reden. »Bin dran.«

»Gut.«

Ich lege auf, schicke meinem Cousin eine Sprachnachricht und parke den Wagen.

Ein Blick auf die Uhr verrät mir, dass ich noch gut eine Stunde habe, bis ich mich mit Megan und den anderen vor dem Theater treffe. Zeit genug, um mich umzuschauen und meine Zielperson näher zu betrachten.

Natürlich habe ich mir die Akte genau angesehen. Die Frau, die ich beobachten soll, leitet nicht nur die Schauspielgruppe rund um das Theater, sondern auch die Theater-AG an der Highschool. Eine echte Kleinstadtkönigin. Doch wie in den meisten Leben gibt es auch bei Caroline Tantum Dinge, die nicht auf ihren Social-Media-Profilen stehen. Wie die simple Tatsache, dass sie jeden Freitag zu der Selbsthilfegruppe der anonymen Süchtigen in die kleine Kirche geht oder dass sie mal fast ihren Führerschein verloren hätte. Egal, wie gut ein

Leben von außen aussieht, im Inneren gibt es immer die kleinen Dinge, die wir gern verstecken würden – besonders vor uns selbst.

Ich nehme die Stufen zum Schauspielhaus und schlüpfe unauffällig an einigen jungen Menschen vorbei, die bereits in altertümlichen Kostümen stecken.

Partnerschaftsprobleme sind zwar meine Hauptarbeit, doch im Normalfall beobachte ich dabei nicht nur eine Person. Die Beziehung von zwei Menschen zu betrachten, liefert oft mehr Hinweise, als man glaubt. Mr Tantum jedoch scheint in der letzten Zeit ziemlich wenig mit seiner Frau zu tun zu haben. Das ist nicht unbedingt ungewöhnlich, wenn man Seitensprünge und Fremdgehen vermutet. Auch wenn die meisten die Probleme in der Beziehung nicht wahrhaben wollen, unterbewusst spüren sie doch, dass es irgendwo in ihrer Liebe einen Riss gibt. Aber ob das in dieser Familie auch so ist, kann ich noch nicht sagen. Dank des kleinen Senders, den ich unauffällig an Carolines Auto angebracht habe, weiß ich, dass sie genau nach Zeitplan zum Festival gefahren ist. Es ist nicht schwierig, meine Zielperson auszumachen.

Caroline Tantum ist definitiv eine Erscheinung. Die blonden Haare sind gestylt, als habe sie vor, in einer Hollywoodproduktion aufzutreten. Die roten Lippen verziehen sich, während sie gerade dabei ist, einen der Teenager anzuschreien, die am heutigen Stück beteiligt sind.

Sympathisch.

Um nicht aufzufallen, bleibe ich vor einem großen Bild stehen. Es zeigt einen Mann im Frack, mit ernstem Gesicht und einem beeindruckenden Schnurrbart. Neben ihm steht eine Frau, die ihm gelinde gesagt die Show stiehlt. Sie trägt ein gelbes Kleid und ein strahlendes Lächeln auf den Lippen. Das Infoschildchen neben dem Bild verrät mir, dass es sich um William Baker und seine Ehefrau handelt. Ihren Namen kann ich jedoch nirgendwo entdecken. Schade, denn ich bin mir sicher, ihre Rolle bei der Gründung des Theaters war ebenso groß wie die ihres Mannes.

Caroline hat inzwischen aufgehört zu schreien. Sie stöckelt an mir vorbei, ohne mich auch nur anzusehen. Direkt hinter ihr kommt ein hagerer junger Mann. Vermutlich ihr Assistent. Ohne Eile folge ich den beiden nach draußen.

Auf den Stufen bleibe ich kurz stehen und fische die Sonnenbrille aus meiner Jacke, ehe ich mich möglichst gelassen unter die Festivalgäste mische. Dabei habe ich Caroline genau im Auge. Sie bleibt an einigen Ständen stehen, lacht, wirft das blonde Haar zurück und benimmt sich wie die Königin dieser Festlichkeiten. Und obwohl sie all das vielleicht unsympathisch machen könnte, muss ich trotzdem grinsen. Irgendwas an ihrer Art ist seltsam liebenswert, wie fast alles in dieser Stadt.

Ich nehme gerade auf einer der Sitzbänke Platz, da dreht Caroline sich zum ersten Mal zu ihrem Assistenten um. Allerdings nur, um sich ihren Kaffee geben zu lassen, dann schwebt sie weiter über das Festivalgelände.

»Leo!«

Ertappt zucke ich zusammen, schaffe es jedoch, das Grinsen in meinem Gesicht zu halten, als Conner mir zuwinkt. Mias wilden Gesten entnehme ich, dass ich sitzen bleiben soll. Darum warte ich, bis die kleine Gruppe sich ihren Weg zu mir gebahnt hat. Hinter dem Pärchen unterhalten sich Megan und Chris – und obwohl ich weiß, dass es kindisch ist, spüre ich einen Stich der Eifersucht. Er sieht gut aus, ist Arzt und wohnt in der gleichen Stadt wie sie; wahrscheinlich sind seine Chancen hundertfach höher als meine. Moment, will ich denn eine Chance bei ihr haben?

»Bevor ich mir den Kitsch gebe, brauch ich Zucker«, sagt Megan zur Begrüßung.

»Wenn es auf diesem Festival etwas gibt, dann Karies«, stimmt Chris zu. Die beiden lachen.

Karies könnte man tatsächlich schon von den ganzen Gerüchen bekommen. Es gibt alles, was man sich denken kann. Kandierte Äpfel, gebrannte Mandeln und Zuckerwatte, aber auch Burger und Pommes. An dem Stand bleibt mein Blick länger hängen, denn direkt dahinter befindet sich eine leuchtende Shakespeare-Statue, mit der einige Touristen bereits Selfies machen. »Ich wollte mir gerade Zuckerwatte holen«, sage ich, noch ehe ich mich davon abhalten kann, und deute auf den kleinen Stand. Dabei mag ich die gar nicht. Megan sieht mich mit ihren dunklen Augen an, legt den Kopf schief und betrachtet mich kurz, als wäre sie nicht sicher, ob das eine gute Idee ist. Die Lichterketten, die sich kreuz und quer an jedem Baum, Stand und über unseren Köpfen spannen, lassen ihr Haar noch mehr funkeln.

»Super, Megan, bringst du mir eine mit?«, fragt Mia, und ich kann die Blicke zwischen den Schwestern nicht deuten. Es kommt mir fast vor, als würden die zwei ein Spiel spielen, von dem ich keine Ahnung habe.

»Klar.« Megan geht vor, und ich folge ihr, wobei ich meine Kamera alibimäßig ein paarmal hebe und willkürlich Bilder vom Festival mache.

»Wird dir in diesem Ding nicht heiß?«

Ich betrachte meine Lederjacke. »Doch, aber ich versuche mir noch den Hauch meiner Coolness zu bewahren.«

Ein kleines Grinsen huscht über ihr Gesicht. »Du bist in der Weißbrot-Kleinstadt Idahos und wirst dir gleich die schlimmste Liebesgeschichte der Welt ansehen – ich sag's dir ja nicht gern, aber da hilft die Lederjacke auch nicht.«

»Autsch.«

»Jemand musste dir die Wahrheit sagen.«

Im Vorbeigehen entdecke ich einen kleinen Stand mit verschiedenfarbigen Seifen, deren Geruch mich unweigerlich an Conner erinnert. »Ist das ...«

»Hey, Tara«, grüßt Megan die junge Frau mit dem kleinen Mädchen auf dem Arm, die diesen Stand betreut. »Das ist Leo. Leo, das ist Tara, Conners Schwester.«

»Und diejenige, die hier arbeitet, obwohl das sein Ding ist«, schnaubt Tara, klingt jedoch nicht wütend.

»Ich bin Chana«, sagt das kleine blonde Mädchen und sieht mich an. »Meine Tante Mia hat gesagt, du schreibst über unsere Seife, und dann werden wir berühmt.«

Mir schießt die Röte in die Wangen, und ich bin zu verdutzt, um noch etwas zu sagen. Zum Glück verabschiedet Megan sich schnell und zieht mich weiter.

Wir bleiben vor dem kleinen Stand mit der hellrosa Zuckerwatte stehen, und ich bestelle drei, ehe ich mich wieder zu Megan umdrehe.

»Du bist wirklich brutal.«

Sie zuckt mit den Schultern. »Vielleicht hatte ich auch nur Mitleid mit deinem Deo, das Überstunden machen muss.«

»Ich hoffe, das war kein Hinweis darauf, dass ich stinke«, gebe ich zurück.

»Nein, du riechst erschreckend gut, wenn man bedenkt, wie heiß es ist.«

Lachend fahre ich mir durch die Haare. »Ich dachte, ich könnte dich so beeindrucken.«

»Oh, ich bin beeindruckt«, meint sie und nimmt die erste Zuckerwatte an sich. »Nur eben mehr von deinem Deo als von dir.«

Für einen Moment sehen wir einander nur an. Der sanfte Wind lässt ihre roten Haare sachte hin und her schwingen. Ihre Kamera hängt schräg über ihren Schultern, und der Gurt betont die Rundungen unter dem schwarzen Shirt, dessen großer runder Ausschnitt etwas über ihre Schulter gerutscht ist, sodass ich eine der Blüten ihres Tattoos erkennen kann.

»Du fotografierst?« Bewaffnet mit den Zuckerbomben schlendern wir wieder zurück zur Gruppe.

Zum ersten Mal, seit ich Megan kenne, wirkt sie peinlich berührt, doch noch bevor sie etwas sagen kann, mischt Mia sich ein. »Sie ist Künstlerin.«

»Ach wirklich?«

»Eher Fotografin«, berichtigt Megan, und von ihrem sonstigen Selbstbewusstsein ist wenig zu sehen.

»Sie ist Künstlerin.«

»Und ein kleiner Instagram-Star«, wirft Conner ein, was Megan noch weniger zu gefallen scheint.

»Wow«, entkommt es mir, als Mia mir ihr Handy vor die Nase hält und ich einen Blick auf Megans Profil werfen kann. Fast sechzigtausend Menschen folgen ihr – und auch wenn ich mich nie groß für die sozialen Medien interessiert habe, bin ich beeindruckt. Nicht von der Anzahl der Follower, sondern eher von den Bildern. Zwischen den

Fotos der einzigartigen Landschaft Idahos entdecke ich immer wieder Porträts von Menschen. Chris in seinem Arztkittel, einen ernsten Ausdruck in den Augen. Die Besitzerin des *Joey's* mit einem Cupcake in der Hand. Mia und Conner, wie sie einander so verliebt anschauen, als gäbe es keine Welt um sie herum. Jede ihrer Fotografien hinterlässt ein Gefühl, mal bedrückend, mal beschwingt. Ich bin mir nicht sicher, ob ich schon einmal so viel bei einem Instagram-Feed empfunden habe.

»Könnten wir bitte nicht über mich reden?«, grummelt Megan. Vielleicht ist es nur die Sonne, die die Farbe ihrer Haare reflektiert, doch ich könnte schwören, dass sie rot wird.

»Das ist wirklich beeindruckend.«

»Danke.«

»Wäre doch ein guter Aufhänger für deinen Artikel«, fährt Mia munter fort. »Der neue Stern am Himmel von Idaho.«

»Leo, wenn du etwas in die Richtung schreibst, muss ich dich leider umbringen.«

»Keine Angst«, sage ich schnell. »Ich schreibe nichts über dich. Kein Wort. Versprochen.«

Sie scheint mit dieser Antwort zufrieden zu sein, denn sie dreht sich zu ihrer Schwester um und zischt: »Könntest du bitte aufhören, allen von meinen Followern zu erzählen? Du weißt genau, wie unangenehm mir das ist.«

»Du solltest stolz darauf sein.«

»Bin ich, aber ich möchte trotzdem nicht, dass die Menschen nur noch diese Zahl sehen und nicht mehr meine Bilder.«

»Deine Bilder sind großartig«, platzt es aus mir heraus, und ich fühle mich entsetzlich unsensibel, überhaupt etwas gesagt zu haben.

Megan sagt nichts, sieht mich nur an, als sei sie nicht sicher, was sie von mir halten soll.

»Ich unterbreche diesen unfassbar peinlichen Moment nur sehr ungern«, kommt es von Chris. »Aber das Stück fängt gleich an.«

Mia hüpft einmal freudig und schnappt sich dann Conner. Ich gehe mit etwas Abstand hinter ihnen her und frage mich, wieso Megans Miene beim Anblick von *Romeo und Julia* noch finsterer wird.

MEGAN

Zwei Stunden meines kostbaren Lebens sind dahin.
Und um das Desaster komplett zu machen, schlittere ich auf einen handfesten Streit unter Schwestern zu. »Das wohl schlimmste aller Shakespeare-Werke«, schnaube ich und verdrehe die Augen, als wollte ich meine Meinung so noch unterstreichen. »Zwei Teenies im Hormonrausch, die angebliche Liebe als Vorwand nehmen, um ihre Leben zu beenden. Und noch dazu gespielt von einem Haufen Teenager, die glauben, das sei die Definition von romantisch.«

»Vielleicht überrascht es uns nur nicht, weil einfach jeder das Ende kennt«, versucht Chris es gewohnt schlichtend, während wir aus dem Theater marschieren und wie selbstverständlich den Weg zum See einschlagen.

»Kindische Naivität«, brumme ich.

Conner enthält sich. Wahrscheinlich aus reinem Eigennutz.

Empört reißt Mia den Mund auf. »*Romeo und Julia* ist viel mehr als eine kindische Liebesgeschichte mit tragischem Ende. Ihr beurteilt es, ohne zu bedenken, dass es aus dem sechzehnten Jahrhundert kommt. Die Handlung dreht sich nur oberflächlich um das Verhalten der Protagonisten, es geht vielmehr um die Frage, ob die ganze Tragödie vom Schicksal bestimmt ist oder ob sie nur das Ergebnis der eigenen, falschen Entscheidungen ist. Romeo und Julia sind nicht umsonst Shakespeares ›star-crossed lovers‹. Romeo selbst ist der ›fortune's fool‹.«

Während ihres Vortrags ist sie stehen geblieben und gestikuliert nun wild, als würden ihre (wirklich guten) Argumente nicht ausreichen, um mich zu überzeugen.

Vollkommen unbeeindruckt nehme ich meine Sonnenbrille ab.

»Romeo ist ein Fuckboy der ersten Generation, der sich nicht wirklich verliebt, sondern immer nur das will, was er nicht haben kann. Und das ist in dem Fall Julia«, sage ich und lege den Kopf schief. »Julia ist verblendet und naiv und glaubt, ihre erwachte Libido sei Grund genug, ihre gesamte Familie zu verraten, weil ein Junge ihr sagt, sie sei hübsch.«

Mias Mund klappt ein paarmal auf und zu, ehe sie den Kopf schüttelt. »Du ignorierst völlig den zeitlichen Kontext. Gerade für die Zeit der Renaissance war es eine Gratwanderung. Shakespeare hat den Glauben an das festgelegte Schicksal infrage gestellt, und das als jemand, der sich selbst hochgearbeitet hat.«

Ich liebe meine Schwester – und ich liebe es, dass sie das Theater liebt. Aber was zur Hölle an dieser Geschichte auch nur im Ansatz romantisch sein soll, werde ich nie verstehen. »Die einzige Gratwanderung ist die Sexualisierung einer Teenagerromanze.«

Mia sieht mich an, als hätte ich *Romeo und Julia* gerade mit trashiger toxischer Erotik à la *After Passion* verglichen. Sie setzt einen Blick auf, den ich schon seit meiner Kindheit fürchte. Noch ein falsches Wort, und diese Diskussion eskaliert. Verdammt, heute ist echt nicht mein Tag. Dabei verstehe ich selbst nicht, warum ich so genervt bin.

Vielleicht weil ich Mias Verkupplungsversuche anstrengend finde, vielleicht weil ich Angst habe, dass sie meine Einsamkeit spürt, und vielleicht auch, weil ich fühle, wie da etwas ist zwischen Leo und mir. Dieser Funke. Und Funken können ein Feuer entfachen, das niemand kontrollieren kann.

»Schön, du willst es unbedingt negativ sehen, aber was ist mit den anderen Dingen: das Wechselspiel zwischen Tragödie und Komödie; Julias Fähigkeit, ihre Gedanken mit der poetischen Essenz von Sprache auszudrücken, und das eingeflochtene Sonett der Kennenlernszene? Das ist Kunst, ob es dir nun gefällt oder nicht.« Obwohl Leo sein Bestes gegeben hat, sich nicht in den Streit zwischen uns Schwestern einzumischen, sieht Mia ihn nun direkt an. »Was meinst du, Leo?«

Für den Bruchteil einer Sekunde tut mir Leo leid, doch so ungern ich es auch zugebe, mich interessiert seine Meinung tatsächlich.

Unbehaglich räuspert er sich. In diesem Moment erscheint er mir unfassbar jung. Als stünde er vor einer Klasse, sicher, dass er das Falsche sagen würde. Doch nicht zum ersten Mal überrascht er mich.

»Ich denke, ihr habt beide gute Argumente«, versucht er es diplomatisch.

»Das haben wir nicht gefragt«, sage ich mit einem Hauch Neugier in der Stimme. »Was denkst du?«

»Na ja«, murmelt er plötzlich nervös und fährt sich durch die schwarzen Haare. »Ich denke, es geht im Kern weniger darum, dass es eine Liebesgeschichte ist.«

»Und was ist es dann?«, will Conner wissen.

»Es geht um zwei junge Menschen, die den Erwartungen ihrer Eltern nicht entsprechen wollen – und das zu einer Zeit, in der es keine Möglichkeit gibt, sich davon zu lösen. Das ist für mich die wahre Tragödie.«

»Das klingt, als hättest du Erfahrungen darin, deine Eltern zu enttäuschen«, murmele ich und taxierte ihn mit meinem Blick.

»Familie ist nie einfach, oder?«

»Nein, und Erwartungen sind es auch nicht.«

»Die beiden haben sich also umgebracht, weil sie Angst hatten, ihre Eltern zu enttäuschen?«, will Conner wissen.

»Sie waren Teenager in einer Welt voller Krieg und Hass, den sie fortsetzen sollten. Stattdessen haben sie sich verliebt«, erklärt Leo schulterzuckend.

»Und ihre verbotene Liebe ist der Ausdruck dieser Erwartungen, gegen die sie rebelliert haben«, wirft Mia frustriert ein.

Er schüttelt den Kopf. »Die Liebe war ihre Form der Rebellion, ja. Aber mehr Substanz hatte diese Verbindung nicht. Wahre Liebe bedeutet nicht, füreinander zu sterben, sondern einander beim Leben zu helfen.«

Einen Moment herrscht Schweigen in unserer kleinen Gruppe. Dann nicke ich anerkennend und klatsche in die Hände. »Du hast eine Shakespeare-Diskussion gegen meine Schwester gewonnen – dafür hast du dir ein Bier verdient.«

LEO

»Kann ich dir ein paar Fragen zum Festival stellen?«, will ich wissen, da ich neben Megan schlecht schweigen kann und mich zumindest etwas auf meinen Job konzentrieren will, auch wenn sie eine mehr als willkommene Ablenkung darstellt.

»Klar.«

»Wird von der Regisseurin organisiert, dieser Caroline ...« Ich tue so, als würde ich über den Nachnamen nachdenken.

»Tantum«, hilft Megan aus und runzelt die Stirn, als sei sie nicht sicher, ob sie dieses Gespräch mit mir führen will. »Und ja, zumindest ist sie die Frontfrau des Planungsteams. Aber das Festival ist Stadtsache.«

»Wie lange gibt es das Festival schon?«

»Keine Ahnung, ich glaube seit der Gründung. Die Stadt hat sich um das Theater herum entwickelt. Und das wird dir gefallen, denn es wurde aus Liebe gebaut.«

»Merkt man mir an, dass ich ein Romantiker bin?«

»Willst du wirklich, dass ich darauf antworte?«

»Das Theater wurde also aus Liebe erbaut?«

»William Baker, einer der Gründerväter dieser Stadt, hatte eine Affäre mit einer Theaterschauspielerin – die leider nie die großen Rollen bekam, die sie in seinen und wohl auch ihren eigenen Augen verdiente. Aber da Mr Baker wirklich viel Geld hatte, beschloss er, ein Theater zu errichten, in dem sie auf ewig die Nummer eins bleiben sollte«, erzählt Megan und macht eine ausladende Geste. »Was du sicher schon weißt, da es ungefähr so, nur in lang und trocken, auf der Homepage der Stadt steht.«

»Aus deinem Mund klingt es irgendwie spannender.«

»Lass das bloß nicht Caroline hören.«

Ich lache leise. »Sie leitet das Theater, oder?«

»Zumindest in den letzten zehn Jahren«, antwortet Megan gelassen und winkt ab. »Um ehrlich zu sein, glaube ich nicht, dass jemand anderes es so gut machen würde. Aber verrat ihr das nicht, sie trägt ihre Nase ohnehin viel zu hoch.«

»Kein überschwängliches Lob, wird notiert«, gebe ich zurück.
»Kennt ihr euch gut?«
»Würde ich nicht sagen. Eben so gut, wie man es in einer kleinen Stadt tut, in der man immer mal wieder miteinander arbeitet.« Megan bleibt kurz vor mir stehen, während der Rest weitergeht. »Kannst du für heute Feierabend machen, oder wirst du mich noch den gesamten Abend löchern?«

Nervös fahre ich mir durch die Haare. Ich werde mich wohl an jemand anderen wenden müssen, wenn ich schlüpfrige Details zu Carolines Privatleben erfahren will. Doch statt enttäuscht zu sein, zeigt mir das nur eine neue Seite an Megan, die ich mehr mag, als ich sollte.

Sie ist loyal. Teilweise vielleicht sogar etwas zu ehrlich, aber ich mag die Art, wie sie einem ihre Meinung wie eine Torte ins Gesicht schleudert. Auch wenn ich mir vorstellen kann, dass es in einigen Momenten ziemlich schmerzen kann.

»Feierabend für heute.«

Sie grinst. »Gut, dann los, sonst sind die anderen vor uns da.«

Ich bin mir nicht sicher, wohin wir gehen, aber ich will mir auch nicht die Blöße geben, danach zu fragen. Ein moosgrüner Kiosk kommt in Sicht, und Mia grüßt den Mann im Inneren. Er grinst schief, hebt die Hand zum Gruß, und im Vorbeigehen fällt mir auf, dass ein Stück seines Schneidezahns fehlt.

Grüne Büsche säumen den kleinen Weg vor uns. Langsam bekomme ich eine Ahnung, wohin wir gehen – und als ich das klare Wasser im Abendlicht schimmern sehe, weiß ich, was alle an Belmont Bay verzaubert.

Der See liegt vor uns. Der Wald umringt ihn, spiegelt sich auf der klaren Oberfläche, und das Zwitschern der Vögel vermischt sich mit dem Lachen der Touristen, die auf Decken am Ufer liegen.

Megan bleibt direkt neben mir stehen. Sie macht ein Foto, geht in die Hocke und macht noch eins, ehe sie zu mir aufblickt, als würde sie auf etwas warten. »Willst du diesen Anblick nicht dokumentieren?«

Ertappt greife ich nach meiner eigenen Kamera. »Doch, klar.«

Sie mustert mich, als wäre meine Art, ein Foto zu schießen, vollkommen falsch. Doch zu meinem Glück scheint sie schnell das Interesse daran zu verlieren. Es kommt mir nicht richtig vor, sie anzulügen, aber bei einer Stadt wie dieser ist Tarnung wichtig. Niemand würde noch mit mir reden, wenn sie wüssten, dass ich im Privatleben anderer herumschnüffele. Mia und Conner sind bereits ein gutes Stück vor uns, sie steuern auf einen Platz zu, den Chris gesichert hat.

»Hasst du alle Stücke von Shakespeare so sehr?«, frage ich, nur um etwas zu sagen und nicht wieder in dieses peinliche Schweigen zu verfallen. Wieso nur schaffe ich es in ihrer Gegenwart einfach nicht, mich normal zu verhalten?

Sie zuckt mit den Schultern. »Nein. Ich bin nicht gerade sein größter Fan, aber *Romeo und Julia* nervt mich schon seit meiner Jugend. Für Mia ist es die Geschichte einer Liebe, die über alles geht, aber für mich ist sie der Inbegriff einer toxischen Beziehung.«

»Da kann ich dir nicht widersprechen, aber ich verstehe, was Mia meint«, murmle ich. »Liebe ist nicht immer einfach und ganz sicher nicht immer schön, aber irgendwie ist sie doch immer der Motor, der uns antreibt.« Mich jedenfalls treibt die Liebe an, ich suche sie nicht aktiv, dazu war mein Schmerz in den letzten Monaten zu groß. Aber ich habe nichts dagegen, sie zu finden und vielleicht dank ihr auch wieder einen Weg hinaus aus dem Schmerz.

»Oder der Grund, warum wir keine Vollbremsung hinlegen, obwohl es wesentlich besser für uns wäre.«

»Wünschen wir uns nicht alle diese eine große Liebe?«

»Ich wünsche mir einen Lottogewinn und härtere Strafen für Umweltsünder.«

Gegen meinen Willen lache ich los. »Muss denn das eine das andere ausschließen?«

Megan verzieht das Gesicht, aber ich sehe, wie ihre Mundwinkel nach oben zucken. »Lachst du mich gerade aus?«

»Ein bisschen.«

Sie schüttelt den Kopf, doch ihr Lächeln sorgt dafür, dass mein Herz einen kleinen Sprung macht. »Du bist echt schräg, Leo.«

»Dann passe ich ja gut hierher.«

Ertappt zeigt sie mit dem Finger auf mich. Offenbar ist ihr unser erstes Gespräch in der Bar genauso gut im Gedächtnis geblieben wie mir. Für einen Moment glaube ich, dass sie noch etwas sagen will, doch dann wird sie gerufen. Ich folge ihr zu den anderen, lasse mich auf einer der zwei Decken nieder und nehme mir dankbar eines der kühlen Biere.

Mia betrachtet uns mit einem wissenden Blick, von dem ich nicht weiß, was genau er bedeuten soll. Sie sagt nichts, streift nur ihr Kleid über den Kopf, sodass ein simpler schwarzer Badeanzug zum Vorschein kommt. Conner und Chris tun es ihr gleich, ehe die kleine Truppe in den See läuft. Wasserperlen funkeln im Licht der Sonne, während eine Wasserschlacht entbrennt.

»Willst du nicht schwimmen?«, frage ich, bevor ich den anderen nachsehe.

Megan winkt ab. »Nein, ich bin mehr der Typ, der in der Sonne brät, als dass ich in einen See hüpfe.«

»Und ich dachte, deine Haarfarbe sei ein Hinweis darauf, dass du in deinem früheren Leben eine Meerjungfrau warst.«

Für zwei Wimpernschläge sieht Megan mich an. Dann fängt sie an, schallend zu lachen. »O Mist, tut mir leid, aber dieser Spruch war wirklich ...« Was auch immer sie sagen wollte, geht in einem erneuten Lachanfall unter.

Ich kann es ihr nicht verdenken. »Kein Arielle-Fan – schon verstanden.«

»Zumindest habe ich mich nicht für diese Haarfarbe entschieden, weil ich gern eine Nixe wäre.«

»Und warum dann?«

Megan verzieht den Mund etwas. »Wieso willst du das wissen?«

»Vielleicht möchte ich das schräge Mädchen aus der schrägen Stadt gern näher kennenlernen.«

Ihre Augen verengen sich. »Tja, zu schade. Ich bin eine Frau.«

Kurz steht mir der Mund offen. »Das hab ich verdient«, sage ich entschuldigend. »Aber es ändert nichts daran, dass ich dich kennenlernen will.«

Der sanfte Sommerwind lässt ihre Haare etwas wehen. Sie beginnt damit, den goldenen Ring an ihrem kleinen Finger zu drehen, ohne mich anzusehen. »Es wäre viel sinnvoller, wenn Meerjungfrauen blaue oder grüne Haare hätten, meinst du nicht? Immerhin müssen sie sich ja im Ozean tarnen. Da sind rote Haare nicht gerade unauffällig.«

»Und wieso tarnst du dich dann damit?«

»Es ist keine Tarnung«, murmelt sie und spielt weiter an einer ihrer Locken herum. »Es ist eine Warnung.«

»Eine Warnung wovor?«

Sie sagt nichts. Stattdessen leert sie ihr Bier, von dem mir erst jetzt auffällt, dass es alkoholfrei ist. Verdammt, daran hätte ich auch denken sollen. Mein Auto steht noch immer auf dem Parkplatz, und ich habe bis eben keinen Gedanken daran verschwendet, dass ich schlecht damit in die Wohnwagensiedlung fahren kann, wenn ich etwas trinke.

Bevor ich verstehe, was sie tut, drückt sie auf den Auslöser und macht ein Foto von mir, ehe sie weiterspricht. »Leo ... wie ist dein voller Name?«

Irritiert blinzle ich. »Ich hatte gehofft, vor dieser Frage könnte ich mich noch eine Weile drücken.«

Megan lacht, wirft ihre roten Haare zurück und reicht mir eine Cola. »Diese Chance hast du leider verspielt.«

9

MEGAN

Erinnerungen können einem das Herz herausreißen, es auf den Boden werfen und in winzige kleine Teile reißen. Wenn ich mir Leos Gesicht nun ansehe, kommt es mir so vor, als wäre er in eine Erinnerung gerutscht, die er lieber vergessen würde.

Für einen schier endlosen Augenblick blickt er auf den See, den Sonnenuntergang und die lachenden Menschen um uns herum. Doch nichts davon scheint wirklich bis zu ihm durchzudringen. Dann räuspert er sich, ohne mich anzusehen. »Leonard.«

»Könnte schlimmer sein«, versuche ich die Stimmung wieder etwas aufzulockern, doch es ist einer dieser Momente, in denen man einem einstmals Fremden plötzlich viel näher ist, als man je vorhatte.

»Ich mag meinen Namen nicht sonderlich.«

»Mir gefällt er. Leonard«, sage ich, und zu meiner eigenen Überraschung meine ich es auch so.

Aber Leo schüttelt den Kopf. »Sag das den Kids, mit denen ich zur Schule gegangen bin. Für die war ich Leonard-*Oh*. Und nicht das positive *Oh*, sondern das *Oh*, das dir das Gefühl gibt, der absolute Loser zu sein«, murmelt er und zuckt mit den Schultern, als ob es keine große Sache wäre, obwohl es ihm offensichtlich noch immer zu schaffen macht, daran zu denken.

»Sie haben dich wegen deines Namens gemobbt?«

Er sieht mich an. »Ja, und wahrscheinlich, weil ich nicht war wie die meisten anderen Jungs in meiner Stufe. Ich hab mir nicht viel aus Sport gemacht, habe nicht wirklich in die Klischees gepasst, und dann war da noch mein Dad.«

»Dein Dad?«

»Er ist schon eher das von der Gesellschaft akzeptierte Bild eines Mannes und ziemlich stolz auf die italienischen Wurzeln unserer Familie. Egal, wie sehr ich mich dagegen gewehrt habe, er hat mich trotzdem dazu gezwungen, ins Fußballteam zu gehen. Das hat es mir nicht gerade einfach gemacht, denn ich war so ungefähr der schlechteste Spieler.« Sein dunkles Haar hängt ihm in die Stirn und verdunkelt seine Augen noch mehr. »Leo-*Oh* trifft keinen Ball.«

»Das tut mir echt leid.« Mein Herzschlag beschleunigt sich, denn diesen Ausdruck in seinen Augen kenne ich viel zu gut. Die eigene Vergangenheit lässt einen nie völlig los und erwischt einen immer in den Momenten eiskalt, in denen man am wenigsten mit ihr rechnet. Irgendwas an Leo hat mich ebenfalls erwischt. Meine lange antrainierte Abwehrhaltung beginnt mit jedem unserer Gespräche mehr zu bröckeln. Das ist nicht gut – immerhin habe ich sie nicht ohne Grund, sondern um andere zu schützen. Vor mir und dem Chaos, das ich immer verursache, sobald ich es wage, mein Herz aus seinem Panzer zu lassen.

Er legt den Kopf schief, sieht mich mit diesen braunen Augen an, die ich nicht deuten kann. »Muss es nicht.«

Kurz presse ich die Lippen aufeinander, denn die Wahrheit sorgt dafür, dass mir schlecht wird. Er sieht mich an, als würde er mich kennen. Doch das tut er nicht. Er hat keine Ahnung, was für ein Mensch ich bin. Wie ich wirklich bin. Und noch weniger, wie ich einmal war.

»Na ja, ich war als Teenie schon ziemlich übel.«

Überrascht wölben sich seine Augenbrauen nach oben. »Wie meinst du das?«

Schluckend weiche ich seinem Blick aus. Mir ist klar, dass er mich nach den nächsten Worten nicht mehr so sehen wird wie vorher. Dass ich sie nicht zurücknehmen kann, und das ist gut so. Er muss aufhören, mich so zu sehen, wie seine Hormone es ihm vorgaukeln. Nichts an mir ist gut, richtig oder nett. Besser, er erfährt es jetzt, dann sparen wir beide wertvolle Zeit in unserem Leben. Also räuspere ich mich. »Ich war unglaublich wütend – auf mich, auf die Welt. Und manchmal habe ich diese Wut an Menschen ausgelassen, die nichts dafür konnten.«

Leo sieht mich überrascht an. »*Oh.*«

»O ja. Rückblickend würde ich sagen, dass ich auch jemand war, der anderen die Schule zur Hölle gemacht hat. Und es gibt nichts, was das entschuldigen könnte.«

»Das hab ich nicht erwartet«, gibt Leo nachdenklich zu.

Nein. Weil er die alte Megan nicht kennt. Aber ich kann diesen Teil meines Lebens nicht einfach leugnen und so tun, als hätte es sie nie gegeben.

»Ich war kein besonders guter Mensch, Leo. Und dass wir gerade über mich sprechen, statt über das, was dir passiert ist, beweist es nur.« Das Lächeln in meinem Gesicht fühlt sich falsch und maskenhaft an. Fast bereue ich, ihm diesen Teil von mir zu zeigen, doch dann rufe ich mir in Erinnerung, warum er mir nicht zu nahe kommen darf.

Es gibt Menschen, die alles Glück der Welt verdienen, so wie Mia. Und es gibt Menschen wie mich, die besser allein bleiben sollten, um niemanden zu verletzen. So wie ich so viele Menschen verletzt habe, Mom und Mia. Und einfach jeden, der das Pech hatte, mir näherzukommen.

Und ich gebe mir Mühe, mich zu ändern, aber ich mache mir auch keine Illusionen. Mein Blick huscht zu meiner lachenden Schwester, die ich dafür bewundere, dass sie so viel stärker und besser ist, als ich es je sein könnte.

Unsere Mom hat oft gesagt, wir seien wie Feuer und Wasser. Mia ist diejenige von uns, die Leuten hilft, sie zum Strahlen bringt. Ich bin das Feuer, das alles zerfrisst, was mir zu nahe kommt.

»Warum erzählst du mir das?« Er nippt an seiner Cola, während er mich betrachtet. Es kostet mich meine restliche Überwindung, ihm fest in die Augen zu sehen.

»Weil ich nicht das nette Mädchen von nebenan bin. Fuck, ich bin nicht einmal nett. Kein guter Mensch, keine nette Frau. Und ich bin ganz sicher keine Julia, Rome-*Oh.*«

Der Ausdruck in seinem Gesicht ist nicht überrascht, aber in seinen Augen blitzt eine Erkenntnis. »Wieso denkst du, dass ich nach einer Julia suche?«

»Vielleicht nicht nach einer Julia, aber du suchst etwas. Oder jemanden. Und ich bin es nicht.«

»Wovor hast du Angst, Megan? Wir sitzen nur hier und trinken was.«

»Ich hab keine Angst«, sage ich, obwohl es streng genommen gelogen ist. »Ich will nur nicht, dass du glaubst, da wäre etwas zwischen uns.«

Sein Mund öffnet sich, doch es dauert einen Moment, bis er weiterspricht. »Wir kennen uns seit zwei Tagen, ich wollte dir keinen Heiratsantrag machen.«

»Gut.« Ich stehe auf und klopfe mir den Sand von der Jeans. »Soll ich dich nach Hause fahren?«

Leo betrachtet den See, dann die leere Bierflasche vor ihm und nickt. »Okay.«

Ich eile zum Ufer, drücke meiner Schwester einen Kuss auf die nasse Stirn und gehe vor. Zurück zum Parkplatz, zum Festivalgelände, auf dem sich noch immer viele Menschen tummeln, obwohl die meisten Stände bereits schließen.

Ich steige in den Wagen, Leo tut es mir gleich. Einen Moment sitze ich nur da und sehe ihn fragend an. Er fährt sich durch die Haare, was offenbar sein Markenzeichen ist. So oft, wie er das tut, wäre er das ideale Model für Antischuppenshampoo.

Nachdem er mich ebenfalls nur wortlos ansieht, seufze ich. »Du musst mir schon sagen, wo du hinmusst.«

Seine Augen werden kurz etwas größer. »Klar, zum Trailerpark.«

Nun bin ich es, die überrascht ist, während ich den Motor starte. »Autsch. Deine Zeitung scheint ja wirklich nicht gerade …« Mir fällt kein nettes Wort für Geiz ein, also lasse ich den Satz einfach unbeendet. Ich lenke den Wagen um eine Kurve und blicke in den Rückspiegel, um die Fahrräder hinter mir im Auge zu behalten.

»Die Hotels waren schon ausgebucht.«

Das sorgt dafür, dass sich meine Stirn erneut in Falten legt. »Dann war es eher eine spontane Idee?«

Leo blickt aus dem Fenster. »Könnte man so sagen.«

»Ich bekomme langsam das Gefühl, du redest nicht gern über deinen Job.«

»Er ist okay.«

»Wow, klingt ja nach einer echten Lebenserfüllung.«

Leo lacht. »Ich bin vierundzwanzig. Wenn ich jetzt schon wüsste, wie der Rest meines Lebens aussehen soll, wäre das ziemlich langweilig, oder?«

Obwohl es mir nicht gefällt, dass er mich schon wieder zum Lächeln gebracht hat, nicke ich. Wenn ich etwas verstehen kann, dann den Drang, nicht ständig den Erwartungen anderer zu entsprechen.

Das ist wohl die größte Diskrepanz zwischen meiner Familie und mir. Mom ist eine Planerin, Mia ist eine Planerin, und ich sitze zwischen all diesen Plänen und weiß nicht, wo mir der Kopf steht. Pläne engen mich ein, Erwartungen machen mir Druck. Ich will kein durchgeplantes Leben. Keinen Zehn-Schritte-Plan zum Glück, sondern Abenteuer, die mich finden, und Tänze im Regen bei jedem Gewitter.

Schweigend legen wir die restliche Strecke unter dem nachtblauen Himmel Idahos zurück. Die Sterne funkeln heute besonders stark – wie kleine Diamanten, die jemand an die Decke der Welt geklebt hat. Der Trailerpark liegt abseits der schicken Innenstadt, weit genug weg, damit die Touristen nicht zufällig darüberstolpern und der Zauber der Stadt keinen Schaden nimmt. Ich lenke das Auto vor das rostige Schild, das verkündet, dass noch Übernachtungsplätze frei sind. »Da wären wir.«

Ich versuche, nicht auf die grimmigen Blicke zu achten, die mir von einer Gruppe von Männern zugeworfen werden, die sich um eine brennende Mülltonne versammelt haben und ihr Bier trinken, während Oldies durch die Nacht hallen. Wenn mich nicht alles täuscht, ist Arin unter ihnen. Schade.

Die ganze Stadt weiß, dass er wieder versucht, clean zu werden, doch inmitten dieser Menschen dürfte das schwierig werden. Auch wenn ich es vor Conner und Mia selten laut ausspreche, habe ich doch ein gewisses Verständnis für Arin. Ich weiß, wie es sich anfühlt, wenn man glaubt, die gesamte Welt habe sich gegen einen verschworen, und nicht sieht, dass man sich viel von dem Mist selbst eingebrockt hat.

Seine abgewetzte Bikerjacke und das ölverschmierte weiße Shirt lassen ihn aussehen wie eine Version von James Dean. Und wie der alte Filmstar wirken auch Arins Augen im Licht des Feuers erschreckend leer. Ich hatte so gehofft, dass es bei diesem Entzug klappt. Er hat schon viel Scheiße gebaut, aber irgendwo zwischen Pillen, Alkohol und dem schlechten Umgang steckt ein eigentlich netter Kerl. Nur macht sich niemand die Mühe, nach ihm zu suchen.

Leo bleibt noch einen Moment sitzen, dann sieht er mich an. »Es war schön heute.«

»Der Sommer in dieser Stadt hat etwas Magisches«, bestätige ich.

»Ignorierst du meine Annäherungsversuche absichtlich?«

»Absolut, und jetzt raus aus meinem Wagen«, meine ich, muss aber lachen, was der Härte meiner Worte etwas die Schärfe nimmt. Er winkt zum Abschied und schaut mir nach, was ich nur sehe, weil ich ihn weiterhin im Rückspiegel betrachte. Leo löst viel zu vieles gleichzeitig in mir aus.

Diese verdammte braune Lederjacke.

Diese verdammte sanfte Stimme, deren Worte in mir nachhallen.

Diese verdammten braunen Augen.

Erst als ich meinen Wagen vor der Haustür parke, fällt mir auf, dass Leo etwas vergessen hat. Seine Kamera.

Als ich die Wohnungstür hinter mir zufallen lasse, spüre ich nicht die gewünschte Erleichterung. Stattdessen sind meine Gedanken träge und fast schon traurig.

Ich bin gern mit mir selbst allein. Doch gerade greift die Einsamkeit so sehr nach mir, dass ich nicht weiß, wie ich sie ertragen soll. Es ist einer dieser Momente, in denen man seine Finger über eine offene Flamme halten würde, nur um zu sehen, ob man noch etwas spürt oder ob das Gefühl der Einsamkeit alles in sich aufgesaugt hat wie ein schwarzes Loch.

Inzwischen kenne ich mich selbst lange genug, um die Warnsignale zu erkennen, damit ich nicht völlig in die Dunkelheit gesaugt werde. Zumindest meistens.

Leo hat den Wunsch geweckt, nicht mehr allein zu sein. Die Hoffnung auf etwas Wärme, auf etwas, das mich daran erinnert, dass ein Feuer nicht immer etwas Schlechtes sein muss.

Er ist einer dieser netten Kerle, die den Wunsch in mir wecken, selbst etwas besser zu werden. Ein besserer Mensch. Jemand, der es wert ist, geliebt zu werden, selbst dann, wenn man glaubt, keine Liebe wert zu sein.

Aber wie kann ein Mensch wie ich es wert sein? Scheiße, nicht einmal meine Eltern konnten mich lieben. Und ja, ich weiß, wie das klingt. Nach Verbitterung. Nach Aufgeben. Das schwarze Loch kommt näher und mit ihm alle Gedanken, Erinnerungen und Gefühle, die ich zu ignorieren versuche, obwohl sie mich anschreien.

Während ich aus den Schuhen schlüpfe und die Tasche inklusive der Kamera abstelle, betrachte ich mein Bild im großen Spiegel des Flurs. Ich sehe aus wie immer. Es ist kein Unterschied zu erkennen, und doch fühlt es sich so an, als wäre ich eine Fremde in meinem eigenen Körper. An den meisten Tagen komme ich gut damit klar, ein Adoptivkind zu sein. Doch in der letzten Zeit werden die anderen Tage mehr und mehr.

Mia würde mir sagen, dass ich mich zu lange auf das Theaterstück eines anderen konzentriert habe – und nun, da ich die Letzte im Saal bin, muss ich wieder an mein eigenes denken.

Ein Akt in meinem Leben fehlt.

Meine Eltern fehlen.

Bevor ich ins Wohnzimmer gehe, biege ich in die Küche ab, brühe mir einen Tee auf und lasse mich dann an meinem Wohnzimmertisch nieder. Statt auf das Sofa gleite ich auf den Teppich.

Dieser Abend und die Gespräche mit Leo haben mich wieder näher an all das gebracht, was ich nicht weiß. Er hat über seinen Vater gesprochen – nicht auf die nette Art, aber er sprach darüber –, was in mir den Wunsch weckte, es auch tun zu können. Aber da ist nur meine Mom, und auch wenn ich sie über alles liebe, genauso wie Mia, fehlt da etwas. Etwas in mir. Etwas, das mir erklärt, warum ich mich so oft unvollständig und allein fühle, wenn es doch Menschen gibt, die für mich da sind.

Doch gerade jetzt ist niemand hier, der mich von diesen Gefühlen ablenken könnte. Da bin nur ich und all die Fragen, die in meinem Kopf kreisen.

Es sind diese Momente, in denen ich mich am meisten danach sehne zu erfahren, wer ich wirklich bin, woher ich komme und warum meine leibliche Familie mich nicht haben wollte. Und gleich darauf kommen die Schuldgefühle, weil ich meine Familie liebe. Mia genauso wie Mom. Ich kann mir nicht vorstellen, jemals ohne sie zu leben.

Aber da ist dieser Abgrund in mir, den ich überwinden will. Wenn ich springe, falle ich hinein, und um eine Brücke darüber zu bauen, brauche ich die Hilfe von jemand anderem. Jemand auf der anderen Seite, der all die Antworten hat, nach denen ich schon so lange suche.

Eine so simple Frage, oder?

Wo komme ich her?

Und doch kann sie mir niemand wirklich beantworten. Alles, was mir von meinen leiblichen Eltern geblieben ist, ist eine vage Erinnerung, ein altes Foto, eine Geburtsurkunde und Millionen Zweifel an mir selbst.

War ich schon immer zu schwierig? Zu sehr Feuer, um gebändigt zu werden? Haben sie mich deswegen weggegeben? Weil es ihnen nicht möglich war, mit mir zurechtzukommen?

Obwohl ich weiß, dass ich es nicht tun sollte, ziehe ich den Karton mit meinen Andenken hervor. Eintrittskarten, die ich bisher nicht in das passende Album geklebt habe, getrocknete Blumen und ganz unten das zerknitterte Bild einer Frau und eines Mannes, die nur noch in meinem Kopf existieren.

Mit den Fingerspitzen streiche ich über das rillige Fotopapier und seufze schwer. Meine eigenen Nachforschungen haben mich nach Idaho geführt, doch seitdem ist viel Zeit vergangen – und es sind keine neuen Antworten dazugekommen.

Ich weiß nur, dass meine Mutter vor zwanzig Jahren drei Tage in dieser Stadt verbracht hat. Mit geschlossenen Augen versuche ich, ein Bild von ihr heraufzubeschwören. Flackern. Eine Gestalt an der Treppe. Ein Kuss auf meine Stirn. Undeutliche Worte, die immer leiser werden, je mehr ich versuche, mich auf sie zu konzentrieren.

Mehr nicht.

Sie hat in dem kleinen Hotel mit den blauen Fensterläden der Innenstadt eingecheckt, mit mir. Wir waren in einem Zimmer mit Blick auf das Theater. Waren wir im Diner? Haben wir Pancakes gegessen und Milchshakes getrunken, bevor wir uns ein Stück angesehen haben? Hat meine Mutter Shakespeare geliebt, so wie Mia? Oder war es nur Zufall?

Ich habe keine Erinnerung daran. So oft ich auch versuche, die Bilder aus meinem Gedächtnis zu kramen, sie sind verschüttet. Ist in dieser Stadt etwas passiert, das sie dazu gebracht hat, mich einfach allein zu lassen?

Vielleicht muss ich mich langsam, aber sicher damit abfinden, dass niemand das Chaos in meinem Kopf je schlichten wird.

Auf meine offenen Briefe in den einschlägigen Foren für adoptierte Kinder hat sich nie jemand gemeldet. Wer auch immer meine Eltern sind, sie haben offenbar mit mir abgeschlossen. Wieso also sitze ich traurig auf meinem Wohnzimmerboden und fühle mich so entsetzlich leer?

Es bringt nichts, mich weiter zu quälen. Ich brauche etwas zur Ablenkung. Meine Neugier scheint sich davon bestätigt zu fühlen, auch wenn ich weiß, dass ich Leos Privatsphäre eigentlich respektieren sollte. Ohne lange darüber nachzudenken, greife ich nach seiner Kamera. Da ich seine Handynummer nicht habe, konnte ich ihm nicht Bescheid geben, dass er sie vergessen hat. Allerdings wundert es mich schon, dass ein Journalist ausgerechnet seine Kamera vergisst.

Das stachelt meine Neugier nur noch weiter an. Ich kann nicht sagen, was es ist, doch irgendwas zieht mich an, und zugleich ist da dieses dumpfe Gefühl, dass mehr hinter Leo steckt, als ich ahne. Dass auch er ein Geheimnis hat, einen Schutzpanzer, obwohl er das Gegenteil vorgibt.

Ich öffne das Fotomenü, in dem mir seine letzten Bilder angezeigt werden. Schon beim ersten gerate ich ins Stocken. Es ist unscharf, ohne jeden Fokus. Das nächste ist nicht viel besser, ein eher liebloses Bild des Festivalgeländes. Nicht einmal ausreichend für das Familienalbum.

Mit gerunzelter Stirn klicke ich mich durch. Es sind nicht allzu viele Fotos des Geländes selbst oder der Aufführung. Dafür sehe ich immer wieder das gleiche Gesicht: Caroline. Spätestens jetzt wird mir klar, dass hier etwas ganz und gar nicht stimmt.

Leo ist Caroline gefolgt. Nicht nur heute, sondern offenbar seit er die Stadt betreten hat. Es gibt Fotos von ihrem Haus, ihrem Auto vor dem Diner und sogar, wie sie mit Blumen aus Stellas kleinem Laden kommt. Ich sehe sie im Theater, während sie wenig schmeichelhaft einen der Darsteller anschreit, wie sie einen Kaffee trinkt, wie sie in ihrem roten Notizbuch blättert und wie sie in ihren Wagen steigt.

Sofort denke ich an seine Frage, kurz bevor wir zum See gingen. Fuck. Fassungslos lasse ich die Kamera sinken. Wer zur Hölle ist Leo? Und was will er von Caroline?

10

MEGAN

Manchmal weiß ich nicht, ob ich noch träume oder mich an einen Traum erinnere. Inzwischen ist es jede Nacht etwas anders, immer intensiver – wirkt immer realer. Und das macht mir ebenso Angst, wie ich mir wünschte, ich könnte die Bilder einfach festhalten, damit sie mir Antworten auf meine Frage geben können.

Die brütende Sonne sorgt dafür, dass sich Schweiß auf meiner Stirn bildet, während ich vor Leos Trailer stehe und klopfe. Mein Herz gerät ins Stocken, weil ich mir bisher nicht überlegt habe, wie ich die ganze Sache überhaupt angehen will. Aber niemand öffnet.

Das wäre ja auch zu einfach gewesen. Ich stöhne und blicke mich einmal um, damit ich eine schattige Ecke finde, in der ich warten kann. Schließlich entscheide ich mich, einmal um den Wohnwagen herumzugehen, und lasse mich in das halb vertrocknete Gras im Halbschatten sinken.

Die gewohnte Schwere nimmt mich wieder in ihren Besitz und sorgt dafür, dass ich die Augen schließe, während ich mich gegen den Trailer in meinem Rücken lehne. Das grelle Licht des Tages ist einfach noch zu stark für mich – und die Sonnenbrille liegt irgendwo in meiner Wohnung.

Ich spüre die Sonnenstrahlen auf der Haut, höre das Summen der Insekten und das Gemurmel der anderen Menschen in der Ferne. Das Ambiente könnte fast gemütlich sein, wären da nicht die Bilder in meinem Kopf, die nicht mehr als Fetzen sind. Lose Stücke, die ich kaum zu einem ganzen Film zusammengefügt bekomme.

Eine kleinere Version von mir sitzt auf dem Boden. Der blassrosa Teppich fühlt sich unter meinen Fingern kratzig an, während sie die etwas dunkleren Ornamentmuster entlangfahren. Das große Doppelbett mit den schön arrangierten Kissen sieht einladend aus, denn ich bin furchtbar müde. Müde und ängstlich. Ich klettere auf das Bett, zerstöre die Perfektion der glatten Tagesdecke und begreife, dass ich mich in einem Hotelzimmer befinde. Und ich bin nicht allein.

Eine Frau mit dunklen Locken steht an der Fensterfront, doch die Vorhänge sind zugezogen, sodass ich den Ort, an dem wir uns befinden, nicht genauer ausmachen kann. Sie hält einen der dunkelroten Samtvorhänge ein Stück zur Seite, als würde sie Ausschau nach etwas halten.

»Mommy?«

Die Frau dreht sich zu mir um. Ich kann ihr Gesicht nicht genau erkennen, es sieht seltsam unförmig aus, als wäre es geschwollen. Keine der Konturen will scharf werden, egal, wie sehr ich mich auf das Bild konzentriere, und versuche es festzuhalten – es verschwimmt nur mehr und mehr. Dafür kann ich ihre Stimme in meinem Kopf so klar und deutlich hören, als stünde sie auch jetzt vor mir: »Keine Angst, Megan. Er kann uns nichts mehr tun.«

Erinnerung? Traum? Eine Mischung aus beidem? Ich kann es nicht genau sagen und habe gleichzeitig Angst vor der Antwort. Ich weiß, dass meine Mutter hier war. In Belmont Bay. In dem Hotel mit Blick auf das Theater der Stadt. Und mit mir. Nur zwei Wochen ehe sie mich am Bahnhof von New York zurückgelassen hat. Mehr als das konnte ich nie herausfinden, und mein Kopf beginnt, mir Streiche zu spielen. Vermischt Träume und Erinnerungen.

In den letzten Tagen kreisen meine Gedanken viel zu sehr um die biologische Familie, die ich nicht finden konnte, und die Träume, die mich verfolgen.

Und um Leo.

Verdammt, wo bleibt er? Die Sonne brennt erbarmungslos auf mich nieder, und ich werde mit jeder Minute des Wartens etwas wütender auf ihn, während die Sonne sich auch das letzte Stückchen Schatten nimmt. Wütend, weil ich nicht verstehe, was das alles soll. Was die Bilder von Caroline auf seiner Kamera bedeuten. Und sauer, weil ich dachte, dass er einer der Guten wäre. Jemand, dem man vertrauen kann.

So kann man sich täuschen.

Und ausgerechnet ich hätte es doch besser wissen müssen. Man lernt nicht einfach jemanden kennen, der ein netter Mensch ist. Jeder Mensch verbirgt etwas, jeder Mensch hat auch eine andere Seite – und ich weiß das. Sollte es zumindest wissen. Nur haben mich das charmante Lächeln und die perfekten Haare offenbar abgelenkt.

»Megan?«

Ich öffne die Augen wieder und sehe Arin, der sich so vor mich gestellt hat, dass sein großer Körper meinem Gesicht etwas Schatten spendet. »Was tust du hier?«, will er wissen.

Mit knackenden Knien stehe ich von meinem Platz auf. »Ich warte auf Leo«, erkläre ich knapp. Falls Arin das überraschen sollte, zeigt er es zumindest nicht. Sein Gesicht ist völlig ausdruckslos, während er mich mustert. »Bei dieser Hitze?«

»Ist das eine Einladung zu dir auf einen Eistee?«, gebe ich schnippisch zurück, und Arins Gesicht verfinstert sich leicht. Für einen Moment überlege ich, ob er sich nun tatsächlich gezwungen fühlt, mich zu sich einzuladen, aber Arin nickt stattdessen zu dem Trailer mit dem blassrosa Sonnenschirm. »Nein, aber ich hab da eine bessere Idee.«

LEO

Der Alltag eines Privatermittlers besteht aus ziemlich viel Warten. Und einem verspannten Nacken vom ständigen Imwagensitzen und Weiterwarten. Zumindest an meinem Ende der Nahrungskette.

Es gibt zwei Sichtweisen auf meinen Beruf: den draufgängerischen James Bond im Trenchcoat oder den Privatschnüffler, der sich über alle Gesetze hinwegsetzt, nur um explizite Bilder vom Fremdgehen zu machen.

Doch die Realität liegt wenig schillernd in der Mitte. Ein seriöser Privatdetektiv liefert seinen Kunden sachorientierte und penibel ermittelte Informationen. Und um an diese heranzukommen, muss er sich zum Teil in einen Paparazzo verwandeln. Allerdings immer in einem legalen Rahmen, und die wenigsten der Bilder dienen dazu, je von den Auftraggebenden gesehen zu werden. Die Kamera wird schonungslos auf die Zielperson gehalten, um jede ihrer Berührungen, jeden Menschen in ihrem Umfeld und alles, was sie tut, nicht nur nachvollziehen, sondern auch belegen zu können. Dinge, die ich in meinem Job nicht gebrauchen kann, sind schnelle Autos und die obligatorische dicke goldene Kette am Hals. Alles, was zu viel Aufmerksamkeit auf mich lenkt, ist kontraproduktiv. Da ich meine zweite Kamera bei Megan im Wagen vergessen habe, muss es die größere, unpraktische für heute tun. Mein Arm beschwert sich schon jetzt.

Bei dem Gedanken daran, dass die Kamera bei ihr liegt, fühle ich einen Stich. Doch gerade kann ich nichts anderes tun, als mich erst mal auf meine momentane Aufgabe zu konzentrieren – meine Sorge, sie würde sich meine Kamera ansehen, verschiebe ich lieber auf einen späteren Zeitpunkt.

Die Observation ist das Hauptfeld der Arbeit einer jeden Detektei. Was schick klingt, ist jedoch eher ein Euphemismus dafür, dass ich Menschen hinterherfahre, sie beobachte, überwache und dabei selbst möglichst wenig auffalle. Der Fall von Caroline Tantum soll praktisch und diskret gelöst werden, ohne viel Aufsehen – und sollte sich der Verdacht des Fremdgehens nicht bestätigen, was ich hoffe, soll sie nie erfahren, dass ich Buch darüber führe, mit welchen Menschen sie sich getroffen hat.

Caroline hält sich peinlich genau an ihren Tagesplan. Sie lässt keine Probe aus, ist immer pünktlich im Rathaus und holt ihre Tochter von der Schule ab. Nichts deutet auch nur ansatzweise darauf hin, dass die Angst ihres Mannes begründet ist. Langsam beginne ich mich zu fragen, warum mein Vater diesen Fall überhaupt angenommen hat, denn entgegen der landläufigen Meinung reicht es nicht aus, einfach nur jemandem zu misstrauen. Was also hat Caroline getan, damit sie diesen Vertrauensmissbrauch verdient?

Das Einzige, was sie zu interessieren scheint, ist das Theater und ihr Ansehen in der Stadt. Wieder ein Tag ohne neue Details. Langsam gerate ich in Zugzwang. Nach einer gefühlten Ewigkeit biege ich endlich zum Trailerpark ein und freue mich jetzt schon darauf, die kalten Pommes und den wabbeligen Burger zu essen. Von meiner Cola ist nur noch ein schaler Rest übrig, den ich im Auto zurücklasse, ehe ich mich zu meinem zwischenzeitlichen Zuhause bewege.

Viel Neues hat der Tag nicht gebracht, doch das ist nicht ungewöhnlich. Wirklich spannend wird es erst in den nächsten Tagen, obwohl ... eigentlich ist das gelogen, denn Spannung empfinde ich dabei eher weniger.

Dafür setzt mein Herzschlag jetzt aus.

Die Tür zu meinem Wohnwagen ist offen, nur einen kleinen Spalt, doch genug, damit es mir auffällt, noch ehe ich nach dem Schlüssel gekramt habe. Adrenalin schießt durch meine Adern, während ich unschlüssig stehen bleibe. Es ist niemand zu sehen. Keine zwielichtigen Gestalten, die versuchen, etwas zu stehlen, keine pöbelnden Betrunkenen, nichts. Nur Abendsonne, Vögel, die zwitschern, und ein Hund, der irgendwo in der Ferne bellt.

Aber ich bin mir sicher, dass ich die Tür verschlossen habe. Also muss sich jemand Zutritt zu meinem Trailer verschafft haben – und wer auch immer es war, hatte sicherlich keine gute Absicht.

Wie eingefroren verharre ich auf der Stelle und warte. Warte auf ein Zeichen, das mir sagt, ob ich langsam paranoid werde oder ob tatsächlich jemand eingebrochen ist.

Mit vorsichtigen Schritten nähere ich mich der Tür. Die Tüte mit den Burgern stelle ich im Gras vor dem Wohnwagen ab, nur für den Fall, dass ich meine Hände zum Schutz brauche. Zum ersten Mal in meinem Leben kann ich nachvollziehen, warum mein Vater immer eine Knarre bei sich trägt. Gerade hätte ich auch gern eine, statt völlig ohne Waffe auf eine potenzielle Gefahr zuzulaufen.

Meine Hand streckt sich nach dem Türknauf aus, doch dann halte ich inne. Vielleicht sollte ich die Polizei rufen. Aber noch immer habe ich die diffuse Hoffnung, dass ich möglicherweise wirklich nur vergessen habe abzuschließen. Dann höre ich etwas.

Es klingt wie das Schnappen eines Feuerzeugs.
Jemand ist in meinem Wohnwagen. Bevor mein Verstand mich davon abhalten kann, reiße ich die Tür auf.

Megan blickt mich mit hochgezogenen Augenbrauen an. Sie sitzt einfach so an meinem Tisch, ohne sich auch nur zu erschrecken. »Hallo, Fremder, ich hoffe, es stört dich nicht, dass ich mich selbst reingelassen habe.«

Sie sitzt an dem winzigen Klapptisch. Mit einer völligen Selbstverständlichkeit, von der ich nicht weiß, wie ich sie einordnen soll. »Verdammte Scheiße«, keuche ich. Das Blut rauscht noch in meinen Ohren, und mein Herz hämmert so stark gegen meinen Brustkorb, dass es fast schmerzt.

Sie wirkt trotz der Situation und des offensichtlichen Einbruchs in meinen Trailer vollkommen ruhig. »Ich freue mich auch, dich zu sehen.«

»Warum rauchst du in meiner Wohnung?«, will ich wissen, weil meine Gedanken noch immer nicht völlig geordnet sind und ich keine Ahnung habe, was ich sonst sagen soll.

»Warum stalkst du Caroline?«, schießt sie zurück.

Es dauert zwei Herzschläge, bis ich die Bedeutung ihrer Worte vollständig begriffen habe. »Wovon zum Teufel redest du da?«, rufe ich aus und versuche, den Rauch ihrer Mentholzigarette aus dem Wohnwagen zu wedeln.

Sie verdreht die Augen, steht aber immerhin auf, um an mir vorbei nach draußen zu gehen. »Du willst es also leugnen?«

Stellt sie mir diese Frage gerade wirklich? Sehe ich aus wie jemand, der einer anderen Person auf diese abscheuliche Art nachstellen würde? »Ich bin ganz sicher kein Stalker«, rechtfertige ich mich, dann fällt mein Blick auf meine Kamera, und schlagartig wird mir klar, wie sie auf diese Idee kommt. »*Oh, fuck.*«

»Das hab ich auch gedacht«, sagt Megan und lächelt auf eine Art, die mir fast Angst macht. »Also Leonard, wer zur Hölle bist du, und was tust du wirklich in dieser Stadt?«

Beschwichtigend hebe ich die Hände. »Ich kann es erklären.«

»Super, dann leg mal los.«

Ich atme einmal tief durch. »Ich bin kein Journalist.«
Verächtlich schnaubt sie. »Was du nicht sagst.«
Das Sonnenlicht lässt das Rot ihrer Haare bedrohlich leuchten, und sie verschränkt abwehrend die Arme vor der Brust. Mir bleibt keine andere Wahl, als ihr die Wahrheit zu sagen. Selbst wenn das bedeutet, dass ich diesen Auftrag nicht beenden kann. Schluckend suche ich ihren Blick. »Ich bin Privatermittler.«
»Hä?«
»Privatermittler.«
»Das hab ich schon verstanden«, brummt sie und tritt die Zigarette aus, hebt sie auf und zieht einen kleinen schwarzen Taschenaschenbecher hervor, in dem sie den Stummel verschwinden lässt. Hinter ihrer Stirn beginnt es zu arbeiten, das sehe ich an den kleinen Zuckungen und der Ader an der Schläfe, die deutlicher hervortritt. Sie denkt darüber nach, ob ich nun die Wahrheit sage. »Und was zum Teufel willst du von Caroline?«
Ihr das zu sagen, würde bedeuten, meine Berufsehre noch mehr zu verletzen – und einige vertragliche Klauseln. Aber auch wenn ich Megan nicht sonderlich lange kenne, ist mir klar, dass sie nicht einfach lockerlassen wird. Nervös fahre ich mir durch die Haare, dann trete ich ebenfalls nach draußen und setze mich in die Tür.
Megan bleibt stehen. Sie sieht mich mit zusammengekniffenen Augen an.
»Ich bin Privatermittler«, beginne ich also.
»Das hast du schon gesagt.«
»Würdest du mich bitte ausreden lassen?«
Sie presst die Lippen aufeinander.
Noch einmal räuspere ich mich. »Mr Tantum hat den Verdacht, dass Caroline ihn betrügt. Ich bin hier, um rauszufinden, ob er recht hat.«
»Das ist absurd«, schnaubt sie. »Caroline würde niemals ihren Mann betrügen.«
»Gut möglich, aber sie geht nicht jeden Mittwoch zu ihrem Buchclub, denn der existiert gar nicht«, entgegne ich und würde mich gleich darauf am liebsten selbst zum Schweigen bringen.

Megan legt den Kopf schief. »Wieso hast du mich angelogen?«

Verwirrt sehe ich sie an. Sie sagt nicht uns, sondern *mich*. »Journalist ist eine gute Tarnung.« Dass ich genau genommen nicht selbst behauptet habe, bei einer Zeitschrift zu arbeiten, sondern vielmehr sie diesen Schluss gezogen hat, lasse ich unerwähnt.

Darauf erwidert sie nichts, stattdessen setzt sie sich im Schneidersitz vor mich. »Ich hatte wirklich viele Theorien, aber Privatdetektiv war nicht dabei.«

»Was denn für Theorien?«

»Na welche wohl? Stalker.«

»Das hätte ich kommen sehen müssen.«

Sie fasst ihre Haare zusammen und bindet sie zu einem unordentlichen Knoten auf ihrem Kopf, aus dem sich fast augenblicklich wieder Strähnen lösen. »Ein alter Verehrer. Ein Schuldeneintreiber. Irgendwas.«

»Du musst ja eine ziemlich hohe Meinung von mir haben«, bemerke ich mit einem Hauch von Bitterkeit. Zwar bin ich noch immer nicht begeistert, dass sie bei mir eingebrochen ist, aber ihre Meinung von mir ist dennoch wichtiger, als gut für mich ist.

»Was hättest du denn gedacht, wenn du all die Fotos einer Frau auf einer fremden Kamera gefunden hättest?«

»Ich hätte wahrscheinlich nicht geschnüffelt.«

»Ach nein? Gehört das nicht zu deinem Job?«

Mein Kiefer spannt sich an. Sie ist bei mir eingebrochen, hat alles mit dem Rauch ihrer Zigarette verpestet, und nun muss ich mir auch noch Vorwürfe anhören?

»Tut sie es?«

Irritiert blinzle ich sie an. »Was?«

»Betrügt sie ihren Mann?«

Ich zucke mit den Schultern. »Kann ich noch nicht sagen.«

Megan überlegt einen Moment. Dann seufzt sie tief. »Tut mir leid, dass ich drinnen gewartet habe, aber ich bin nicht eingebrochen. Es sind gefühlte zweihundert Grad da draußen, und Mrs Parker, die Besitzerin des Trailerparks, war so nett, mich reinzulassen, damit ich mir keinen Sonnenbrand hole.«

Ich schüttle den Kopf. »Sie lässt einfach so fremde Menschen in meine vier Wände?«

Ihr Kopf wackelt ein paarmal hin und her, als würde sie überlegen, ob sie tatsächlich ein paar Grenzen überschritten hat. »Es tut mir leid. Die Hitze war heftig, ich hatte keine Ahnung, wie ich dich erreichen kann, und meine Eitelkeit verbietet es mir, mich zu lange in die Sonne zu setzen. Außerdem dachte ich nicht, dass ein potenzieller Stalker das als wirklichen Angriff auf seine Privatsphäre sieht. Und ich hab nicht geschnüffelt.«

Mein Mund klappt auf. »Und das soll mich jetzt beruhigen?«

»Es tut mir leid, es war eine Ausnahmesituation wie bei *Vertrauter Feind*.«

»Ich hab keine Ahnung, wovon du redest.«

»Harrison Ford und Brad Pitt?«

Mein ratloses Gesicht bringt sie dazu, mit den Händen zu wedeln, während sie mir den Film erklärt: »Ein Untergrundkämpfer flieht aus seinem britischen Gefängnis und reist unter falschem Namen in die USA ein, wo er bei einem Cop und seiner Familie aufgenommen wird. Viel Verrat, Misstrauen und subtile Gefahr. Wie kannst du den Film nicht kennen?«

»Das erklärt nicht mal im Ansatz, wieso du eingebrochen bist.«

»Bin ich nicht, ich hab mindestens zwei Stunden vor der Tür gewartet.«

»Das entschuldigt es nicht.«

»Okay, ich verstehe, was du meinst. Aber verstehst du mich auch etwas? Die Stalker-Geschichte? Die Hitze? Was hättest du denn getan?«

»Gewartet.«

»Auch in deiner viel zu warmen Lederjacke?« Sie schenkt mir ein halbes Grinsen, und auch wenn ich weiß, dass es absurd ist, fühle ich mich dadurch wieder besser. Nervös kratze ich mich am Hals, drehe mich halb herum und kann nicht sagen, ob es klüger wäre, einfach zu gehen und sie sitzen zu lassen, obwohl das hier mein Wohnwagen ist. Es ist nicht so, dass man als Privatdetektiv seine geheime Identität schützen muss wie Bruce Wayne. Aber in einer kleinen Stadt wie dieser ist es trotzdem von Vorteil, wenn nicht alle die Gewissheit haben, was man beruflich macht. »Wirst du mich jetzt verraten und Caroline sagen, dass ich sie im Visier habe?« Denn dann ist dieser Auftrag so gut wie gescheitert.

Megan denkt einen Moment nach. »Vielleicht«, gesteht sie dann. »Es sei denn, du hilfst mir.«

Nun bin ich verwirrt. »Wie bitte?«

Bekräftigend nickt sie. »Wir machen einen Deal. Ich helfe dir rauszufinden, ob Caroline wirklich eine Betrügerin ist, und verrate dich nicht. Und im Gegenzug hilfst du mir.«

Dieses Gespräch entwickelt sich in eine völlig andere Richtung, als ich erwartet habe. Doch was mich viel mehr verwirrt, ist der Ausdruck in Megans Augen, den ich bisher nicht gesehen habe: Hoffnung.

»Und wobei?«

Sobald die Frage meinen Mund verlassen hat, ahne ich, dass ich dabei bin, mich auf etwas einzulassen, das nicht gut ist. Megan strafft sich, steht auf. Doch noch schweigt sie. Sie macht einen Schritt auf mich zu, dann sieht sie mir fest in die Augen. »Dabei, meine leiblichen Eltern zu finden.«

11

MEGAN

*I*ch weiß, dass ich träume.

Trotzdem wache ich nicht auf, sondern blicke auf das kleine Mädchen vor meinen Füßen. Sie spielt mit ihrem Auto. Die Mini-Version meiner selbst scheint meine Anwesenheit nicht zu bemerken, so vertieft ist sie in das Spiel. Ich hocke mich direkt vor sie, aber für ihre Augen bin ich unsichtbar.

Und dann kommt er. Der Nebel.

Schwaden von Grau sickern durch die Ritze unter der Tür meines Kinderzimmers. Noch ist alles vollkommen ruhig. Bis der Schrei kommt.

Das kleine Mädchen und ich zucken zeitgleich zusammen. Den kleinen roten Laster hält sie noch immer in der Hand, während sie aufspringt. Sie ist schneller als ich, läuft zur Tür und öffnet diese, nur um kurz darauf von der Dunkelheit verschluckt zu werden.

Unschlüssig stehe ich da, weiß, dass sich Erinnerung und Traum vermischen. Wenn ich wie sie in die Dunkelheit gehe, werde ich etwas sehen, das mir Angst macht – aber die Angst ist nur ein geringer Preis gegen einen Funken mehr Wissen über die Dinge, an die sich mein Kopf nicht erinnern möchte. Also mache ich einen Schritt nach vorne.

Jetzt kann ich die Stimmen hören. Ein Streit, Flüche, ein lautes Klatschen und gleich darauf ein Stöhnen, das nach Schmerz klingt. Ich will in die Richtung laufen, in der ich die Geräusche vermute – aber ich kann nichts sehen. Die Dunkelheit hat sich über mich gelegt wie ein undurchdringlicher Mantel.

»Hör auf«, höre ich die Stimme der Frau, die meine Mutter sein muss. Und dann: »Megan!«

Ich sprinte los, ohne zu wissen, ob ich auf der richtigen Spur bin. Taste mich halb an der Wand des Flurs entlang und finde endlich eine Tür, die ich aufstoßen kann.

Doch ich bin nicht in einem Zimmer, sondern komme durch die Vordertür eines Hauses. Die Dunkelheit wurde vom Sonnenlicht abgelöst. Dunkles Holz und heller Teppichboden unter meinen Füßen geben mir das vage Gefühl von zu Hause. Doch dieses bleibt nicht lang erhalten. Stattdessen sehe ich die Frau auf dem Absatz der Treppen im oberen Geschoss. Der Mann hinter ihr ist nur ein undeutlicher Schatten, doch die kleine Version von mir selbst sieht über ihre Schulter zu mir.

Sie hat Angst.

Ich habe Angst.

Aber ich kann nichts tun, kann nur stehen bleiben und dabei zusehen, wie meine Mutter die Treppe herunterfällt. Fällt und fällt, bis sie genau vor meinen Füßen liegen bleibt. Das Gesicht von mir abgewandt, sodass ich auf die Wunde an ihrem Hinterkopf blicken muss.

Blut strömt aus ihrem Kopf, doch ich kann mich noch immer nicht regen. Nicht einmal, als es meine Turnschuhe erreicht und in den Stoff sickert.

»Das ist nur ein Traum«, flüstere ich mir selbst zu.

»Warum hast du nichts getan?«, schreit das kleine Mädchen mich so plötzlich an, dass ich erneut zusammenzucke.

»Was?«

»Warum hast du das getan?«

Tränenüberströmt hockt sie sich vor unsere Mutter. Der Anblick ist kaum zu ertragen, ich will mich abwenden, aber ich kann es nicht. Gerade als ich mich nach vorn beugen will, um das Gesicht meiner Mom zu erkennen, werde ich nach hinten geschleudert.

Und weiß sofort, wo ich bin.

Auf dem überfüllten Busbahnhof mitten in New York City. Das kleine Mädchen ist nicht verschwunden, denn nun bin ich wieder das kleine Mädchen, das weinend durch die Menschen läuft und verzweifelt nach seiner Mutter ruft.

»Megan?«

Ich wache mit einem erstickten Schrei auf und blinzle, um zu verstehen, wo ich bin. Leo sieht mich mit einer Mischung aus Besorgnis und Verwunderung an.

»Du bist eingenickt«, sagt er, als sei es nicht offensichtlich.

Mein Nacken schmerzt von der unbequemen Schlafposition in seinem Wagen, doch ich rapple mich auf und steige aus dem Auto, ohne ihn anzusehen. Immerhin hat nur Leo mich gesehen und niemand sonst in dieser Stadt.

»Geht's dir gut?«, will er wissen, und ich winke ab.

»Wo müssen wir hin?«

Leo scheint darüber nachzudenken, ob er noch etwas sagen will, entscheidet sich dann jedoch dagegen und geht an mir vorbei, damit ich ihm folgen kann.

Manchmal fehlt mir New York City. Manchmal fehlt mir die Anonymität, das endlose Rauschen der Straßen und die Sirenen, die heulen, als gäbe es kein Morgen mehr.

Es sind Tage wie heute, an denen ich mich am liebsten verstecken würde, in einer grauen Masse aus Menschen, die daran glauben, eine bessere Zukunft zu haben, die sie aber nie erreichen werden.

In all dem Smog von New York und den schlechten Einflüssen, denen man ausgesetzt ist, ersticken die meisten guten Träume an der Realität. Und die schlechten werden stärker.

Meine Albträume jedoch sind nicht in New York geblieben, sondern mit mir nach Belmont Bay gekommen. Und ich bin mir noch immer nicht sicher, ob ich es geschafft habe, den schlechten Einfluss meiner Heimat wirklich abzustreifen.

Ich wünschte, es wäre anders, aber New York war nicht gut für mich, vielleicht ist es das für niemanden. Und obwohl ich es vermisse, werde ich jedes Mal, wenn ich Mom besuche, einfach nur traurig, weil ich nicht mehr hier bin. Nicht mehr in Belmont Bay.

Die große Stadt hat große Wunden aufgerissen, und diese kleine Stadt kann sie vielleicht wieder schließen.

New York City hat all meine schlechten Eigenschaften noch verstärkt, all meine Wut und die Ängste, die dahinter stehen. In den überfüllten Straßen wurde ich immer vom Ärger angezogen, von den Dingen, die man nicht tun sollte. Hinter jeder Straßenecke hat eine neue schlechte Entscheidung geschlummert. Eine neue Party, eine neue Liebschaft, neue Wunden, die ich mir selbst zufügen konnte.

Dabei habe ich versucht, mich zu ändern. Nach jeder Reise kam ich zurück zu Mom, sicher, dass ich dieses Mal keinen Ärger machen werde. Sicher, dass ich mein Leben jetzt in den Griff bekomme. Und dann hat es auch funktioniert. Ich wurde für Jura angenommen. Mom war so stolz, ich kann mich noch immer an ihre glänzenden Augen erinnern. Nur war es nie mein Wunsch, Anwältin zu werden. Von all den Wegen, die ich hätte gehen können, erschien mir dieser nur sinnvoll, um endlich Antworten zu finden.

Rauszufinden, wer meine leibliche Mutter war und warum sie mich in New York allein gelassen hat. Leider wurde ich schnell davon enttäuscht, dass ein Jurastudium mir nicht unbeschränkten Zugang zu Akten gewährt. Also warf ich hin, enttäuschte die einzige Familie, die ich hatte, und gab das Geld, das für mein Studium bestimmt war, für Privatermittler aus. Aber auch das war nicht so, wie ich es gehofft hatte, denn alles, was gefunden wurde, waren Fragmente. Splitter ohne Zusammenhang. Verwischte Spuren, die mich immer wieder im Kreis laufen ließen.

Und so bin ich hier gelandet. In Belmont Bay.

Meinem Zuhause.

In dieser Stadt kommen die Seiten an mir zum Vorschein, die ich mag. Ich kann mich besser kontrollieren, habe mehr Raum, um nachzudenken, statt kopflos zu handeln. Als bräuchte ich die klare Luft und den Wald, damit die Wut und die Angst in meinem Inneren sich etwas zurückziehen.

Doch auch wenn ich wie jetzt im Wind stehe und meine Haare zu allen Seiten fliegen, können die dunklen Wolken in meinen Gedanken nicht einfach fortgeweht werden. Und auch nicht die Sehnsucht, die sich immer wieder in mir ausbreitet, wie Gift, das mich dazu zwingt, etwas zu suchen, das gar nicht von mir gefunden werden will. Wieso wollen sie nicht gefunden werden?

Es gibt gute und vernünftige Gründe, warum man keine Kinder

will. Und ich bin nicht so naiv zu glauben, dass wir nicht alle in eine Situation geraten können, in der es einfach passiert. In der wir plötzlich in dem Moment feststecken, in dem dieses kleine Plus unser ganzes Leben verändert.

Nicht zum Guten verändert.

All das weiß ich, und trotzdem macht es nichts gegen dieses Gefühl in mir. Dieses Gefühl des Nicht-gewollt-Seins. Dieses Gefühl des Verlassenseins.

Absurd, wenn man bedenkt, dass ich diejenige bin, die so gern davonläuft und lieber so tut, als sei alles Schlechte in ihrem Leben nur wie der Albtraum von eben. Nur kann ich sie nicht mehr abschütteln: diese Angst, niemals den Platz zu finden, an den ich gehöre, obwohl ich ihn doch längst gefunden habe.

Meine verfluchten Gedanken drehen sich so sehr im Kreis, dass mir schlecht wird.

Ich habe keine Ahnung, was passieren wird, wenn ich gefunden habe, wonach ich suche, und ob ich es hier finde, aber der bloße Gedanke daran, das vielleicht niemals zu sein, bringt mich an den Rand der Verzweiflung.

Der dichte Wald um uns herum macht es auch nicht gerade einfacher, sich weniger verloren zu fühlen. »Wo bist du gerade?«, will Leo hinter mir wissen.

»In meinen Gedanken.«

»So weit war ich auch.«

»Und warum fragst du dann?«

Darauf antwortet er nicht.

Eigentlich bin ich kein besonders düsterer Mensch. Und ich bin auch keine permanente Zicke. Aber gerade werde ich wieder wütend auf mich selbst, weil ich kein Recht habe, mich zu beschweren – dennoch tue ich es. Immer und immer wieder, wie eine kaputte Schallplatte. Und das macht echt keinen Spaß.

»Worauf warten wir noch mal?«, will ich wissen und drehe mich zu dem Privatdetektiv um. Klassisch, wie Leo eben ist, fährt er sich durch die Haare.

»Auf Caroline.«

»Ich finde es immer noch ziemlich gruselig, dass du ihre Joggingroute kennst.«

»Oh, ich kenne noch viel mehr. Aber das Joggen ist nicht das, was uns interessiert«, meint er.

»Kannst du es bitte noch etwas spannender machen?«

»Jeden Morgen telefoniert sie mit jemandem, sie joggt bis zu dem Stein dort«, sagt er und zeigt auf eine Lichtung, die hinter dem Gebüsch kaum zu erkennen ist. »Und wir wollen herausfinden, mit wem.«

»Wir belauschen sie also.«

»Theoretisch, ja.«

»Und praktisch nicht?«, will ich wissen.

»Doch, aber es ist mir unangenehm, das zuzugeben.«

Ich verziehe das Gesicht und blinzle in die Sonne. »Du bist ein echt seltsamer Privatdetektiv.«

»Ich bevorzuge das Wort: Ermittler.«

»Das klingt, als würdest du heimlich ihre DNA sammeln, um sie dem FBI zu geben.«

»Unter Umständen könnte das vorkommen.«

Nachdenklich sehe ich ihn an. »Also ist deine sonstige Arbeit eher wie in *Gone Baby Gone* oder *Inherent Vice*?«

»Ich habe wie üblich keine Ahnung, wovon du redest«, gibt er zurück.

»Dein Filmwissen muss wirklich dringend überarbeitet werden.«

»Und du bist eine furchtbare Assistentin.«

»Das werte ich als ein Kompliment.«

Leo schüttelt den Kopf. Zu meiner Überraschung trägt er seine Lederjacke heute nicht – was vielleicht an der Höllenhitze liegt, die Idaho im Klammergriff hält. Meine Haut glänzt von der Sonnencreme, die ich aufgetragen habe, und ständig schlage ich nach Mücken, die bereit sind, mich auszusaugen. Ich liebe die Natur, aber es gibt Dinge, auf die ich gern verzichten würde.

»Sie kommt«, flüstert Leo und versteckt sich hinter unserem Busch, was mir albern vorkommt. Aber ich tue es ihm gleich.

Wir sind uns viel zu nahe in diesem Versteck, aber ich kann nicht dafür sorgen, dass wieder etwas Luft zwischen uns kommt, ohne die Gefahr einzugehen, dass Caroline mich entdeckt. Auf der anderen Seite ist es vielleicht gefährlicher, Leo wieder näher zu kommen, als entdeckt zu werden. Zumindest für mein fragiles Herz.

In einer knallpinken Leggins und einem knappen Sportoberteil steht Caroline auf der Lichtung. Sie beugt sich nach vorn, dehnt sich einen Moment lang und lässt ihr Genick kreisen. Ich will gerade einen Kommentar dazu abgeben, als Leo mich anstößt und den Finger auf die Lippen legt.

Na super, wenn mir etwas gar nicht liegt, dann die Klappe zu halten.

Caroline scheint uns nicht zu bemerken. Sie setzt sich, wie Leo es vorhergesagt hat, auf den Stein und holt ihr Handy hervor. Das Gespräch ist ebenso kurz wie frustrierend.

»Hey, Mom ...«

Ich rolle mit den Augen. Selbst Leo lässt den Kopf hängen. Dafür haben wir also eine Stunde in der prallen Morgensonne verbracht. Um Caroline bei einem Gespräch mit ihrer Mutter zu belauschen.

Super.

LEO

»Tut mir leid.«

Megan wischt sich den Schweiß von der Stirn. »Wenn ich einen Sonnenbrand bekomme, mache ich dich dafür verantwortlich.«

Ich schalte die Klimaanlage an. »Klingt fair.«

Die kühle Luft entlockt mir fast ein wohliges Stöhnen. Nach der heißen Sonne bin ich für jede Abkühlung dankbar.

Meine unfreiwillige Begleiterin wirkt ebenso erschöpft wie ich, doch ihr Verstand arbeitet noch immer. »Also, wie ist dein Privatdetektivplan?«

Ich hatte gehofft, zumindest einen Augenblick nur der schnarren-

den Klimaanlage zu lauschen, aber diese Wahl lässt Megan mir nicht.
»Wir folgen ihr.«

»Jetzt?«

»Nein, am Mittwoch zu ihrem Buchclub oder besser zu dem, was auch immer dieser Buchclub wirklich ist. Wir werden einfach schauen, wo sie hinfährt.«

»Und auf die Idee bist du nicht vorher gekommen?«

»Das war schon die ganze Zeit der Plan. Aber jemanden zu überführen ist mehr, als nur rauszufinden, wo er oder sie hingeht«, meine ich mit Nachdruck. Die angespannte Stimmung zwischen uns ist wieder da, und ich würde gern etwas sagen, das sie einfach verschwinden lässt. Stattdessen sehe ich Megan nur an, bin mir meines schneller werdenden Herzschlags nur allzu bewusst.

»Du bist der Profi.«

Ich presse die Lippen aufeinander. Als Profi würde ich mich nun wirklich nicht bezeichnen, aber ich habe mich für einen Tag genug vor Megan lächerlich gemacht.

»Und was machen wir jetzt?«, will sie wissen, offenbar noch immer fest entschlossen, meinen Auftrag so schnell wie möglich abzuschließen.

»Ich bring dich nach Hause.« Um meine Worte zu untermauern, lege ich den Gang ein und fahre los.

Da Megans Wohnung in einem Haus am Stadtrand mitten im Wald liegt, dauert die Fahrt nicht lang.

»Und siehst du dir jetzt meinen Karton an?« Megans Stimme ist höher geworden.

»Deinen was?«

Sie schließt kurz die Augen, als wäre ihr gerade selbst aufgegangen, dass ich nicht wissen kann, was sie meint. »Den Karton. Mit meinen eigenen Recherchen.«

Bevor ich auch nur die Chance bekomme, darauf zu antworten, steigt Megan aus dem Wagen. Zugegeben, das hätte ich kommen sehen müssen.

Tatsächlich ist es nicht gerade ungewöhnlich, dass Adoptivkinder ihre leiblichen Eltern suchen und dabei auch auf die Dienste eines

Privatdetektivs zurückgreifen. Allerdings ist das nicht mein Spezialgebiet. Und es macht mich nervös, dass Megan jetzt ihre Hoffnung auf mich setzt.

Ausgerechnet auf mich.

Wortlos steige ich aus dem Wagen und folge ihr die Stufen bis zu ihrem kleinen Appartement hinauf. Keine Ahnung, was ich erwartet habe, aber Megans Wohnung ist das pure Chaos. Ich kann die ganzen Eindrücke nicht mal annähernd aufnehmen.

Obwohl der Boden größtenteils frei ist, stapeln sich auf allen Ablagen, Regalen und Tischen Dutzende Fotos, Dekoartikel, Notizzettel und andere Dinge. An ihrer Garderobe hängen mehr Jacken, als ein einzelner Mensch jemals in einem Leben benötigen würde.

Sie deutet auf die kleine Küchenzeile, um mir zu sagen, dass ich an dem kleinen Tisch mit den zwei Stühlen daneben Platz nehmen soll. Nachdem ich eine Pfanne vom Stuhl auf den Herd gestellt habe, setze ich mich und warte, bis Megan in die Küche kommt.

»Das ist er«, sagt sie mit einem Anflug von Stolz in der Stimme und fegt die Papiere, offenbar unbezahlte Rechnungen, auf einen Stapel, ehe sie ihn auf die Küchenzeile wirft und den Karton vor mir abstellt.

»Okay.«

Ungeduldig tritt sie von einem Fuß auf den anderen. »Jetzt mach ihn schon auf.«

Ich atme einmal tief durch, dann ziehe ich den Karton näher an mich heran. Bevor ich ihn öffne, blicke ich Megan an, als würde ich erwarten, dass sie im letzten Moment einen Rückzieher macht. Doch das tut sie nicht. Stattdessen geht sie zum Kühlschrank und holt zwei Cherry-Pepsis, die sie auf den Tisch stellt, ehe sie sich mir gegenübersetzt.

Dann öffne ich den Karton.

»Und?«, fragt sie sofort, als hätte ich die magische Fähigkeit, in dem Chaos aus Papieren, Fotos und Notizzetteln augenblicklich einen Masterplan zu schneidern.

»Gib mir ein paar Minuten.«

Sorgfältig beginne ich damit, den Inhalt des Kartons auf dem Tisch auszubreiten. Dabei versuche ich, ein System zu entwickeln. Fotos auf die eine Seite, Unterlagen auf die andere, Notizzettel in die Mitte. Bei ihrer Geburtsurkunde bleibe ich hängen. Binnen eines Wimpernschlags hat sich dieser kleine Auftrag in etwas ganz anderes verwandelt …

Mir bleibt die Luft weg. Mein Herzschlag setzt aus, nur um dann so heftig gegen meinen Brustkorb zu schlagen, dass ich für einen Moment glaube, in Ohnmacht zu fallen.

Fuck.

Bitte.

Nicht.

Wieder und wieder lese ich den Namen, hoffe, dass ich mich irre, doch er bleibt der gleiche. Der falsche. Direkt neben dem falschen Namen, der mir eine Scheißangst einjagt, ist der Name ihrer Mutter. Margot Miller.

Megan betrachtet mich schweigend, aber ihre Ungeduld ist trotzdem spürbar. Immer wieder höre ich das Klackern ihrer Fingernägel auf dem Metall der Getränkedose.

Ich gebe mir die größte Mühe, das Zittern in meinen Fingern zu verbergen. Das ist nicht gut. Gar nicht gut. Sogar eine verfluchte Katastrophe. Doch davon darf ich mir jetzt nichts anmerken lassen. Mit aller Kraft klammere ich mich an die Hoffnung, dass der Name nur ein Zufall ist, dass ich mich täusche und das Loch in meinem Magen sich von selbst wieder schließen wird.

Nachdem ich den Inhalt vollständig verteilt habe, stehe ich auf.

»Hm.«

»Hm, was?«

»Das wird nicht einfach.« Das ist die Untertreibung des Monats. Diese Sache droht, mir die Luft abzuschnüren.

»Was du nicht sagst«, brummt Megan und steht ebenfalls auf. »Also, wie ist der Plan?«

Die Hoffnung verpufft, als ich das Foto sehe, das den Mann zeigt, der meine Familie und mich bedroht hat. Damit ist jeder Zweifel ausgeräumt. Fuck.

Ich halte das Bild in den Händen, unfähig, Megan auch nur anzusehen. Ein Paar. Vater und Mutter. Megans Vater und Mutter. Der Mann auf dem Foto sorgt dafür, dass sich eine Gänsehaut über meinen gesamten Körper zieht.

»Leo?«

Mir ist klar, dass jetzt der Moment wäre, ihr entweder die Wahrheit zu sagen oder sie anzulügen. Schon wieder.

Aber wenn ich ihr sage, was mir der Name ihres Vaters verraten hat, würde sie nicht nur nie wieder mit mir reden, sondern auch jede Hoffnung auf eine glückliche Familienzusammenführung verlieren. Was vielleicht sogar besser wäre, besser für sie. Besser für mich.

»Leo?«

»Ich muss ein paar Nachforschungen anstellen.« Nicht die cleverste Methode, um etwas Zeit zu schinden, um meine Gedanken zu ordnen, aber immerhin wird mir das einen Tag bringen. Oder zwei.

Tage, in denen ich nicht nur das Chaos in meinem Kopf klären muss, sondern auch mein eigenes Familiendrama erneut aufreißen muss.

»Das war's?«

»Erzähl mir, was du bisher rausgefunden hast«, versuche ich es etwas anders.

»Das siehst du doch«, meint sie und zeigt auf den Tisch.

Meine Gedanken sind viel zu durcheinander. Ich kann nicht mit ihr reden, ohne dass sie es merkt. Aber ich kann auch nicht schweigen, weil ihr dann erst recht aufgeht, dass etwas nicht stimmt. »Auf deiner Geburtsurkunde steht Boise. Wie bist du von Idaho nach New York gekommen?«

»Keine Ahnung.«

»Du warst vier Jahre alt?«

Megan schluckt. »Ja.«

»Hast du Erinnerungen an deine leiblichen Eltern?«

Sie schluckt abermals, doch dieses Mal ist es anders. Ihr Gesicht verzieht sich, wird hart wie Stein, und die ohnehin schon dunklen Augen scheinen sich zu verdüstern wie der Himmel kurz vor einem Sturm.

»Nicht wirklich«, murmelt sie schließlich. »Es sind eher Fetzen als richtige Erinnerungen. Manchmal Träume. Meistens keine guten.«

»Wie vorhin?«

»Nein.«

Ich bin vielleicht ein schlechter Lügner, doch Megans Spezialdisziplin ist es offensichtlich auch nicht. »Ich kann dir nur helfen, wenn du ehrlich zu mir bist«, murmle ich und fühle mich direkt danach wie der größte Arsch des Universums. Immerhin verheimliche ich ihr schon jetzt etwas. Mal ganz davon abgesehen, dass unsere lose Bekanntschaft nur auf der Lüge vom ersten Abend basiert. Und nun bin ausgerechnet ich es, der die Wahrheit von ihr verlangt.

»Es ist wirklich nicht viel«, murmelt Megan deutlich leiser.

»Vielleicht kann uns jede Kleinigkeit etwas sagen.«

Megan sieht mich an. Die kleinen hellen Sprenkel in ihren Augen scheinen erloschen zu sein, als würde ich sie zwingen, in eine Dunkelheit zu blicken, die sie sonst umgeht.

»Du kannst mir also nicht helfen.«

»Das habe ich nicht gesagt.«

»Aber das hast du gemeint, oder?«

»Nein«, sage ich, obwohl Ja die bessere Antwort gewesen wäre. Die klügere, die faire. Ich seufze tief, bevor ich mich wieder auf den Stuhl sinken lasse. »Über deinen Vater hast du nichts gefunden?«, fühle ich vorsichtig nach.

»Doch, einen Eintrag. Mehr nicht. Danach ist er vom Erdboden verschwunden.«

Nein, denke ich, ist er nicht. Er ist sogar in der Nähe. Aber wenn ich das laut ausspreche, ziehe ich Megan in Dinge hinein, die viel schlimmer sind als die Unwissenheit.

12

MEGAN

»Scheiße.«

Warum nur kam ich auf die schräge Idee, ein Ausflug mit meiner Schwester wäre super? Statt eines gemütlichen Spaziergangs auf dafür vorgesehenen Wegen muss ich mich quer durch die Wildnis Idahos schlagen. Hierfür habe ich weder genug Snacks dabei, noch trage ich die richtigen Schuhe.

»Gleich sind wir da«, flötet Mia und geht vor. Ich schnaufe genervt, mache mich aber daran, ihr so schnell wie möglich zu folgen. Dann endlich sind wir an dem Ort angekommen, den Mia mir offenbar so dringend zeigen wollte. Eine kleine Lichtung nahe der Schlucht, die uns den Ausblick auf den Snake River gewährt.

Schwer schluckend wische ich mir den Schweiß von der Stirn, als ich näher an den Abgrund herantrete. Der Fluss ist wie ein Strudel aus all meinen konfusen Gedanken. Er hat sich durch das Gebirge gegraben und dabei einige der tiefsten Schluchten hinterlassen, so wie meine Grübeleien. Sie reißen Gräben, lassen mich in Schluchten fallen, und ihr endloser Strom zieht mich immer weiter, selbst wenn ich innehalten will.

Mia sieht mich irritiert an. »Ist alles okay?«

Ich atme tief durch und wende den Blick vom Fluss ab. »Sicher.«

Meine kleine Schwester legt den Kopf schief, ehe sie eine Decke auf dem Boden ausbreitet. »Megan?«

»Es geht mir gut.«

Leider lässt sie sich nicht so leicht ablenken. Während sie einige Snacks aus ihrem Rucksack holt und mir eine Flasche Wasser reicht, fragt sie erneut: »Was ist los?«

»Das sagte ich doch gerade, nichts.«

Ich weiche ihrem Blick aus, bevor ich mich neben ihr niederlasse und noch einmal fluche.

»Du hast ein Geheimnis«, stellt meine Schwester nüchtern fest. »Was ist es?«

Sie reicht mir einen Schokoriegel, den ich dankbar annehme und sofort aufreiße. »Der Sinn eines Geheimnisses ist es nicht, es dem ersten Menschen zu erzählen, der danach fragt.«

»Schon, aber ich bin nicht irgendjemand«, gibt sie zu bedenken. Jetzt schaut sie mich wieder so an. Dieser Blick, der mir sagt, dass ich nichts vor ihr verheimlichen kann.

»Vielleicht will ich es dir aber nicht sagen.«

Sie verengt die Augen. Im Licht der Sonne schimmert ihr schwarzes Haar, während sie sich eine verirrte Strähne hinter das Ohr schiebt. »Offensichtlich beschäftigt es dich aber. Mit irgendjemandem musst du reden, sonst platzt dir bald der Kopf.«

Stöhnend beiße ich in meinen Schokoriegel und denke darüber nach, ob ich ihr wirklich sagen kann, was in meinem Kopf vorgeht.

»Ich hasse es, wenn du recht hast«, murmle ich noch immer kauend.

Mia grinst und schubst mich sachte mit der Schulter an. »Nun sag schon.«

Die Reste meines Snacks werden mit mehr Wasser hinuntergespült, ehe ich antworte. »Nur wenn du versprichst, es niemandem zu sagen, auch Conner nicht.«

Ihr kurzes Zögern sagt mir, dass die zwei sich inzwischen viel näher sind, als ich dachte. Früher haben Mia und ich all unsere Geheimnisse geteilt, aber irgendwo auf dem Weg zum Erwachsenwerden haben wir diese Verbindung verloren. Bis jetzt zumindest, denn seit Mia in Belmont Bay ist und nach allem, was sie erlebt habt, sind wir uns fast wieder so nahe wie früher.

Sie streckt mir ihren kleinen Finger entgegen. »Schwesternschwur?«

Mit einem halbherzigen Lächeln nicke ich, umschlinge ihren kleinen Finger mit meinem.

»Versprochen«, sagt Mia mit Nachdruck.

Dann ist es an mir, das kurze Schweigen mit Inhalt zu füllen. »Es ist Leo …«

»Ich wusste es!«, werde ich sofort unterbrochen.

»Nicht so, wie du denkst!«

»Schade.«

Ich verdrehe genervt die Augen. »Er ist kein Journalist«, brumme ich dann, damit sie gar nicht erst auf die Idee kommt, mir und Leo irgendetwas Romantisches zuzuschieben.

Mia sieht mich entsetzt an. »Was?«

Nickend hebe ich die Flasche, als wolle ich ihr zuprosten. »Er ist Privatermittler.«

Diese Information scheint meiner Schwester für einen Moment den Atem zu nehmen. Sie blinzelt mich ein paarmal an. »Und was zum Teufel will er dann hier?«

Lachend schüttle ich den Kopf. »Ich weiß, ich sollte nicht stolz darauf sein, dass du inzwischen so viel fluchst wie ich, aber ich liebe es«, necke ich sie. »Jedoch ist das, was Leo hier macht, nicht der Punkt.«

Falls ich vorhatte, Mia völlig zu verwirren, habe ich dieses Tagesziel auf jeden Fall erreicht. Sie dreht sich etwas weiter zu mir, damit sie mir ins Gesicht blicken kann, ohne dass die Sonne sie blendet. »Okay?«

»Der Punkt ist …« Ich stocke kurz, weil ich weiß, dass es ihr nicht gefallen wird. Weil ich weiß, dass es sie verletzen wird. »… er will mir helfen, meine Eltern zu finden.«

Mia hebt das Kinn. Meine Schwester war für mich früher immer ein offenes Buch, auch wenn sie eher zurückhaltend ist. Sämtliche ihrer Emotionen spiegeln sich auf ihrem Gesicht wider, und was ich aktuell sehe, sorgt nur dafür, dass der Stein in meinem Magen mit jedem Herzschlag schwerer wird.

Was ich sehe, sind Angst, Schmerz und Zweifel. »Ich wusste, du bist dagegen«, hauche ich resigniert und spüre, wie mir Tränen in die Augen steigen. Die ganzen verworrenen Gedanken scheinen nun ihren Weg raus aus meinem Kopf zu suchen.

»Bin ich nicht«, sagt Mia schnell. Sie wischt mir die einzelne Träne aus dem Gesicht. »Ich bin nur … überrascht. Nicht davon, dass du sie suchst, das hast du schon früher getan, nur – na ja, davon, dass Leo ein Privatdetektiv ist und ihr euch nun zusammen auf die Suche macht.«

Dazu sage ich nichts, denn die Gedanken in mir sind schon viel zu laut. Obwohl die Sonne noch immer heiß vom blauen Himmel brennt, wird mir plötzlich kalt. Vielleicht war es ein Fehler, es ihr zu sagen. Verdammt, vielleicht war es ein Fehler, überhaupt den Mund aufzumachen.

»Hast du vor, es Mom zu sagen?«

Scheiße.

Diese Frage hätte ich kommen sehen müssen, doch sie erwischt mich eiskalt. Meine Mom ist einer der besten Menschen, die ich kenne. Sie ist stark und schön, und sie weiß immer auf alles eine Antwort. Nur auf meine Frage nicht. Bei mir ist es anders.

Mias Eltern sind tot.

Das ist unbestreitbar schrecklich, aber es erspart ihr auch die Fragen, warum sie nicht gewollt war. Obwohl das nicht ganz die Wahrheit ist, denn der Teil ihrer Familie, der in Japan lebt, hat nur nie auf die Gesuche des amerikanischen Jugendamts reagiert. Unsere Mom hat ihr angeboten, es erneut zu versuchen, doch Mia hat abgelehnt. Ihr reicht die Familie, die wir bereits haben.

Und das erspart ihr Moms Gesichtsausdruck, wenn ich sie frage, warum mich jemand so wenig geliebt hat, dass er mich weggegeben hat.

»Mom würde es verstehen«, setzt meine Schwester nach, was mich nur dazu bringt, wieder den Kopf zu schütteln.

»Sie würde es versuchen, ja, wie die letzten Male auch«, murmle ich in mich hinein. »Aber es würde sie auch verletzen. Erinnerst du dich noch daran, wie ich hierhergezogen bin?«

»Wie könnte ich nicht? War ein denkwürdiges Weihnachten des eisigen Schweigens zwischen euch beiden«, sagt Mia ruhig.

»Ja, und gerade verstehen wir uns. Jedes Mal, wenn sie in der Stadt ist, habe ich das Gefühl, wir können einfach zusammen sein. Als hätte sie mir verziehen, dass ich die schlechte Tochter von uns beiden bin«, platzt es aus mir heraus.

»Die was? Megan, wie kannst du so was nur denken.«

»Wie könnte ich es nicht?«, gebe ich zurück. »Ich habe immer nur Scheiße gebaut, bin von der Schule geflogen, habe Drogen genommen, andere gemobbt, bin so oft weggelaufen und habe mich an ihrem Portemonnaie bedient, weil ich es wichtiger fand, die nächste Party zu finanzieren, statt darüber nachzudenken, was ich ihr damit antue.«

»Ich sage ja nicht, dass du immer eine Vorzeigetochter warst«, meint Mia ruhig. »Aber nichts davon hat je geändert, dass sie dich liebt. Genauso, wie ich dich liebe. Und Spoiler: Du hast dich verändert. Deine Fehler waren genau das, Fehler. Und jetzt bist du ganz passabel.«

»Du meinst, mal davon abgesehen, dass ich mein Studium hingeworfen und mein Geld für schlechte Ermittler ausgegeben habe?«, will ich zynisch wissen.

Meine Schwester zuckt mit den Schultern. »Ich hab mein Studium auch hingeworfen.«

»Das war was anderes.«

»Nein, war es nicht. Du hast aufgehört, Dinge zu tun, die dich unglücklich machen, und ich auch, und Mom unterstützt uns, so gut sie kann. Und bei *allem*. Wenn du ihr sagst, dass du ...«

»Nein«, unterbreche ich sie schnell, sammle mich dann allerdings und versuche es noch einmal. »Was ich damit sagen will, ist nur: Wir sind uns gerade so nah wie seit Jahren nicht mehr, und ich will ihr nicht das Gefühl geben, dass sie mir als Mutter nicht genug ist.«

»Das weiß sie. Mom weiß, dass du sie liebst, und trotzdem würde sie dir helfen.«

»Das letzte Mal, als ich losgezogen bin, um meine Eltern zu suchen, da ... da habe ich was wirklich Schlimmes zu ihr gesagt.«

Mia legt den Kopf schief und betrachtet mich. »Was?«

»Ich habe gesagt, dass sie mich auch aussetzen würde, wenn ich nicht schon zu alt dafür wäre«, gebe ich leise zurück. Meine Schwester greift nach meiner Hand. »Es ist vielleicht nicht das, was du hören willst, aber als Teenager hast du viel schlimmere Sachen zu ihr gesagt.«

»Du hast recht, das ist wirklich nicht hilfreich.«

Meine Mom liebt mich. Das weiß ich.

Aus keinem anderen Grund hat sie es sonst so lange mit mir ausgehalten. Aber das ändert nichts an den Fragen. Nichts daran, dass ich wissen muss, warum meine leibliche Mutter mich verlassen hat.

Warum setzt jemand ein kleines Mädchen an einem Bahnhof aus? Was habe ich getan, das so schlimm war, dass meine eigene Mutter meinen Anblick nicht mehr ertragen hat? Und werde ich die Antwort darauf jemals verkraften, wenn ich sie bekomme? Oder wenn ich sie nicht bekomme?

Ich bringe mich selbst an den Rand des Gebirges, um meinen eigenen Abgrund nicht sehen zu müssen. Und immer wenn ich über die Klippen schaue, frage ich mich, was dort unten wohl lauern mag.

»Megan?«

Mias Stimme reißt mich aus den Gedanken. »Mom, sie hat immer gesagt, dass meine Mutter gehen musste. Dass sie mich nicht verlassen hat, weil sie es wollte, sondern weil sie keinen anderen Ausweg gesehen hat«, murmle ich. »Und ich würde das gern glauben. Aber dazu muss ich die Wahrheit herausfinden.«

»Das kann ich ja verstehen, aber ...«

»Ich will es ihr noch nicht sagen«, murmle ich und schüttle den Kopf, als würden Worte allein nicht reichen.

Zu meiner Überraschung widerspricht sie nicht. »Okay.«

»Okay?«

Ihr Lächeln ist warm genug, um einen Teil meiner inneren Kälte wieder verschwinden zu lassen. »Du hast mich aufgenommen, als ich weggerannt bin und niemandem erzählen wollte, dass ein machtsüchtiges Arschloch mich regelmäßig zusammenschlägt«, meint sie mit einer Stimme, die sämtliche Schatten ihrer Vergangenheit erahnen lässt. »Und ich muss nicht jede deiner Entscheidungen gut finden, um dich dabei zu unterstützen.«

Ich atme einmal tief durch. »Du findest die Entscheidung also nicht gut.«

Sie befeuchtet kurz die Lippen. »Ich verstehe sie nicht, aber das muss ich doch auch nicht. Du willst sie finden. Das ist alles, was zählt.«

Ihre Hand greift nach meiner.

»Verdammt, wann bist du denn so erwachsen geworden?«, will ich wissen, um meine Gefühle zumindest ein kleines bisschen zu kaschieren. Es gefällt mir nicht, mich so verletzlich zu fühlen.

Mia zuckt mit den Schultern. »Vielleicht musste ich selbst erst mal knietief in der Scheiße stecken, damit ich verstehe, warum unsere Entscheidungen nicht immer gut, logisch oder für alle nachvollziehbar sein müssen.«

»Fuck, Zuckerherz. Ich bin gerade so stolz auf dich, dass ich dich am liebsten drücken würde, aber dann fang ich vielleicht an zu heulen.«

»Und was wäre schlimm daran?«, fragt Mia und drückt mich so fest an sich, dass ich tatsächlich spüre, wie mir die Tränen kommen. »Aber nur fürs Protokoll, ich bleibe auf ewig deine kleine Schwester und habe das Vorrecht auf deinen Kleiderschrank.«

Obwohl ich noch immer weine, muss ich lachen. »Ist notiert.«

»Gut«, sagt sie und lässt von mir ab. Irgendwo in den Tiefen ihres Rucksacks findet sie eine Packung Taschentücher und reicht sie mir, damit ich mir die Nasen putzen kann. »Habt ihr schon einen Plan?«

Ich schüttle den Kopf. »Leo war irgendwie ... keine Ahnung. Er meint, er bräuchte etwas Zeit für die Recherche.«

Wahrscheinlich verrät mich dieses Mal mein Tonfall, denn nun zieht Mia eine Augenbraue nach oben. »Aber daran ist doch nichts Ungewöhnliches?«

Genau genommen nicht, da muss ich ihr recht geben. Doch nichts an Leo ist wirklich ungewöhnlich, und genau das sorgt dafür, dass ich ständig an ihn und seine Worte denken muss. Irgendetwas passt nicht ins Bild, aber egal, wie lange ich darüber nachdenke, ich komme einfach nicht darauf, was es ist. »Es war weniger, was er gesagt hat, und mehr, wie.«

»Bist du sicher, dass das nicht an deinem notorischen Misstrauen liegt?«

»Schon möglich.«

»Kommt jetzt der Moment, wo du mir gestehst, dass du ihn magst, aber Angst hast, verletzt zu werden?«, will sie wissen und weicht geschickt dem Schokoriegel aus, den ich nach ihr werfe.

»Nein.«

Mit einem triumphierenden Grinsen sieht sie mich an. »Okay, dieses Gespräch heben wir uns also für den dritten Akt auf.«

Ich stöhne. »Jetzt sag's schon.«

»Was soll ich sagen?«

»Dir liegt schon die ganze Zeit irgendein Shakespeare-Zitat auf den Lippen, das du mir gleich bedeutungsschwanger präsentieren wirst ...«

Mia steht auf, um dem Ganzen einen Hauch mehr Dramatik zu verleihen. »*Ein Feuer brennt das andre nieder; ein Schmerz kann eines andern Qualen mindern. Fühl andres Leid, das wird dein Leiden lindern! Saug in dein Auge neuen Zaubersaft, so wird das Gift des alten fortgeschafft.*«

Ich bleibe sitzen und sehe sie betont fragend an. »Das war jetzt doch etwas zu kryptisch für mich.«

Nun ist sie es, die die Augen verdreht. »Was ich damit sagen will: Ich bin da. Wenn du deine biologische Familie finden willst, wird diese Familie an deiner Seite stehen. Auch wenn die Weihnachtsfeiertage verdammt teuer werden.«

Gegen meinen Willen muss ich grinsen.

»Und falls da zwischen dir und Leo doch mehr ist, als du dir gerade eingestehen willst, ist das okay. Und wenn er dir wehtut, werde ich dir ein gutes Alibi geben.«

Nun wird aus dem Grinsen ein Lachen.

LEO

Ich bin offiziell am Arsch.

Wie konnte das passieren? Alles, was ich wollte, waren ein paar ruhige Tage in einer hübschen kleinen Stadt, ein bisschen Theater, gutes Essen, Ruhe und Berge, einen Auftrag erledigen. Und nun sitze ich vor den Scherben einer Vergangenheit, für die ich nichts kann.

Fuck.

Da von meiner Zielperson noch immer keine Spur zu sehen ist, habe ich viel zu viel Zeit, um mir die schlimmstmöglichen Szenarien auszumalen.

Egal, wie ich es drehe und wende, es kommt nie etwas Gutes dabei heraus. Auch wenn ich nichts damit zu tun habe, so betrifft es doch meine Familie. Mein Leben.

Und ausgerechnet Megans nun auch.

Stöhnend richte ich mich auf und versuche, einen klaren Gedanken zu fassen. Mein Körper ist nach der langen Zeit im Auto steif. Alle meine Muskeln beschweren sich, verlangen danach, wieder bewegt zu werden. Doch da noch immer niemand aus dem Theater gekommen ist, kann ich nicht einfach wieder verschwinden. Observationen sind nicht halb so spaßig, wie sie in Filmen oft dargestellt werden. Mein Blick schweift zu meiner Armbanduhr.

Eigentlich sollte ich den Fokus auf meine Aufgabe legen und dann so schnell wie möglich aus dieser Stadt verschwinden. Aber ich kann nicht, alles in meinem Kopf ist so schrecklich verworren, als habe eine Spinne ein unordentliches Netz rund um meine Gedanken gesponnen.

Was soll ich jetzt tun? Meinen Vater anrufen?

Ich weiß jetzt schon, was er sagen wird. Er wird sagen, ich soll mich aus dieser Sache raushalten. Er wird sagen, dass ich die Vergangenheit ruhen lassen soll. Aber kann ich das? Kann ich das jetzt, wo es nicht mehr nur um mich oder ihn geht, sondern auch um Megan? Und kann ich Megan das wirklich antun?

Auch wenn sich alles in mir dagegen sträubt, greife ich zum Handy. Jedes neue Freizeichen treibt mir den Schweiß auf die Stirn. Er geht nicht ran. Natürlich nicht.

Resigniert hinterlasse ich ihm eine Nachricht auf der Mailbox: »Dad …« Ich stocke, überlege, ob ich es wirklich aussprechen soll. »Wir haben ein Problem. Es geht um Joseph.«

Dann lege ich wieder auf.

Allein seinen Vornamen auszusprechen, sorgt dafür, dass sich mein Puls beschleunigt. Es ist nicht der Name, der auf Megans Geburtsurkunde steht, aber es ist definitiv der gleiche Mann. Der gleiche Mann, der wie der Teufel persönlich in der Kanzlei meines Vaters aufgetaucht ist und versucht hat, ihm die Seele zu rauben. Und wenn jemanden meine Meinung interessiert: es zum Teil auch geschafft hat.

Ich bin mir sicher, dass Joseph ihr Vater ist. Aber ich habe noch keine Belege dafür, außer einem Foto und diesem Gefühl in meinem Magen, dass ich auf etwas zusteuere, das gar nicht gut ausgehen kann.

Nervös fahre ich mir durch die Haare. Fakt ist: Ich will nicht gehen. Nicht nur, weil ich mit meiner inneren Krise noch kein Stück weiter bin, sondern auch, weil Megan etwas in mir auslöst, das ich noch nie gespürt habe. Noch nie so.

Doch mein letztes Verschweigen hat bereits das lose Band zwischen uns fast zum Reißen gebracht, kann ich also das Risiko eingehen, sie noch einmal zu belügen? So sehr zu belügen?

Perfekt. Ich kann sie also weder anlügen noch ihr die Wahrheit sagen. Großartig, wirklich großartig.

Obwohl, wenn ich's recht bedenke, ist ihre Unwissenheit gerade wahrscheinlich eher Segen als Fluch.

Scheiße.

Die Ironie des Schicksals bringt mich absolut nicht zum Lachen. Von all den Dingen, die ich in dieser Stadt zu finden gehofft hatte, gehörte das hier sicher nicht dazu.

Ausgerechnet dieser Name. Ausgerechnet er.

Selbst wenn ich Megan helfe, beschwöre ich damit etwas herauf, das wir beide nicht kontrollieren können. Etwas, das sie vielleicht noch viel mehr zerstört. Und mich. Und, was noch viel schlimmer ist, meine Familie.

Das Klingeln meines Handys reißt mich aus dem Dunst meines Selbstmitleids. Doch statt meines Vaters ruft Megan an. Unbehaglich räuspere ich mich, ehe ich abhebe. »Hey.«

»Was tust du gerade?«, will sie wissen. Irgendwo im Hintergrund höre ich Musik und ein Rascheln, das klingt, als würde sie in einem Kleiderschrank wühlen.

»Privatermittlerkram«, murmle ich ausweichend.

»Du spionierst also Caroline nach?«

»Ja.«

Vor meinem geistigen Auge sehe ich sie nicken. »Gut. Heute Abend findet eine super exklusive Party von Caroline statt. Und wir sind eingeladen.«

Nun richte ich mich auf, unsicher, auf welche dieser Informationen ich zuerst reagieren sollte. »Wir?« Da war mein Herz wohl mal wieder schneller als mein Verstand.

»Na ja, eigentlich ich. Ich hab ein paar Porträts und andere Fotos von ihr gemacht, und das ist der Dank. Und da ich jemanden mitbringen darf ...«

Mein Mund wird plötzlich staubtrocken. »Dann ist das ein Date?«

»Träum weiter, das ist rein geschäftlich«, wehrt sie ab, doch ich kann das Lächeln in ihrer Stimme hören. Sie scheint diesen Gedanken also nicht gänzlich abstoßend zu finden. Das ist ein Anfang, auch wenn das Warnsignal in meinem Kopf bereits anfängt zu kreischen. Was auch immer ich hier mache, es wird nichts einfacher gestalten. Eher im Gegenteil.

»Partys gehören nicht zu meinem Geschäft«, versuche ich sie aus der Reserve zu locken.

»Dann willst du nicht in ihren Sachen herumschnüffeln?«, fragt Megan so zuckersüß, dass der Sarkasmus fast aus meinem Smartphone tropft.

»Nein, denn das gehört eigentlich nicht zu meinem Job. Ich halte mich an Gesetze.«

»Aber du brauchst eine Ahnung, wohin sie fährt.«

»Egal, was ich jetzt sage, du wirst wieder was Fieses über meinen Job sagen, oder?«

»Ja, aber das stört dich nicht, denn eigentlich magst du deinen Job gar nicht.«

Vor Überraschung bleibt mir einen Moment die Luft weg. Ich habe bisher nichts in diese Richtung angedeutet, und unsere Gespräche waren nicht einmal im Ansatz tiefgreifend genug, damit sie mich so gut kennen könnte.

Ich räuspere mich. »Wie kommst du darauf?«

»Hat mir dein Hundeblick verraten. Und du leugnest es gerade nicht, was mich noch bestätigt«, fährt sie ungerührt fort. Dann murmelt sie: »Das ist perfekt.«

Offenbar ist sie dabei, sich schon mal auf unseren Undercovereinsatz vorzubereiten.

»Wann soll ich dich abholen?«, gebe ich mich geschlagen.

»Acht Uhr. Und Leo?«

»Ja?«

»Lass die Lederjacke zu Hause.«

Grinsend lege ich auf. Vielleicht ist es kein klassisches Date, aber meine Adern werden von Endorphinen geflutet, als wäre es eins. Ohne das Theater weiter zu beachten, starte ich den Wagen und mache mich auf den Weg zurück zum Trailerpark, um zumindest zu duschen, bevor ich Megan wieder unter die Augen trete.

Fuck. Vielleicht ist es doch ein Date?

13

MEGAN

Meine Haare liegen in Locken auf meinen Schultern, und ich beuge mich näher zum Spiegel, um den Lippenstift aufzutragen. Mir steht der Sinn nicht gerade nach einer Poolparty bei Caroline, aber wenn ich Leo helfen muss, damit ich endlich die Antworten bekomme, nach denen ich mein Leben lang suche, werde ich es tun. Und zwar so schnell es geht. Wenn es sein muss, wühle ich auch in ihrer schmutzigen Wäsche – selbst wenn ich der Meinung bin, dass sie ihren Mann niemals betrügen würde. Das ist einfach nicht ihr Style. Sie ist das perfekte Bild der First Lady einer Kleinstadt. Es will mir einfach nicht in den Kopf, wie ihr Mann auf diese absurde Idee kommt.

Das Klingeln an der Tür verkündet, dass ich keine Zeit mehr habe, mich von den Gedanken um mein Outfit ablenken zu lassen. Ich sprinte zur Tür und schlüpfe in die High Heels, während ich Leos Schritte auf der Treppe höre. Als sein Gesicht im Türrahmen erscheint, stockt er kurz.

»Wow.«

»Ich hoffe, das ist ein gutes Wow«, gebe ich zurück, obwohl sein Blick schon Bände spricht. Er schluckt. Seine Augen gleiten kurz über meinen Körper, bevor er schnell zur Seite schaut.

»Ein verdammt gutes Wow.«

Grinsend zucke ich mit den Schultern, als hätte ich nicht gerade drei Stunden meines Lebens in mein Aussehen investiert. »Gut.«

Ich streiche das schwarze Sommerkleid noch einmal glatt und richte den Taillengürtel, wohl wissend, dass meine Brüste damit mehr betont werden. Irgendwie gefällt es mir, dass Leo plötzlich so eingeschüchtert wirkt. Dann schnappe ich mir meine Handtasche und schließe die Tür ab.»Du siehst aber auch nicht schlecht aus.«

Es mag wie eine Floskel klingen, doch ich meine es ehrlich. In der schwarzen Jeans und dem weißen Shirt, das sich um seine Brust spannt, sieht er mehr als gut aus. Sein schwarzes Haar ist lässig nach hinten gegelt, und auf den Wangen ist kein einziger Stoppel zu entdecken. Offenbar bin ich nicht die Einzige, die sich heute ins Zeug gelegt hat.

»Ich fühle mich underdressed«, gesteht er mit einem schiefen Lächeln. »Hätte ich gewusst, dass wir mit dem Präsidenten essen, hätte ich ein Sakko angezogen.«

Ich lache. »Keine Sorge, Jeans und Shirt sind völlig in Ordnung. Carolines Partys sind schick, aber eigentlich sind sie nur die einzige Gelegenheit in Belmont Bay, auch mal die High Heels auszupacken«, meine ich, während ich vor ihm die Treppen hinuntersteige.

Erst jetzt wird mir klar, wie lange ich keine hohen Schuhe mehr anhatte. Wie schafft meine Mutter es nur, ihren ganzen Tag darauf zu verbringen und durch die New Yorker Gerichtssäle zu laufen? Ich freue mich jetzt schon auf den Moment, wenn ich meine Füße wieder befreien kann.

An seinem Wagen angekommen, beugt Leo sich vor. Ganz der Gentleman, hält er mir sogar die Wagentür auf. Eigentlich stehe ich nicht auf dieses Oldschool-Gehabe, doch die Art, wie er die Hände an seiner Jeans abwischt, als hätte er schwitzige Handflächen, bringt mich zum Schmunzeln.

»Bist du nervös?«, will ich wissen, als er sich hinter dem Steuer niederlässt.

»Du machst mich nervös«, gesteht Leo und sieht mich mit einem Grinsen an, bei dem mein Körper anfängt zu kribbeln.

Verdammt, so hab ich das nicht geplant. Oder nur ein kleines bisschen. »Bild dir bloß nicht ein, dass ich dieses Kleid für dich trage«, stelle ich klar, bekomme aber dieses anstrengende Lächeln einfach nicht von meinen Lippen.

Er startet den Wagen. »Würde mir nie einfallen.«

»Gut, denn ich trage Dinge ausschließlich für mich selbst.«

»Das würde ich nie infrage stellen.«

»Aber ich verstehe, dass meine Kurven auch deinen Tag versüßen.«

Wieder lacht er, aber es klingt anders. Heiserer. Heißer. »Es macht dir Spaß, mich zu quälen, oder?«

»Vielleicht? Ich habe dich vor mir gewarnt.«

»Mit deinen Haaren?«

Ich grinse nur, doch so langsam werde auch ich nervös. Bisher habe ich noch nie in dem Haus von jemandem herumgeschnüffelt, wenn ich auf eine Party eingeladen wurde. Das letzte Mal, als ich bei Caroline war, gab es Tee und unzählige ziemlich langweilige Theatergeschichten.

Der rosa Watteabendhimmel begleitet unsere Fahrt durch die Stadt. Die Reihen von Einfamilienhäusern werden immer wieder von den großen Gärten unterbrochen, die im Schimmer der Abendsonne wirken, als wären sie einem Werbespot entsprungen. Doch das Haus der Familie Tantum stiehlt allen die Show. Klassisch und elegant, liegt es im prächtigen Kolonialstil vor uns. Die Wohnfläche erstreckt sich über drei Etagen, mit großen Fenstern, deren Rahmen diesen besonderen Ton haben, der weder türkis noch blau zu sein scheint und doch immer perfekt zum Himmel passt.

Leo parkt den Wagen auf dem hauseigenen Parkplatz, der bereits aus allen Nähten platzt. Jeder, der in Belmont Bay etwas zu sagen hat, wird heute in den heiligen Hallen von Caroline sein.

Regungslos bleibe ich sitzen, betrachte den Weg zum Haus und frage mich, ob ich das ernsthaft will. Will ich wirklich Carolines Sachen durchsuchen? Ihr Vertrauen missbrauchen? Gut, wir sind nicht gerade die besten Freundinnen, aber ich habe Respekt vor ihr und davor, dass sie sich von niemandem etwas sagen lässt. In dieser Hinsicht ähneln wir uns.

Plötzlich spüre ich Leos Hand auf meiner Schulter. »Du musst das nicht tun, wenn du es nicht willst«, sagt er, als hätte er die Gedanken in meinem Kopf gehört. »Es ist mein Job. Nicht deiner.«

»Deal ist Deal.« Ich schenke ihm ein Grinsen und steige aus dem Wagen, wo ich schmerzlich daran erinnert werde, warum ich lieber Boots als High Heels trage. Der Kiesweg macht es mir nicht gerade einfach, das Gleichgewicht zu halten und gleichzeitig elegant auszusehen. Darum wehre ich mich auch nicht, als Leo mir seinen Arm anbietet.

Seine warme Haut unter meinen Fingern sorgt dafür, dass dieses verräterische Pulsieren in meinem Inneren wieder stärker wird. Obwohl er die Lederjacke nicht trägt, kann ich den schwachen Hauch ihres Geruchs dennoch wahrnehmen, vermischt mit dem seines Aftershaves. Verdammt, gut riechende Männer werden irgendwann mein Untergang sein.

Fast bin ich froh, als wir endlich vor der Tür stehen und Caroline uns öffnet, noch bevor wir die Chance haben, die Klingel zu betätigen. Überschwänglich begrüßt sie uns, drückt mir einen Kuss auf die Wange und schickt uns zu den anderen Gästen in den Garten, während hinter uns bereits das nächste Auto parkt.

Wir lassen uns Zeit dabei, durch das Erdgeschoss zu laufen. Das atemberaubende Esszimmer verschmilzt mit dem Wohnzimmer, das sich mühelos in einen spektakulären großen Raum mit Marmorkamin, Gewölbedecke und französischen Türen einfügt, die zu einem vollständig eingezäunten Außenbereich führen.

Doch der Garten ist der Grund, warum meinem Begleiter die Spucke wegbleibt. Rings um den großen Pool tummeln sich Gäste. In den Apfel- und Kirschbäumen hängen verschiedene Girlanden, die farblich perfekt auf die Rosenbüsche um die Grundstücksbegrenzung herum angepasst sind. »Shit«, entfährt es Leo.

Die Tanzfläche, an der bereits ein DJ auflegt, ist nicht sonderlich groß, doch durch die verschiedenfarbigen Scheinwerfer, die Licht auf den schwarzen Boden werfen, wirkt sie trotzdem eindrucksvoll.

»Wenn diese Stadt eine Königin hat, dann ist es Caroline«, murmle ich. Zumindest steht sie in dieser Stadt für Luxus. Falls es jemals eine Reality-TV-Show mit reichen Frauen aus Idaho geben sollte, wird Caroline sie anführen.

»Andere nennen sie eher eine böse Hexe«, kommt es von der Seite.

»Chris«, stoße ich aus. »Ich wusste nicht, dass du auch hier bist.«

Er zuckt mit den Schultern und nippt an seinem Whiskey. Im Gegensatz zu Leo trägt er nicht nur Jeans und Shirt, sondern eins seiner guten Hemden. »Du kennst mich doch, zu einem gratis Barbecue sag ich nicht Nein.«

Ich schüttle den Kopf. Dann komme ich mir für mindestens drei sehr unangenehme Sekunden so vor, als wäre mein Leben eine Seifenoper. Chris und Leo werfen sich Blicke zu, die ich nicht deuten kann und, wenn ich ehrlich bin, auch nicht will. Es gibt nichts, das mich so schnell abkühlt wie Machoszenen. Doch zu meinem Glück scheinen die beiden daran ebenso wenig Interesse zu haben.

»Schön, dich zu sehen. Ich hoffe, dieser Abend landet nicht in einem Artikel, sonst kann ich mir kein Bier genehmigen«, meint Chris, noch immer freundlich, aber mit einem gewissen Unterton, der mir nicht gefällt. Allerdings ist es eher der Ton eines älteren Bruders als der eines verschmähten Liebhabers.

»Ich bin heute nicht im Dienst«, sagt Leo ausweichend, und ich weiß, dass diese Lüge notwendig ist. Aber es stört mich dennoch, wie scheinbar mühelos sie ihm über die Lippen geht. Für ihn ist es vollkommen natürlich, die Wahrheit zu verschleiern oder, was noch schlimmer wäre, sie zu verdecken. Irgendwie ironisch, wenn man bedenkt, dass er doch eigentlich Dinge aufdecken soll.

»Oh, Chris!«, erklingt eine hohe Frauenstimme, und der Arzt zuckt leicht zusammen.

»Wenn ihr mich entschuldigt, Mrs Manson ruft nach mir«, entschuldigt er sich und wendet sich von uns ab.

»Der arme Kerl«, murmle ich, auch wenn ich mir einen Hauch von Schadenfreude gestatte. »Solche Partys sind für ihn immer ein Albtraum.«

Ich betrachte, wie Chris zu einer kleinen Gruppe gewinkt wird, in der bereits Burger verspeist werden.

»Warum?«, fragt Leo.

»Er ist der Arzt der Stadt, ledig und jung. Das macht ihn zum begehrtesten Junggesellen in ganz Belmont Bay.«

»Ich kann mir Schlimmeres vorstellen«, murmelt Leo, sieht dabei jedoch mich an. Da ich dieses Thema ganz sicher nicht mit ihm diskutieren will, mache ich ein paar Schritte in den Tumult der Gäste.

Im Vorbeigehen winke ich Stella, der Floristin der Stadt, und Elif, meiner Friseurin, zu. »Also, wie ist dein Plan?«, will ich wissen, während wir eine Runde um den Pool drehen, uns etwas zu trinken holen und einen großen Bogen um den berüchtigten trockenen Apfelkuchen machen.

»Ich werde mich gleich mit der Ausrede zurückziehen, die Toilette zu suchen«, murmelt er, während er an seinem Orangensaft nippt.

»Weißt du, welches der Zimmer ihr Schlafzimmer ist?«

Da ich heute nicht fahren muss, greife ich beherzt bei dem Champagner zu. »Zweite Etage, dritte Tür.«

Irritiert hält Leo inne. »Das war überraschend präzise.«

Ich grinse schief. »Caroline hat ein besonderes Valentintagsgeschenk für ihren Mann vorbereitet, und ich durfte sie dabei in Szene setzen. In wirklich viele sexy Szenen.«

Leo wird rot. »So genau wollte ich das gar nicht wissen.«

»Sei nicht so prüde«, necke ich und greife nach dem nächsten Glas. Meine Nerven sind inzwischen zum Zerreißen gespannt. Offenbar wäre ich keine gute Geheimagentin geworden, was wirklich schade ist, da ich in meinem Kopf immer gehofft habe, mal so cool wie Angelina Jolie in *Wanted* zu werden.

»Bin ich nicht, ich möchte nur nicht mit diesen Bildern im Kopf in ihr Schlafzimmer einbrechen«, meint er.

Aus Reflex lege ich eine Hand auf seine Brust. »Und was tun wir, wenn du erwischt wirst?«, äußere ich meine Bedenken leise.

Gelassen zuckt er mit den breiten Schultern, und ich kann spüren, wie sich die Muskeln unter seinem Shirt anspannen. »Dann sage ich, ich habe das Badezimmer gesucht.«

Schnell ziehe ich meine Hand wieder zurück und ignoriere die seltsame Spannung zwischen uns. »Hm«, brumme ich in mein Glas, das sich erschreckend rasch wieder geleert hat.

»Was überzeugt dich an dem Plan nicht?«

Da ich mich gerade frage, ob ich einen Fehler begangen habe, mit Leo hier aufzutauchen, meine gute Unterwäsche anzuziehen und mein nächstes Glas Champagner zu trinken, fühle ich mich nicht in der Lage, eine eloquente Antwort darauf zu geben. »Ich hab genug Filme gesehen, um zu wissen, dass so was immer schiefgeht.«

»Und was ist dein Vorschlag?«

Ich überlege einen Moment. »Ihr Arbeitszimmer wäre wahrscheinlich sinnvoller. Wenn wir rausfinden wollen, wo sie hingeht, brauchen wir ihren Terminkalender«, denke ich laut, versuche dabei aber, möglichst leise zu sprechen. Ich hätte eher daran denken sollen, dass viele Augen auf uns gerichtet sind, wenn ich mit Leo zu dieser Party komme. Aus dem Augenwinkel kann ich sehen, wie Caroline und ihre Theatergang uns beobachten.

»Den hat ihr Mann bereits ... «, setzt Leo an.

Ich schüttle den Kopf, um ihn am Weitersprechen zu hindern. »Nicht den großen, sondern das kleine rote Notizbuch.«

»Das was?«

Ich verkneife mir eine Aussage darüber, dass ihm das aufgefallen sein sollte, wenn er sie länger beobachtet. Wir sehen einander an. Viel zu lange und viel zu intensiv. Es ist besser, wenn ich mehr Abstand zwischen uns bringe, bevor ich noch etwas tue, das wir beide hinterher bereuen. Der DJ scheint meine Gedanken lesen zu können, denn er legt einen wirklich guten Song auf.

Tanzen klingt mit dem prickelnden Alkohol in meinem Blut großartig, doch das muss warten, bis wir unseren Auftrag erfüllt haben.

»Vertrau mir. Ich mach das«, sage ich und gehe einfach los.

»Megan, warte ...«

LEO

Mit langen, eleganten Schritten geht Megan ins Haus zurück, ohne auch nur über die Schulter zu sehen. Ich habe Mühe, ihr zu folgen, besonders, da ich von ein paar Menschen aufgehalten werde, die mich wahlweise dazu bringen möchten, über ihre Geschäfte zu schreiben, oder ausfragen wollen. Als ich es endlich ins Haus geschafft habe, brauche ich einen Moment, um Megan zu finden. Sie ist bereits dabei, die große Treppe ins nächste Geschoss hinaufzugehen.

»Bitte lass mich nicht einfach stehen«, murmle ich hinter ihr. »Ich hasse es, wenn du das tust.«

Sie wirft mir einen Blick über die Schulter zu. »Tut mir leid.«

Schweigend hefte ich mich an ihre Fersen, wobei ich darauf achte, dass niemand uns gefolgt ist. Doch da draußen im Garten die Musik gerade lauter wird, hoffe ich, dass die meisten damit beschäftigt sind, die provisorische Tanzfläche einzuweihen. Vor einer der Türen bleibt Megan stehen.

Ihr Zögern, kurz bevor sie den Türknauf dreht, zeigt noch einmal, dass sie sich nicht wohl dabei fühlt, zu tun, was ich tue. Allerdings muss ich zu meiner Verteidigung anführen, dass ein Einbruch eigentlich nicht zu meinen Aufgaben gehört. Zumindest meistens.

Das Arbeitszimmer von Caroline Tantum ist ebenso eindrucksvoll wie sie selbst. Es wird von einem großen Regal mit Dutzenden Ausführungen der Shakespeare-Werke dominiert. Ich sehe unterschiedliche Sprachen. Italienisch, Deutsch, Russisch, wenn ich mich nicht täusche, und sogar eine Manga-Reihe.

Während ich noch damit beschäftigt bin, die Eindrücke zu verarbeiten, ist Megan bereits am Schreibtisch. Sie nimmt in dem großen Ledersessel Platz und zieht wahllos eine Schublade auf. Ihre Lippen bewegen sich, als würde sie im Kopf den Song mitsingen, der durch die geschlossenen Fenster zu hören ist.

»Lass uns das schnell hinter uns bringen, damit du dich endlich darum kümmern kannst, meine Eltern zu finden.«

»Wie sagtest du, sieht das Buch aus?«, frage ich und sehe mich bei den Unterlagen auf dem Schreibtisch um, die fein säuberlich aufeinandergestapelt sind. Hauptsächlich Szeneskizzen und Dialoge, die unterschiedlich markiert sind.

»Rot«, antwortet Megan, ohne den Blick aus den Schubladen zu heben.

»Was ist an dem Notizbuch anders als am Kalender?«

»Du meinst, mal davon abgesehen, dass die eine Sache für Termine ist und die andere für Notizen? In dem roten Buch steht alles über die Darstellenden«, erklärt sie.

»Woher weißt du das?«

Ihr amüsierter Blick verriet mir, dass ich offenbar etwas Eindeutiges übersehen habe. »Das weiß die ganze Stadt.«

»Ihr Mann offenbar nicht.«

»Dann ist er ziemlich unaufmerksam.« Die Art, wie sie das sagt, bringt mich kurz zum Straucheln. Mir ist schon klar, dass die meisten Beziehungen nicht erst durch einen Seitensprung Probleme bekommen, sondern dass dieser meist nur das Symptom für etwas ist, das schon länger schieflief. Aber das macht es nicht besser.

Da Megan noch immer beschäftigt ist und sich sachte im Takt der Musik wiegt, versuche ich es an einer kleinen Kommode, doch darin befindet sich nichts weiter als unterschiedliche Brettspiele, die bereits Staub angesetzt haben.

»Hier ist es«, ruft Megan triumphierend aus und hebt ein kleines rotes Notizbuch hoch.

»Was steht drin?«, will ich sofort wissen. Mit zwei großen Schritten bin ich hinter ihr und beuge mich über sie, um einen Blick auf den Inhalt zu werfen.

»Gib mir einen Moment.«

Ich bin ihr so nahe, dass der Duft ihres Shampoos in meiner Nase kitzelt. Sie blättert von der aktuellen Seite, auf der mehrere Sachen zum nächsten Theaterstück stehen und die durch ein rotes Lesebändchen markiert ist, nach hinten. Schon nach ein paar Sekunden stockt sie. »Hier. Sie hat sich eine Notiz geschrieben: Mittwoch Buchclub. Muffins für Caesars Armee. Ergibt das für dich Sinn?«, sagt sie mit plötzlich belegter Stimme und sieht mich an. Für einige Herzschläge verharren wir so, blicken uns an, vergessen, warum wir eigentlich in diesem Raum sind.

Doch dann wird der Moment von Stimmen unterbrochen, die nicht unsere sind. Auf dem Flur ist jemand. Sofort durchflutet Adrenalin meine Adern.

In einem Anflug von Panik springt Megan von dem Bürostuhl auf. Sie zieht ihr Handy hervor und macht ein Foto. »Was?«, wispere ich.

»Und eine Adresse, außerhalb der Stadt«, antwortet sie leise.

»Sehr gut.«

»Gar nicht gut!«, widerspricht sie, noch immer im Flüsterton.

»Wenn sie ihn betrügt, setzt sie all das hier aufs Spiel. Ihr ganzes Leben. Und ihre Familie.«

Beruhigend lege ich ihr die Hände auf die Schultern. »Noch wissen wir nichts Genaues. Regel Nummer eins ist immer, erst nachforschen. Nicht vorschnell urteilen.«

Sie hebt das Kinn. »Das ist Regel Nummer eins?«

Ertappt zucke ich mit den Achseln. »Na ja, nein. Die ist: Lass dich erst bezahlen.«

Megan schüttelt den Kopf. »Lass uns gehen, bevor uns doch noch jemand erwischt. Im Gefängnis kannst du mir nicht mehr helfen, und ich werd echt sauer, wenn ich das hier tun musste, ohne dass ich am Ende weiß, was mit meiner eigenen Familie ist.«

Die Stimmen im Flur sind verstummt. Wahrscheinlich nur Partygäste, die sich verirrt haben. Dennoch schiebe ich mich vor Megan, öffne die Tür erst nur einen kleinen Spalt und gehe sicher, dass niemand sieht, wie wir aus dem Arbeitszimmer schlüpfen.

»Und was tun wir jetzt?« Innerlich bereite ich mich schon darauf vor, direkt zu gehen und die gefundene Adresse in eine Suchmaschine einzugeben, doch da habe ich meine Rechnung ohne Megan gemacht.

Sie bleibt auf dem Treppenabsatz stehen. »Wir sind auf einer Party, was glaubst du wohl?«

»Du willst feiern?«

»Wenn es dir hilft, sieh es als Festigung deiner Tarnung«, sagt sie und greift nach meiner Hand, ehe sie mich zurück in den Garten zieht.

»Ich liebe diesen Song.«

Die Luft hat sich deutlich abgekühlt. Von der abendlichen Sonne ist kaum noch etwas zu sehen, stattdessen erhalten wir einen Blick auf den vollen Mond und einzelne dunkle Wolken, die sich vor die Sterne schieben.

Einige der Gäste, darunter auch Chris, haben sich unter den gespannten Planen versammelt. Der Regen liegt in der Luft, man kann es spüren. Doch Megan hält das nicht auf. Sie schnappt sich auf dem Weg zur Tanzfläche ein neues Glas und dreht sich spielerisch zu mir herum.

»Du nicht auch?«
»Was?«
»Der Song, Leo! The Veronicas mit *Untouched*!«
Erst jetzt erkenne ich ihn oder glaube es zumindest. Ich habe keine Ahnung, was hier passiert. Aber ich will es auch nicht hinterfragen, denn ihre Finger sind noch immer mit meinen verschränkt und sorgen für wohlige kleine Schauder, die sich durch meinen gesamten Körper ziehen.

Auf der Tanzfläche bleibt sie stehen. »Oh«, mache ich, da ich diesen Plot-Twist nicht habe kommen sehen. In ihrer Gegenwart scheine ich ständig das Offensichtliche nicht kommen zu sehen. »Ich kann nicht tanzen.«

Ihre Stirn legt sich in Falten. »Jeder kann tanzen«, meint sie leichthin und will mich wieder näher zu sich ziehen, doch ich bleibe wie angewurzelt stehen.

»Ich bin kein guter Tänzer«, versuche ich es erneut.

»Wen interessiert's? Beim Tanzen geht es nicht darum, gut oder schlecht zu sein, sondern nur um Spaß.«

Ihr breites Lächeln lässt meinen Herzschlag schneller werden.

Ohne auf mein Zögern zu achten, zieht sie mich mit sich in die Mitte der Tanzfläche. Perplex stolpere ich fast über meine eigenen Füße. Die tanzenden Paare neben uns werfen mir Blicke zu, von denen ich noch nicht weiß, ob sie Bedauern oder Anerkennung bedeuten sollen.

Sie fängt einfach an zu tanzen, mitzusingen.

Der Griff um meine Hand ist bestimmend, als würde Megan keinen Widerspruch dulden. Durch den vibrierenden Bass und die Auswirkungen des Adrenalins spüre ich ein stumpfes Wummern in meinem Körper.

Jeder Schritt fühlt sich gepolstert an, als hätte jemand einen extra weichen Teppich für mich verlegt. Mit jedem Blick in ihre Augen wird mein Herzschlag schneller.

Ich will nicht über Konsequenzen nachdenken, denn genau jetzt ist sie das Einzige, was mir sinnvoll erscheint. Die Tanzfläche füllt sich, und ich werde unfreiwillig dichter an Megan gedrückt. Ihre Augen suchen immer wieder den Blickkontakt, während der Bass ihren Körper beben lässt.

Und es ist mir verdammt egal, wer uns zusieht oder was sie denken, weil Megan und die Musik das Einzige in meinen Gedanken sind. Ich wünschte, ich könnte die Zeit für immer anhalten. Selbst mein nicht vorhandenes Rhythmusgefühl schaltet sich ein, lässt zu, dass ich mich ihr anpasse. Sie herumwirble, wieder zu mir ziehe und meine Hüften im gleichen Takt bewege wie ihre.

Wie selbstverständlich legt sie die Arme um meinen Hals.

Mir kommt es vor, als würde sie sich in Zeitlupe zur Melodie der Musik bewegen. Erst langsam, fast gemächlich.

Sie hält mich in einem Zauber, dem ich nicht widerstehen kann. Am liebsten würde ich ihr sagen, dass ich sie vermisse, obwohl sie mir schon nahe ist und ich süchtig nach jeder ihrer Berührungen bin.

»Ich … «, setze ich an, weiß aber selbst nicht, was ich sagen soll. Stattdessen lege ich vorsichtig die Hände auf ihre Hüften. Ihren Körper so nahe an meinem zu spüren, verursacht einen Crash in meinem Kopf. Das Denken wird immer schwerer, dafür fühle ich sie mit jeder Sekunde deutlicher.

»Entspann dich, Leo«, haucht sie in mein Ohr, und eine Gänsehaut erfasst meinen gesamten Körper. »Es ist nur ein Tanz, lass dich einfach gehen.«

Eine Wolke verdunkelt den Himmel, doch mein Blick bleibt weiterhin auf Megan. Sie lässt von mir ab, wirft ihr Haar im Takt der Musik hin und her.

Ich bleibe stehen, als wüsste mein Körper ohne sie nicht mehr, wie er sich bewegen soll. Die Luft wird kühler, die Menschen um uns herum verschwinden. Doch ich kann mich kaum regen. Ich sehe nur noch sie.

Leuchtendes Rot, tanzende Kurven und ein Lächeln, das sich nicht einmal angesichts der ersten Regentropfen stoppen lässt.

»Megan, es fängt an zu regnen«, rufe ich ihr durch die Musik hindurch.

»Na und?«

Sie lacht, tanzt. Über uns ertönt ein lauter Donner, die Musik verstummt. Die meisten Menschen ergreifen lachend die Flucht, suchen Schutz vor den dicken Tropfen.

Über uns bricht der Himmel zusammen. Die Wolken entladen sich, ein Blitz zuckt im grellen Lila über unsere Köpfe hinweg.

Doch Megan tanzt noch immer.

Ich trete zu ihr, habe mehr Augen für sie als für die Naturgewalt über uns. Blinzle die Tropfen fort, greife nach ihrer Hand und wirble sie herum.

Pfützen bilden sich zu unseren Füßen, irgendwo hinter uns wird in Windeseile die Anlage in Sicherheit gebracht. Unsere Kleidung ist bereits komplett durchnässt. Aber nichts davon hält Megan davon ab, zu tanzen.

Sie streckt die Hände dem Himmel entgegen. Das Kleid liegt eng an ihrem Körper, und Rinnsale aus Regen laufen über ihre Haut. Das Wasser verwischt ihr Make-up, kühlt ihre von der Sonne gebräunte Haut aus. Ich drehe sie, immer und immer wieder. Als hätte die Musik nie aufgehört zu spielen und als gebe es in diesem Moment nur uns beide auf der Welt.

Bei der letzten Drehung stolpert Megan an meine Brust. Die nassen Strähnen hängen ihr ins Gesicht, doch das Licht in ihren Augen überstrahlt alles. Sie legt die Arme wieder um meinen Hals, lässt zu, dass ich ihre Hüften wieder umfasse. Ihr Körper drückt sich an meinen.

Eine ihrer Hände streicht über mein nasses Shirt, über meine Brust, bis hin zu meinem Gesicht. Wir wiegen uns hin und her, lassen den Wind und den Regen ihre eigene Melodie spielen.

»Megan, ich ...«

Bin wortlos, während sie das Kinn hebt und mich ansieht. Ihre Lippen schimmern von der Feuchtigkeit, und winzige Tropfen haben sich in ihren langen Wimpern verfangen.

In meinem ganzen Leben gab es nie einen vergleichbaren Augenblick. Megan im Regen tanzend, an meiner Seite mit diesem Blick, der jede Sehnsucht in sich aufzunehmen scheint. Falls ich noch eine Chance hatte, mich nicht in sie zu verlieben, so ist sie in diesem Moment vergangen. Ich will sie. Will sie küssen.

Meine Hand greift nach ihrem Gesicht. Mit dem Daumen streiche ich über ihre vollen Lippen, verschmiere den Lippenstift und will mich gerade zu ihr hinunterbeugen, als sie auf einmal von mir ablässt.

Blitze zucken immer schneller über den Himmel, der Donner grollt, als habe etwas ihn unfassbar wütend gemacht. Der magische Zauber dieses Moments ist der bitteren Realität des Gewitters gewichen.

»Wir sollten gehen«, sagt sie plötzlich so kalt wie der Regen.

14

LEO

Ich traue mich nicht, irgendwas zu sagen.

Megan geht geradewegs durch den strömenden Regen auf meinen Wagen zu. Obwohl ich direkt hinter ihr bin, ist es, als gebe es eine gewaltige Kluft zwischen uns, die ich nicht mehr überwinden kann.

Als ich tropfnass neben ihr im Auto sitze, sehe ich sie an. Aber sie weicht meinem Blick aus. In meinem Mund sammeln sich all die Worte, die ich ihr gern sagen würde, doch er bleibt verschlossen. Ihre Berührung fehlt mir, als wüsste ich nicht mehr, wie es ist, meinen eigenen Körper ohne ihren zu spüren. Ihre Hände liegen kraftlos in ihrem Schoß, und ich muss dem Drang widerstehen, nach ihnen zu greifen.

Es war nicht mein Ziel, in dieser kleinen Stadt mein Herz zu verlieren. Aber ich glaube daran, dass gewisse Dinge passieren müssen. Dass wir auf Menschen treffen, die dazu bestimmt sind, uns ein Stück auf dem Lebensweg zu begleiten. Vielleicht habe ich diesen Hang von meiner Mutter geerbt, diesen Wunsch nach einem Hauch von Schicksal.

Ich mag ein Romantiker sein, aber bisher habe ich noch nie so schnell so viel für jemanden empfunden, den ich eigentlich gar nicht kenne. Vielleicht wird mir erst jetzt bewusst, dass mein Herz in dem Moment die Kontrolle übernommen hat, als ich sie zum ersten Mal getroffen habe. Mein Vater würde mich für den Gedanken an Liebe auf den ersten Blick auslachen, doch ich glaube daran.

»Fahr los.«

Es ist keine Bitte, doch für einen Befehl ist Megans Stimme zu kraftlos. Ich schlucke den aufgescheuchten Schwarm meiner Emotionen hinunter und tue, was sie von mir verlangt. Schweigend legen wir die Strecke zu ihrem Zuhause zurück, während der Regen unaufhörlich gegen die Scheiben trommelt. Gleißendes lila Licht, das die Luft zerreißt, lässt mich zusammenzucken. Dann ein Krachen, Knallen zuerst, betäubender Lärm und ein dumpfes Rollen. Der Donner scheint die gesamte Stadt durchzuschütteln. Ich kann mich nicht daran erinnern, in den letzten Jahren ein solch plötzliches Gewitter erlebt zu haben, doch auf eigensinnige Art passt es viel zu gut zu dem Schweigen.

Dennoch bin ich froh, als ich den Wagen auf den Parkplatz vor Megans Haus lenke. »Tut mir leid«, sagt sie, noch immer, ohne mich anzusehen.

»Was tut dir leid?«

Sie schluckt. »Ich hab zu viel getrunken und hab mich mitreißen lassen.«

Ich will sie nicht gehen lassen, kann es nicht. Kann nicht zulassen, dass sie sich einfach wieder davonmacht und mich mit all diesen Gefühlen im Regen stehen lässt. »Megan, ich ...«

»Sag es nicht«, unterbricht sie mich und sieht mich an. In ihren braunen Augen sehe ich die nackte Angst vor Nähe. Das Feuer scheint in den Pfützen des Gewitters ertrunken zu sein. Sachte schiebt sie meine Hand von ihrem Arm. »Gute Nacht, Leo.«

Dann steht sie auf, läuft durch den Regen ins Haus, und ich bleibe einfach sitzen, ohne zu verstehen, was hier gerade passiert ist.

Fuck. Was zum Teufel war das denn?

Nur das andauernde Krachen des Himmels sorgt dafür, dass ich aus meiner Starre erwache. Während meine Scheibenwischer Überstunden machen, fahre ich zum Trailerpark.

Der Regen trommelt gegen die Fensterscheibe meines Autos. Das Spiel aus Donner und Blitz zuckt noch einmal über den Himmel und bringt mich dazu, weiter zu verharren.

Zu sitzen und darauf zu warten, dass nicht nur das Gewitter sich beruhigt, sondern auch der Aufruhr in meinem Inneren.

Was war das? Was wäre da fast passiert?

Okay, genau genommen weiß ich, was *fast* passiert wäre; das, was mich voller Unruhe zurücklässt, ist die Tatsache, dass Megan vorher die Flucht ergriffen hat.

Sie wollte offensichtlich nicht, dass passiert, was fast passiert wäre. Aber ich wollte es. Wollte es so sehr. Will sie so sehr. Und ich bin verwirrt. Denn bis zu dem Punkt, wo sie mich einfach stehen gelassen hat, dachte ich, sie würde es ebenfalls wollen.

Meine noch immer nassen Sachen kleben an meinem Körper, sodass ich zu zittern beginne. Aber es ist viel mehr als Kälte und Verwirrung.

Alles an Megan zieht mich an. Ihre unverblümte Art, immer zu sagen, was sie denkt, die messerscharfe moralische Klinge, mit der sie ihre Welt einteilt, und die Verletzlichkeit hinter ihrer Präsenz aus Stärke. Aber sie stößt mich immer wieder von sich – und jedes Mal will ich sie nur noch mehr, weil ich die vage Hoffnung habe, dass sie mich irgendwann doch noch an sich heranlässt. Dass ich sie irgendwann wirklich kennenlernen kann, mit allen Facetten und all den Gefühlen, die sie vor mir und dem Rest der Welt zu verbergen versucht.

Vielleicht habe ich einen Hang zu Frauen, die für mich unerreichbar sind. Das war schon früher so. Mein Herz ist gerade wieder bereit zu schlagen, nachdem es so sehr betrogen wurde, dass die Risse starke Narben hinterlassen haben. Dabei war es meine eigene Schuld. Ich wusste, worauf ich mich einlasse, dass sie keine so feste Bindung wollte wie ich. Dass ich schon zehn Schritte weiter war, schon dabei, eine Zukunft zu planen, obwohl ihr klar war, dass wir keine hatten. Und jetzt bin ich wieder in einer ähnlichen Situation, und doch ist es anders.

Unsicher ziehe ich mein Handy hervor und denke darüber nach, ob ich Megan schreiben sollte. Doch was würde das ändern?

Sie hat ihren Standpunkt klargemacht.

Es war nur ein betrunkener Tanz im Regen. Etwas zu viel Champagner. Zu viel Verwirrung und unvorhersehbare Wendungen, die mein Herz irren ließen.

Schon wieder.

Ich hab mich bewusst von der Liebe ferngehalten, nachdem mir das letzte Mal das Herz gebrochen wurde. Denn ich weiß, dass ich schnell bereit bin, meines zu verschenken, aber nicht alle bereit sind, es auch als Geschenk zu betrachten. Das letzte Mal habe ich den Fehler begangen, mich an etwas zu klammern, von dem ich schon wusste, dass es beschädigt ist. Und ich bedeute mir selbst zu viel, um noch mal mit mir spielen zu lassen.

Offenbar sitze ich schon so lange in meinem Auto, dass der Regen langsam nachlässt. Statt eines stetigen Stroms sind nur noch Tropfen zu hören, die auf das kalte Metall des Autos treffen. Weil ich weiß, dass es nichts bringt, die ganze Nacht hier zu sitzen, steige ich aus.

Im Inneren meines Trailers ist es nicht viel wärmer als draußen, doch zumindest kann ich meine Sachen wechseln.

Erschöpft lasse ich mich auf das provisorische, unbequeme Bett sinken, starre an die fleckige Decke. Ich fühle mich verloren wie ein kleiner Junge, während ich daliege und darauf warte, dass mein Kopf mir sagt, was das Beste wäre.

Dann entscheide ich mich, das zu tun, was ich eigentlich nicht mitten in der Nacht tun sollte: Ich rufe noch einmal meinen Vater an.

»Ist alles in Ordnung?«, höre ich seine alarmierte Stimme.

»Mir geht's gut.«

»Und warum rufst du dann um diese Uhrzeit an? Ich hätte fast einen Herzinfarkt bekommen«, schimpft er, doch heute prallt es von mir ab wie der Regen an den Scheiben.

»Wir müssen über Joseph reden«, sage ich so ruhig, dass ich meine eigene Stimme nicht wiedererkenne.

Erst herrscht kurzes Schweigen am anderen Ende der Leitung.

»Warum, Junge?«

Ich wische mir über die müden Augen. »Würdest du deine Mailbox mal abhören, wüsstest du es. Ich denke, er hat eine Tochter«, murmle ich, und ehe mein Vater etwas dazu sagen kann, setze ich nach: »Und sie sucht ihn.«

»Verdammte Scheiße.«

15

MEGAN

Bo zieht so sehr an seiner Leine, dass ich Mühe habe, ihn zu halten. Schimpfend stolpere ich hinter ihm her, doch was ich auch sage, er scheint wild entschlossen, in Conners Vorgarten seinen Haufen zu setzen.

Amüsiert betrachtet meine Schwester, die lesend auf der Veranda sitzt, wie ich auf das Grundstück trete und resigniert die Leine fallen lasse. Es bringt ja doch nichts. Der große schwarze Hund scheint nun, da niemand ihn mehr stoppen kann, ohne zu zögern die Tomaten in Angriff zu nehmen. »Lass das bloß nicht Conner sehen«, meint Mia grinsend.

»Du darfst mich nicht verraten, das ist gegen den Schwesternkodex«, gebe ich zu bedenken und lasse mich erschöpft auf die Treppen der Veranda nieder. Die Kamera stelle ich auf den Stufen ab. Bo und sein Haufen sind nicht unbedingt etwas, das ich für die Ewigkeit festhalten möchte. »Was tust du da?«

»Das könnte ich dich fragen. Hat Bennett dich dazu gezwungen?« Sie deutet auf Bo, der nun, da er die Tomaten ruiniert hat, offenbar erschöpft genug ist, um sich in den Schatten zu legen und den Bauch zum Himmel zu strecken.

»Ich hab das Bild von ihm und Bo verkauft, darum war ich ihm einen Gefallen schuldig«, antworte ich.

»Das ist doch super!«

Ich nicke, zwinge mich zum Lächeln. Ist es wirklich. Trotzdem stellt sich im Gegensatz zu sonst so gut wie keine Freude ein. Mein Problem mit dem Kontostand ist irgendwo in den Tiefen meiner Selbstzweifel untergetaucht.

»Darum habe ich die Ehre, heute auf Bo aufzupassen.«

Mia betrachtet mit einem amüsierten Kopfschütteln, wie der Hund den Garten beschnüffelt. »Und was macht der alte Mann solange?«

Schulterzuckend wische ich mir den Schweiß von der Stirn. »Keine Ahnung, ich hab nicht gefragt. Wahrscheinlich hat er wieder ein Treffen in der Kirche oder so«, gestehe ich. Dass ausgerechnet der alte Bennett ein Problem mit Alkohol hat, weiß ich erst seit ein paar Wochen. Wie es für ihn üblich ist, spricht er auch darüber nicht sonderlich viel. Doch gerade liegen meine Gedanken ohnehin eher bei meiner Schwester, die ihre Nase in einem Buch hat, das ich noch nicht kenne. »Also, was machst du da?«

»Ich hab mir ein paar Bücher über Japan bestellt«, meint Mia und hebt zum Beweis eins davon hoch. »Du hast mich inspiriert.«

Verwirrt verziehe ich das Gesicht. »Ach ja?«

Sie klappt das Buch zu, in dem unzählige unterschiedlich farbige Zettelchen kleben. »Ja, ich würde gern mehr über das Land meiner Mutter wissen. Vielleicht mache ich sogar einen Sprachkurs. Gut möglich, dass es jetzt seltsam klingt, aber irgendwie ... Es ist nicht so, dass ich nie darüber nachgedacht habe, wie sie wohl waren. Ich glaube, ich habe es einfach für besser gehalten, keine Fragen zu stellen, deren Antworten ich vielleicht nicht hören will, und unterbewusst war ich wohl immer etwas eifersüchtig, dass du die Fragen gestellt hast, für die ich nie mutig genug war.«

Falls Mia meinen ohnehin schon schmerzenden Kopf zum Platzen bringen wollte, ist ihr das gelungen. »Was?«

»Jetzt guck nicht so, du bist nicht die Einzige, die sich für ihre Herkunft interessiert«, murmelt sie und reicht mir eine Flasche Limonade, die in einer kleinen Kühltasche neben ihr steht.

Dankbar nehme ich sie an. Der Kater sitzt mir mehr in den Knochen, als ich zugeben möchte. Früher habe ich definitiv mehr vertragen, allerdings habe ich mich früher auch nicht nach drei Gläsern Champagner zu einem Tanz im Regen hinreißen lassen. »Bisher hast du nur selten überhaupt davon gesprochen«, meine ich vorsichtig.

Mia presst die Lippen aufeinander. »Weil ich es verdrängt habe.«

»Verdrängt?«

Seufzend lehnt sie sich auf dem Schaukelstuhl zurück. »Ich weiß, dass meine Eltern mich geliebt haben. Und dass ich nur nicht bei ihnen aufgewachsen bin, weil sie aus dem Leben gerissen wurden. Keine Ahnung, vielleicht wollte ich mich nie damit auseinandersetzen, weil ich dachte, der Tod habe unsere Verbindung so unwiderruflich getrennt, dass es nichts bringen würde. Nichts als Schmerz und Gedanken an ein Leben, das eben nicht meins ist.«

Nachdenklich sehe ich meine kleine Schwester an. Im letzten Jahr ist sie zu einer so unglaublich starken Frau geworden, dass es mir manchmal Angst macht. Ich bin die Ältere von uns beiden, müsste ich nicht ständig kluge Ratschläge von mir geben?

»Und jetzt siehst du es anders?« Mia spricht so selten über dieses Thema, dass ich sie nicht mit meiner vorlauten Art davon abhalten will.

Nachdenklich verzieht sie das Gesicht, streicht über den Einband des Buchs, scheint sich jedoch selbst nicht sicher zu sein. »Vielleicht. Zumindest ein bisschen.«

»Ich bin auf absurde Art stolz auf dich.«

»Danke, das kann ich nur zurückgeben, Schwesterherz.«

Sommer, Sonne, ein schnarchender Hund im Vorgarten und kalte Limo. Wir stoßen mit der Limonade an, und fast glaube ich, dass dieser Tag sich doch zum Guten wenden wird, aber dann verändert sich ihr Blick. »Willst du darüber reden?«

Irritiert blinzle ich sie an. »Worüber?«

Nun erscheint ein fast schon heimtückisches Grinsen auf ihrem Gesicht. »Ich habe gehört, die Frau mit dem feuerroten Haar ist gestern Nacht mit dem mysteriösen Journalisten durch den Regen getanzt.«

Stöhnend lasse ich meinen Kopf auf die Knie sinken. »Weiß es schon die ganze Stadt?« Diesen Punkt an der Großstadt vermisse ich definitiv: die Anonymität.

Mia scheint das Ganze jedoch gelassen zu sehen, immerhin eine von uns beiden. »Zumindest alle, die ins Diner gehen. Stella und Tanja würden sofort eine Hochzeit planen, wenn sie könnten.«

»Das ist nicht beruhigend.« Während mein Kopf noch immer auf meinem Knie liegt, sehe ich sie Hilfe suchend an.

»Also, willst du drüber reden?«

»Nein.« Oder doch? Muss ich darüber reden? Und was soll ich dann sagen? Keine Ahnung, wieso ich dachte, es sei eine gute Idee, mit Leo im Regen zu tanzen. Ich tanze einfach gern. Und ich mag Regen. Also, warum kann ich mir nicht einreden, dass es nur darum ging, nicht um ihn oder seine Augen?

Meine Schwester jedoch kennt keine Gnade. Sie legt das Buch neben ihrem Stuhl ab und sieht mich auffordernd an. »Okay, ich formuliere um: rede!«

Ich richte mich wieder auf, spanne meine Schultern an und spüre zugleich, wie meine Kiefermuskeln sich schmerzhaft verkrampfen. »Es ist nichts passiert.«

»Nichts?«

Gute Frage, nur leider eine, auf die mein Gefühlsleben noch keine richtige Antwort hat. Der Gedanke an Leo, durchnässt vom Regen, wie er mein Gesicht in seine Hand nahm, lässt mein Herz unwillkürlich schneller schlagen. Aber es ist nichts passiert, zumindest *nicht* objektiv betrachtet. Oder? Entschlossen, eher meinem Verstand zu vertrauen als dem verräterischen Pochen in meiner Brust, schüttle ich den Kopf. »Nein. Es war nur ein Tanz. Du weißt, dass ich, sobald ich angetrunken bin, ständig tanzen will, und dieses Mal war eben rein zufällig Leo mein Tanzpartner.«

»Rein zufällig, weil er deine Begleitung war.«

Shit, daran hatte ich nicht mehr gedacht. Ich kann Mia nichts von seinem Auftrag sagen, das musste ich ihm versprechen. Damit sieht es für sie natürlich so aus, als hätte ich ein romantisches Interesse an ihm. Was selbstverständlich nicht stimmt. Oder? Ach verdammt, dieses ganze Gefühlszeug ist einfach nicht meins. Unbehaglich räuspere ich mich. »Wo könnte er besser etwas über diese Stadt erfahren als bei unserer Königin?«, versuche ich das Gespräch auf eine andere Bahn zu lenken, aber da habe ich die Rechnung ohne meine kleine Schwester gemacht.

»Deine Ausreden waren schon mal besser.«

»Es ist wirklich nichts passiert«, wiederhole ich noch einmal. »Wir haben einfach etwas getanzt, und dann hat es angefangen zu regnen, und dann ...«

War er mir plötzlich so nahe, dass ich seinen Herzschlag spüren konnte und ich nur noch Augen für seine Lippen hatte. Bei der bloßen Erinnerung beginnen alle Nervenenden meines Körpers zu vibrieren.

»Interessant«, kommentiert Mia. »Für ein Nichts wirst du ziemlich rot.«

Schwer schluckend sehe ich sie an. »Es ist nichts passiert«, echoe ich. »Aber es wäre fast ...«

Neugierig kräuselt sich ihre Nase. »Und was?«

Seufzend betrachte ich Bo, um etwas Zeit zu schinden. Der große Hund liegt seelenruhig im Gras. Die Sonne lässt sein Fell fast bläulich schimmern, während die Schmetterlinge die Blumen um ihn herum beglücken. Ich schiebe mir eine der roten Locken hinter das Ohr. »Du wirst nur wieder eine viel größere Sache daraus machen, als es ist.«

»Lassen wir es drauf ankommen.« Mia rückt auf ihrem Stuhl etwas nach vorn und fixiert mich mit ihrem Blick.

»Wir hätten uns fast geküsst«, platzt es aus mir heraus.

Mia grinst so breit, dass ich diese Worte augenblicklich bereue. »Was bedeutet fast?«

Ich hätte wissen müssen, dass ihr diese Aussage nicht ausreicht, und vielleicht, nur vielleicht, habe ich auch den Drang, darüber zu reden, um das Chaos der Gefühle zumindest ein wenig zu ordnen. »Es war wie in einem verdammten Film, nur dass jemand klug genug war, die Musik auszuschalten, damit wir nicht an einem elektrischen Schlag sterben.«

»Und warum habt ihr es nicht?«

»Was?«

»Euch geküsst?«

Die Wahrheit wäre, dass ich feige war. Dass ich Angst vor den Konsequenzen eines einzigen Kusses habe. Angst davor, dass ich nie wieder aufhören kann, ihn zu küssen, wenn ich diese Grenze jemals überschreite. Davor, dass ich Leo das Herz breche und mein eigenes gleich mit. »Ich bin gegangen, bevor er etwas Falsches tun konnte«, meine ich stattdessen.

»Was sollte daran falsch sein?«

»Er soll mir helfen, meine Eltern zu finden, Mia«, schnaube ich mit

Nachdruck. »Das ist der Grund, warum wir zusammenarbeiten. Der Grund, warum ich ihm bei seinem Auftrag helfe. Nichts anderes.«

Mia lehnt sich wieder zurück, lässt sich Zeit, ehe sie antwortet, und nippt an ihrer Limo. »Ganz offensichtlich hast du da unrecht.«

»Könntest du mir bitte nicht meine eigenen Gefühle erklären?«, zische ich schärfer als beabsichtigt. »Er wird mir helfen, meine Eltern zu finden, und danach werden sich unsere Wege trennen. Er fährt zurück nach Boise, ich bleibe hier. Ende der Geschichte.«

Nachdenklich legt Mia den Kopf schief und beißt sich auf die Lippe, während sie nachdenkt. »Du hast ihn einfach stehen lassen?«, bohrt sie noch einmal nach.

»Ja.«

»Hm«, macht sie dann.

»Hm, was?«

Sie wirft die Hände in die Luft, als könnte sie nicht verstehen, warum ich nicht von selbst auf die Idee kam. »Dann solltest du ihn vielleicht anrufen.«

Ich ziehe meine Augenbrauen zusammen. »Wieso?«

»Hat er sich schon bei dir gemeldet?«

Ertappt schüttle ich den Kopf.

»Du hast seinen Kuss abgewehrt, was, wenn du ihn nicht wolltest, dein volles Recht ist«, sagt Mia in ihrer ruhigen, aber bestimmten Art. »Aber es ist ebenso sein Recht, sich dadurch verletzt zu fühlen. Wenn ihr also weiterhin zusammenarbeiten wollt, solltet ihr das klären.«

»Verdammt.« Ich war so gefangen von dem Chaos in meinem Kopf, dass ich noch nicht darüber nachgedacht habe, was dieses Fast-nichts mit Leo angestellt hat. »Seit wann mischst du dich eigentlich in mein Privatleben ein?«

»Ich gebe dir nur konstruktive Kritik«, wehrt Mia ab. »Außerdem magst du ihn, er mag dich … Es muss gar kein Druck dahinter sein, aber findest du nicht, du verdienst ein paar schöne Momente mit jemandem, den du magst?«

»Willst du die Antwort auf diese Frage wirklich hören?«, gebe ich zurück, wohl wissend, dass meine Schwester genau weiß, dass ich mit Nein antworten würde.

Sie seufzt lang und schwer. »Ich will dich zu nichts drängen, ich finde nur, dass du nicht jemanden wegstoßen solltest, den du magst – und wenn ich dich daran erinnern darf, du hast was Ähnliches mit mir und Conner getan.«

Shit. Dieses Argument kann ich nicht entkräften, und Mia weiß das genau, denn meine kleine Schwester ist nicht nur talentiert und schön, sondern auch noch verdammt clever.

»Also?«

Falls es überhaupt möglich ist, bin ich nun nur noch verwirrter. »Was soll ich ihm denn sagen?« Mir gefällt der gequälte Ton in meiner Stimme gar nicht. Es sollte mich nicht so mitnehmen, dass ich ihn eventuell vor den Kopf gestoßen habe. Immerhin war es das Beste für uns beide. Er ist der Gute, ich bin die Böse. Diese Sicht ist einfacher als die Graustufen, in denen das Leben die Geschichten schreibt. Jetzt mag es kurz wehtun, aber das ist besser, als mit dem Feuer zu spielen und sich ernsthaft zu verbrennen. Eine absolut logische Entscheidung in einem Moment, der dabei war, jegliche Vernunft zu vertreiben.

»Seit wann fehlen dir denn die klaren Worte, wenn du doch keinerlei Gefühle für ihn hast?«

Damit hat sie mich.

Ihr überlegenes Grinsen zeigt deutlich, dass sie das auch weiß. Ich schnaube noch einmal. Die plötzliche Stille wird nur durch das Zirpen der Grillen und das brummende Schnarchen von Bo unterbrochen.

Eine Weile sitzen wir einfach nur da, bis Bo von seinem Nickerchen erwacht. »Das ist dann wohl mein Signal«, murmle ich mehr zu mir selbst.

Der Hund kommt mit einem Schwanzwedeln auf mich zu, bereit, jetzt mit mir den Wald zu erkunden. »Sehen wir uns heute Abend?«

»Wenn du zum Stück kommst, sicher.«

»Ich glaube, ich schau mir deine letzte Show an. Da bist du immer am besten«, gebe ich neckend zurück.

»Entschuldigung? Ich bin jedes Mal gut!«, empört sich Mia.

»Ja, aber beim Finale gibst du immer alles.«

Das scheint sie zumindest zu einem kleinen Teil wieder zu beruhigen. Während Bo und ich den Weg zum Wald einschlagen, nimmt sie wieder ihr Buch zur Hand.

Meine Füße lenken mich über unbekannte Wege. Ich blicke mich zwischen dem vielen Grün und den blauen, roten und gelben Blumen um. Doch nichts davon lässt mich lange genug hängen bleiben, um den Auslöser zu drücken.

Welche Erinnerung ist es wert, festgehalten zu werden? Was sind die Dinge, an die wir uns noch erinnern wollen, wenn wir alt geworden sind und das Gesicht voller Falten tragen, die unsere Geschichte erzählen?

Meine Schritte führen mich weiter weg von den Häusern, den Gärten und Menschen. Bo zieht so lange an der Leine, bis ich mich erbarme und ihn frei laufen lasse. Er bleibt in der Nähe, schnuppert jedoch an jedem Baum und jedem Busch. Seine leisen Pfoten machen kaum ein Geräusch, nur das Hecheln lässt sämtliche Vögel im Umkreis emporschießen.

Die Sonne und das Farbenspiel des Waldes umschmeicheln mich. Alles, was ich eigentlich kenne und doch nicht kenne, weil ich hier, in dieser Ecke, noch nicht war. Aber es gefällt mir, dass die Bäume nicht so gepflegt aussehen, der Boden unter meinen Füßen nicht mehr so eben ist und nichts hier so wirkt, als sei es für die Touristen zurechtgemacht. Der Wald um diese kleine Stadt herum ist so groß, so beeindruckend und voller Geheimnisse, dass ich meine eigenen manchmal gern hier vergraben würde. Und Gedanken an eine romantische Beziehung am besten gleich mit.

Ich habe zu große Angst davor. Für den Traum vom Haus mit Gartenzaun, einer Horde Kinder und dem Versprechen für immer bin ich nicht gemacht. Ich habe zu viel Angst davor, ein Abenteuer zu verpassen oder jemanden zu verletzen, weil meine Liebe zur Freiheit stärker ist als alles andere. Und wer könnte sich schon mit weniger zufriedengeben als mit dieser großen romantischen Liebe gegen alle Widerstände? Wie könnte sich jemand damit zufriedengeben, was ich geben kann?

Das könnte ich niemandem zumuten.

Also gehe ich weiter und weiter.

Bo bleibt hechelnd neben mir, bis wir beide müde genug sind, um den Heimweg anzutreten.

LEO

Belmont Bay zeigt sich mal wieder von seiner besten Seite.

Ich sitze auf einer Bank, behalte den Friseurladen im Blick und beiße in eine Karotte. Die schönen historischen Backsteingebäude mit den blank polierten Fenstern stehen ordentlich in einer Reihe. Selbst die Türen der kleinen Läden sind farblich aufeinander abgestimmt. Ein leuchtendes Rot. Der Friseursalon wird umrahmt von einer winzigen Konditorei und einem Buchladen. Vor den Schaufenstern stehen ein paar Touristen mit kleinen roten Einkaufstüten, die das »Shakespeare-Festival« verkünden.

Die Musik von dem Gelände vor dem Rathaus und dem Theater dringt gedämpft zu mir herüber. Megan hatte recht: Die Stadt scheint zu strahlen. Als würde sie in der letzten Augustwoche erst wirklich zum Leben erwachen.

Caroline kommt aus dem Friseursalon. Sie blinzelt in die Sonne, fischt ihre Brille aus der großen Handtasche und kommt direkt auf mich zu. »Guten Morgen, Leo«, grüßt sie mich, wobei sich ihre Lippen zu einem amüsierten Lächeln verziehen.

Fuck. Ich nicke nur, weil ich nicht schnell genug eine passende Antwort parat habe. Damit wäre mein Plan, ihr unauffällig zu folgen, wohl gescheitert. Jetzt hat sie sich mein Gesicht auf jeden Fall gemerkt.

Grimmig fahre ich mir durch die Haare. Ich habe bereits ein paar Menschen, möglichst ohne viel Aufsehen zu erregen, nach Caroline gefragt, doch wo kann man besser über seine privaten Probleme sprechen als beim Friseur?

Entschieden stehe ich auf und marschiere in den kleinen Salon. Es gibt nur zwei Plätze vor einem großen Spiegel, der die gesamte Wand gegenüber dem Tresen aus dunklem Holz einnimmt. Drei Farben dominieren den Raum: Rot, Weiß und das Braun des Holzes.

Frische Blumen stehen an der Rezeption. Eine Frau mit einem strahlenden Lächeln begrüßt mich. »Mit oder ohne Termin?«, möchte sie freundlich wissen, ohne dabei in einen Kalender zu blicken.

»Ohne, falls es sich einrichten lässt«, antworte ich.

Ihr farbenfroher Hidschab ist perfekt auf den Fliederton auf ihren Augenlidern abgestimmt. Das kleine silberne Schild an ihrer Brust verkündet mir ihren Namen: Elif. »Wie du siehst, haben wir den ganzen Salon für uns. Nimm Platz.«

Ich folge ihrer Aufforderung und setze mich vor den großen Spiegel in den ledernen roten Sessel, ehe sie mir einen schwarzen Umhang umlegt und sich neben mich setzt. »Also, was kann ich für dich tun?«

»Nur ...« Tja, gute Frage. Darüber hätte ich mir vielleicht Gedanken machen sollen, bevor ich den Salon betreten habe. Dann räuspere ich mich. »Caroline meinte, meine Frisur könnte eine Auffrischung gebrauchen.«

Wissend lächelt Elif. »Bist du in ihrem Darstellerteam?«

Diese Frage überrascht mich. »Nein, nur ein ... Bekannter.«

»Hast du heute ein Produkt in deinen Haaren verwendet?«

Ich schüttle den Kopf, mustere sie noch immer, bin mir aber nicht mehr sicher, ob ich sie ausfrage oder sie den Spieß schon jetzt umgedreht hat. Elif zieht sich den zweiten Stuhl heran und beginnt damit, meine Haare mittels einer Sprühflasche zu benetzen. »Caroline ist eine beeindruckende Frau.«

Unbehaglich räuspere ich mich. »Das kann ich unterschreiben.«

Prüfend fährt Elif mir ein paarmal durch die Haare, rollt mit dem Stuhl von der einen Seite zur anderen und nickt dann. »Du bist sicher Leo, nicht wahr? Der Journalist?«

Ich bin mir ziemlich sicher, dass sie das bereits wusste, als ich durch die Tür gekommen bin. »Hat sie von mir gesprochen?«

»Caroline? Nein. Das war Megan.«

»Du kennst Megan?«, frage ich.

Das Lächeln in Elifs Gesicht wird breiter, fast als wären diese Fragen gegen eine Regel, die ich noch nicht kenne. »Natürlich. Ihre Haare waren ein Desaster, ehe sie zu mir kam. Solch leuchtende Farben sollte man den Profis überlassen.«

Zumindest habe ich nun das Geheimnis um Megans Meerjungfrauenhaar gelöst. Das war zwar nicht der Plan, aber es gibt mir zumindest ein besseres Gefühl. »Das werde ich mir merken. Kennst du Caroline schon lange?«

Die klugen dunklen Augen der Friseurin begegnen meinen im Spiegel, bevor sie die Schere zückt. »Ich bin in dieser Stadt aufgewachsen, daher mein gesamtes Leben lang. Wieso fragst du?«

Sie fängt an, meine Haare zu schneiden, während ich noch immer versuche, meine Professionalität wiederzufinden. »Ich bin nur neugierig, gehört wohl zu meinem Beruf.«

»Bitte halt sie aus deinem Artikel heraus«, meint Elif und sieht mich eindringlich an. »Sie macht gerade keine gute Zeit durch.«

Das ist interessant. »Wirklich? Ihr Leben erscheint mir nahezu perfekt.«

Für einen Moment ist nur der ratschende Klang der Schere an meinem Ohr zu hören, doch dann sagt Elif: »Dinge erscheinen einem immer besser, wenn man nicht selbst mittendrin steckt.«

»Hat sie Probleme? In ihrer Ehe?«

Sie hält inne, mustert mich kritisch. »Wie kommst du denn darauf?«

»Keine Ahnung, es war nur ein Gedanke.«

Für einen Moment ist das Lächeln aus ihrem Gesicht verschwunden. »Ich werde keine Geheimnisse meiner Kundin verraten. Wir haben alle das Recht auf unsere Privatsphäre.«

Das war's dann wohl mit meiner Hoffnung auf intime Details. Schweigend betrachte ich, wie sie meine Haare schneidet. Ihr prüfender Blick scheint dabei jedoch nicht meiner Frisur zu gelten. »Das hätten wir«, meint sie schließlich und lächelt wieder.

Mit einem breiten Pinsel lässt sie verlorene Spitzen aus meinem Nacken verschwinden, ehe sie mir den Umhang wieder abnimmt. Wir gehen zurück zu dem kleinen Tresen, und ich reiche ihr meine Kreditkarte. Immerhin geht dieser Haarschnitt auf die Kosten meines Vaters.

»Danke, Elif«, sage ich und meine es auch so.

»Nichts zu danken.«

Wir blicken einander an. »Und das nächste Mal, wenn du jemanden ausfragen willst, versuch, dich etwas geschickter anzustellen«, meint sie zum Abschied. »Grüß Megan von mir.«

Ich spüre einen Stich. Nicht nur wegen des verletzten Egos, sondern auch, weil ich den Gedanken an Megan gern noch eine Weile verdrängt hätte. Trotzdem verlasse ich den Laden und laufe ein Stück die breite Hauptstraße entlang. Das Vibrieren meines Telefons sorgt jedoch dafür, dass eine ganz andere Emotion ausgelöst wird.

»Maxx hat endlich den Drucker repariert«, sagt mein Vater zur Begrüßung.

»Ist das deine Art, mir zu sagen, dass er die Druckerpatronen richtig eingesetzt hat?«, brumme ich und schlage den Weg zum See ein, damit ich dieses Gespräch möglichst ohne Zuhörer führen kann.

»Sei nicht so vorlaut, Junge.«

Darauf sage ich nichts, denn ich will keinen Streit, sondern ehrliche Antworten. Etwas abseits des Trubels rund um das Festival bleibe ich im Schatten eines großen Baums stehen, der wie eine Markierung für einen Trampelpfad zum See fungiert. »Können wir reden? Und ich meine so richtig und nicht nur halbherzig wie beim letzten Mal?«

»Du hattest recht«, räumt mein Vater ein. »Joseph ist ihr Vater.«

Ich unterdrücke einen Fluch, denn auch wenn ich es geahnt habe, ist die Gewissheit noch einmal etwas ganz anderes.

»Dann müssen wir erst recht darüber reden.«

Ich kann hören, wie mein Vater an seinem Kaffee schlürft. »Da ich schon ahne, worüber: Das ist keine gute Idee.«

Stöhnend lehne ich mich an den Baum, als könnte ich seinen Halt gebrauchen. »Dad, wir wissen beide, dass sich dieses Problem nicht auflösen wird. Joseph wird nicht auf magische Weise ›Puff‹ machen und verschwinden.«

»Nein, aber du kannst es.«

»Ich haue nicht einfach ab, Dad.«

Er räuspert sich, fährt sich durch die Haare, sortiert irgendwas an seinem Schreibtisch. Papier raschelt, mein Herz klopft schneller. »Alles, was du wissen musst, weißt du bereits. Joseph ist keiner von den

Guten, und auch wenn ich das ungern sage, er hat mich an den Eiern. Aber es ist schon eine Weile her, seit wir das Pech hatten, uns mit ihm zu beschäftigen. Lass mich ein paar Nachforschungen anstellen, damit wir wissen, womit wir es hier zu tun haben«, meint er schließlich.

»Du meinst, du willst rausfinden, ob er noch immer Menschen unter Druck setzt, Existenzen zerstört und Privatermittler erpresst?«

»Ja.«

»Was damals passiert ist ...«, setze ich an, doch mein Vater gibt mir nicht die Gelegenheit, den Satz zu beenden. Denn wenn ich ehrlich bin, habe ich dieses Puzzle nur zum Teil gelöst und kann das Gesamtbild noch immer nicht erkennen.

»Das ist nicht deine Sache, sondern meine. Ich hab getan, was ich tun musste, damit das *Daddarios* nicht pleitegeht.«

Stille. Schweigen. Ich ertrag es nicht mehr.

Es ist fast wie beim letzten Mal, als ich ihn auf diese Sache angesprochen habe. Als ich herausfand, dass mein Dad, zu dem ich immer aufgesehen habe, nicht halb so perfekt ist, wie ich es dachte. »Ach ja? Und warum fühlt es sich dann an, als wolltest du dieses Geheimnis wieder nur unter den Tisch kehren?«, knurre ich wütend.

»So einfach ist das nicht.«

»Du hast sein Geld genommen, Dad«, zische ich. »Geld, mit dem du ihm helfen solltest, dass niemand rausfindet, was er seiner Frau angetan hat.«

»Sprich nicht so mit mir, du weißt, dass ich nur getan habe, was ich tun musste«, herrscht mein Vater mich an. Vor meinem geistigen Auge sehe ich, wie er von seinem Schreibtischstuhl aufspringt.

»Sag das deinem schlechten Gewissen.«

»Manchmal müssen gute Menschen schlechte Dinge tun, um sich und ihre Familie zu beschützen, Junge. Ich bin nicht stolz darauf, aber ich würde es jederzeit wieder tun.« Seine Stimme hat die zornige Kraft verloren, doch das ändert nichts an meiner Wut. Die tobt noch immer in meinem Brustkorb.

»Deine Familie oder deine Firma?«, knurre ich, selbst erschrocken über meinen Ton. Aber ich bin wütend. Wütend auf ihn. Wütend darauf, dass er Entscheidungen trifft, die mich in diese Situation gebracht haben.

»Diese Frage ist nicht fair.«

»Du beschwerst dich über Fairness? Ist das dein Ernst, Dad?«, schieße ich zurück. Meine Stimme ist laut geworden. Die freie Hand ballt sich wütend zur Faust. »Du bist derjenige, der nicht fair ist. Es war deine Entscheidung, und wir sitzen mit dir in diesem Haufen Scheiße.«

Er holt tief Luft, als würde er versuchen, ganz entgegen seinem Temperament ruhig zu bleiben. »Achte auf deine Ausdrucksweise.«

»Wozu? Damit du besser schlafen kannst, während ich mich frage, wie ich Megan erklären soll, warum ich ihren Vater kenne?«

Ich kann hören, wie er den Kopf schüttelt. »Du weißt nicht, was du da sagst.«

»Und wessen Schuld ist das, Dad?«, schnaube ich und schüttle den Kopf.

»Leo, bitte. Lass mich erst klären, ob diese Sache für dich gefährlich werden könnte, und halt solange die Füße still. Nicht nur für mich, sondern auch für das Mädchen.«

»Sie ist kein Mädchen, sondern eine erwachsene Frau.«

Dann lege ich auf.

Einige Herzschläge lang starre ich das Display meines Handys an. Der Sperrbildschirm schaltet sich ein. Nichts passiert. Er wird mich nicht zurückrufen, dazu ist er viel zu stur. Zu verbohrt, zu sicher, dass es so, wie er es immer getan hat, am besten ist.

Oder besser: was er für das Beste gehalten hat. Wie Geld von einem Kriminellen anzunehmen, um seinen eigenen Hintern und die Firma zu retten, die ihm mehr als alles andere bedeutet. Das ist die Wahrheit hinter meinem Helden.

Und ich war nur zur falschen Zeit am falschen Ort und bin zum Mitwisser geworden.

Fuck.

Wieso kann im Leben eigentlich nie etwas so laufen, wie es sollte?

Ich dachte immer, mein Dad hätte die Antworten auf alle wichtigen Fragen des Lebens. Stattdessen musste ich erkennen, dass er nur genauso wie ich durch das Leben stolpert – und mindestens genauso oft Scheiße baut. Vielleicht sogar viel mehr, als ich es je getan habe.

16

MEGAN

Seit einer geschlagenen Stunde schleiche ich um mein Smartphone herum, als sei ich eine Maus, die den Käse in der Falle riechen kann, aber noch nicht weiß, wie sie es schafft, ihn unbeschadet zu bekommen.

Wobei ich mir nicht so sicher bin, wer oder was in diesem Bildnis der Käse ist und ob er nicht vielleicht zusätzlich vergiftet wurde.

Entschuldigungen sind nicht meine Stärke. Nicht weil ich Fehler nicht zugeben kann, sondern eher, weil es mir schwerfällt, die richtigen Worte zu finden.

Das letzte Mal, als ich versucht habe, mich zu entschuldigen, war bei Devin. Devin, der Musiker, mit dem ich an die Westküste abgehauen bin, statt zu studieren. Von dort aus habe ich einen Privatdetektiv engagiert, dessen Hinweise mich schließlich in diese Stadt brachten. Und eben weil es diese Spuren gab, bin ich einfach abgehauen. Habe meine sieben Sachen zusammengesucht und bin gegangen, noch ehe Devin von seinem Gig wiederkam. Meine Entschuldigung ein paar Tage später hat er nicht sonderlich gut aufgenommen. Und das war das letzte Mal, dass ich so etwas wie eine Beziehung versucht habe.

Jetzt suche ich nicht einmal eine Beziehung, und trotzdem weiß ich nicht, wie ich diese Entschuldigung angehen soll.

Allerdings verstreichen die Minuten immer weiter, werden zu Stunden, und ich kreise noch immer um mich selbst, statt es einfach hinter mich zu bringen. Also atme ich noch einmal tief durch und wähle Leos Nummer.

Er geht nach dem zweiten Klingeln ran.

»Ich habe ehrlich gesagt nicht damit gerechnet, dass du anrufst.«

Ich schlucke schwer, denke für den Bruchteil einer Sekunde daran, einfach wieder aufzulegen. Damit ich mich ihm nicht noch näher fühle, damit wir nichts tun, was in einer Tragödie endet, die Shakespeare alle Ehre machen würde. Ich mag ihn, ich will ihn nicht verletzen und auch nicht für meine Zwecke missbrauchen. Aber Leo ist meine beste Chance darauf, herauszufinden, wer meine Eltern sind. »Der Abschluss des Festivals ist das große Highlight der Stadt. Carolines Buchclub-Nichtbuchclub ist erst am Mittwoch, also dachte ich mir, bevor wir sie überführen oder auch nicht, könnten wir einfach auf das Festival gehen.«

Gut, selbst für mich war das eine furchtbare Art zu sagen, dass mir mein überdramatischer Abgang peinlich ist und es mir leidtut.

Leo schweigt einen Moment, als könnte er nicht einordnen, wohin dieses Gespräch geht. Entschuldigungen sind nicht so meine Stärke, aber ich hoffe trotzdem, dass er versteht, was ich sagen will.

»Du willst mir also weiterhin helfen? Und mit mir am Mittwoch zu der Adresse fahren, damit wir rausfinden, wer oder was Caesars Armee ist?«, fragt er vorsichtig.

Mein Körper erscheint mir plötzlich schrecklich schwer. Ich lasse mich auf den Teppich sinken, lehne mich gegen mein Sofa und ziehe die Beine an die Brust. »Ja.«

Etwas raschelt, als würde er das Telefon zwischen Ohr und Schulter einklemmen, während seine Hände mit anderen Dingen beschäftigt sind.

»Okay.« Wieder eine Pause. Dieses Mal länger, doch ich warte, bis er sie unterbricht. »Hör zu, Megan. Wenn ich etwas getan habe, das dich bedrängt hat oder dir unangenehm war, dann tut es mir leid.«

»Hast du nicht«, sage ich schnell. »Es waren der verdammte Champagner und der Regen.«

Und deine braunen Augen, die mich mit einer Sehnsucht angesehen haben, die mir Angst und Hoffnung zugleich gemacht hat. Doch das sage ich ihm nicht, kann es nicht sagen, weil ich es dann nicht mehr zurücknehmen könnte und alles, inklusive meiner seltsamen Gefühle, nur noch verworrener wird. Ein Teil von mir will ihn, während ein anderer Teil ihn vor mir beschützen will. Und dann wäre da noch die Angst, dass er mir nicht mehr hilft oder etwas zwischen uns komisch wird, wenn ich eine Grenze überschreite. Leo ist meine beste Option, die Suche nach meinen Eltern ein letztes Mal in Angriff zu nehmen. Die Anziehungskraft zwischen uns darf sich nicht dazwischenschieben.

»Dann ist alles okay zwischen uns?«

Zwischen uns ist so viel. Ein ganzes Meer an ungesagten Dingen, Wellen von Gefühlen, die mich einfach niederreißen könnten, und eine ungeahnte Angst, die mich immer weiter in eine Tiefe zerrt, aus der ich nie wieder auftauchen kann.

Okay. Ich bin mir in diesem Moment nicht sicher, was dieses Wort wirklich bedeuten soll. Trotzdem sage ich: »Klar.«

»Gut.«

»Gut.«

Wieder dieses Schweigen, die Unsicherheit im Ungesagten. Ich würde gern etwas tun, um einfach wieder an den Punkt vor dem Regen zurückzukommen, an dieses unbeschwerte Gefühl, diese Leichtigkeit zwischen uns. Nicht dieses Chaos aus Gefühlen und … was weiß ich denn. Zu mehr Metaphern ist mein Gehirn nicht fähig, wenn er mit mir redet. Offenbar kann ich weder in seiner Nähe noch beim Klang seiner Stimme richtig denken.

»Und was machen wir auf dem Festival?«, fragt Leo.

»Wir bewundern meine Schwester in ihrer letzten Aufführung, und dann sehen wir uns das Feuerwerk an, wie alle anderen in der Stadt auch«, entscheide ich, obwohl mir noch im selben Moment klar ist, dass es keine gute Idee ist. Nicht für meine Gefühle, nicht wenn ich ihn auf Abstand halten will, damit ich ein anderes Ziel erreichen kann.

Und es nervt mich selbst, wie abgeklärt und kalt das klingt, wenn es in mir drin ganz anders aussieht. Aber ich kann nicht anders. Ohne ihn werde ich meine Familie vielleicht nie finden, und ich weiß nicht, ob mich das nicht mehr zerstört. Ich hatte die Suche nach den Antworten bereits aufgegeben, und wenn es so etwas wie Schicksal geben sollte, dann hat es Leo und mich zusammengeführt, damit diese quälenden Fragen endlich aufhören. Damit ich endlich verstehe, wie ich so werden konnte, wie ich bin, und warum die Dinge so sind, wie sie eben sind.

Im Hintergrund sind Stimmen zu hören, als Leo sich räuspert. »Klingt gut.«

Da ich es nicht ertrage, wenn das Gespräch schon wieder im Sande verläuft, räuspere ich mich ebenfalls. »Dann sehen wir uns morgen?« Mein schneller werdender Herzschlag bringt mich dazu, das Gesicht zu verziehen.

»Sag mir, wann und wo, und ich werde da sein«, murmelt Leo, und so sehr ich mich selbst auch dafür verabscheue, sein warmer Tonfall nimmt mir etwas die Anspannung. Ein kleines Lächeln umspielt meine Lippen.

»Ich bin bis um sechs Uhr in der Bar.«

»Ihr schließt morgen Abend so früh?«, will er ehrlich überrascht wissen.

»Niemand geht nach dem Feuerwerk in die Bar«, erkläre ich mit einem Schmunzeln in der Stimme. »Die meisten feiern am See.«

»Eure Stadt ist wirklich etwas schräg.«

»Ich dachte, das gefällt dir.«

Leo lacht. »Mir gefällt vieles hier.«

Da ist es wieder, dieser Ton in seiner Stimme und das Gefühl, das er in mir auslöst, von dem ich aber nicht will, dass er es auslöst, weil ich Angst davor habe, in dieser Region meines Herzens überhaupt etwas zu fühlen. Meine Zweifel sind Verräter und die Ursache für den Verlust von Dingen, die mich bereichern könnten, wenn ich nicht scheuen würde, mich ihnen zu nähern.

Ich will immer das, was ich nicht haben kann. Immer das Abenteuer, auch wenn ich das Ende schon kenne. Was Leo sucht, kann ich ihm nicht geben, aber was ich suche, kann er mir nur geben, wenn diese lästigen Gefühle uns nicht im Wege stehen.

»Gute Nacht, Leo.«

Ich lege auf, ohne ihm die Chance zu geben, noch etwas zu sagen und damit noch mehr Chaos in meinem Kopf und meinem Herzen auszulösen. Alles, was ich will, ist, mich auf meine Aufgabe zu konzentrieren. Auf meine Fragen und das Finden der dazugehörigen Antworten, damit ich nach all den Jahren endlich einmal einen Tag ohne diese Zweifel aufwache. Ohne diese Ängste.

Manchmal wünschte ich mir, mehr wie Mia zu sein. Offener für die Welt und alles, was sich darin befindet. Weniger eingenommen von mir selbst und all diesen konfusen Gedanken, die mir durch die Finger gleiten.

17

LEO

Hinter der Fassade des Theaters liegt eine kleine Wunderwelt. Gegenüber der großen Bühne sowie dem absenkbaren Orchestergraben verlaufen die drei durch Säulengänge gestützten Ränge des hufeisenförmigen Zuschauerraums.

Alles ist in Gold und Rot gehalten. Ein schimmernder Traum, der mir vorkommt, als habe man mich von einer amerikanischen Kleinstadt direkt in ein Theater zu Zeiten von Shakespeare katapultiert. Nur die blinkenden Smartphones der Touristen stören dieses Bild etwas.

In all dem Rot der Vorhänge, Sitze, Teppiche und Festivalshirts fällt es mir schwer, die wilde Mähne von Megan auszumachen. Aber ich entdecke sie in den ersten drei Reihen, in denen auch Conner und Chris sitzen.

»Du bist spät dran«, bemerkt Megan, doch ihre Stimme klingt kaum nach einem Vorwurf.

»Es gibt keine Parkplätze mehr.«

»Ich hätte dich mitnehmen können«, wirft Conner ein. Er sieht ungewohnt nervös aus. Die Videokamera in seinen Händen zittert.

Etwas unbeholfen lasse ich mich neben Megan sinken. Sie rückt näher zu mir. Sofort stellen sich die kleinen Haare an meinem Arm auf, als wüsste mein Körper nicht, wie er auf ihre Nähe reagieren sollte.

»Erste Reihe, links von uns«, flüstert sie mir ins Ohr. »Da sitzen Carolines Mann, ihre Tochter und ihr Assistent.«

»Und wo ist sie?«

»Hinter der Bühne natürlich, sie führt Regie und tritt selbst auf.«

Ich nicke. Eigentlich würde ich ihr gern noch weitere Fragen stellen, doch dann wird das Licht gedimmt, und Musik erklingt.

Der *Sommernachtstraum* erwacht zum Leben. Das Stück spielt in einem Wald, dessen Magie schon in der ersten Szene von mir Besitz ergreift. Der Chef unter ihnen ist Puck, gespielt von Caroline selbst, die perfekt in die Rolle einer schelmischen Fee passt.

Dann betritt Mia die Bühne. Sie spielt die schönste Frau von Athen, die keiner will. Ihre unglückliche Liebe zu Demetrius ist so greifbar, dass ich fast Tränen in den Augen habe. Spätestens im dritten Akt hat sie mich völlig eingenommen.

»*Heuchelt ernste Blicke und zieht Gesichter hinterm Rücken mir. Blinzt euch nur zu! Verfolgt den feinen Scherz. Wär Mitleid, Huld und Sitte noch in euch, ihr machtet so mich nicht zu eurem Ziel. Doch lebet wohl! Zum Teil ist's meine Schuld: Bald wird Entfernung oder Tod sie büßen.*«

Als der Vorhang fällt, springen wir alle von unseren Stühlen auf und applaudieren. Der tosende Applaus verebbt auch nach der dritten Verbeugung nicht.

Inzwischen ist die Sonne untergegangen, die ersten Stände schließen bereits, doch die unterschiedlichen Wagen mit den Getränken sind noch dabei, alle mit ihren Drinks zu versorgen.

»Du bist eine Offenbarung«, sage ich ehrlich und sehe Mia an, die gerade auf uns zukommt. Sie strahlt über das ganze Gesicht.

»Danke. Es war gut, oder?«, fragt sie in die Runde.

»Gut? Du bist der Shit, Zuckerstern!«, ruft Megan und fällt ihrer Schwester um den Hals. »Ich bin traurig, dass Mom das nicht sehen konnte. Auch wenn ich einsehe, dass sie vor Gericht aussagen muss.«

»Ich hab alles aufgenommen«, kommt es von Conner, dessen Grinsen mindestens genauso breit ist wie das seiner Freundin.

»Das hast du nicht getan?«, fragt Mia und wird plötzlich rot wie eine Tomate.

Er zieht sie in seine Arme, gibt ihr einen langen Kuss, bevor er ihr in die Augen blickt. »Doch, und ich bereue nichts.«

»Wir müssen es auf YouTube hochstellen«, schlägt Megan vor.

»Das tut ihr nicht!«, quietscht Mia augenblicklich. »Ich will mich nicht selbst sehen.«

»Tja, selbst schuld. Dann spiel schlechter.«

»Untersteh dich«, kommt es von Caroline, die auf den Stufen des Theaters aufgetaucht ist. Ihr Lächeln ist so zufrieden, als hätte sie gerade einen Oscar gewonnen. »Du warst die beste Helena, die ich in den letzten Jahren auf der Bühne erleben durfte. Von mir selbst einmal abgesehen, natürlich.«

»Natürlich«, bestätigt Megan grinsend.

»Feiern wir?«, will Mia wissen.

Caroline winkt ab. »Nein, ich fahre nach Hause. Die Woche war lang, und ich brauche kein Feuerwerk, sondern ein Schaumbad.«

»Bist du sicher?«, fragt Megan und wirft mir einen kurzen Blick zu. Doch die Wahrheit ist, dass es mir egal ist. Mein Auftrag ist mir egal. Mein Job ist mir egal. Nur Megan ist mir nicht egal, weil jede Faser von mir wissen will, wie sie hinter ihrer harten Schale ist und warum sie keine Konfrontation scheut, außer die mit ihren eigenen Gefühlen. Denn ich bin mir sicher, dass da etwas ist. Mehr als ein Funken. Ihr Anruf hat sich nicht angefühlt wie eine Fortsetzung unseres Auftrags, sondern wie eine Entschuldigung, die sie nicht aussprechen kann.

»Ja, das Feiern überlasse ich ganz euch«, winkt Caroline ab. Sie geht an uns vorbei zu ihrem Wagen, und das ohne ihren Mann, doch mir bleibt keine Zeit, diesen Gedanken zu vertiefen.

»Lasst uns gehen«, meint Conner und deutet auf seinen Wagen. »Bennett wartet sicher schon auf uns.«

»Gehen wir nicht zum See?«, frage ich verwirrt.

Megan lächelt mich an. »Doch, aber wir haben besondere Plätze. Weit weg von den Touristen.«

Sie läuft etwas vor, um Conners Video noch einmal auf der Kamera zu betrachten, während Mia neben mir bleibt. Ihre klugen Augen betrachten mich eine Weile, dann sagt sie: »Ist zwischen euch wieder alles okay?«

Verdutzt fahre ich mir durch die Haare. »Was?«

»Hat Megan sich für ihre etwas herbe Abfuhr entschuldigt?«, fügt

Mia hinzu, als sei es sonnenklar, dass sie bestens über alles Bescheid weiß, was zwischen mir und ihrer Schwester passiert ist.

»Auf ihre Art schon, denke ich.«

Zufrieden nickt sie. »Gut.«

Für einen Moment glaube ich, dass dieses Gespräch damit beendet ist, aber sie sieht mich noch immer an. »Sie hat so ihre Probleme mit Gefühlen, Entschuldigungen und all diesen Dingen.«

»Ist mir schon aufgefallen.«

»Aber hinter ihrer Fassade aus Coolness steckt jemand, der sehr viel mehr empfindet, als sie zugeben mag«, meint sie nachdenklich und lächelt.

»Ich bin unsicher, was du mir damit sagen möchtest«, gebe ich zu.

»Damit will ich sagen, dass Megan nicht ganz einfach ist. Und sie hat in der Vergangenheit einiges durchgemacht, vieles auch, weil sie … einfach nicht immer ein netter Mensch war«, sagt Mia überraschend freimütig.

»Das hat sie mir erzählt, aber warum sprechen wir beide darüber?«, will ich wissen.

»Weil Megan schon länger auf ein Loch zusteuert, und gerade hält sie sich an dir fest, um nicht hineinzufallen. An dir und deinen Fähigkeiten als Ermittler«, stellt sie klar, ohne mich aus den Augen zu lassen. »Und ich finde, du solltest das wissen.«

»War sie als Teenager wirklich so schlimm?«, murmle ich, wobei ich beobachte, wie sie mit Conner scherzt.

»Zeitweise schon. Besonders in Sachen Beziehungen«, räumt Mia ein. »Sie hat die Angewohnheit, Menschen von sich zu stoßen, sobald sie merkt, dass es ernster wird, und dann verletzt sie andere und sich selbst.«

Ich halte inne, betrachte Megan, wie sie vor uns läuft und ihr Haar bei jedem Schritt etwas schwingt. Und auch wenn ich weiß, dass es besser wäre, den Mund zu halten, frage ich:

»Glaubst du an die Liebe auf den ersten Blick?«

Falls Mia meine Frage überrascht, zeigt sie es zumindest nicht. »Du meinst wie bei Romeo und Julia? Nein, aber ich glaube an Verbundenheit auf den ersten Blick. An das Gefühl, dass dieser Mensch jemand sein kann, der einen ein Stück des Wegs begleitet. Und du?«

»Ja, ich denke schon. Nicht an Liebe als Großes, aber ans Verlieben. Daran, dass wir eine Seele erkennen, die unserer eigenen beim Wachsen helfen kann.«

»Und Megan ist so jemand für dich?«

»Das hab ich nicht gesagt.«

Lachend legt Mia den Kopf in den Nacken. »Zwischen den Zeilen schon.«

»Warum klingt das jetzt wie eine Warnung?«

Mia lächelt. »Würdest du denn auf eine hören?«

Sie wartet meine Antwort nicht ab, sondern schließt zu den anderen auf.

18

MEGAN

*D*er schwarze Himmel wird in ein Farbenmeer getaucht. Vier Raketen bahnen sich gleichzeitig ihren Weg empor, lösen sich in einem Funkenregen auf und verwandeln sich in kleine, goldene Glitzerpunkte. Ihr Schein erleuchtet unsere Gesichter, taucht den Wald um uns herum in flackerndes Licht, das ebenso schnell wieder verschwindet.

Grün, violett und rot.

Die Feuerwerkskörper lösen sich über unseren Köpfen auf und malen bunte Linien an den schwarzen Himmel.

»Es ist wunderschön«, murmelt Mia, die eng an Conner gedrückt dasteht. Der See vor uns ist ruhig. Die kleinen dunklen Wellen brechen sich an dem Ufer.

Auf der anderen Seite sehen wir Lichter, Blitzlichtgewitter und Feuerstellen. Die Touristen genießen die Show, doch hier bei uns ist es ruhig. Fast magisch. Unser eigener Sommernachtstraum.

»Das Haus ist trotzdem gruselig«, meint Chris, was ihm einen amüsierten Blick von mir einbringt. Die verlassene Baracke, die Bennett mir gezeigt hat, bietet uns einen einzigartigen Blick auf das Spektakel der Nacht. Es war die Idee des alten Mannes, dass wir das Feuerwerk von der anderen Seite des Sees betrachten. Ungestört von den Touristen und ihrem Lärm.

Ein paarmal drücke ich den Auslöser, doch viel interessanter als der Himmel ist, was das Spektakel auf den Gesichtern meiner Begleiter auslöst. Mia und Conner, die sich verliebt ansehen. Chris, der über den See blickt, als würde er hoffen, auf der anderen Seite etwas zu entdecken – oder vielleicht sogar jemanden?

Und dann wäre da noch Leo.

Bevor ich es verhindern kann, drücke ich den Auslöser. Sein Gesicht neigt sich zu mir. Er lächelt, während sich pinke Funken in seinen Augen spiegeln. Obwohl er kein einziges Wort sagt, fühlt es sich an, als würde er mich näher an sich ziehen. Mich zu sich rufen, nur mit einem Blick.

Ich lasse die Kamera sinken. Es gefällt mir nicht, was er in mir auslöst, oder besser, es gefällt mir zu sehr. Das ist nicht gut. Macht alles nur viel komplizierter und sorgt dafür, dass es mir schwerfällt, in all dem Chaos noch den Weg zu finden, den ich unbedingt gehen will.

Mia hat recht, ich mag ihn. Aber ich darf nicht zulassen, dass ich die Chance verliere, meine leibliche Familie zu finden, nur weil ich mich in seine braunen Augen und die hohen Wangenknochen verguckt habe. Das kann ich nicht riskieren. Verliebtheiten sind nicht von Dauer, Familie schon.

Und dann wäre da noch die simple Tatsache, dass ich nicht an dieses ganze Liebe-auf-den-ersten-Blick-Ding glaube. Das, was gerade in mir passiert, sind nur Hormone und Einsamkeit. Aber auch, wenn es nicht so wäre – was würde es ändern?

Ich hab gesehen, was die Liebe anrichtet. Mit Mia, meiner Mom, mit denen, deren Herz ich gebrochen haben. Das ist es nicht wert. Schon gar nicht, wenn ich dafür etwas anderes aufgebe. Ich brauche endlich Antworten, damit die Fragen in meinem Kopf aufhören, sich immer wieder darum zu drehen, warum ich bin, wie ich bin. Damit ich glücklich werden kann. Und ein besserer Mensch, als ich es bisher war.

Als die letzte Rakete am nächtlichen Himmel verklingt, gehen wir wieder zurück.

Bennett sitzt am improvisierten Lagerfeuer. Bo schläft friedlich an seiner Seite, wahrscheinlich hat der alte Hund nicht einmal mitbekommen, dass der Himmel voller Farben war. Ich bin der Meinung, dass der alte Junge langsam taub wird, doch sein Besitzer streitet das vehement ab. Wir stoßen auf Mia an, auf das Ende des Sommers und auf diese Stadt, die uns zusammengeführt hat.

Der Geschmack des Bieres auf meinen Lippen lässt mich entspannen. Die Nacht ist schön, perfekt geeignet, um ein paar Erinnerungen festzuhalten. Mein Blick gleitet zu unserem Weg zum See. »Bin gleich wieder da«, murmle ich entschuldigend und lasse den Rest am Feuer sitzen, während ich wieder zurück zum See laufe.

Idahos Schönheit zeigt sich nach Sonnenuntergang.

Erinnerungen sind wie Sterne in der Nacht, die in unseren Herzen funkeln, obwohl ihr Licht längst erloschen ist. Ich hoffe, dass dieser Abend eine der besonderen Erinnerungen wird, eine Seite in meinen Alben, über die ich zärtlich streiche, wenn ich alt bin und mich an das Gefühl erinnere, das ich jetzt in mir habe.

Aber ich weiß, es ist nur eine Illusion. Ein Abschied, auf meine eigene Art, ein Abschied von der Unwissenheit und dem, was ich jetzt bin, denn ich werde diesen Weg weiter gehen. Egal, wie das Ziel am Ende aussieht.

Der Geruch des Sees steigt mir in die Nase, vermischt sich mit meinem Parfum und dem sanften Hauch der Mentholzigarette in meiner Hand. Ich weiß, dass ich aufhören sollte, doch der rebellische Teenager in mir weigert sich. Ich habe Angst davor, das loszulassen, was mich früher doch angeblich zu den coolen Kids hat gehören lassen. Auch wenn mir vollkommen klar ist, dass meine Erwachsenenversion klüger sein sollte. Aber werde ich das wirklich? Klüger?

Wenn ich mal mein Leben betrachte, ist es eher nicht so.

Wenn ich mein Leben betrachte, bin ich ein verdammter Versager. Denn alles, was ich sehe, ist ein überzogenes Bankkonto und ein Traum, den ich nie richtig verwirklichen konnte.

Dafür habe ich es ganz hervorragend geschafft, alle Menschen um mich herum zu enttäuschen.

Wenn ich die Augen schließe, kann ich meine Mom mit diesem enttäuschten Blick sehen. Kann sogar hören, wie ihre sonst so ruhige Stimme immer lauter wird.

»Megan, warum warst du nicht in der Schule?«

»Megan, warum hast du dich geprügelt?«

»Megan, warum ...«

So viele Enttäuschungen, für die ich verantwortlich bin.

Und jetzt bin ich sogar noch dabei, meine eigene Familie noch mehr vor den Kopf zu stoßen, falls das überhaupt möglich ist.

Denn für meine Mutter wird es sein wie Verrat.

Sie hat mir alles gegeben, was ich je gebraucht habe. Vielleicht sogar mehr als das. Nach meinem ersten Absturz, als ich von der Schule geflogen bin und mich wochenlang bei Leuten herumgetrieben habe, die mehr über Drogenkonsum wussten als über Mathe oder Geschichte, hat sie keine Sekunde gezögert, als ich sie anrief und bat, dass sie kommt, um mich abzuholen. Und als ich ihr gebeichtet habe, dass ich die Uni geschmissen und das Geld, das für meine Ausbildung gedacht war, in Privatermittler und eine neue Spiegelreflexkamera gesteckt habe, hat sie nur geseufzt und mich gefragt, ob ich noch etwas brauche. Ob es mir gut geht. Ob sie etwas tun kann, damit ich aufhöre, mich so sehr selbst zu quälen. Meine Mom war immer da, wenn ich sie gebraucht habe. Sie hat mich geliebt, als jemand anderes es nicht konnte, hat das kleine Mädchen, das ich einmal war, großgezogen – obwohl ich es ihr verdammt schwer gemacht habe.

Und jetzt stoße ich diese Liebe einfach eine Klippe runter, weil ich hoffe, etwas zu finden, das mir sagt, wie ich bin oder wie ich sein möchte.

Damit ich besser werde. Ein besserer Mensch, der nicht mehr allen um sich herum wehtut. Nicht mehr seine Mom enttäuscht – was absurd ist, denn genau diese Suche wird sie enttäuschen.

Ich suche die Familie, mit der ich durch mein Blut verbunden bin, die ich aber nie im Herzen tragen konnte. Und vielleicht werde ich dadurch die Familie verlieren, die ich mein Leben lang kenne.

»Versteckst du dich?«

Leos Stimme hinter mir überrascht mich nicht.

»Mia mag es nicht, wenn ich rauche«, gestehe ich und halte wie zum Beweis die glühende Zigarette nach oben.

Er kommt näher, vergräbt die Hände in den Tiefen der Lederjacke. »Niemand mag es, wenn du rauchst.«

»Jeder braucht eine Sünde, oder?«, murmle ich. Sie haben ja recht. Ich sollte mir das Rauchen abgewöhnen, doch bei den endlosen, verworrenen Gedanken in meinem Kopf hoffe ich, im Rauch den Funken zu finden. Dennoch drücke ich die Zigarette aus und lasse den Rest in meinem Taschenaschenbecher verschwinden, damit ich wenigstens nur mich vergifte und nicht noch den Wald.

Leo reicht mir ein Bier, ehe er sich zu mir stellt. Der See liegt ruhig und dunkel vor uns. Eine düstere Oase der Stille, die von der glitzernden Spiegelung des Mondes auf dem Wasser nur noch unterstrichen wird. Ich wünschte, ich hätte das Stativ eingepackt, um eine Langzeitbelichtung zu machen, doch kein Bild könnte diesem Zauber wirklich gerecht werden.

»Worüber denkst du nach?«

»Ich versuche eigentlich, gerade nicht zu denken«, erwidere ich und sehe ihn an. Im schwachen Licht des Mondes wirken seine Augen noch dunkler.

Keine gute Idee.

Leo, der Mondschein, mein einsames Herz im Dunkel der Nacht. Wirklich gar keine gute Idee.

»Dann bist du dabei wohl nicht sonderlich erfolgreich«, stellt er mit einem amüsierten Grinsen fest.

»Autsch.«

»Tut mir leid, aber immer wenn du nachdenkst, ist da diese kleine Falte zwischen deinen Augenbrauen.«

»Ich hab keine Falte«, gebe ich empört zurück.

Leo lacht, tritt einen Schritt auf mich zu und murmelt. »Doch, genau hier …«

Sein Finger streicht federleicht über den Punkt zwischen meinen Augenbrauen bis hinunter zur Nasenwurzel. Sofort durchfährt mich ein wohliger Schauder.

Früher war mein Herz eine Straße, auf der jeder so weit gehen konnte, wie er wollte, doch nun ist es ein unüberwindbarer Gipfel, zu dem sich niemand mehr hochschlagen kann. Niemand.

Nicht seit ich erkannt habe, dass ich die Freiheit mehr liebe als die Sicherheit einer Beziehung und den Schein der Leidenschaft, die sich nur zu schnell in Abscheu verwandelt. Es gab viele Männer in meinem Leben, sie alle habe ich allein gelassen, und sie alle haben gelitten, weil ich ihnen nicht geben konnte, was sie brauchten. Ich bin keine sichere Option. Ich kann nicht versprechen, für immer zu bleiben.

Doch Leo scheint jede Warnung zu ignorieren, übersieht jede Logik und reißt das Absperrband einfach nieder. Und das alles nur mit dieser kleinen Geste.

Plötzlich fühlt es sich wieder an wie im Regen.

Er ist mir so nah, dass ich die Wärme seines Körpers spüren kann. Ich blicke ihm in die Augen, versuche angestrengt, nicht dem Drang nachzugeben, auf seine Lippen zu schauen. Doch meine Füße sind Verräter und gehen ohne meine Einwilligung einen Schritt auf ihn zu.

»Wir sollten wieder zu den anderen«, murmle ich hilflos, widerstehe dem Drang, ihn an mich zu ziehen.

Seine Hand greift nach meinem Gesicht, hebt mein Kinn ihm entgegen. Jeder Zweifel wird fortgespült von dieser Berührung. Von dem Prickeln, das seine Hände auslösen und das meinen ganzen Körper erfasst. Ich schaue ihn an, sehe das Blitzen in seinen Augen. Das Verlangen. Den Wunsch.

»Scheiße«, hauche ich. Dann packe ich seine Lederjacke und ziehe ihn zu mir, presse meine Lippen auf seine.

Leo zögert nicht. Eine Hand vergräbt sich in mein Haar, während die andere meine Hüfte gegen seine drückt. Ich schlinge die Arme um seinen Hals, schmecke das Bier auf seinen Lippen und die Sehnsucht, die ihn immer näher an mich treibt.

Sämtliche Vorsicht, sämtliche Warnsignale, alles explodiert in meinem Kopf, bis nur noch eine Sache übrig bleibt: Leo.

Und selbst der Wald scheint diesen Augenblick den Atem anzuhalten.

LEO

Ich war schon immer der Meinung, Schicksal ist, wenn zwei Menschen sich finden, die nach nichts gesucht haben. Und alles in mir schreit danach, etwas in Megan gefunden zu haben, von dem ich nicht sicher war, ob es wirklich existiert.

Kann es Liebe sein?

Megans Kuss raubt mir den Atem, den Verstand. Die Welt um uns herum verschwimmt, wird zu einem undeutlichen Rauschen, in dem nur noch unser Herzschlag existiert. Nur noch sie. Und ich. Und dieser Kuss.

Ich fühle ihre warmen, weichen Lippen auf meinen, und ein pulsierendes Gefühl des Glücks fließt durch meinen Körper. Ihr Atem verschmilzt mit meinem, während ihre Zunge mit meiner spielt. Die Welt steht still und dreht sich gleichzeitig viel zu schnell weiter.

Als Megan sich von mir löst, bin ich nicht sicher, ob ich gerade wach bin oder träume. »Das kam überraschend«, hauche ich noch immer heiser.

Megan lächelt. »Bitte zerstör den Moment nicht, indem du anfängst zu reden.«

»Gut, also nicht reden«, raune ich, dann küsse ich sie wieder. Lasse zu, dass unsere Lippen einander immer und immer wieder finden. Eine ihrer Hände gleitet unter mein Shirt, streicht über meine Rippen. Ich will jeden Zentimeter von ihr berühren, will, dass sie mich berührt. Will einfach alles, was sie mir geben mag.

»Megan? Leo? Ist alles okay bei euch?«, hören wir Mias Stimme.

Megan weicht einen halben Schritt von mir zurück. »Kommen«, ruft sie sofort. Ihr Blick sucht meinen, und in der Dunkelheit des Waldes kann ich ihren Gesichtsausdruck nur erahnen. »Wir sagen absolut nichts, verstanden?«

»Warum nicht?«

Megan wirft die Hände in die Luft. Ihr Atem geht noch immer so schwer wie meiner, und ich glaube selbst im undeutlichen Licht des Mondes zu erkennen, wie eine sachte Röte ihre Wangen gefärbt hat. »Weil ich echt keine Ahnung habe, was das bedeutet, und nicht in der Lage bin, einem Fragenfeuerwerk von meiner Schwester entgegenzutreten.«

»Ich schweige wie ein Grab«, verspreche ich.

Sie nickt, geht an mir vorbei. Aber ich bin noch nicht bereit, den Moment enden zu lassen.

»Megan?«

Sie dreht sich zu mir um, und ich lasse ihr keine Zeit zum Nachdenken. Ich ziehe sie wieder in meine Arme, küsse sie noch einmal, während meine Hände sich in ihren roten Locken vergraben. Sie haucht meinen Namen gegen meine Lippen, was mich nur noch mehr anheizt.

Stolpernd drücke ich sie nach hinten, bis sie mit dem Rücken an einem Baum steht. Doch sie hält mich nicht zurück, sondern schiebt meine Hände in Richtung ihres Hinterns, sodass ich sie hochhebe. Ihre Beine umschlingen meinen Körper, pressen sie dichter an mich.

»Leo ...«

»Wir wollten doch nicht reden«, gebe ich zu bedenken und ersticke ihre Zweifel in einem erneuten Kuss. Ihre Nägel kratzen sanft über meinen Rücken, während ich ihren Nacken küsse.

»Leo.«

Ich halte inne, unsicher, ob sie will, dass ich aufhöre oder weitermache. Doch sie stößt mich nicht weg, sondern zieht mich nur näher an sich heran.

Bei Gott, fast knurre ich wie ein Tier. In meinem Kopf gibt es nur noch sie. Sie und ihre Lippen und ihren Körper, den ich mit jeder Faser meines eigenen will.

Ich vertraue meinem Herzen mehr als meinem Verstand. Mein Herz schlug bereits, als ich noch keine klaren Gedanken fassen konnte. Und seit ich Megan in dieser Bar gesehen habe, scheint es mit jedem Schlag nur ihren Namen zu kennen.

Sie löst sich von mir, die Augen noch geschlossen, die Lippen rot vom Küssen. Ich weiche etwas von ihr zurück, weil ich nicht weiß, ob ich es sonst schaffe, sie nicht gleich hier in diesem Wald zu nehmen, während ihre Schwester auf uns wartet.

»Scheiße.«

»Sagst du das jetzt jedes Mal, wenn wir uns küssen?«

Megan öffnet die Augen wieder, blinzelt ein paarmal. Dann schluckt sie. Sie weicht kaum merklich von mir zurück, doch es ist genug, damit ich ihre Unsicherheit erkennen kann.

Offenbar bin ich zu weit gegangen.

»Lass uns zu den anderen gehen.«

Stumm nicke ich und laufe hinter ihr her, zurück zu Mia und Conner, die an dem kleinen Lagerfeuer sitzen.

»Na endlich«, stöhnt Mia auf. »Ich hab schon gedacht, irgendeine böse Hexe hat euch geschnappt.«

»Wenn überhaupt, dann ein entlaufener Serienkiller«, gibt Megan mit ihrer gewohnten Coolness zurück. »Haben dir unsere Filmabende denn gar nichts beigebracht?«

Mia beißt in ihren gerösteten Marshmallow. »Du weißt genau, dass ich nach dreißig Minuten eh einschlafe.«

»Das kann ich bestätigen«, meint Conner und grinst dabei.

»Und ich dachte, du magst nur Actionfilme?«, werfe ich ein.

»Megan mag alles mit Tod und Verderben«, brummt Bennett. »Wahrscheinlich ist sie deshalb in einer Stadt gelandet, deren Aushängeschild Tragödien sind.«

Verwirrt ziehe ich die Augenbrauen zusammen. »Ist diese Stadt nicht das genaue Gegenteil davon?«

Bennett grunzt. »Du bist noch neu im Kleinstadtleben, oder?«

Mia und Conner fangen an zu lachen, doch ich verstehe beim besten Willen nicht, was der alte Mann mir sagen will.

»Horrorfilme sind Sozialkritik«, wehrt sich Megan. »Besonders die trashigen.«

»Ziemlich doppelmoralisch von dir, oder?«, will ihre Schwester neckend wissen. »Du schimpfst ständig auf Shakespeare, bist aber Fan von einem der sexistischsten Genres der Filmgeschichte.«

Megan zuckt gelassen mit den Schultern. »Ich kann Dinge kritisieren und trotzdem die Filme mögen«, meint sie leichthin. »Aber in Sachen tote Frauen, die gern Sex haben, nehmen sich Shakespeare und Horrorfilme nicht viel.«

Der alte Mann seufzt lang, während er seinen Hund tätschelt, der nur müde ins Feuer blinzelt. »Könnten wir das Thema wechseln?«

19

LEO

Die Dunkelheit legt sich gemeinsam mit etwas Nebel wie ein Schleier auf die Umgebung. Nur noch das entfernte Zirpen einiger Zikaden ist zu hören, und das bleiche Licht des Mondes offenbart mir einen undeutlichen Weg zwischen kahlen Ästen.

»Dad«, keuche ich in das Handy und blicke über meine Schultern, als erwartete ich, dass mir jemand gefolgt ist. Die vom Mondschein durchbrochene Dunkelheit sorgt dafür, dass Schatten durch die Bäume tanzen.

»Willst du die gute oder die schlechte Nachricht zuerst?«

»Die gute.«

»Joseph ist noch immer da, wo er früher war, inzwischen sogar eine ziemlich große Nummer. Bürgermeister, gute Krankenversicherung, verheiratet.«

Ich schlucke. »Und?«

»Die schlechte Nachricht ist, dass er offenbar noch immer seine Finger in ziemlich vielen illegalen Dingen hat. Die Sache ist eine Nummer zu groß für dich, Junge. Brich den Auftrag ab und komm nach Hause.« Seine Stimme klingt wieder wie zu meiner Schulzeit, als er mir verbot, mit dem Fußball aufzuhören, obwohl ich einfach nur schrecklich darin war.

»Dad, Megan ist seine Tochter, und sie will ihn treffen«, wispere ich in das Handy.

»Das solltest du verhindern.«

»Wie gefährlich ist er?«, frage ich leiser.

»Genug, damit ich dir verbiete, dich in diese Sache einzumischen.«

»Dabei ist doch genau das unser Job, oder nicht? Ist das nicht der

Grund, warum du die Kanzlei hast? Damit solche Typen nicht mehr rumlaufen und Schaden anrichten können.«

»Darüber reden wir, wenn du wieder hier bist. Pack deine Sachen.«

»Nein.«

»Was?«

»Wir haben keine Wahl«, widerspreche ich sofort. »Sie will Joseph finden, und wenn ...«

»Das ist zu gefährlich, ihr wisst nicht, wie er reagiert, wenn sie einfach bei ihm auftaucht.«

»Sie ist aber nicht allein, ich bin dabei.«

»Vergiss es, ich habe Nein gesagt.«

»Du kannst eine Tatsache nicht einfach mit einem Nein abtun«, brumme ich und lehne mich erschöpft gegen einen Baum. Irgendwie komme ich mir vor wie in einem schlechten Rückblick. »Sie wird die Suche nach Joseph nicht einfach aufgeben, und wenn sie ihn findet, ohne dass sie weiß, was er getan hat ...«

»Dann sorg dafür, dass sie die Suche aufgibt«, herrscht er mich an, aber es ist nicht nur Zorn in seiner Stimme, sondern auch Sorge. Viel zu viel Sorge.

»Hör zu, ich bin nicht stolz auf das, was ich damals getan habe. Es war ein Fehler, aber ich kann es nicht mehr rückgängig machen. Bitte sorg dafür, dass sie ihren Vater nicht findet.«

Shit, Dad. In was hast du uns da reingezogen?

»Das kann ich nicht«, antworte ich so ruhig wie möglich.

»Junge, hör mir zu: Dieser Mann ist gefährlich. Du hältst dich aus dieser Sache raus, verstanden?«

Ich schüttle den Kopf. »Das geht nicht.«

»Und ob das geht.«

»Nein.«

Schweigen.

»Sie wird Joseph finden, wenn sie lange genug sucht. Shit, er ist ihr Vater. Natürlich will sie ihn finden. Und es ist besser, wenn sie dabei nicht allein ist und ...«

»Mit wem sprichst du da?«

Vor Schreck zucke ich heftig zusammen und drehe mich um. Megan steht zwischen den Bäumen. Der helle Mond erleuchtet ihr Gesicht, und was ich darin lese, lässt mir das Blut in den Adern gefrieren.

»Ich ruf wieder an«, murmle ich noch, dann lege ich auf. »Megan, ich ...«

Sie weicht einen Schritt zurück und blickt mich an wie einen Fremden.

Fuck.

MEGAN

»Mit wem hast du da gerade gesprochen?«

Sein Mund klappt auf und zu, er ringt nach Worten, sucht nach Ausflüchten – und schweigt. Verheimlicht mir wieder etwas.

Ich erwarte von mir selbst, mein Leben aus eigener Kraft bewältigen zu können. Von anderen erwarte ich nichts, weder Verständnis noch Hingabe. Doch bei ihm ist das anders. Von ihm erwarte ich Ehrlichkeit, die er mir nicht geben will.

Schlimmer noch, sie vor mir versteckt. In meinem Blut pulsiert der Verrat wie Gift, das dabei ist, mich langsam, aber sicher niederzuraffen.

Vor ein paar Minuten noch dachte ich, dass wir über diesen Punkt hinaus wären. Dachte, es könnte wirklich ein *Mehr* zwischen uns geben, ohne dass es etwas anderes beeinflusst.

»Megan, das ...«

»Hör auf«, sage ich erschreckend ruhig, trete näher und will gleichzeitig am liebsten davonlaufen. »Mit wem hast du da gerade gesprochen?«

Leo schluckt. Er weicht meinem Blick aus, starrt an mir vorbei, ganz so, als würde er neben mir nach einer Lösung suchen, die ihn davor bewahrt, mir endlich sagen zu müssen, was los ist.

»Mit meinem Vater«, gesteht er so leise, dass ich Mühe habe, ihn zu verstehen.

»Du hast gesagt: Joseph ist ihr Vater.«

Leo weicht meinem Blick aus, meinen Fragen, und entfacht damit die Wut. »Was ist verdammt noch mal hier los, Leo?«

Mein Körper vibriert. Jeder Muskel in mir spannt sich, zittert und bebt vor Frust und Enttäuschung.

»Es ist …« Seine Stimme bricht, er fährt sich durch die Haare, und diese inzwischen so vertraute Geste lässt mich mit dem Kiefer knirschen.

»Bitte, Leo, keine Spielchen. Ist Joseph mein Vater?«

Er weicht meinem Blick aus. »Ja.«

»Wieso ist das nicht der Name, der auf meiner Geburtsurkunde steht?«, will ich wissen.

»Weil er ihn geändert hat.«

»Und das wusstest du? Schon die ganze Zeit?«, frage ich, wobei ich nicht weiß, ob ich wütend, traurig oder einfach nur leer bin.

Mit einer solchen Wendung habe ich nicht gerechnet.

Leo kommt näher. Der Mondschein fällt in sein Gesicht, sodass ich sehen kann, wie schwer es ihm fällt, die richtigen Worte zu finden. »Ja, also nein. Ich war mir nicht sicher, ob er der Mann ist, den ich glaubte zu erkennen – und jetzt weiß ich es.«

Ich blicke ihm direkt in die Augen. »Seit eben gerade?«

Er schluckt wieder, was eigentlich Antwort genug wäre, doch er sagt: »Seit zwei Tagen.«

»Warum hast du nichts gesagt?« Ich versuche, das Beben in meiner Stimme im Zaum zu halten. Falls ich geglaubt habe, ich sei vorher schon verwirrt gewesen, habe ich jetzt ein ganz anderes Level erreicht. Vor Überforderung weiß ich nicht einmal, ob ich weinen oder weglaufen will – oder beides. Hilflos lasse ich mich auf einem morschen Baumstamm nieder.

»Megan, ich …«

Irgendwo ganz tief in mir ist dieser winzige Funken Hoffnung, dass es eine gute Erklärung für das hier gibt. Für diese Szene, die den perfekten Sommertraum so sehr in den Schatten zieht. »Warum?«, schaffe ich zu fragen.

Leo atmet einmal tief durch. »Als ich den Mann erkannt habe, war ich unsicher. Und als ich dann wusste, dass er es wirklich ist, da hatte ich Angst.«

»Wovor?«

Er hockt sich vor mich, versucht, mich anzusehen, doch ich kann es gerade nicht ertragen, ihm in die Augen zu blicken. »Um dich.«

Ich schüttle den Kopf. »Das ergibt keinen Sinn.«

»Es ist kompliziert.«

Meine Augenbrauen ziehen sich zusammen. »Kompliziert? Das ist deine Begründung dafür, dass du mir seit Tagen nicht erklärst, was los ist?«

»Er hat seinen Namen geändert, Megan. Ich musste erst wissen, ob ich richtigliege.«

»Das habe ich schon verstanden«, zische ich jetzt etwas lauter, und ein Vogel schreckt panisch aus dem Schlaf auf. Über mir raschelt es bedrohlich, ehe er aus der Baumkrone emporschießt. Nicht einmal die Vögel haben Lust auf dieses Drama. »Aber ich verstehe noch immer nicht, was du mir hier eigentlich sagen willst.«

»Menschen, die ihren Namen ändern, haben meistens einen Grund dafür. Und selten einen guten, denn entweder sie sind gezwungen, sich vor jemandem zu verstecken, oder sie wollen etwas vertuschen. Joseph ist vielleicht in Dinge verwickelt.«

»Was denn nun?«, will ich etwas ruppiger wissen. »Bist du dir sicher, oder ist es nur ein Vielleicht?«

»Ich wollte erst sichergehen, dass du ihn gefahrlos aufsuchen kannst. Verstehst du das denn nicht?«, fragt er, doch ich verstehe gar nichts mehr. Wieder ein in der Luft hängender Satz. Wie ein Messer in meinem Herzen, das einmal herumgedreht wird. »Nein, ich verstehe es nicht«, sage ich überraschend ruhig. »Ich muss nicht beschützt werden, Leo. Schon gar nicht, wenn du noch nichts weißt, sondern nur ein vages Vielleicht hast, das du mir nicht mal erklären willst.«

Er schluckt schwer. »Megan.«

»Hör bitte auf, meinen Namen ständig zu sagen. Du bist kein Profiler, und ich bin keine Geiselnehmerin; meine Enttäuschung verpufft nicht, nur weil du ständig meinen Namen sagst«, stöhne ich und wische mir die Tränen aus dem Augenwinkel. Er soll sie nicht sehen.

Ich kann nicht vor einem Menschen weinen, dem ich nicht vertraue. Und gerade weiß ich nicht mehr, ob ich Leo noch vertraue, wenn er mir so etwas einfach vorenthält.

»Es tut mir leid.«

»Okay.« Ich schüttle den Kopf, weil ich nicht weiß, was ich tun soll ... oder sagen oder denken.

»Ich war mir nicht sicher, ob es gut ist, wenn du ihn kennenlernst«, platzt es aus ihm heraus, und er starrt mich an. Wieder dieses Flehen, diese Angst, die ich nicht verstehe.

»Komm schon, Leo, jetzt spuck doch endlich aus, was du mir sagen willst.«

Er presst die Lippen zusammen. »Das kann ich nicht.«

Ich stöhne frustriert, drehe mich von ihm weg, mache einen Schritt auf den See zu. »Und warum im Namen der Hölle nicht?«

Leos Gesicht verfinstert sich. Nicht einmal der helle Vollmond schafft es, diesen Schatten zu vertreiben. »Ist eine Familiensache.«

»Scheiße, ich bin zu alt für diesen Mist«, fluche ich und drehe ihm den Rücken zu. Ich will dem Impuls nachgeben, einfach wegzurennen und ihn stehen zu lassen. Aber Leo lässt mich nicht, er packt meinen Arm, zieht mich zu sich.

»Ich kann es dir nicht sagen. Noch nicht«, meint er erschreckend ruhig. »Gib mir etwas Zeit, lass mich ...«

»Nein«, meine ich entschieden und reiße mich los. »Du hast versprochen, mir zu helfen.«

Er schluckt. Dann schüttelt er den Kopf. »Das will ich auch. Wenn du ihn kennenlernen willst, bringe ich dich zu ihm. Aber ich werde dich nicht allein gehen lassen.«

Mit offenem Mund starre ich ihn an. »Versprich mir nichts, was du am Ende nicht halten willst.«

»Das tue ich nicht. Aber ich kann auch nicht zulassen, dass du es ganz allein tust, also bitte: vertrau mir«, murmelt er und lässt mich los, sodass ich einen Schritt nach hinten stolpere.

»Nicht gerade einfach, wenn du mir nur vage Andeutungen hinwirfst«, gebe ich zu bedenken.

»Kein Verschweigen mehr«, meint er und kommt etwas näher.

»Aber ich kann dir auch einfach nicht alles sagen, nicht, wenn es nicht nur um mich geht. Noch nicht jetzt.«

Wir starren einander an. Mein verräterisches Herz zuckt. Doch ich zwinge mich, hart zu bleiben, seinen dunklen Augen nicht nachzugeben.

»Okay«, höre ich mich selbst sagen.

Überrascht hebt er eine Braue. »Okay?«

»Was soll ich denn sonst sagen, Leo? Ich will meine Familie finden. Und dazu gehört mein Vater, oder Joseph, oder wie auch immer er heißt oder nicht mehr heißt.«

In diesem Satz steckt alles. Meine ganze Wahrheit und all die Probleme, all der Schmerz und die Verwirrung. Und die Angst, davor, dass ich Leo vertrauen muss, wenn ich die Antworten auf meine Fragen wirklich bekommen will.

Leo nickt, fährt sich durch die Haare. »Ich weiß, dass es nicht fair ist.«

Ich verziehe das Gesicht. Zum einen, weil er recht hat, zum anderen, weil es nichts davon auch nur einen Hauch besser macht. »Nein, das ist es nicht.«

Wir schweigen. Nur der Mond und das Rauschen der Blätter um uns herum. Zerbrochene Herzen, erschüttertes Vertrauen.

Er zuckt mit den Schultern. Seine Gesichtszüge erscheinen mir plötzlich schrecklich hart. »Mittwoch klären wir das mit Caroline endgültig«, murmle ich. »Und dann bringst du mich zu meinem Vater. Okay?«

»Okay.«

»Und Leo? Kein Verschweigen mehr. Wenn du mir noch nicht sagen kannst, was der Grund für das alles ist, kann ich das vorerst akzeptieren – aber nicht auf Dauer«, stelle ich klar und suche seinen Blick, damit er spürt, wie wichtig mir das ist.

»Versprochen«, sagt er leise. »Ich werde dir alles sagen, was nicht meine eigene Familie in Gefahr bringt.«

»Gut.«

Er nickt.

Ich nicke.

Und doch fühlt es sich nicht so an, als wäre zwischen uns wieder alles okay.

20

MEGAN

Ich trage mein »Sprich-mich-bloß-nicht-an«-Outfit. Es besteht aus meiner Lieblingsjeans, die inzwischen mehr Löcher als schwarzen Stoff hat, und einem weißen Tanktop, auf dem ein Schimpfwort steht. Nur auf meine heiß geliebten Boots habe ich aufgrund der Hitze verzichtet und mich stattdessen für Flipflops entschieden.

Meine Handtasche hängt über meiner Schulter, während ich darauf warte, dass Leos Wagen vorfährt. Als ich ihn endlich sehe, geht mein Puls in die Höhe.

Ohne ein Wort zu sagen, steige ich ein und bin froh, dass die dunkle Sonnenbrille meine Augen verdeckt. Er soll meine Verunsicherung nicht sehen. Und auch nicht meine Enttäuschung und Verwirrung.

Die ganze Situation ist auch so schon kompliziert genug. In der letzten Nacht habe ich kein Auge zubekommen, sondern tausend Filme in meinem Kopf abgespielt, warum mein Vater seinen Namen gewechselt haben könnte.

»Werden wir noch mal darüber reden?«, fragt Leo, als ich mich anschnalle.

»Das haben wir doch schon«, gebe ich bissig zurück und setze mein Fake-Lächeln auf, von dem Mia immer sagt, es würde ihr Angst machen. Ich weiß genau, dass er mich nur wieder lange genug mit diesen verdammten Augen ansehen muss, damit die Mauer, die ich so mühevoll gebaut habe, wieder zusammenbricht.

Jetzt zählt nur, dass er weiß, wo mein Vater ist. Ich habe versprochen, ihm bei Caroline zu helfen. Und dafür bekomme ich das, was ich schon immer wollte: Gewissheit. Alles andere hat jetzt keinen Platz mehr.

Er seufzt. »Also nein.«

»Gut, dass wir das geklärt haben.«

Bevor er losfährt, sieht er mich eine Weile an, scheint dann aber zu entscheiden, dass er wirklich keinen weiteren Streit will. Gut. Dann können wir uns endlich auf das Wesentliche konzentrieren. Mein Plan ist ziemlich simpel. Carolines Geheimnis aufspüren. Diesen Fall aufklären. Meinen Vater treffen.

Für immer und ewig glücklich leben und nie wieder das Gefühl haben, ich sei ein so schrecklicher Mensch, dass meine Eltern meinen Anblick nicht mehr ertragen konnten. Ganz einfach.

Leo nimmt die Straße, die geradewegs aus Belmont Bay herausführt. »Die Adresse in ihrem Notizbuch ist definitiv kein Buchclub, was uns jetzt wenig überrascht«, erklärt er und deutet auf das Navigationssystem.

Mit verschränkten Armen blicke ich aus dem Fenster. Ich weiß, dass ich mich wie ein trotziges Kind benehme, aber ich kann einfach nicht anders. »Und was ist es dann?«

»Keine Ahnung.«

Wahrscheinlich tut er das nicht absichtlich, doch ich habe trotzdem das Gefühl, dass er mich provozieren will. Grimmig drehe ich den Kopf in seine Richtung. »Was?«

»Das Gelände ist privat. Kein Eintrag bei Google«, meint er leichthin.

Nichts an seiner Haltung verrät mir, ob er einen Verdacht hat. Er wirkt fast schon entspannt – was ich von mir selbst nicht gerade behaupten kann.

Ein privates Grundstück. Kein Buchclub, kein Spa oder irgendwas anderes, das ich mit Caroline verbinden würde. In mir breitet sich eine diffuse Angst aus. Was, wenn ihr Mann mit seinem Verdacht recht hat? »Scheiße.«

Er zuckt schon wieder mit den Schultern. »Es kann etwas bedeuten, vielleicht aber auch nicht.«

»Oder es bedeutet, dass Caroline doch eine Affäre hat«, murmle ich, denn seit gestern Nacht erscheint es mir plötzlich gar nicht mehr so unwahrscheinlich. Menschen lügen. Ständig. Was, wenn unsere

Gefühle uns unempfänglich machen für all die Lügen, die unsere Liebsten uns erzählt haben?

Mein angespanntes – um nicht zu sagen angepisstes – Schweigen scheint Leo nicht verborgen zu bleiben. »Ich hätte nicht gedacht, dass es dir so nahe gehen würde«, stellt er fest und legt den Kopf schief, bevor er den Blick wieder auf die Straße lenkt.

»Was? Das Fremdgehen?«, frage ich, und meine Nase kräuselt sich.

»Ja.«

Schluckend lasse ich die Landschaft an mir vorbeiziehen. In meinem Kopf kreisen tausend Bedenken, verweben sich mit Erinnerungen an meine Kindheit, auf die ich gern verzichten würde. Das ist etwas, das mich von meiner Schwester unterscheidet: Ich kann meine Gedanken und Gefühle nicht gut unterdrücken, sie müssen immer raus. Selbst wenn Leo sie dann hört. Also atme ich einmal tief durch.

»Als meine Mom mich adoptiert hat, war ich vier und Mia noch ein Baby. Eine ganze Weile gab es nur uns drei, und dann hat sie jemanden kennengelernt. Er war toll. Nett zu uns Kindern, zuvorkommend. Dieser ganze Mist, der einem wichtig ist, wenn man eine Familie hat. Aber irgendwann war diese kurze Phase des Glücks vorbei, und was danach kam, will ich nie wieder mit ansehen müssen.«

»Und dann hat er sie betrogen?«

Ich nicke. »Es hat sie völlig fertiggemacht. Nicht so sehr die Tatsache, dass er Sex mit jemandem hatte, sondern die Lügen. Die großen und kleinen, die schlechten Entschuldigungen. Dieses ewige Warten darauf, wann der Punkt kommt, an dem er sich nicht mehr rausreden kann.«

In mir verkrampft sich alles, als ich an diese Zeit denke. Daran, wie gebrochen meine Mutter aussah. Wie schwer es ihr fiel, zu lächeln. Wie sehr sie sich selbst infrage gestellt hat, obwohl es nicht an ihr lag. Es war nicht ihre Schuld, dass er ein Abenteuer gesucht hat, während sie hoffte, er sei der Vater, den sie sich so sehr für uns gewünscht hat.

Leo betrachtet mich kurz. »Das muss hart gewesen sein. Für euch alle.«

»War es«, sage ich nachdenklich und blicke weiter aus dem Fenster. »Weißt du, ich werde es nie verstehen.«

»Warum Menschen andere betrügen?«

Ich nicke.

Er räuspert sich. »Bei uns war's meine Mutter.«

Nun hat er es geschafft, dass ich ihn doch ansehe. »Sie hat deinen Dad betrogen?«

Leos Mundwinkel zuckt, sodass sich seine Lippen zu einem traurigen Lächeln verziehen. »Ich glaube, es war nicht nur die Beziehung, die schlecht lief, sondern alles. Die Arbeit, meine Cousins und ich, die anderen Leben, in denen mein Vater ständig herumschnüffelt. Es wurde ihr einfach zu viel.«

Gegen meinen Willen spüre ich den Stich des Mitleids. »Was ist passiert?«, will ich wissen, richte mich etwas in meinem Sitz auf und lasse die verschränkten Arme wieder sinken.

Er sieht mich kurz an. Das Zögern zieht sich einen Moment hin, als würde er darüber nachdenken, ob er mir diese Information wirklich geben darf. »Dad fand es raus, und Mom ... ging.«

»Autsch.«

»Ist okay. Sie hatte ihre Gründe, und auch wenn ich es nicht gern sage, kann ich sie zum Teil verstehen. Wenn man einander nur noch unglücklich macht, muss jemand die Reißleine ziehen«, sagt er so ruhig, dass die Worte mehr Gewicht bekommen.

»Trotzdem, das hätte sie auch tun können, ohne ihn zu betrügen«, murmle ich.

»Vielleicht, aber man kann immer nur seine eigene Wahrheit sehen, und zum Scheitern einer Beziehung gehört mehr als eine Person.«

»Warum hab ich das Gefühl, dass du da deine ganz eigenen Erfahrungen gesammelt hast?«, frage ich und kann nicht anders, als in seinen braunen Augen nach einem Anzeichen von Schmerz zu suchen.

»Ich glaube, das passiert uns allen mal im Laufe des Lebens. Beziehungen sind kompliziert, Gefühle sind kompliziert«, antwortet er leise, ohne den Blick von der Straße zu heben.

»Du wurdest betrogen?«

»Wie der Vater, so der Sohn. Sie war meine Highschool-Liebe.«

»Im Ernst?«

»Mach dich ruhig über mich lustig, aber ich glaube an die große Liebe und dachte, sie wäre es und wir würden für immer zusammenbleiben.«

»Und was ist dann passiert?«

»Ich schätze, das Leben«, murmelt er mit einem traurigen Lächeln. »Irgendwann war der Funken zwischen uns nicht mehr so deutlich zu spüren. Etwas hat gefehlt, und sie hat versucht, es mit einem anderen auszugleichen, bis ich es rausgefunden habe. Und dann ... war es eben vorbei.«

Ich schnaube wütend. Nur dass ich dieses Mal nicht wütend auf Leo bin, sondern auf die Frau, die ihm offenbar das Herz gebrochen hat. Ausgerechnet ihm. Dem wohl letzten Romantiker des Universums. »Weißt du, es ist nicht der Sex, das kann ich verstehen. Wir leben eben nicht mehr in den Zeiten, in denen man für den Rest seines Lebens nur mit einer Person zusammen ist. Und das ist gut so. Ich verstehe nur nicht, wieso man, statt über seine Bedürfnisse und Wünsche offen zu reden, lieber den anderen hintergeht. All diese Lügen, all das Schweigen, bringen am Ende doch nur noch mehr Unglück.«

Nun sieht Leo irritiert aus. »Und deine Lösung wäre, einfach darüber zu reden?«

Ich nehme meine Sonnenbrille ab. »Ja. Klar.«

Unsere Blicke verschränken sich einen Moment, wollen ineinander versinken. Doch Leo ist ein zu umsichtiger Fahrer, um das zuzulassen. »Um dann Sex mit anderen zu haben?«, stößt Leo aus und wirkt dabei irgendwie, als würde ich sein komplettes Weltbild ins Wanken bringen.

»Wenn das für beide infrage kommt: ja.«

Mir ist bewusst, dass nicht alle Menschen diese Art von Beziehung führen können. Aber muss man einander in ein gesellschaftliches Korsett zwängen, wenn es beide unglücklich macht? Ich bin der vollen Überzeugung, dass alles an der Liebe einfacher wäre, wenn man nur wirklich miteinander sprechen würde. Ohne Zwang. Ohne auferlegte Ideale.

»Interessant«, meint er und lehnt sich tiefer in seinen Sitz zurück, während er den Wagen zu einer Tankstelle lenkt. »Ich könnte mir nie vorstellen, mit einem Menschen zu schlafen, in den ich nicht verliebt bin.«

Nun bin ich es, die überrascht ist. Ich ziehe meine Augenbrauen so weit nach oben, dass ich mich schon frage, ob sie in meinem Haaransatz verschwinden. »Wirklich nicht?«

Er zuckt mit den Schultern. »Nein, ich muss verliebt sein, um einen Menschen auch auf dieser Ebene anziehend zu finden.« Ein fast schon schüchternes Lächeln erscheint in seinem Gesicht, während er mich betrachtet. Zu lang betrachtet. Viel zu vertraut.

»Dann hattest du noch nie einen One-Night-Stand?«

Mein schockierter Gesichtsausdruck scheint ihn zu amüsieren. Er fährt sich durch die Haare. »Nein, und ehrlich gesagt verstehe ich auch den Reiz daran nicht. Bei dir scheint das anders zu sein.«

Nun bin ich es, die errötet. Es war nicht mein Plan, dass unser Gespräch in diese Richtung abdriftet. »Ich habe eher das Problem, dass ich mich nicht verlieben will. Weder vor dem Sex noch danach«, murmle ich.

»Warum?«

Sein fragender Blick sorgt automatisch dafür, dass ich an all das denke, was in meinem Leben schiefgegangen ist – und das meiste davon in der Liebe. Nicht immer der romantischen, aber immer einer zerstörerischen Liebe. »Menschen tun schreckliche Dinge, nur weil sie verliebt sind«, gestehe ich und lehne den Kopf gegen die Stütze.

Leo lächelt, als könnte das allein meine Bedenken zerstreuen. »Oder großartige.«

»Diese Diskussion verlierst du.« Gegen meinen Willen heben sich meine Mundwinkel ein wenig, ganz so, als könnte mich seine Hoffnung anstecken.

Er rückt kaum merklich näher an mich heran. »Du weichst nur aus, weil du weißt, dass es nicht so ist. Liebe gewinnt immer.«

Ich gebe ein Würgegeräusch von mir. »Entschuldigung, der ganze Kitsch aus deinem Mund ist mir gerade hochgekommen.«

Leo schüttelt den Kopf, dann steigt er aus und tankt, während ich mich frage, wieso mein Herz schon wieder so schnell schlägt.

LEO

Idahos bergige Landschaft zeigt sich von ihrer besten Seite. Der Himmel ist blau und klar, und die Sonne kitzelt in meiner Nase. Der Wald am Straßenrand hat Platz gemacht für Felder.

Von einer Stadt ist nichts mehr zu sehen, alle paar Meilen kommen wir an einem Hof vorbei, doch ansonsten gibt es nur uns und die Straße. Und ab und an ein anderes Auto, aber selbst das wird auf der knapp einstündigen Fahrt immer weniger.

»Caroline fährt ziemlich weit für …« Megan stoppt kurz, als wüsste sie nicht, was sie sagen sollte.

»Wir sind gleich da«, meine ich und deute auf das Navi. Unser Standort wird als blinkender roter Punkt angezeigt.

»Sind wir sicher, dass sie dort ist?«

Ich nicke. »An ihrem Wagen ist ein Ortungsgerät, und sie fährt immer mittwochs zum Buchclub, der kein Buchclub ist.«

Megan verzieht den Mund, als hätte ich etwas Ekliges gesagt. »Das ist echt gruselig.«

»Du bist auf Instagram – du lässt dich freiwillig tracken. Jeden Tag«, gebe ich mit einem Grinsen zu bedenken. Auch wenn ich ihren Einwand verstehe. Privatdetektive spielen oft mit den Grauzonen des Rechts, und auch wenn ich es nicht gern zugebe, werden diese gern ausgereizt. Manchmal sogar übertreten.

Megan schüttelt den Kopf. »Ja, aber ich weiß es immerhin. Und ich entscheide, was ich dort zeige. Du machst Fotos von Menschen und zeigst sie anderen, ohne dass sie vorher ihr Okay dafür geben.«

»Wenn ich mir deinen Feed anschaue, sehe ich ständig andere Menschen und nur ziemlich selten dich selbst.«

»Ja, aber ich hole mir vorher die Erlaubnis. Das ist ein ziemlicher Unterschied.«

»Ist es das?«

»Natürlich – und dich werde ich auch fragen, wenn ich eins der Bilder von dir verwenden möchte.«

»Du hast Bilder von mir gemacht?«

Megan hebt eine Augenbraue. »Die Kamera in deinem Gesicht hat dir das nicht gesagt?«

»Meine Erlaubnis hast du jedenfalls, die Bilder zu verwenden«, murmle ich.

»Auch das, auf dem du niest?«

Bevor ich darauf etwas erwidern kann, sehen wir unser Ziel. Vor uns liegt eine große karge Fläche, einstmals grün, die durch die unbarmherzige Sonne jedoch ausgeblichen wirkt. Hinter dem Maschendrahtzaun befinden sich Dutzende sandige Hügel, die es unmöglich machen, einen Blick über das Grundstück zu werfen. Das gesamte Gelände ist eingezäunt, doch die Tür an dem großen Eisentor steht offen.

Idaho ist einer der konservativsten Bundesstaaten der Vereinigten Staaten von Amerika, weshalb mir das Schild mit dem Schriftzug »Privatgelände: Betreten verboten« leise Sorge bereitet. Dennoch parke ich das Auto direkt vor dem Tor. Außer uns gibt es keine Autos – auch nicht das von Caroline. Das bedeutet, sie muss ihren Wagen irgendwo auf dem Grundstück geparkt haben.

»Und was machen wir jetzt?«, will Megan wissen, während sie mich ansieht. Auch ihr ist das Schild aufgefallen, und ich sehe wieder ihre nachdenkliche Sorgenfalte.

»Ich gehe rein«, sage ich entschieden. Ehe sie noch etwas sagen kann, steige ich aus dem Wagen. Der Boden unter meinen Turnschuhen ist sandig und trocken, bei jedem Schritt wirble ich kleine Staubwolken auf.

»Einfach so?«, schnaubt Megan, wobei sie ebenfalls aus dem Auto hüpft und die Tür zuknallt.

Einen Meter vor dem Tor bleibe ich stehen und sehe sie an. »Na ja, was wäre denn dein Vorschlag?«

Grimmig blickt sie von mir auf ihre sandigen Flipflops. »Du bist doch der verdammte Privatdetektiv«, zischt sie, während sie ihre Füße schüttelt, als würde das verhindern, dass sie weiterhin im heißen Sand steht.

»Du ahnst gar nicht, wie viel man herausfindet, wenn man einfach danach fragt«, gebe ich amüsiert zurück. »Warte hier auf mich.«

»Den Teufel werd ich tun«, zischt sie und marschiert an mir vorbei, direkt durch die offene Tür neben dem Tor. Eilig mache ich mich daran, mit ihr Schritt zu halten.

Das Einzige, was zu erkennen ist, ist ein kastenförmiges helles Gebäude in der Mitte des Geländes und unzählige Hügel, die einem die Sicht erschweren. Keine Pflanzen, keine Blumen. Nur Reifenspuren, die vom Tor zu dem Gebäude führen. Das gefällt mir nicht.

Etwas an dieser Szenerie erinnert mich auf beunruhigende Art an einen Horrorfilm. Es ist niemand zu sehen, und doch fühle ich mich beobachtet. Gerade will ich Megan sagen, dass wir doch umdrehen sollten – aber dazu komme ich nicht mehr.

»Was tun Sie hier?«, donnert eine Stimme.

Hinter uns, auf einem der Hügel, steht eine dunkle Gestalt, die ich im Gegenlicht schlecht ausmachen kann. »Stehen bleiben, sofort!«

Wir verharren an Ort und Stelle. Megan gibt ein leises »Oh, Scheiße« von sich.

Der bedrohlich wirkende Mann kommt auf uns zugelaufen, doch was mir wirklich Sorge bereitet, ist die Schrotflinte in seiner Hand. Automatisch hebe ich die Hände. Megan tut es mir gleich.

Verdammt, das hätte ich ahnen können.

»Entschuldigung, Sir«, sage ich sofort. »Wir haben uns verfahren, und der Akku meines Handys ist leer, wir wollten nur fragen, ob wir telefonieren können.«

Ich bin mir Megans fragendem Blick durchaus bewusst. Der Mann, dessen rotes Basecap verkehrt herum auf seinem kahlen Kopf sitzt, mustert uns misstrauisch.

»Erzählt keinen Scheiß, man kann Handys auch im Auto laden«, knurrt er und zielt dabei noch immer auf mich. Mit der freien Hand schnappt er sich die Trillerpfeife, die um seinen Hals baumelt, und pfeift damit zweimal kurz hintereinander. »Was wollt ihr hier?«

»Es tut uns wirklich leid«, versucht Megan es. »Wir wollten nur ...«

»Megan? Leo?« Caroline erscheint hinter dem Mann und sieht uns fragend an. »Was zur Hölle tut ihr denn hier?«

Sie rutscht auf dem kleinen Hügel herunter. Statt eines eleganten Outfits trägt sie Armeekleidung in Sandfarben, was wohl erklärt, warum wir sie nicht früher bemerkt haben. Auf ihrer linken Brust ist eine kleine Stickerei: *Caesars Armee*. Ihr blondes Haar ist streng nach hinten gebunden, und von Make-up fehlt jede Spur.

»Du kennst die beiden?«, will der Mann wissen, der nicht minder überrascht aussieht wie wir.

»Ja, nimm die Waffe runter, Rowdy.«

Der Mann tritt einen Schritt zurück, damit sie ungehindert an ihm vorbeikommt. Offenbar ist Caroline unabhängig von ihrer Kleidung einfach überall eine Königin.

Sie tritt vor, verschränkt die Arme vor der Brust und hebt das Kinn. »Möchtet ihr mir erklären, was hier los ist?«

»Das Gleiche könnten wir dich fragen«, schießt Megan zurück. »Das hier ist kein Buchclub, und was zur Hölle soll denn Caesars Armee bedeuten?«

Caroline hebt eine der fein säuberlich gezupften Augenbrauen. »Nein, das hier ist ein Schieß- und Trainingsplatz. Und noch dazu ein privater. Außerdem empört es mich, dass du die Anspielung auf *Antonius und Cleopatra* nicht verstehst.«

Verwirrt starre ich Megan an, doch die ist genauso perplex wie ich selbst. Caroline wischt sich über die schweißnasse Stirn, auch sie hat eine Waffe in der Hand, aber immerhin hat sie damit nicht auf uns gezielt. Rowdy lässt seine nun auch endlich sinken, und ich spüre, wie das Adrenalin in meinen Adern langsam nachlässt.

»Ihr könnt froh sein, dass niemand auf euch geschossen hat. Was zur Hölle habt ihr euch dabei gedacht?«, herrscht Caroline uns an. Sie kommt etwas näher, wobei sie sich selbst in den schweren Feldstiefeln so elegant bewegt wie auf der Bühne.

Megan und ich sehen einander an, unschlüssig, was wohl die beste Ausrede wäre. Noch ehe ich allerdings die Chance habe, unsere Tarnung aufrechtzuerhalten, kommt die Rothaarige mir zuvor.

»Wir wollten herausfinden, ob du deinen Mann betrügst«, sagt Megan mit einem entschuldigenden Unterton, und ich schließe die Augen, weil alles gerade schrecklich schiefläuft.

Caroline klappt der Mund auf. »Was?«

»Tust du es?«

»Wie kannst du es wagen, mich das zu fragen?«, faucht Caroline sie an. »So etwas würde ich nie tun.«

»Und warum sagst du dann, dass du bei einem Buchclub bist?«, will Megan wissen. Ihre Stimme klingt fast schon kindlich, als würde sie versuchen, etwas zu verstehen, das eine Erwachsene ihr einfach nicht erklären will.

Rowdy räuspert sich unbehaglich. Wenn er nicht gerade mit dem Lauf einer Schrotflinte auf einen zielt, wirkt er eigentlich ganz sympathisch. »Ich denke, dieses Gespräch solltet ihr besser drinnen führen«, murmelt er und greift mit den großen Fingern zu seiner kleinen silbernen Pfeife, in die er nun dreimal lang pustet.

Der schrille Ton sorgt dafür, dass mir auch noch danach die Ohren klingeln.

»Was zum Teufel sollte das denn jetzt?«, brummt Megan, die ebenfalls nicht gerade begeistert wirkt. Sie reibt sich das Ohr.

Caroline verengt die Augen. »Euretwegen müssen wir die Übung abbrechen«, schnaubt sie. »Es sei denn, ihr möchtet wirklich erschossen werden.«

Wir sehen einander an, denn keiner von uns beiden versteht, was genau hier gerade abgeht. Rowdy geht vor, zu dem eigentümlichen Gebäude.

»Kommt, ich brauche was Kaltes zu trinken, bevor ich euch beide eigenhändig umbringe«, sagt Caroline und marschiert los.

»Das meint sie doch nicht ernst, oder?«, wispere ich leise.

»Keine Ahnung«, gibt Megan zurück.

Wenig später sitzen wir auf einem alten Ledersofa vor einem niedrigen Tisch und bekommen gekühlte Coladosen in die Hand gedrückt. Das Haus ist von innen ebenso seltsam wie von außen. Es ist nahezu leer, besteht nur aus einem Raum und wirkt, gelinde gesagt, eher kühl. Doch die Klimaanlage entschädigt mich etwas.

»Was ist das hier?«, fragt Megan, die wieder einmal schneller ist als ich.

Caroline lehnt sich auf ihrem Stuhl zurück. Doch es ist nicht sie, die antwortet. »Ein Übungslager«, erklärt Rowdy, als müsste uns das irgendwie weiterhelfen. »Ihr wisst schon, für den Fall der Fälle.«

»Den Fall der Fälle?«, wiederhole ich.

»Den Dritten Weltkrieg, den Ausbruch einer Seuche, solche Dinge eben«, kommentiert Caroline und macht eine wegwerfende Handbewegung. »Mögliche Weltuntergangsszenarien.«

»Du bist ein Prepper?«, ruft Megan sichtlich schockiert und verschüttet dabei etwas von ihrer Cola.

»Ein was?«, will ich wissen, auch wenn ich glaube, dass mich die ganze Situation jetzt schon überfordert.

»Prepper, wie bei dem Pfadfindergruß ›Be prepared‹, also ›Sei bereit!‹. Menschen, die sich auf alle möglichen Arten von Katastrophen vorbereiten«, erklärt mir Megan knapp.

»Prepper klingt so abfällig«, murmelt Caroline. »Aber ja, ich schätze, das trifft es ganz gut.«

»Und das hier ist was?«, murmle ich und sehe mich noch einmal um. »Euer Einlagerungsplatz? Ein geheimer Bunker?« Caroline schaut zu Rowdy, als würde sie darauf warten, dass er ihr die Erlaubnis gibt, darüber zu reden. Dieser Auftrag wird mit jeder Minute schräger.

»Ja«, antwortet sie schließlich knapp.

»Ja?«

Caroline beugt sich etwas nach vorn. »Unter diesem Haus befindet sich ein Bunker. Kein besonders großer, aber er bietet Schutz, Werkzeug, Funkgeräte, Waffen und andere Dinge, die man im Notfall gebrauchen könnte«, antwortet sie in einem Ton, als würde sie über den Ausbau ihres Gartens sprechen. »Wir treffen uns immer mittwochs und üben für den Notfall.«

»Mit Waffen?«, fragt Megan.

»Falls es zu einem Notfall kommt, möchte ich jedenfalls nicht danebenschießen«, kontert Caroline. Doch dann werden ihre Gesichtszüge weicher. »Hat Ronny wirklich geglaubt, ich würde ihn betrügen?«

Um ihren enttäuschten Tonfall noch zu unterstreichen, schüttelt Rowdy hinter ihr den Kopf.

»Na ja, was glaubst du denn? Der einzige Buchclub der Stadt ist nicht gerade schwierig zu finden«, gibt Megan zu bedenken. »Warum hast du ihm nicht einfach gesagt, was du hier tust?«

Die Blondine schiebt sich eine Strähne hinter das Ohr, die sich aus ihrem strengen Zopf gelöst hat. Für einen Augenblick wirkt sie fast peinlich berührt. »Ronny hat was gegen Waffen«, murmelt sie dann deutlich leiser. »Ich musste ihm versprechen, keine mehr im Haus zu haben.«

»Caroline Tantum ist eine Prepperin, ich glaube, die Welt ist gerade stehen geblieben«, kommentiert Megan.

»Wenn das so wäre, würde uns ein Bunker nicht viel helfen«, murmelt der Schrotflintenmann. »Aber C ist eine verdammt gute Schützin. Eine der besten in unserer Truppe.«

»Ich werde mich nicht dafür rechtfertigen, dass ich gern auf alles vorbereitet bin«, stellt Caroline klar. »Und das erklärt mir immer noch nicht, wie ihr auf die absurde Idee kommt, ich würde meinen Mann betrügen.«

»Das war nicht unsere Idee«, brummt Megan. »Dein Mann hat Leo engagiert, um rauszufinden, ob du eine Affäre hast.«

Caroline klappt der Mund auf, und ich würde am liebsten im Erdboden versinken. »Dann bist du ein ...«

»Privatdetektiv«, bestätige ich und ziehe eine meiner Visitenkarten aus der Innentasche meiner Lederjacke. »Und eigentlich bin ich diskreter.«

Megan ignoriert diese Kritik gekonnt.

Caroline nimmt meine Karte in die Hand, betrachtet sie eine Weile und streicht über die geprägten Buchstaben. »Mein Mann hat dich beauftragt?«

»Ja.«

»Damit hab ich nicht gerechnet«, gesteht sie leise. »In der letzten Zeit war es zwischen uns schwierig. Das ist nicht nur seine Schuld, sondern auch meine. Ich habe mich etwas abgekapselt.«

»Er hat sich große Sorgen gemacht, weil du in der letzten Zeit so abwesend warst, und ...« Ich verschlucke den Rest lieber. Sie muss nicht wissen, wie viel ich inzwischen über ihr Privatleben weiß. Das würde sie nur noch mehr verunsichern, und es tut auch nichts zur Sache. »Er liebt dich wirklich sehr.«

Sie schüttelt den Kopf. »Ich würde ihm so etwas nie antun.«

»Das denke ich auch«, versuche ich es etwas versöhnlicher.

»Wirst du ihm sagen, was ich hier mache?« Ihr Blick ist besorgt, nahezu flehend. Ich muss an die Friseurin Elif denken und daran, was sie gesagt hat: Wir verdienen alle unsere Geheimnisse. Carolines Geheimnis ist nicht das, was ich erwartet habe, aber sie tut niemandem weh. Einen Moment denke ich nach. »Nein. Ich denke, das solltest du selbst tun. Ich werde ihm nur sagen, dass du keine Affäre hast.«

Erleichtert atmet Caroline auf. »Gut.«

Wir schweigen alle einen Moment. Megan versucht noch immer, ihre Schuhe vom Sand zu befreien, obwohl das sinnlos ist, wenn wir denselben Weg zurück nehmen.

»Dieses Schweigen wird langsam unangenehm«, brummt Rowdy und kratzt sich hinterm Ohr. Ich kann ihm seinen Kommentar nicht verdenken. Die ganze Situation ist unangenehm.

Ich räuspere mich und blicke zu Megan.

Die nickt entschieden. »Wir gehen dann mal. Viel Spaß bei der Vorbereitung auf die Apokalypse«, meint sie und erhebt sich von ihrem Stuhl. »Das war doch ein Klacks. Warum hast du dafür so lange gebraucht?«

Ich stehe ebenfalls auf, wobei ich entschuldigend zu Caroline blicke. Mein verkrampftes Winken hilft auch nicht. Dann eile ich Megan hinterher.

Sie hat recht. Ich hätte diesen Auftrag schneller erledigen können, aber mich hat etwas daran gehindert.

Weil ich abgelenkt wurde, denke ich. Abgelenkt von dir.

21

MEGAN

»Bist du nervös?«

Ich starre Mia an, als hätte sie mich gerade gefragt, wer die Hauptrollen in *Lethal Weapon* gespielt hat.

»Nervös? Ich glaube, ich hyperventiliere.«

Mia reicht mir meine Cherry-Pepsi. Doch auch Zucker kann mich nicht davon abhalten, ohne Sinn und Verstand Dinge in meinen Rucksack zu stopfen. Was zieht man an, wenn man vielleicht seinen Vater kennenlernt? Womöglich ein Kleid? Einen Hosenanzug? Oder doch eher ganz normal Jeans und Shirt? Keine Shorts, oder?

»Megan.«

Ich halte in der Bewegung inne, das übergroße Karohemd ist noch in meiner Hand, die Cola in der anderen. »Was?«

Mia lächelt, umfasst meine Schultern und sieht mich durchdringend an. »Es wird alles gut«, verspricht sie, bevor sie mich in die Arme zieht. »Er wird dich lieben, sobald du vor ihm stehst.«

Ich drücke mich an sie, lasse meinen Kopf neben ihren sinken, atme den beruhigenden Geruch ein, der von ihrer Haut ausgeht. »Und was, wenn nicht?«, wispere ich erstickt und spüre, wie mir Tränen in die Augen schießen.

In meinem ganzen Leben hatte ich noch nie solche Angst vor Ablehnung wie jetzt. Seit Jahren fiebere ich auf den Moment hin, an dem ich meine Familie kennenlerne. Meine Wurzeln. Dass ich die Antworten auf all meine Fragen finde. Doch jetzt würde ich mich am liebsten in meinem Bett verstecken und nie wieder rauskommen.

»Und wenn nicht, dann kommst du wieder nach Hause«, sagt Mia, als wäre es das Einfachste der Welt. »Denn du hast schon eine Familie, die dich liebt. Was hast du also zu verlieren?«

Meine Hoffnung, denke ich, sage aber nichts.

Was, wenn ich keine Antworten darauf bekomme, wer ich bin und warum ich so bin, sondern nur noch mehr Schweigen. Noch mehr Leere. Noch mehr Ungewissheit.

Mia lässt von mir ab, sieht mich weiter an und schüttelt den Kopf. »Am liebsten würde ich mitkommen.«

»Um ehrlich zu sein, wäre mir das auch am liebsten«, gestehe ich, auch wenn es mir schwerfällt. Ich bin die große Schwester, ich sollte sie beschützen. Aber dass ich dieser Aufgabe nicht gewachsen bin, war mir spätestens in dem Moment bewusst, als sie übersät mit blauen Flecken vor mir stand. Und nun möchte ich mich am liebsten hinter ihr verstecken.

Ich nippe an der Cola. Nicht einmal der einmalige Kirschgeschmack kann mich von der Realität ablenken. Was ist nur los mit mir? Eigentlich bin ich nicht so. Eigentlich bin ich immer die, die springt – nicht die, die am Rand stehen bleibt und sich ziert, einen Zeh in das kalte Wasser zu stecken.

»Es wird alles gut«, wiederholt Mia noch mal. Ehe ich ihr sagen kann, wie sehr ich diese Floskel verabscheue, klingelt es an der Tür.

Jetzt wird es ernst.

Ich gehe an den Summer und spreche in die Anlage: »Komme.«

Dann drehe ich mich noch einmal zu meiner Schwester um. »Ich muss los.«

Diese drei Worte machen es plötzlich noch viel realer. Unwillkürlich beginnen meine Hände zu zittern, und ich spüre einen dicken Kloß im Hals.

Mia nickt, umarmt mich noch einmal, ehe sie mir einen Kuss auf die Stirn drückt. »Du wirst das schaffen.«

Unsicher greife ich nach meinem Rucksack. Schon jetzt habe ich keine Ahnung mehr, was sich darin befindet. »Wahrscheinlich hab ich die Hälfte vergessen.«

»Dann kaufst du dir zur Not was vor Ort. Ich bin sicher, Sandpoint hat auch Läden.«

Nickend sehe ich mich noch einmal um. Zum Glück, denn ich entdecke meine Geldbörse auf dem kleinen Beistelltisch und meine Sonnenbrille. Zwei Dinge, ohne die ich definitiv nicht in Leos Auto steigen sollte. »Du hast recht«, versuche ich mich zu beruhigen, wobei ich mein Spiegelbild betrachte. Von der Vorher-Megan muss ich mich wohl verabschieden. Denn die Nachher-Megan wird alle Antworten kennen. »Ich schaffe das.«

»Wirst du.«

»Okay.«

Wir sehen uns an, doch ich bewege mich noch immer nicht. Mia schüttelt lachend den Kopf und zieht mich zur Tür. »Jetzt geh schon, Leo wartet.«

Den Rucksack auf dem Rücken und tausend Gedanken in meinem Kopf, eile ich die Treppen hinunter. Mia ist dicht hinter mir, aber diesen Schritt muss ich allein gehen.

Leo steht an seinem Wagen. Mia winkt ihm kurz zu, was ich zwar registriere, doch nicht kommentiere.

»Bist du startklar?«

Eine so simple Frage, deren Antwort mir trotzdem vorkommt wie eine Textaufgabe im Matheunterricht, die absolut keinen Sinn ergibt. Dennoch nicke ich.

»Ich bin sicher, meine Snacks werden nicht mal eine Stunde durchhalten, aber wir können los.« Demonstrativ werfe ich meinen Rucksack auf die Rückbank.

»Fahr vorsichtig«, meint Mia zum Abschied und drückt mich noch einmal fest an sich. »Und lass dich nicht von ihrer harten Schale verunsichern, okay?«

Entrüstet schiebe ich sie von mir weg. »Ich habe eine harte Schale?«

Leo lächelt milde. »Manchmal.«

»Und was er eigentlich damit sagen will ist: immer. Besonders wenn du emotional überfordert bist«, setzt Mia mit einem Grinsen nach.

»Vielleicht bin ich ja gar nicht emotional überfordert?«, frage ich, merke aber selbst, dass sich Tränen in meine Augen kämpfen und ich mich am liebsten an Leos Brust vergraben würde. Was wirklich ungünstig ist, weil es für ihn aussehen würde, als kämen wir uns langsam näher. Was wir vielleicht sogar tun, aber darüber kann ich gerade nicht nachdenken.

»Niemand würde etwas anderes behaupten«, kommentiert Leo, mit diesem entwaffnenden Grinsen und dem Grübchen, das wieder zu sehen ist. Ich hasse es, wenn er das tut und es mir auch noch gefällt.

»Gut, denn ich bin gar nicht überfordert. Okay, vielleicht ein bisschen.«

Mia legt den Kopf schief. »Bitte, Leo, setz den Wagen nicht gegen einen Baum.«

Leo verabschiedet sich etwas knapper, dann sitzt er neben mir. »Letzte Chance«, murmelt er und sieht mich ernst an. »Willst du das wirklich? Auch wenn du etwas findest, das du nicht willst?«

Ich schlucke schwer.

Muss er ausgerechnet jetzt in dieser Wunde herumstochern? Niemals wollte ich es so sehr und hatte zugleich solche Angst davor. Aber es wird Zeit. Jahrelang habe ich versucht, einfach nicht darüber nachzudenken, doch dieser drängende Wunsch, meine Familie zu kennen, kam immer wieder zurück. Jedes Mal stärker, schlimmer, zerfleischender.

Im Rückspiegel kann ich sehen, wie Mia sich eine Träne aus dem Augenwinkel wischt. Dieser Schritt bedeutet nicht nur für mich etwas.

Doch all diese Dinge sage ich nicht. Mir kommt nur ein »Ja« über die Lippen.

Es gibt diese Momente im Leben, in denen man einfach springen muss, wenn man die Wahrheit wissen will, bevor die Ungewissheit einem alles Leben ausgesaugt hat.

Und manchmal ist es besser, seine Gedanken da zu lassen, wo sie sicher sind. Im eigenen Kopf. Egal, wie schwer es einem fällt.

LEO

Das Schweigen zwischen uns ist dicker als die drückende Luft im Wagen, während die Sonne brütend heiß auf uns und den Asphalt der Straße scheint. Immer wieder verkrampfen sich meine Hände um das Lenkrad, schwirrt mein Blick zu Megan, und mein Herz setzt einen Schlag aus.

Keine Ahnung, was ich mir bei dieser Aktion gedacht habe, wahrscheinlich ist mir jedes logische Denken abhandengekommen, als Megan mich geküsst hat.

Die graue Symphonie der Straße liegt in ihrer ganzen Pracht vor uns und lässt genügend Raum für quälende Fragen. Wir versuchen alle, möglichst gut über die Runden zu kommen, die Hoffnungen unserer Eltern, Freunde und aller anderen Menschen zu erfüllen. Bis wir uns entscheiden, plötzlich eine Abzweigung zu nehmen, die uns geradewegs in etwas führen kann, das noch unberechenbarer ist als Erwartungen und Druck von außen. Mein Verstand sagt, ich sollte umkehren, doch mein Herz lässt mich nicht.

Megan braucht diese Antworten. Auch wenn sie ihr nicht das geben werden, was sie sich wünscht. Sie hat ein Recht darauf, auch wenn dieses Recht sie verletzt. Und alles, was ich tun kann, ist, bei ihr zu sein, und zumindest versuchen, sie zu schützen, sofern es nötig wird.

»Alles okay bei dir?«

Megans Stimme sorgt dafür, dass ich kurz zusammenzucke. »Am liebsten würde ich umdrehen«, antworte ich, weil ich mein Versprechen ernst nehme. Ich werde ihr nichts mehr verschweigen, das ich nicht verschweigen muss. Und vielleicht versteht sie meine Sorgen, wenn ich ihr zumindest meine Gefühle erkläre.

»Sollte ich nicht diejenige sein, die sich fast in ihr modisches Höschen macht?«, gibt sie halb scherzend zurück. Unwillkürlich zucken meine Mundwinkel nach oben.

»Tust du es?«

Sie wendet den Blick von mir ab. »Scheiße, ich glaube, ich hatte noch nie solche Angst vor etwas, das ich gleichzeitig so sehr wollte.«

Ich würde ihr gern sagen, dass ich sie verstehe, doch die Wahrheit ist, dass ich mir nicht einmal vorstellen kann, wie es ist, seine leiblichen Eltern nicht zu kennen. Und ich kann auch nicht erahnen, was es mit jemandem macht, wenn man mit vier Jahren auf einem Busbahnhof mitten in New York City ausgesetzt wird. »Ein Wort von dir, und ich fahre einfach durch bis nach Florida.«

»Was zur Hölle wollen wir denn in Florida? Bei Vegas hätte ich darüber nachgedacht, aber so bin ich dafür, dass wir unser ursprüngliches Ziel anvisieren«, gibt sie zurück. Ihre Schultern entspannen sich etwas, ihr Ton wird lockerer, und mir fällt ein Stein vom Herzen. Dieses Schweigen zwischen uns war die reinste Hölle.

»Vegas?«

»Jeder liebt Vegas«, meint Megan leichthin.

»In Florida gibt es Krokodile.«

»In Vegas auch, aber da glitzern sie. Und es gibt keine Krokodile dort, sondern Alligatoren.«

»Was ist der Unterschied?«, will ich wissen.

»Der Alligator würde den Vegas-Glitzer wesentlich langsamer verstoffwechseln als ein Krokodil. Darum wird er auch älter. Außerdem ist die Schnauze anders, eher spitz beim Kroko und breit beim Alligator.«

»Aber beide glitzern?«, hake ich noch einmal nach.

»Nur in Vegas.«

Einen Moment sehe ich sie irritiert an. Dann fange ich an zu lachen. Megan stimmt ein und schüttelt den Kopf. Bei der nächsten Abfahrt biege ich ab, bis eine Tankstelle in Sicht kommt.

Das Auto parke ich vor der Zapfsäule, während mir der Geruch von Diesel in die Nase weht. Als mein Tank wieder voll ist und ich die Preise verflucht habe, öffne ich die Beifahrertür. »Willst du auch was?«

»Eine Cherry-Pepsi, Jalapenos-Chips und 'nen Brownie. Oh, und eine Klatschzeitung«, antwortet Megan sofort.

Perplex lehne ich mich nach vorn. »Ist das dein Ernst?«

»Ich hab genug Filme gesehen, in denen man Leute observiert – ich brauche was für meine Laune.«

Auf dieses schlagfertige Argument habe ich keinen Einwand.

»Wer sagt denn, dass wir ihn observieren?«, will ich nur verdutzt wissen.

»Tun wir das denn nicht?«

»Doch, aber nicht wie im Film. Außerdem hat mein Vater bereits für uns ein paar Tage in Sandpoint verbracht«, gestehe ich.

Megan sieht überrascht aus. »Tatsächlich?«

Ich nicke knapp. »Wir mögen unsere Probleme haben, aber wir wissen, wie stark das Band der Familie sein kann«, meine ich und versuche dabei nicht so düster zu klingen, wie es sich anfühlt.

»Ihr hattet nur noch euch, als deine Mom wegging, oder?«, fragt Megan behutsam.

»Es war eine harte Zeit, aber dafür sind Familien da. Zumindest die guten. Also, brauchst du trotzdem deine Snacks?«, versuche ich das Thema wieder auf weniger dramatische Dinge zu lenken. Mein Dad ist meine Familie. Die Firma ist meine Familie. So war es schon immer. Ich stecke fest zwischen dem, was ich möchte, dem, was mir beigebracht wurde, und dem, von dem ich denke, dass es das Richtige ist.

»Sind Snacks nicht immer wichtig?«, gibt sie zurück, was dafür sorgt, dass mein Lächeln wieder breiter wird.

»Okay, darf ich der Hoheit noch was bringen?«

»Ich benehm mich schon wieder wie eine Oberzicke, oder?«, gibt sie etwas leiser zurück.

»Etwas«, gestehe ich, muss dabei jedoch lächeln. »Allerdings kann ich verstehen, dass du aufgewühlt bist. Keine Ahnung, wie ich in dieser Situation wäre.«

Megan lässt den Kopf sinken. »Du wärst netter. Wenn ich überfordert bin, fange ich an, um mich zu beißen. Tut mir leid, die meiste Zeit über meine ich es nicht so.«

»Ist schon okay, von dir würde ich mich jederzeit beißen lassen.«

Sie lacht, was mich für so ziemlich alles entschädigen würde, obwohl mir der Gedanke, dass sie mich zu anderen Gelegenheiten wirklich beißt, tatsächlich gefällt. Grinsend gehe ich hinein, zahle, wobei ich daran denke, dass mein Kontostand wahrscheinlich schlimmer aussieht als die schlechten Adlersouvenirs am Tresen der Tankstelle. Beladen mit Megans Bestellung komme ich wieder zurück. Glücklich grinsend schnappt sie sich ihre Cola und reißt die Chipstüte auf. Ich verkneife mir den Hinweis, dass wir noch mindestens eine Stunde fahren werden – und die Fahrt nicht als Observation zählt.

Aus der schmucklosen Papiertüte zieht sie die Zeitschrift heraus.
»Was ist das?«
»Du wolltest was zu lesen«, gebe ich zurück und fahre wieder los.
»Aber da geht's um Geografie – nicht um Drama.«
»Findest du nicht, für die letzten Tage gab es genug Drama?«
»Willst du dich wirklich mit mir anlegen? Habe ich nicht bereits bewiesen, dass meine Allgemeinbildung ausgezeichnet ist?«, fragt sie gespielt ernst und kneift die Augen zusammen. »Außerdem, ich hasse Geografie. Wie schaffen es Menschen nur, etwas so Großartiges wie die Natur so unfassbar trocken und langweilig darzustellen? Oder ist das nur dein Plan, damit ich dich wirklich beiße?«

Darauf habe ich tatsächlich keine Antwort, denn vielleicht ist sie der Wahrheit näher, als es gut für mich ist. Oder für mein Herz.

»Hör zu, ich weiß, dass es nicht fair ist. Und ich weiß, dass ich kein Recht dazu habe, aber bitte lass mich hier das Tempo bestimmen. Bevor ich dich zu deinem Vater bringe, will ich sichergehen, dass von ihm keine Gefahr ausgeht«, setze ich an.

»Du tust so, als wäre er ein Mafiaboss.«
»Das hier ist kein Actionfilm. Ich habe keine Angst davor, dass er dich entführt oder verscharrt, aber es gibt viele Möglichkeiten, jemandem zu schaden.«
»Und dein Plan ist wie?«
»Wir werden ihn beobachten. Uns erst einmal rantasten.«
»Hm. Ich weiß nicht, was ich davon halten soll«, murmelt sie.
»Es ist besser, wenn du schon mal ein Gefühl dafür bekommst, was für ein Mensch er ist.«

Wir fahren durch Idaho, das in seiner ganzen Ausdehnung gebirgig und recht karg wirkt, bis sich der endlose Wald zwischen die Ödnis schiebt. Der Gedanke an die weiten Teile, die noch von jeder Zivilisation unberührt ihr Dasein fristen, ist beruhigend und bedrohlich zugleich. Wer kann schon ahnen, was die dramatische Naturschönheit alles verbirgt?

Doch von der Natur haben wir herzlich wenig.

Pausenstopp einlegen. Runter vom Highway. Gas wegnehmen. Die Hand bewegt mechanisch das Lenkrad.

Inzwischen ist die Sonne weiter nach unten gerutscht und lässt den Himmel in einem schummerigen Gold erstrahlen. Sandpoint ist eine überraschend grüne Stadt, durch die der Snake River sich über Kaskaden, Felsen, Wasserfälle und Staustufen mit Scharen von Graugänsen schlängelt, die sich am Himmel sammeln. Es ist schön. Idyllisch, aber ganz anders als Belmont Bay. Irgendwie cleaner.

Unser Motel ist einfach zu finden. Das *La Quinta Inn* erscheint mir etwas kleiner als auf den Fotos der Webseite, doch ich konnte aufgrund unseres knappen Budgets nicht allzu wählerisch sein. Also visiere ich den Parkplatz an, auf dem bereits eine Reihe weiterer Autos steht, die allesamt unterschiedliche Nummernschilder haben.

»Da wären wir«, verkünde ich und deute auf das leuchtende Schild mit der Aufschrift »Lobby«, das auf dem roten Backstein den Weg ins Innere weist.

Megan steigt aus, schultert ihren Rucksack und kaut auf ihren restlichen Chips herum, ehe sie den Müll in einen der kleinen Eimer wirft. Dann betrachtet sie unser Domizil etwas genauer. »Sieht nett aus.«

Bei der dunklen Holzfassade und dem Grün der Fensterrahmen im Zusammenspiel mit den Backsteinen kann ich ihr da nur zustimmen. Nett trifft es ziemlich gut, obwohl dieser Eindruck vielleicht auch durch die kleine Familie am Eingang unterstrichen wird. Ich blicke Megan zufrieden an. »Wir haben einen Flachbildfernseher, Klimaanlage und eine Kochnische – aber das Wichtigste ist kostenloses, stabiles WiFi.«

»Wow, das klingt ja wirklich episch.«

Wir lassen das Auto auf dem Parkplatz stehen und betreten das Hotel, wo ich unseren Schlüssel entgegennehme. Das Motel ist etwas ungewöhnlich aufgebaut. Die Unterkünfte befinden sich in drei verschiedenen Gebäuden auf zwei unterschiedlichen Blocks.

Unser Zimmer befindet sich im vorderen Gebäude im zweiten Stock. Die Fenster zeigen zur Straße, die uns einen Blick auf eine Ampel gegenüber einer gut besuchten Tankstelle gewährt. Schon jetzt weiß ich, dass der Verkehrslärm mich die gesamte Nacht über wach halten wird.

Das Zimmer ist etwas veraltet, aber sauber, und das Bett sieht auf den ersten Blick bequem aus. Megan folgt meinem Blick zum Doppelbett. »Das ist ein Scherz, oder?«

»Entspann dich, ich schlafe auf dem Sofa«, erwidere ich und deute auf den kleinen Zweisitzer gegenüber dem Bett, dessen Farbe mich an Milch erinnert. »Es war nur noch dieses Zimmer frei.«

»Ich wusste gar nicht, dass Sandpoint so viele Touristen hat«, brummt sie, scheint diese Erklärung jedoch immerhin zu akzeptieren. Nichts liegt mir ferner, als wieder einen Streit zu provozieren. Die Anspannung zwischen uns ist gerade erst abgeklungen.

Sie tritt ans Fenster und beobachtet einige Leute auf dem Parkplatz, die eng beieinanderstehen und rauchen.

»Es ist eine schöne Stadt«, meine ich.

»Möglich, aber ziemlich nichtssagend.«

Ich lehne mich gegen die Wand und sehe sie an. »Sandpoint hat ein Urban-Forest-Programm. Es gibt unzählige Bäume, die an jeder Straße stehen.«

»Klingt wie aus einem Reiseführer.«

Ertappt grinse ich. »Eigentlich war es ein Reiseblog.«

Megan schnappt sich ihr Handy und googelt unseren Standort. »Die Stadt ist seit 1996 Mitglied von Tree City USA. Ich habe zwar keine Ahnung, was das bedeutet, aber ich tue mal so, als wäre ich unglaublich beeindruckt.«

»Es ist auf jeden Fall schön hier.«

Nachdenklich legt sie den Kopf schief. »Ja.«

»Aber ich glaube, es liegt nicht an den Bäumen, dass die Touristen den Sommer hier lieben, sondern am Lake Pend Oreille.«

»Gegen ein kühles Bad hätte ich gerade auch nichts einzuwenden«, murmelt Megan und wischt sich über die Stirn.

»Es gibt einen Pool im Hotel«, sage ich und komme mir gleich darauf unglaublich unsensibel vor. Immerhin sind wir gerade nicht im Urlaub.

»Tja, zu schade. Ich habe meinen Bikini vergessen und meine Handschellen«, gibt sie trocken zurück. »Wie gehen wir jetzt vor?«

Ich schlucke, versuche das Bild von ihr mit Handschellen abzuschütteln und fahre mir nervös durch die Haare. »Erst mal muss ich unter die Dusche. Und dann sollten wir etwas essen.«

Ihre Lippen spitzen sich, während sie mich mustert. »Klingt, als würdest du Zeit schinden wollen.«

»Nein, es klingt danach, dass wir gerade vier Stunden durch die sengende Hitze gefahren sind«, entgegne ich. »Außerdem hast du die Chips allein gegessen.«

Falls sie ein schlechtes Gewissen hat, zeigt sie es zumindest nicht. »Okay, also erst etwas essen und duschen«, murmelt Megan, gibt sich aber immerhin geschlagen. Sie legt sich auf das Bett und starrt an die Wand, während ich meine Sachen im Zimmer verteile. Den Laptop, die Tasche mit den Kameras und Mikros stelle ich auf den kleinen Tisch vor dem Fenster ab. Meine Klamotten kommen auf das Sofa.

»Willst du nicht auspacken?«, frage ich nach einer Weile, doch dann bemerke ich, dass Megan eingeschlafen ist.

22

LEO

Der Himmel am nächsten Morgen ist fast unbewölkt, nur eine kleine weiße Schäfchenwolke verdeckt die Sonne bis zu ihrem glühenden Mittelpunkt. Noch steht sie tief, doch ihre Kraft ist schon jetzt spürbar. Durch das offene Fenster dringen die Geräusche der Straße herein, aber die Luft ist kaum frischer als im Inneren unseres Hotelzimmers.

»Wieso hast du mich schlafen lassen?«, stöhnt Megan und reibt sich die Augen. Ihr herzhaftes Gähnen bringt mich zum Schmunzeln. Das rote Haar steht zu allen Seiten ab, ihr Shirt ist völlig zerknittert, und sie trägt noch immer ihre Schuhe. Es ist mir ein Rätsel, wie sie so schlafen konnte, doch immerhin wirkt sie erholter als ich. Ich zucke mit den Schultern. »Es war spät, und wir waren beide müde.«

Noch einmal streckt Megan sich, schnappt sich ihren Rucksack und verschwindet im Badezimmer. Ich hingegen blicke wieder aus dem Fenster. Meine Gnadenfrist ist vorbei. Egal, wie ich es drehe und wende, ich werde nicht mehr lange drum herumkommen. Megan will Joseph sehen – und wenn ich ehrlich bin, ist es auch ihr gutes Recht. Selbst wenn der bloße Gedanke daran mich in völlige Starre versetzt.

Es geht mir nicht darum, sie vor etwas abzuschirmen. Zumindest nicht im klassischen Sinne. Mir ist durchaus bewusst, dass sie in der Lage ist, sich selbst zu schützen. Aber auch sie kann verletzt werden. Ich wünschte, ich könnte sie davor bewahren, oder dass ich falschliege. Menschen können sich ändern, oder?

Aber können sie sich auch so sehr ändern?

Megan kommt wieder aus dem Badezimmer. Ihr nasses Haar liegt offen über den Schultern. »Das tat gut.«

Mein Blick gleitet an ihr hinab. Die gebräunte Haut ihrer Beine wird durch das Schwarz der knappen Jeansshorts noch betont. Über das Spaghettiträgertop hat sie eine kurze dunkelgraue Strickjacke gezogen. Die Kamera hält sie bereits in der Hand, ehe sie sich ihre Tasche greift.

»Bist du bereit fürs Frühstück?«, frage ich in dem schwachen Versuch, zumindest noch eine oder zwei Stunden herauszuschlagen, bevor wir uns auf die Suche machen. Zu meinem Glück grinst sie breit.

»Ich könnte einen ganzen Bären essen.«

»Ein Büfett muss wohl reichen.«

Grinsend sieht sie mich an. Auch wenn ich sie inzwischen gut genug kenne, um zu sehen, dass sie nervös ist. Immer wieder greift sie nach dem Saum ihrer Jacke und zupft daran herum. Ich halte ihr die Tür auf. Sie marschiert vor, während ich unsere Sachen trage. Bei jedem ihrer Schritte geben ihre Flipflops ein kleines Quietschen von sich.

Da wir für das Büfett in eins der anderen Gebäude gehen müssen, bleibt Megan einen Moment auf dem Parkplatz stehen und fingert eine Zigarette aus ihrer winzigen Handtasche. Ich rümpfe zwar die Nase, kommentiere es aber nicht. »Und was machen wir jetzt?«, fragt sie mit einem Hauch Nervosität in der Stimme.

»Wir werden uns erst mal aus der Ferne nähern, damit du weißt, wie er aussieht. Und damit du einen Eindruck von ihm bekommst.«

Sie legt den Kopf schief, zieht an der Zigarette und fragt dann ernst: »Wieso kann ich nicht einfach an seine Tür klopfen?«

Ich verkrampfe mich. Es ist schwer, ihr etwas zu erklären, das ich nicht erklären kann, ohne dabei meine eigene Familie in Gefahr zu bringen.

»Er hat in der Vergangenheit Dinge getan, die das Gegenteil von gut sind«, versuche ich ihr zu erklären, was ich nicht erklären sollte, weil es mein Dad war, der ihn dabei gedeckt hat. »Und ich möchte, dass wir erst herausfinden, ob er noch immer ... diese ... äh ... Dinge tut.«

Megan zieht noch einmal an ihrer Zigarette, dann tritt sie diese aus und wirft den Stummel in einen der Mülleimer, ehe wir weitergehen.

»Damit ich es einordnen kann: Ist er ein Hans Gruber aus *Stirb langsam* oder eher Malankov aus *Taken*?«, schießt sie zurück, doch hinter dem Scherz steckt etwas anderes.

»Er ist oder war kein Superschurke, wir sind hier nicht in einem Film, Megan«, versuche ich es erneut. »Mir ist klar, dass es nicht fair ist, dass ich dir etwas verheimliche. Aber bitte vertrau mir in dieser Sache.«

»Es mag dir nicht aufgefallen sein, aber ich bin echt nicht gut darin, jemandem zu vertrauen. Dieses ganze Ding mit der Kontrolle ist ein rotes Tuch für mich«, antwortet sie, und für einen Moment wirkt sie dabei fast schüchtern.

»Und ich überlasse dir in allen anderen Dingen gern die Führung, nur in dieser nicht«, gebe ich zurück. »Glaub mir. Bitte. Ich weiß, dass mein Schweigen nicht gerade geholfen hat, aber habe ich dir bisher mehr Gründe geliefert, mir nicht zu vertrauen?«

Sie sieht mich über die Schulter hinweg an. »Du spielst mit unfairen Mitteln, wenn du mich mit deinem Hundeblick ansiehst.«

»Meinem Hundeblick?«

»Ja, du weißt schon. Du siehst mich an wie ein Labrador, und dann kann ich mich nicht in meinen Schildkrötenpanzer zurückziehen.«

Nun muss ich lachen. »Nur damit ich es richtig verstehe: Ich bin ein Hund und du eine Schildkröte?«

»Natürlich nicht wirklich, aber in diesem wirklich sehr kreativen Bild unserer Persönlichkeiten schon.«

»Überaus kreativ.«

»Aber was, wenn ich mich einfach in meinen Panzer verziehen und mein eigenes Ding durchziehen will?«, lässt sie nicht locker.

»Dann würde ich dich bitten, es nicht zu tun«, gebe ich hilflos zurück. Das scheint Megan zu amüsieren.

»Mir war nicht klar, wie gut du deinen Hundeblick einzusetzen weißt, *Leo-Oh*«, sagt sie gespielt pikiert und hält sich eine Hand vor die Brust.

Sie kommt näher. Sehr nah. So nah, dass ich eine ihrer Locken überdeutlich auf meinen verschränkten Unterarmen spüren kann.

»Vielleicht würde es helfen, wenn du mir etwas mehr Infos gibst?«

»Du weißt, dass ich das nicht kann«, murmle ich, obwohl ich spüre, wie meine Knie weich werden und mein Herz fast explodiert, als sie eine Hand auf meine Brust legt.

»Aber wenn ...«

»Jetzt spielst du nicht fair«, unterbreche ich sie und weiche aus. Ich brauche dringend mehr Abstand zwischen unseren Körpern, wenn ich noch klar denken soll. »Stell dir vor, es wäre das Geheimnis deiner Mom, das du hüten würdest – und wenn du es ausplauderst, hätte es Konsequenzen, die ihr gesamtes Leben aus der Bahn werfen würden. Würdest du das tun?«

»Ich würde sagen, das kommt ganz auf das Geheimnis an«, gibt sie zurück.

»Lass es mich anders formulieren. Wenn du dich zwischen jemandem entscheiden müsstest, für den du Gefühle hast, und deiner Familie – wen würdest du wählen?« Erst beim letzten Wort wird mir bewusst, was ich da eigentlich gesagt habe – und zu meinem Bedauern ist es auch Megan aufgefallen. Sie mustert mich einen Moment, scheint darüber nachzudenken, ob sie darauf eingehen sollte oder nicht.

»Ich versuche wirklich, es dir nicht vorzuhalten«, antwortet sie schließlich, während wir den Frühstücksraum betreten. »Aber es ist nicht gerade einfach. Das alles hier. Gib mir einfach ein paar Informationen. Immerhin ist das hier auch für mich eine ziemlich krasse Situation.«

Mein Kiefer verkrampft sich. Sie hat recht, immerhin sind wir deswegen hier. Aber es kommt mir unfassbar falsch vor, mit ihr über diesen Mann zu sprechen. Trotzdem räuspere ich mich. »Sein Haus ist nicht weit von hier, und sonntags ist er allein, weil seine Ehefrau in die Kirche geht«, erkläre ich, während ich mir ein Tablett schnappe und zielstrebig zur Waffelmaschine laufe.

»Und er selbst geht nicht in die Kirche?«

Ich schüttle den Kopf. Für einen Moment bin ich unsicher, ob ich ihr sagen soll, dass nicht nur seine Frau den Gottesdienst besucht, sondern auch die beiden Kinder. Doch dazu komme ich nicht.

Megans Augenbrauen wölben sich nach oben. »Woher weißt du das?«

Ich weiche ihrem Blick aus und konzentriere mich auf das Essen.
»Nein, mein Dad sagt, er bleibt in dieser Zeit immer allein zu Hause. Das wäre also ein guter Zeitpunkt für uns, um niemanden zu überfordern.«
Unbeirrt suche ich uns einen freien Tisch und lasse mich daran nieder. Megan folgt mir mit großen Schritten. Vor dem unbesetzten Stuhl bleibt sie stehen. »Ihr habt ziemlich viel über ihn ausgegraben, dafür, dass ihr erst seit Kurzem davon wisst«, stellt sie fest.
Ich blicke zu ihr hoch. »Wie ich sagte, mein Dad und dein Dad hatten schon einmal miteinander zu tun, und nicht auf die gute Art.«
Darüber scheint sie einen Moment nachdenken zu müssen. Langsam lässt sie sich nieder. »Ich geb mir wirklich Mühe, nicht ständig nachzubohren – aber kannst du auch verstehen, wie schwer es ist, nur mit diesen halb garen Informationen dazustehen?«
»Ich weiß, aber was du wissen musst, ist: Dein Vater könnte gefährlich sein«, antworte ich knapp.
»Betonung auf *könnte*. Und bei dem ganzen Schweigen kann ich leider auch nicht zwischen den Zeilen lesen. Du musst schon etwas konkreter werden«, gibt Megan trotzig zurück. »Mir gefällt es echt nicht, dass du mich so im Dunkeln lässt.«
»Könnten wir uns bitte erst nach dem Essen streiten?«
Sie verdreht die Augen, scheint aber ihrem Teller ebenfalls nicht abgeneigt zu sein. Ich kann gar nicht so schnell gucken, wie sie aufsteht und sich Nachschlag besorgt.
»Megan«, beginne ich, weiß aber nicht, wie ich den Satz weiterführen soll.
Gespielt ernst faltet sie die Hände im Schoß und sieht mich an. »Leo.«
»Wir sollten darüber reden, dass Joseph eine Familie hat.«
Ein Schatten zuckt über ihr Gesicht. »Das ist okay«, sagt sie, doch es klingt ganz und gar nicht danach.
Obwohl ich gehofft hatte, dass es mich erleichtern würde, ihr das zu sagen, fühle ich mich jetzt nur noch beschissener. »Er hat noch zwei Kinder.«
Megan schluckt. Das restliche Essen auf ihrem Teller bleibt unberührt. »Gut.«

»Gut?«

»Keine Ahnung, ich weiß nicht, was ich darauf sagen soll«, erwidert sie und kratzt sich am Kopf. »Es ist, wie es ist. Ich habe nicht das Recht, ihn dafür zu verurteilen.«

»Es darf dich trotzdem verletzen«, versuche ich es noch einmal, aber Megan scheint kein Interesse daran zu haben, mir ihre Gedanken oder, Gott bewahre, Gefühle mitzuteilen. »Tut es aber nicht.«

»Hatten wir nicht gesagt, kein Verschweigen? Zählt das nicht auch als Gefühle?«

Sie antwortet nicht. Stattdessen erhebt sie sich einfach und geht.

Das läuft ja großartig.

Wieso muss sie mich jedes Mal wieder stehen lassen?

Ich lasse die Reste meines Frühstücks zurück und folge ihr. Sie steht auf dem Parkplatz, ist gerade dabei, sich eine Zigarette anzustecken. »Ich kann's echt nicht leiden, wenn du das tust.«

»Tut mir leid, ich ...«, beginnt sie, scheint aber nicht zu wissen, wie sie den Satz zu Ende bringen soll.

»Schon klar, es ist viel auf einmal. Und genau deswegen solltest du nichts Unbedachtes tun. Okay?«

Megan presst die Lippen zusammen, blickt stur an mir vorbei, während kleine Rauchschwaden sie umgeben. »Ich habe einfach nur Angst.«

»Dann sprich mit mir darüber«, sage ich sofort und lehne mich an die Wand. »Ich bin ein verdammt guter Zuhörer.«

»Gut möglich, aber ich bin nicht gut darin, mich zu öffnen wie eine Auster.«

»Austern, Schildkröten – vielleicht bist du doch eine Meerjungfrau.«

Blinzelnd sieht Megan mich an, dann fängt sie an zu lachen. »Wie machst du das nur immer?«

»Was denn?«

»Meine Gedanken in ganz andere Richtungen lenken, obwohl ich gerade kurz davor war, dass meine Emotionen implodieren«, antwortet sie überraschend ehrlich.

»Wenn du mich fragst, dürften deine Emotionen ruhig mal explodieren. Du sagst immer, was du denkst, aber nie, was du fühlst.«

»Dir entgeht aber auch nichts«, murmelt sie.
»Doch, Warnungen.«
Nun sieht sie mich, mit diesem Lächeln, das ich nicht deuten kann, aber für das ich jeden unnötigen Streit mit ihr wieder führen würde. »Das Flirten heben wir uns lieber für den Abend auf, Leo. Wo geht es als Erstes hin?«
Ich verziehe das Gesicht. Am liebsten würde ich den Tag einfach am Lake Pend Oreille, Idahos größtem See, verbringen. Ein netter Sommerausflug mit Minikreuzfahrten, Angeln und Schwimmen. Doch mir ist klar, dass Megan nicht zum Spaß hier ist – und schon gar nicht meinetwegen. »Das wird dir gefallen«, murmle ich. »Zu seinem Arbeitsplatz.«
Ihre Miene hellt sich sichtlich auf. »Was macht er?«
»Er ist der Bürgermeister.«

MEGAN

Ich wünschte, ich hätte zugehört, als Leo sagte, dass wir zu Fuß unterwegs sein werden, dann hätte ich vielleicht andere Schuhe angezogen. Doch ich muss zugeben, dass wir die Stadt so besser kennenlernen.
Der Cedar Street Bridge Public Market erregt meine Aufmerksamkeit. Ein Marktplatz mitten auf einer Brücke. An einem kleinen metallischen Schild sehe ich, dass diese ursprünglich in den 1920er-Jahren gebaut wurde, um zu einem Zugdepot zu gelangen. Ich bleibe kurz stehen, um das bunte Treiben näher zu betrachten. Meine Hand zuckt zur Kamera. Bevor ich darüber nachdenken kann, habe ich die ersten Bilder gemacht.
»Wenn du willst, können wir uns umsehen«, schlägt Leo neben mir vor, aber ich schüttle den Kopf.
Es hört sich viel zu verlockend an, mit ihm durch diese Stadt zu streifen und mich zu fühlen, wie … ja, wie was? Zu all dem Gefühlschaos in meinem Inneren kommt nun auch noch dazu, dass Leo sich

immer weiter in meinem Herzen breitmacht und ich keine Ahnung habe, wie ich das verhindern soll. Oder ob ich das überhaupt will.

Immer wieder stoße ich ihn weg, nur um ihn dann wieder an mich zu ziehen – und er bleibt einfach da. Auch wenn er mir Dinge verschweigt, habe ich das Gefühl, ihm näher zu sein als den meisten anderen Menschen. Vielleicht, weil wir beide Familien haben, die nicht einfach sind, mit Erwartungen, die wir nicht erfüllen können.

Aber ist diese Verbundenheit es wirklich wert, dass wir das Risiko eingehen, einander zu verletzen?

Romantische Liebe ist eine Illusion. Das haben sämtliche Shakespeare-Dramen ebenso bewiesen wie meine eigenen Erfahrungen. Es kommt immer der Endpunkt. Und dann bleibt nur noch Schmerz.

Leo ist einfach viel zu sehr Leo, und ich bin zu sehr ich. Wie kann ich auch nur einen Moment vergessen, dass wir nicht zueinanderpassen können. Für dieses ganze Beziehungsding bin ich einfach nicht gemacht. Und selbst wenn, wie könnte das funktionieren, bei allem, was gerade um uns herum passiert? Bei all den Dramen in mir selbst und den Wahrheiten, die er vor mir verschweigen muss? Zu viele Fragen und zu wenige Antworten, daran kann auch sein Grübchen oder das verräterische Pochen meines Herzens nichts ändern.

Leo geht vor, und ich folge ihm, wobei ich den Auslöser wie von selbst drücke. Ein Bild von ihm, für meine Erinnerung an das, was hätte sein können.

Leo glaubt an das, woran ich den Glauben verloren habe.

Unser Ziel ist nicht die Touristenattraktion.

Der Weg zur Sandpoint City Hall dauert kaum mehr als fünfzehn Minuten, doch ich muss immer wieder stehen bleiben, um ein Foto zu schießen, sodass wir etwas länger brauchen. Als wir durch den Pine Street Park laufen, dessen Name nur ein Euphemismus für eine größere Rasenfläche zwischen den Gebäuden ist, bleibt Leo noch einmal stehen.

»Bitte denk dran, wir sehen uns erst mal nur um«, meint er zum gefühlt hundertsten Mal. »Die Rede ist auf zwei Stunden angesetzt. Wir schauen sie uns an, du bekommst einen Eindruck von ihm, und wir gehen wieder. Ohne Druck, okay?«

»Mir gefällt dieses Machtgefälle zwischen uns gerade wirklich gar nicht.«

»Glaub mir, ich kann mir auch etwas Besseres vorstellen.«

»Dann sag mir doch einfach gleich, was Sache ist, und mach keine mystischen Andeutungen ohne Bezug.«

»Alles, worum ich dich bitte, ist etwas Zeit und keine unbedachten Aktionen, okay?«

»Behandle mich bitte nicht wie ein Kind, ich fühl mich ohnehin schon hilflos.«

»Ich kenne keine einzige Person auf dieser Welt, auf die dieses Wort weniger passt als auf dich«, murmelt er. »Aber bitte, Megan. Gib dem Ganzen etwas Zeit und mir Vertrauen, nur in der Größe einer Auster, das reicht mir schon.«

Ich rümpfe die Nase, verziehe das Gesicht. »Keine Bange, ich habe nicht vor, meinen Vater an seinem Arbeitsplatz aufzusuchen und eine riesige Szene zu machen.«

»Okay.«

»Okay.«

Leo setzt sich auf eine Bank gegenüber dem recht schmucklosen Gebäude. Irgendwie hatte ich mir das Rathaus pompöser vorgestellt, doch es sieht aus wie jeder andere Bürokomplex auch. Fassungslos sehe ich ihn an. »Und du willst jetzt einfach hier sitzen und warten?«

Er lässt sich von meinem Tonfall nicht beeindrucken, sondern deutet nur auf die Stufen des Rathauses. »Ja, theoretisch sollte es in der nächsten Stunde Zeit für das Mittagessen sein.«

Grimmig verschränke ich die Arme vor der Brust. »Will ich wissen, woher du das wieder weißt?«

»Er ist der Bürgermeister einer kleinen Stadt, so etwas spricht sich schnell rum.«

»Gutes Argument.« Ich atme tief durch und lasse mich neben ihn sinken. Obwohl ich nichts sage, sehe ich Leo immer wieder an, denn irgendwie erwarte ich, dass er noch einmal versucht, mich von meinem Vorhaben abzubringen. Nur schweigt er beharrlich, starrt die Stufen zum Rathaus an und schaut immer mal wieder auf die Uhr.

Meine Handflächen sind klamm, und trotz der Hitze bekomme ich

Gänsehaut. Leo lässt mir Zeit, um mich in meinen eigenen Gedanken zu vergraben. Noch nie war ich meinem Ziel so nah wie jetzt. Und plötzlich ist da keine Vorfreude mehr, sondern nur nackte Angst. Schlimmer als beim Frühstück. Heftiger als jemals zuvor.

Wie ist meine Familie?

Jedes Adoptivkind träumt von diesem Moment.

Zumindest denke ich das.

Es ist eine natürliche Neugier, die sich nicht einfach verwächst oder verschwindet. In meiner Vorstellung sorgt die Antwort auf diese simple Frage dafür, dass ich dieses Gefühl von Sicherheit zurückbekomme.

Und das, obwohl ich mich in meinem ganzen Leben noch nie so unsicher gefühlt habe wie jetzt.

Aber ich will es verstehen, will herausfinden, wie es dazu kam, dass ich nicht in ihr Leben passte, oder sie zu dem Entschluss kamen, dass es besser ist, mich wegzugeben.

Ob wir uns wohl ähnlich sind? Mein Vater und ich? Ob er auch eine Schwäche für Actionfilme hat? Ob er weiß, wo meine Mutter ist? Was es mit meinen seltsamen Albträumen auf sich hat?

Als ich noch klein war, habe ich mir oft vorgestellt, er sei wie Bruce Willis. Immer bereit, die Welt zu retten. Immer auf der Seite der Guten. Meine Mom, meine leibliche Mom, hätte ihn ständig ermahnt, nicht vor mir zu fluchen.

Ich schlucke schwer.

Bis eben ist mir nicht einmal aufgefallen, dass mir eine Träne über die Wange läuft. Dieses verdammte Geheule geht mir unfassbar gegen den Strich. Ob Leo es bemerkt hat, kann ich nicht sagen, doch wenn, lässt er es sich zumindest nicht anmerken. »Er ist nicht wie Bruce Willis, oder?«

Verwirrt blinzelnd sieht Leo mich an. »Was?«

»Mein Vater, er ist kein Geheimagent oder irgendwas in der Art, oder? Und du bist kein Doppelagent, der nur versucht, mich aus einer großen Verschwörung herauszuhalten«, plappere ich drauflos.

Einen Herzschlag lang tut Leo nichts, dann ergreift er meine Hand. »Er ist nicht Bruce Willis, und ich bin kein Doppelagent – und wenn ich es wäre, hättest du mich längst entlarvt.«

»Stimmt.«

»Mein Dad meinte, seine Rede ist in einer Stunde, ich bin sicher, er taucht gleich auf.«

»Okay.« Mehr bringe ich nicht raus.

Die Wärme seiner Finger auf meiner Haut fühlt sich viel zu gut an. Zu vertraut und tröstend. Aber mir fehlt die Kraft, mich dieser Berührung zu entziehen. Warum nur schafft er es ständig, mich dazu zu bringen, seine Nähe zu genießen? Selbst jetzt.

Aber dann ruckt sein Kopf hoch, und seine dunklen Augen verengen sich. »Das ist er.«

Mein Blick geht panisch zu Leo.

Es gibt Dinge, die treffen dich mitten ins Herz, auch wenn du schon längst denkst, dass du gut mit der Situation zurechtkommst. »Was?«

»Da«, sagt er, und ich folge der Richtung seines Fingers.

Da steht er.

Mein Vater.

Mitten in der Stadt.

Mitten in meinem Leben.

Mitten im Jetzt.

Mein Atem stockt.

Joseph krempelt die Ärmel seines Hemds hinauf, bevor er seinem Sohn durch die Haare wuschelt, was der unheimlich peinlich findet.

»Megan?«

Ich reagiere nicht. Kann nicht reagieren. Kann nicht sprechen. Kann nur starren.

»Megan?«

Mein Vater.

Mein Vater ist keine fünf Meter von mir entfernt. Zusammen mit seiner Familie. Eine Tochter im Teenageralter, ein Sohn, den ich auf zehn oder elf schätzen würde, und eine bildschöne Frau, die eindeutig seine Ehefrau ist, so wie sie ihn verliebt von der Seite betrachtet.

Ihr Lachen wird durch den sanften Wind bis zu uns getragen. Joseph greift nach der Hand seiner Frau und gibt ihr einen langen Kuss, was seine Kinder mit verzogenen Gesichtern kommentieren. Dann kichern sie wieder.

Lachen und lachen.

Sie sind glücklich.

Eine verdammte Vorzeigefamilie der USA.

»Megan.«

Leo dreht mich zu sich, zwingt mich dazu, ihn anzusehen.

»Atme.«

Bis eben war mir nicht bewusst, dass ich tatsächlich die Luft angehalten habe. Meine Lungen schreien nach Sauerstoff, doch ich kann nicht.

»Atme«, wiederholt er sanft, aber mit Nachdruck. Das dunkle Braun seiner Augen bringt mich dazu, wieder Luft zu holen. Kleine Punkte tanzen vor mir, verschleiern noch immer die Sicht auf das, was ich unbedingt hatte sehen wollen und noch nicht gänzlich begreifen kann.

»Ein. Und aus.«

Ich folge seinen Anweisungen, seiner Stimme, der Wärme seiner Haut auf meiner.

Ein und aus.

Es ist nur atmen. Warum kann ich das nicht, obwohl ich es doch mein Leben lang getan habe, ohne dass Leo neben mir saß? Er hält meine Hand fest, sieht mir unentwegt in die Augen. Die Punkte verschwinden, der Klammergriff um mein Herz wird etwas lockerer, bis nur noch das dumpfe Pochen eines Schmerzes zurückbleibt, der in mir nachhallt.

»Besser?«, fragt er nach einer Weile. Die Besorgnis in seiner Stimme bringt mich fast dazu, den Tränen freien Lauf zu lassen. Oder weine ich sogar schon?

Seine Hand umfasst mein Gesicht, wischt die Träne weg.

»Sie sind gegangen«, murmelt er leise.

Die Treppen des Rathauses sind verlassen. In der Luft liegt kein Lachen mehr, stattdessen hören wir nur das Geräusch der Straße.

Wo eben noch Schmerz war, ist plötzlich völlige Leere.

23

LEO

Nach Megans Zusammenbruch habe ich sie zurück ins Motel gebracht. Die gesamte Nacht habe ich mich auf dem unbequemen Sofa hin und her gewälzt, bis mir irgendwann die Augen zugefallen sind.

In meinem ganzen Leben haben mich Tränen noch nie so sehr mitgenommen wie die von Megan. Meine Versuche, mit ihr darüber zu reden, liefen alle ins Leere. Als würde sie ihren Schmerz nur für sich selbst beanspruchen und sich weigern, ihn mit jemand anderem zu teilen. Vielleicht ist es genau das, was mir am meisten Sorgen macht.

Wer seinen Kummer verschweigt, bricht sich mit jedem ungesagten Wort selbst das Herz.

Und eines der schlimmsten Dinge, die ich mir vorstellen kann, ist, mit ansehen zu müssen, wie ausgerechnet das Herz dieser Meerjungfrau aus Idaho gebrochen wird.

Ein lauter Knall, gefolgt von einem Fluchen, lässt mich hochschrecken.

Megan reibt sich mit schmerzverzerrtem Gesicht den Fuß, den sie sich offenbar am Bett angestoßen hat. »Du bist schon wach?«

Ein Stöhnen unterdrückend, richte ich mich auf. Die helle Morgensonne brennt in meinen Augen.

»Konnte nicht schlafen«, erwidert sie mit einem halbherzigen Lächeln auf den schönen Lippen. »Ich wollte dich nicht wecken.«

»Gib mir ein paar Minuten, dann können wir frühstücken«, murmle ich schlaftrunken und mache mich auf den Weg ins Badezimmer.

»Nicht nötig.«

Schon an der Tür bleibe ich stehen. »Was?«

»Ich hab bereits gegessen und wollte mich gerade auf den Weg machen«, erklärt sie knapp. Erst jetzt fällt mir auf, dass sie sich hübsch gemacht hat. Sie trägt ein schlichtes schwarzes Sommerkleid, unter dessen schmalen Trägern ihr Tattoo zu sehen ist, Chucks und eine dünne Jeansjacke. Ihre Haare sind zwar offen, aber sie hat zwei Strähnen neben ihrem Gesicht geflochten und nach hinten gesteckt.

»Warte, du willst gehen?«

»Hör zu, ich weiß, das wird dir nicht gefallen«, beginnt sie, und ich spüre plötzlich, wie der Boden unter mir zu wanken beginnt. »Ich weiß, wo er wohnt, und du hast gesagt, dass er sonntags immer allein zu Hause ist.«

Mein Gehirn ist noch zu müde, um all ihre Informationen zu verarbeiten. »Was?«

Megan umklammert den dünnen Riemen ihrer Handtasche, ohne mich anzusehen. »Du hast dein Notizbuch auf dem Tisch liegen gelassen«, erklärt sie mit dem Hauch einer Entschuldigung in der Stimme. Aber mir bleibt nicht einmal die Zeit, um ihr wirklich böse zu sein.

»Du willst zu deinem Vater, jetzt?«

»Ja.«

Ich stöhne. »Gib mir ein paar Minuten.«

»Nein, Leo. Bitte nicht.«

»Was?«

Sie schüttelt den Kopf. »Ich will das allein machen, und ich weiß, was du jetzt sagen willst. Aber ich fühle mich viel verletzlicher, wenn du bei mir bist, und dann habe ich noch mehr Angst als jetzt schon, und das Chaos in meinem Kopf wird noch mehr, und dann verstehe ich gar nichts mehr und rede ohne Punkt und Komma und verbinde alle Sätze nur noch mit Unds«, sagt sie und hebt das Kinn. »Das ist etwas, bei dem ich allein sein sollte: meinen Vater kennenlernen.«

Allein bei dem Gedanken, sie allein zu diesem Mann gehen zu lassen, muss ich den Impuls unterdrücken, nicht ihre Schultern zu packen und sie zu schütteln. »Kommt nicht infrage.«

Mir bleibt keine Zeit, meine Worte zu bereuen, denn ihr Blick wird bereits wieder kühl. Die Distanz, die ich so verzweifelt zu überwinden versuche, wird wieder größer. »Ich habe dich nicht um Erlaubnis gefragt.«

»Nein, so meinte ich das nicht.«

»Und wie meinst du es dann?«

»Du solltest das nicht allein tun, bitte.«

Hin- und hergerissen blicke ich von ihr zur Badezimmertür. Meine Gedanken sind träge, meine Blase droht jeden Moment zu platzen, und die Angst sitzt wie eine Spinne in meinem Nacken. »Bitte, geh da nicht allein hin«, appelliere ich noch einmal.

»Und warum nicht?«

Wenn ich in ihrer Lage stecken würde, würde ich nicht zwischen meiner leiblichen Familie und einer fremden Familie wählen wollen – und genau das würde die Wahrheit anrichten. Wenn sie diese überhaupt würde hören wollen.

Es ist zu riskant. Noch bin ich nicht bereit, dieses Etwas zwischen uns vollkommen aufzugeben. Noch nicht.

Ich lasse den Kopf hängen, denke darüber nach, ihr alles zu sagen, was ich weiß. Doch es kommt nur der immer gleiche Satz aus meinem Mund: »Weil es gefährlich ist.«

Megan verdreht die Augen. »Ach, stimmt. Die ganze Geheimnissache. Schon klar, mein Vater hat offenbar Dinge getan, auf die er nicht gerade stolz sein kann. Das hab ich verstanden. Aber vielleicht ist es dir nicht aufgefallen: ich auch. Ich habe so vieles getan, für das ich mich schäme.«

»Ja, aber das ist nicht dasselbe.«

Ihre klugen dunklen Augen betrachten mich. »Nein, vielleicht nicht. Aber Menschen können sich ändern.«

»Megan, bitte«, sage ich. »Gib mir nur fünf Minuten. Ich fahr dich von mir aus auch zu ihm. Tu das nicht. Nicht allein.«

»Tut mir leid, Leo. Ich will ihn unvoreingenommen kennenlernen«, murmelt sie. Ohne auch nur den Hauch eines Zögerns schnappt sie sich ihre Kamera. Mit festen Schritten geht sie zur Zimmertür.

»Megan, bitte!«

Ihre Hand verharrt kurz auf dem Knauf, ehe sie über die Schulter zu mir zurückblickt. »Ich bin in ein paar Stunden zurück. Und ich würde mich freuen, wenn du dann für mich da bist. Aber jetzt muss ich es für mich tun.«

»Megan, warte!«

Doch die Tür fällt bereits zu.

»Fuck.«

MEGAN

Also dann.

Da bin ich.

Das große Einfamilienhaus steht vor mir, und ich fühle mich wie in einem Werbespot. Ein weißer Gartenzaun vor perfekt gepflegtem Rasen und ein Gehweg aus weißem Stein zu den Stufen der Veranda, auf der auch noch ein Schaukelstuhl steht. Blumenkübel stehen links und rechts neben der Eingangstür. Von ihrem süßlichen Geruch wird mir fast schlecht.

Vielleicht hätte ich nicht so viel Kaffee trinken sollen, aber als ich die Adresse in Leos Notizen gefunden hatte, gab es kein Halten mehr.

Was auch immer gestern mit mir passiert ist, jetzt wird es das nicht mehr. Ich kann das. Ich will das. Ich werde es tun.

Einfach klopfen, Megan, das kannst du.

Zögernd hebe ich meine Faust, lausche, ob ich etwas höre. Stimmen. Das Laufen eines Fernsehers. Irgendwas. Doch da ist nichts. Vielleicht ist mein Vater gar nicht da. Oder er sitzt im Garten hinter dem Haus und hört mich nicht.

Mein Herzschlag trommelt wild gegen meinen Brustkorb. Ich klopfe, mache einen Schritt zurück, als würde ich erwarten, dass die Tür einfach aufspringt und mich ein Monster ins Innere zieht. Aber nichts passiert.

Weiterhin völlige Stille.

Okay, kein Klopfen. Dann eben klingeln.

Ich wische mir die feuchten Hände am Kleid ab und mache wieder einen Schritt vor. Das goldene Klingelschild verkündet stolz, dass Familie Avens hier wohnt. Es ist seltsam, auf den kleinen Knopf zu drücken. Das Summen zerreißt die friedliche Stille.

Vielleicht musste ich den falschen Weg gehen, um in einer Sackgasse zu landen, aus der ich nur dann herauskomme, wenn ich mich dem gestellt habe, was mich am meisten ängstigt, egal, wie sehr ich es mir wünsche.

Angespannt bleibe ich stehen, starre die Tür an. Warte.

Nichts.

Sie öffnet sich nicht.

Keine Ahnung, ob ich erleichtert oder enttäuscht bin, aber ich habe bis eben schon wieder die Luft angehalten und sauge jetzt gierig den Sauerstoff ein, als wäre ich gerade einen Marathon gelaufen.

»Kann ich Ihnen helfen?«

Erschrocken wirbele ich herum.

Da ist er.

Mein Vater.

Direkt vor mir.

Die Welt um mich herum gefriert, wird seltsam verzerrt wie durch einen altmodischen Filter. Auf diesen Moment habe ich so lange gewartet. So lange. So viele Träume, in denen mich Bruce Willis plötzlich gerettet hat. Aber meine Realität ist kein Film. Es gibt kein Feuer, keine tosende Gefahr. Nur einen Mann, der mich verwirrt ansieht.

Offenbar war er in der Garage, denn Ölflecken zeichnen sich auf seinem Shirt ab, und er ist gerade dabei, sich die Finger an einem Lappen abzuwischen.

»Hallo, ich …« Meine Stimme bricht.

So oft habe ich diesen Moment in meinem Kopf abgespielt, habe mir Worte zurechtgelegt, die ich sagen will. Aber keins davon will gerade über meine Lippen kommen.

»Wir kaufen nichts«, meint Joseph kühl, während er mich mustert.

»Nein, ich will nichts verkaufen«, sage ich schnell, nehme die Stufen der Veranda hinunter und stelle mich vor ihn. Das ergraute Haar hängt ihm in die Stirn, auf der eine tiefe Falte zwischen den Augenbrauen sitzt, die mich schmerzlich an meine eigene erinnert.

»Und was wollen Sie dann?«

»Mein Name ist Megan Rain«, erkläre ich, nun etwas fester. Doch mein Herz zittert. »Und ich bin deine Tochter.«

Er blinzelt. Einmal. Zweimal.

Mustert mich von oben bis unten.

»Was?«

Meine zitternden Finger fischen die Geburtsurkunde hervor. »Ich ... du bist mein Vater.«

Schluckend reiche ich ihm das Papier. Sein Blick schweift über den Namen, den anderen Namen. Seinen alten Namen. Dann sieht er wieder mich an.

Seine Augen sind nicht braun wie meine, sondern grau. Ihre Farbe erinnert mich an das Gefieder der Graureiher. Für ein paar Herzschläge starren wir einander nur an.

In meinen Träumen sind wir uns in die Arme gefallen, haben geweint, uns gesagt, dass wir uns jetzt wieder komplett fühlen. Joseph hingegen schluckt nur. Seine öligen Finger haben Spuren auf dem dünnen Papier hinterlassen. »Ich weiß nicht, wie es dir geht, aber ich brauche einen Kaffee – und vielleicht eine Zigarette.«

Ohne ein weiteres Wort geht er an mir vorbei, öffnet die Haustür und macht einen Schritt nach hinten, damit ich hereinkommen kann.

Einen Moment zögere ich, dann trete ich ein.

Vom Flur aus geht eine Treppe nach oben ins nächste Stockwerk. Neugierig sehe ich mich um, doch mir bleibt keine Zeit, mehr wahrzunehmen als die cremefarbene Tapete, ehe Joseph mir bedeutet, ihm in die Küche zu folgen.

»Trinkst du Kaffee?«, will mein Vater wissen.

»Schwarz, bitte.«

»So trinke ich ihn auch«, murmelt er und sieht mich an. Vielleicht ist es nur Wunschdenken, doch es kommt mir vor, als würde sein Blick etwas wärmer werden. »Setz dich.«

Ich lasse mich an den Barhockern der Küheninsel nieder. Der Wohn- und Kochbereich ist offen. Der große Garten ist durch die komplett gläserne Wand gut zu erkennen. Überall Blumen und Sonnenschein.

»Wie hast du mich gefunden?«, fragt er.

»Ich hatte die Hilfe eines Privatdetektivs«, antworte ich sofort.

Joseph stellt eine volle Tasse vor mich hin, ehe er an seiner eigenen nippt. Ich mustere ihn genau, versuche, alles aufzusaugen, etwas zu erkennen, das mir verrät, ob ich Leos Warnungen ernst nehmen sollte oder ob vor mir einfach nur ein Mann steht, der seine Vergangenheit vergessen wollte. So wie ich meine schon so oft versucht habe zu vergessen, obwohl es mir nie gelungen ist.

Unschlüssig kratzt er sich an der Handoberfläche. »Tut mir leid, ich bin nur ...« Ein zögerndes Lächeln huscht über sein Gesicht. »Etwas überfordert. Ich hätte nicht gedacht, dass ich dich jemals wiedersehe. Schon gar nicht nach all diesen Jahren.«

»Ich hoffe, es ist eine gute Überraschung und keine von der Sorte, bei der man tun muss, als würde man sich freuen, aber in Wirklichkeit nach dem Kassenzettel sucht, um sie umzutauschen«, rede ich einfach drauflos.

»Kein Umtausch nötig«, gibt Joseph zurück, betrachtet mich noch einmal. Dieses Mal länger, eindringlicher. »Du bist so erwachsen, und dein Haar ist so ... rot.«

Gegen meinen Willen muss ich lachen. »Es nennt sich *Fire Red*«, gebe ich zu, und nun spüre ich sie doch. Die Tränen. Sie verschleiern mir die Sicht, laufen einfach über meine Wangen, ohne dass ich sie zurückhalten könnte oder es wollen würde.

Er reicht mir ein Taschentuch. »Wollen wir etwas frische Luft schnappen?«

Nickend rutsche ich von meinem Platz und folge ihm durch das Wohnzimmer, durch die verglaste Tür, die zum Garten führt. In der Mittagssonne glänzt sein Haar fast schon wie echtes Silber, und ich spüre den Impuls, diese Erinnerung festzuhalten. Mein Vater, der in der Sonne steht und sich eine Zigarette zwischen die Lippen schiebt.

Als er bemerkt, dass ich ihn mustere, reicht er mir die Schachtel, und ich nehme eine der Zigaretten. »Dann weiß ich ja, von wem ich das geerbt habe«, sage ich in dem Versuch, einen Scherz zu machen.

Mein Vater lächelt. »Das und dein gutes Aussehen.«

Nun schaffe auch ich es, wieder zu lächeln.

»Ich kann nicht glauben, dass du hier vor mir stehst«, murmelt er, ohne mich anzusehen. »Meine Tochter hat mich gefunden, nach all den Jahren.«

Joseph kommt etwas näher, betrachtet mich noch einmal von oben bis unten. Er drückt mich fest an sich. Für den Bruchteil einer Sekunde spannt sich mein gesamter Körper an. Doch dann spüre ich seine Hand an meinem Rücken und sehe die Tränen, die auch in seinen Augen schimmern. »Willkommen zu Hause, Megan.«

LEO

Ich trete durch die Tür des Hotelzimmers.

Und da sitzt sie, die Frau, auf die ich den gesamten Tag gewartet habe. Megan erhebt sich irritiert vom Bett, als wüsste sie nicht, was mein Blick zu bedeuten hat. »Ist alles in Ordnung?«

Sie geht einen Schritt auf mich zu, wobei die Falte zwischen ihren Brauen tiefer wird.

»Ich hab mir Sorgen gemacht«, gebe ich gepresst zurück. »Du hast nicht auf meine Nachrichten reagiert.«

Ihr Blick ändert sich, wird härter. »Mein Akku war leer«, sagt sie und deutet auf ihr Handy, das nun an der Ladestation neben dem Fernseher hängt. »Es gab keinen Grund, sich Sorgen zu machen. Wir waren nur etwas essen.«

Ich fahre mir durch die Haare, bin nicht sicher, ob ich sie in die Arme schließen will oder doch noch einmal den Plan mit dem Schütteln ins Visier nehme. »Ihr wart essen?«

Sie lässt den Arm sinken und macht einen weiteren Schritt auf mich zu – und erst jetzt fällt es mir auf, dieses Strahlen. Ich kann es nicht anders erklären. Die kleinen goldenen Sprenkel in ihren braunen Augen scheinen zu leuchten wie Sterne. Ihre Lippen kräuseln sich, bevor ein Lächeln auf ihrem Gesicht erscheint. »Okay, weißt du, die richtigen Fragen an dieser Stelle wären: Wie war es? Wie hat dein Vater die Nachricht aufgenommen?«

Ich schlucke. Zum einen, weil sie recht hat, zum anderen, weil ich begreife, dass es offenbar gut gelaufen ist. In meinem Kopf habe ich mir in den letzten Stunden die schlimmsten Szenarien ausgemalt. Habe sie immer wieder vor mir gesehen, weinend und gebrochen, weil der Mann, der ihr Vater sein sollte, nicht so ist, wie sie es verdient. Doch hier steht sie, ohne den Hauch eines Zweifelns. Ohne Tränen. Erschöpft gehe ich an ihr vorbei. »Tut mir leid. Wie war es?«

Es ist mir nicht möglich, ihr dabei in die Augen zu sehen.

»Großartig.«

»Großartig?«

Da ich aus dem Fenster starre, kann ich nur erahnen, dass sie nickt, während sie redet. »Ja, ich meine, zuerst war es komisch. Wir waren beide völlig überfordert, aber dann ... keine Ahnung, hat es klick gemacht«, antwortet sie. »Ich will nicht lügen, so viel geweint habe ich nicht mehr seit bei *John Wick* der Beagle gestorben ist, aber es war gut. Wirklich gut. Wir haben geredet, gelacht. Und morgen will er mich der restlichen Familie vorstellen.«

Abrupt drehe ich mich um. »Er will dich seiner Familie vorstellen?«

»Ja, warum überrascht dich das?«

»Tut es nicht«, sage ich wohl einen Tick zu schnell, denn sie mustert mich misstrauisch. Dieses Mal versuche ich, meine Gedanken etwas zu ordnen, bevor ich auf die stummen Fragen in ihrem Gesicht antworte.

Es ist gut gelaufen, ihr geht es gut.

Das sollte mir fürs Erste reichen. Vielleicht können sich Menschen doch ändern. Auch wenn das flaue Gefühl in meinem Magen einfach nicht verschwinden will. Räuspernd fahre ich mir durch die Haare, gestatte mir, sie lange anzusehen, noch einmal sicherzugehen, dass sie nicht verletzt ist. Weder äußerlich noch in ihrer Seele. »Ich habe mir nur wirklich Sorgen gemacht.«

»Ohne Grund«, beharrt sie. »Es war wirklich ...«

»Großartig«, ergänze ich ihren Satz. »Ich bin froh, dass es dir gut geht.«

»Hör mal«, meint sie und kommt etwas näher. »Ich habe wirklich keine Ahnung, warum du so misstrauisch gegenüber meinem Vater bist. Und ich werde nicht noch einmal fragen, weil du es mir ja doch nicht sagen wirst. Vielleicht war er mal ein schlechter Mensch, vielleicht hast du allen Grund, misstrauisch zu sein – aber vielleicht hat er sich auch geändert. Und gerade jetzt wünsche ich mir nur, dass du dich für mich freuen kannst – okay?«

»Das tue ich«, murmle ich und meine es auch so. Ehe ich es verhindern kann, reagiert mein Körper. Ich ziehe sie in meine Arme, drücke sie an mich, um mich zu vergewissern, dass sie wirklich hier ist. Wirklich noch ganz.

Megan lässt es zu.

Ich spüre ihre Arme an meinem Rücken, ihre weichen Brüste, die sich gegen mich drücken, und die leisen Atemzüge. Am liebsten würde ich einfach so stehen bleiben. Megan in meinen Armen, aber wie immer hat sie andere Pläne als ich. Sachte schiebt sie mich ein Stück von sich weg. »Dann lass uns feiern.«

Vor Überraschung klappt mir der Mund kurz auf. »Du willst feiern?«

Ihr Lachen ist ansteckend. »Ja, ich will einen eiskalten Cocktail und mir diesen verdammten See anschauen, von dem alle reden. Lass uns Sandpoint kennenlernen, wie Touristen.«

»Ist das dein Ernst?«

»Sehe ich aus, als würde ich scherzen?«

Nein. Sie sieht einfach nur glücklich aus. Und sie so zu sehen, sorgt unweigerlich dafür, dass auch ich glücklich bin.

Ihre Hände umschließen meine, halten mich fest, wie ich eben noch sie festgehalten habe.

»Bekomme ich dieses Mal fünf Minuten, um zu duschen?«, will ich wissen, kann jedoch nicht verhindern, dass ich lächle.

»Du bekommst sogar zehn«, meint sie grinsend.

24

LEO

Megan ist gerade dabei, eine alte Frau zu fotografieren, die mit ihrem Mann auf einer Bank sitzt und einen großen Teddybären in den faltigen Händen hält, während ich auf mein Handy blicke. Mein Vater hat noch immer nicht geantwortet.

»Warum guckst du alle paar Minuten auf dein Telefon?«, fragt sie und steht so plötzlich neben mir, dass ich zusammenzucke.

Ertappt schiebe ich das Smartphone wieder in die Tasche meiner Jeans. »Tue ich gar nicht.«

Sie legt den Kopf schief. Ihr Meerjungfrauenhaar weht im leichten Wind hin und her. »Doch, tust du.«

»Okay, erwischt. Ab jetzt kein Blick mehr auf mein Handy«, verspreche ich, denn sie ist viel zu schön und ihr Lächeln zu breit, als dass ich ihr etwas abschlagen könnte.

Es sollte heute nur um sie gehen – und darum, dass sie glücklich ist, selbst wenn dieses Glück nur einen Tag hat.

Megan streckt die Hand mit der Innenseite nach oben vor mir aus. »Gib es mir.«

Im blendenden Sonnenlicht blinzle ich sie an. »Was?«

»Gib es mir«, wiederholt sie mit einem Lächeln.

»Wieso?«

»Wenn du nicht noch einmal draufschauen willst, kann es genauso gut in meiner Handtasche liegen«, argumentiert sie und wedelt vor mir herum.

»Ich habe keine andere Wahl, oder?«

»Das hast du verdammt gut erkannt.«

Ich reiche ihr mein Telefon, auch wenn ich nicht weiß, ob das wirklich eine gute Idee ist. Bei all den Filmen, die sie gern sieht, könnte das auch ein perfider Plan sein, oder es sorgt dafür, dass wir diesen warmen Sommerabend nur für uns haben, und dieses Risiko bin ich bereit einzugehen.

»Also, was willst du als Erstes tun?«, frage ich, während sie sich bei mir unterhakt und wir die Promenade am See entlanggehen. Sandpoint ist voll, belebt. Die Menschen tummeln sich an Essensständen, werfen den Vögeln Reste zu und versuchen an den verschiedenen Buden bei Spielen ihr Glück.

»Ich will auch so einen Teddy wie die alte Lady«, entscheidet Megan, was mich wiederum dazu bringt, einen Augenblick stehen zu bleiben.

»Du hättest gerne, dass ich dir ein Plüschtier an einer Schießbude besorge?«

Ihre dunklen, feinlinigen Augenbrauen wölben sich nach oben. »Nein, ich will mir selbst eins schießen«, gibt sie zurück. Gut, das hätte ich ahnen können.

»Ich will dir wirklich nicht zu nahe treten«, meine ich. »Aber ich denke, von uns beiden bin ich der bessere Schütze.«

»Wow, Leo«, stößt sie aus. »Ich wusste gar nicht, dass du so ein Macho sein kannst.«

»Bin ich nicht«, sage ich, muss aber trotzdem grinsen. »Nur besser im Training.«

»Das will ich sehen«, ruft sie aus und marschiert geradewegs auf die nächste Schießbude vor.

»Wird das hier gerade zu einem Wettkampf?«, will ich wissen, weil ich das Gefühl nicht loswerde, dass ich mich auf etwas eingelassen habe, das ich noch nicht überblicken kann.

Megans Grinsen ist so siegessicher, dass ich einen Moment fast bereue, eine so große Klappe gehabt zu haben.

»Ja, und ich werde gewinnen.« Sie legt den Kopf schief, betrachtet die Plüschtiere, die von dem Dach der Bude hängen. Ein grummeliger Typ in einem roten fleckigen Shirt betrachtet uns, sagt jedoch nicht ein Wort.

Megan lässt sich Zeit, ignoriert die Menschen um uns herum, die vielleicht ebenfalls ihr Glück wagen wollen. Dann zeigt sie auf ein Plüschtier – und ich kann mir ein Lachen nicht verkneifen.

»Wie oft muss ich für die Auster treffen?«

Der Kerl mustert erst Megan, dann mich und scheint sich dann dafür zu entscheiden, dass es besser ist, wenn er gar nicht erst versucht, dagegen anzureden. »Zwanzig.«

»Dann hätte ich gern zwanzig Schuss«, antwortet Megan lächelnd und wackelt voller Vorfreude hin und her, während sie das Geld aus ihrer Tasche holt. »Und noch einmal zwanzig für den Süßen neben mir.«

Ich beiße mir auf die Zunge, sage jedoch nichts. Siegessicher nehme ich das Gewehr mit den kleinen Plastikgeschossen in die Hand. »Diese Wette verlierst du«, sage ich und visiere die kleinen Ziele in Form von Springpferden an.

Lässig lehnt Megan sich auf dem Holz der Bude nach vorne und sieht mich an. »Na, dann zeig mir mal, was du kannst.«

Sie wartet. Wartet darauf, dass ich vorlege. Rot-Shirt seufzt, als würde er solches Geplänkel jeden Tag hören. Dann drückt er auf einen Knopf, und die kleinen Pferde beginnen sich zu bewegen.

Zögernd sehe ich Megan an, doch die scheint zuerst mir zusehen zu wollen – wahrscheinlich in dem vollen Wissen, dass ich unter ihrem Blick nervöser bin. Trotzdem lehne ich mich vor, visiere die kleinen Pferde an und schieße.

Der erste Schuss ist ein Treffer. Der zweite geht ins Leere. Megan verschränkt die Arme vor der Brust, und dieser Bruchteil einer Millisekunde, in dem ich dadurch abgelenkt bin, dass sie sich bewegt und der Wind ihren Duft zu mir trägt, reicht aus, damit ich noch einen Schuss versaue. Immerhin sitzt der Rest.

»Achtzehn«, erklärt der Budenbesitzer in gelangweiltem Ton.

»Gar nicht übel«, lobt Megan. Ich grinse, weil ich weiß, dass ich trotzdem ziemlich gut war, aber vielleicht hätte ich darauf vorbereitet sein müssen, dass Megan sich das Gewehr greift und, ohne zu zögern, jedes Pferdchen aus Plastik trifft.

»Zwanzig«, kommentiert der Mann. Er fragt nicht, was Megan will, sondern pflückt die Auster vom Dach und reicht sie ihr. Dann sieht er mich an und deutet auf die Schlüsselanhänger.

Ich muss zugeben, das verletzt meinen Stolz mehr als die Tatsache, dass Megan gewonnen hat.

»Du kannst nicht sagen, ich hätte dich nicht gewarnt«, meint Megan betont lässig und setzt ihre Sonnenbrille auf. »Aber der Schlüsselanhänger ist auch nett.«

»Nichts gegen deine Auster«, gebe ich zurück und deute eine Verbeugung an. »Gut gespielt. Wo hast du schießen gelernt?«

»Gar nicht, zumindest nicht richtig.«

»Du hattest noch nie eine echte Waffe in der Hand?«

Sie zuckt mit den Schultern. »Nein. Und ich bin nicht scharf drauf, die Dinger verursachen doch nur Schaden. Oder?«

Der Weg zurück ins Hotel vergeht so schnell, dass ich kaum etwas davon mitbekomme. Als wir das Zimmer jedoch endlich betreten, merke ich erst, wie unendlich müde ich bin.

Leo war auf dem Rückweg seltsam schweigsam, doch nun scheint er es nicht mehr aushalten zu können. »Dann wirst du morgen also zu seiner Familie gehen?«

»Bitte versau uns den Abend nicht, indem du schon wieder diese Diskussion mit mir führst«, gebe ich zurück und bewerfe ihn mit meiner Auster.

»Hab ich nicht vor«, antwortet er schnell, und ich weiß, ich sollte es nicht tun, aber ich beiße mir auf die Lippen. Die Nacht und die Müdigkeit haben die Hitze zwischen uns abgekühlt, aber sie fehlt mir. Und das sollte nicht sein, denn Hitze kann einen verbrennen, und Gefühle können einen ertränken. Also steige ich auf das Thema ein, denn nichts lässt das zarte Band zwischen uns schneller zerreißen als ein weiteres Drama. »Gut, denn ich möchte sie kennenlernen. Ich meine, ich habe einen Bruder und eine Schwester. Bisher hat mein Hirn das noch nicht ganz verarbeitet.«

Leo setzt sich zu mir auf das Bett, greift nach meiner Hand. »Kann ich mir vorstellen.«

»Bisher gab es nur Mia und mich. Und Mom«, sage ich, wobei ich den kalten Stich spüre, als ich an meine Mom denke.

»Hast du es ihnen schon gesagt?«

»Mia ruf ich nachher an«, gebe ich zurück. »Aber Mom weiß noch nichts davon.«

Das scheint ihn zu überraschen. »Warum nicht?«

»Weil sie es nicht verstehen würde«, murmele ich, entziehe ihm die Hand und binde mir meine Haare zusammen.

»Woher weißt du das, wenn du es ihr nicht sagst?«

»Wenn ich ihr auch nur einen Hinweis gebe, sitzt sie im nächsten Flieger von New York nach Idaho. Sie würde nie zulassen, dass ich das allein mache. Ihr Beschützerinstinkt ist ziemlich ausgeprägt.«

Mit schief gelegtem Kopf sieht Leo mich an. »Wäre das wirklich so schlimm?«

»Ich weiß es nicht«, gestehe ich leise. »Aber ich drücke mich vor dem Moment, es ihr zu sagen, weil es dann nicht mehr nur mir gehört. Ergibt das Sinn?«

Er nickt. »Auf eine schräge Art schon.«

»Ich bin eben etwas schräg.«

»Und ich mag es etwas schräg.«

Flimmern.

Zwischen uns.

Zwischen unseren Körpern.

Jetzt sollte der Moment sein, wo ich ihn wieder auf Abstand bringe. Wo ich uns beide daran erinnere, dass alles zwischen uns keine gute Idee ist, aber ich kann es nicht. »Leo?«

»Ja?«

»Du musst nicht auf dem Sofa schlafen.«

Sämtliche Alarmglocken in meinem Kopf beginnen zu schrillen, weil mein Verstand sich in seiner Nähe langsam abschaltet und mein Herz die Führung übernimmt – und das endet bekanntermaßen nie sonderlich gut.

»Ich will mich nicht aufdrängen«, stellt Leo auf seine Leo-Art klar, die mir wieder ins Bewusstsein ruft, dass er der nette Junge ist und ich das Bad Girl. Mia würde sagen, das seien unsere Rollen im Theaterstück des Lebens.

»Wie kannst du dich aufdrängen, wenn ich dir gerade angeboten habe, ins Bett zu kommen?«, frage ich, viel zu leise, viel zu heiser, während ich mich weiter auf das Bett schiebe, die Schuhe von den Füßen kicke und mich unter die dünne Decke lege.

Er schluckt, zieht die Vorhänge zu und sperrt die Stimmen von draußen aus, als er das Fenster schließt. Ich drehe mich um, taste nach der Fernbedienung und warte darauf zu spüren, wie sein Körper neben meinem liegt. »Es läuft eine Wiederholung von *Léon – Der Profi*«, stelle ich fest und muss lächeln, weil es der perfekte Abschluss dieses Tages ist. Leo jedoch sieht mich nur verständnislos an.

Entgeistert reiße ich die Augen auf. »Das ist ein Klassiker«, setze ich nach, doch auch das entlockt ihm keine Reaktion.

Etwas hilflos fährt er sich durch die Haare. »Ich hab ihn nie gesehen.«

»Oh, es wird dir gefallen: viel Liebe und Tod«, sage ich inbrünstig.

»Klingt fast wie *Romeo und Julia*«, scherzt er, wofür ich ihm ein Kissen ins Gesicht feuere.

»Pass auf, was du sagst, sonst schicke ich dich doch wieder auf das Sofa.«

Er lacht. »Ich bin schon still.«

»Gut.«

»Megan?«

»Psst, der Film!«

Er zieht mich in seine Arme, und ich lasse es zu, weil ich weiß, dass nie wieder ein Tag so perfekt sein wird wie heute.

25

MEGAN

Der Geruch von frisch gemähtem Gras begrüßt mich, als ich aus dem Wagen steige und Leo noch einmal zum Abschied winke, ehe ich den gleichen Weg nehme wie gestern. Nur dass mir Joseph dieses Mal direkt die Tür öffnet.

Er lächelt.

Das rosafarbene Hemd hebt sich deutlich von seiner gebräunten Haut ab und betont das stechende Blau seiner Augen. »Bist du bereit?«, will er wissen.

Diese Frage kann ich nicht wirklich beantworten. Aber es ist auch egal, ob ich bereit bin, denn Fakt ist: Ich werde jetzt meine Geschwister kennenlernen.

Nickend trete ich ein, versuche zu ignorieren, wie mein Puls sich beschleunigt. Joseph geht vor, und ich folge ihm mit langsamen Schritten.

Die Familie hat sich am Esstisch versammelt.

»Das ist meine Frau Audrey«, stellt Joseph vor, und die hübsche Brünette tritt vor. Ihre Gesichtszüge sind rundlich, die Lippen voll, und die Lachfalten um ihre Augen machen sie mir sofort sympathisch. Etwas unschlüssig bleibt sie vor mir stehen, dann nimmt sie mich in den Arm. »Wir freuen uns, dich kennenzulernen, Megan.«

Etwas überwältigt von dieser Umarmung blicke ich zu meinem Vater, der nur mit den Schultern zuckt, als würde das irgendetwas von dieser Situation erklären oder sie weniger seltsam machen.

»Und das ist Annabell«, sagt er und deutet auf meine Schwester. Sie ist vielleicht fünfzehn oder sechzehn Jahre alt. Die braunen Haare ihrer Mutter und die stechenden blaugrauen Augen ihres Vaters in einem Gesicht, das einer Puppe ähnlich sein könnte, wenn nicht dieser grimmige Zug um ihre Lippen wäre. Ein Zug, der mich schmerzlich an mich selbst erinnert. »Freut mich, dich kennenzulernen, Annabell«, sage ich und meine es auch so.

»Kann ich nicht unbedingt behaupten«, murmelt sie.

»Ann«, schnaubt Joseph.

»Ist schon okay«, werfe ich schnell dazwischen. »Es ist für uns alle ziemlich ...«

»... abgefuckt.«

»Annabell«, stößt Audrey aus und sieht mich gleich darauf entschuldigend an. Ich kann meiner Halbschwester allerdings schlecht widersprechen.

Die ganze Situation ist seltsam, angespannt und wahrscheinlich für die ganze Familie ebenso verwirrend wie für mich selbst. Nervös reibe ich meine Hände aneinander, um meine Aufmerksamkeit von meiner Schwester zu meinem Bruder zu lenken.

»Und dieser Prachtkerl«, Joseph tritt hinter den Jungen, der noch immer am Tisch sitzt und mich mit einer Mischung aus Neugier und Missfallen mustert, »das ist John.«

»Hey, John.«

»Er ist Klassenbester«, verkündet mein Vater stolz und wuschelt ihm durch die blonden Haare.

John lässt es zu, ist aber absolut nicht begeistert. Während ich bei Annabell sofort eine Verbindung durch unsere eher rebellische Haltung hatte, bin ich bei John etwas hilflos. Mit einem Bruder habe ich bisher keine Erfahrung, und der größere Altersunterschied macht es auch nicht gerade einfacher. Dennoch bemühe ich mich, ihn anzulächeln. »Wow«, mache ich, da die Pause inzwischen unangenehm geworden ist. »Das ist wirklich beeindruckend. In welcher Klasse bist du?«

Wieder antwortet Joseph. »Er ist gerade in die Oberstufe gekommen. Seine Noten sind so herausragend, dass er zwei Klassen überspringen konnte.«

»Ein echtes Wunderkind«, kommentiert Ann bissig. So ungern ich es auch zugebe, ich verstehe sie ein bisschen. Immerhin war ich auch diejenige in der Familie, die es mit der Schulbildung nicht so genau genommen hat, und auch wenn meine Mom versucht hat, es mich nicht spüren zu lassen, so tat es doch weh, immer diejenige zu sein, die nicht für ihre guten Noten und ihren Erfolg gelobt wurde. Auch wenn es meine eigene Schuld war.

»Du könntest dir ein Beispiel an deinem Bruder nehmen«, brummt Joseph und schüttelt den Kopf, was seine Tochter nur dazu veranlasst, ihm ein ironisches Grinsen zu schenken und zu sagen: »Ich passe.«

Gegen meinen Willen zuckt ein Grinsen über mein Gesicht. Nicht nur, weil dieser Dialog mich an meine eigene Kindheit erinnert, sondern auch, weil es guttut zu sehen, dass auch diese Familie ihre Schwierigkeiten und Rangeleien hat. Das nimmt etwas den perfekten Glitzerstaub von allem, und ich fühle mich wohler, wenn sich Dinge real anfühlen und dafür weniger perfekt.

»Ich werde den Grill anschmeißen«, meint mein Vater. »Ihr könnt euch solange etwas kennenlernen und den Tisch decken.«

Es klingt nicht wie eine Bitte, sondern eher wie ein Befehl. Doch mir bleibt keine Zeit, darüber weiter nachzudenken, stattdessen lasse ich mich neben John sinken.

»Möchtest du etwas trinken?«, fragt Audrey, die nun, da Joseph in den Garten geht, plötzlich wieder nervöser erscheint. »Wasser? Limonade? Irgendetwas anderes?«

Man merkt ihr an, dass sie sich bemüht, mir das Gefühl des Willkommenseins zu schenken – und das gibt mir ein Stück mehr Sicherheit. »Limonade klingt großartig.«

Meine Antwort scheint sie zu beruhigen, fast als hätte sie Angst, es mir nicht recht machen zu können. Sie stellt ein großes Glas voller Eis und Minze vor mir ab. Vorsichtig nippe ich daran, während Audrey den Tisch für uns alle deckt. Zwischen uns Geschwistern herrscht eisiges Schweigen, von dem ich keine Ahnung habe, wie ich es dieses Mal brechen kann, ohne dass alles noch unangenehmer wird. Ann tippt betont desinteressiert auf ihrem Handy herum, und John sieht mich zwar an, sagt jedoch kein Wort.

Fast bin ich froh, als Audrey fertig ist und sich wieder zu uns setzt. »Und Megan, was tust du so?«

»Ich bin Fotografin.«

»Oh, wirklich. Das ist spannend, für Hochzeiten?«

Kopfschüttelnd ringe ich mir ein Lächeln ab. »Nein, meine Arbeiten sind nicht so … konservativ.«

»Du bist auf Instagram«, sagt ihre Tochter, und ihr Mund klappt auf. Offenbar habe ich meine Halbschwester gerade sehr beeindruckt.

»Es ist nichts Großes«, murmle ich verlegen.

Neugierig beugt sich John über den Tisch, als seine Schwester das Handy mit dem Display zu uns dreht, damit man meinen Instagram-Feed sehen kann.

»Die sind echt voll gut«, kommt es von ihm.

Nun sehen mich alle an. »Können wir bitte nicht über mich reden?«

Audrey lacht auf. »Oh, das kannst du vergessen. Wir wollen alles wissen. Von der Entscheidung deiner Haarfarbe bis hin zu der Frage, ob du vorhast, etwas zu studieren.«

Anns Blick gleitet über mich. »Die Haarfarbe ist echt nice.«

»Danke. Tatsächlich habe ich Jura studiert«, gebe ich zu. »Aber es war nichts für mich. Ich mag es, mein eigener Boss zu sein, und Regeln engen mich eher ein.«

»Das hast du eindeutig von deinem Vater«, sagt seine Frau, doch ihre Stimme hat dabei einen seltsamen Tonfall.

»Was hat sie von mir?«, fragt Joseph, als er hereinkommt. Mit ihm dringt der Duft von gebratenem Fleisch durch die Verandatür.

Audreys Lächeln wird augenblicklich breiter, aber nicht auf die Art, die einem vermittelt, sie sei glücklich. Ich kann es nicht greifen, aber die Situation insgesamt lässt auch nicht zu, dass ich verstehen kann, was mich daran stört. »Wir haben darüber gesprochen, dass Megan gern ihr eigener Boss ist.«

Mein Vater zieht überrascht die Schultern hoch. »Willst du eine eigene Firma aufbauen?«, will er interessiert wissen, und plötzlich fühle ich mich schrecklich klein.

»Nein, ich bin Fotografin.«

»Oh.«

»Und die Bilder sind wirklich großartig«, meint John. »Sieh mal.«

»Instagram?«, will mein Vater wissen. »Das ist keine Kunst, das sind nur Hashtags und ein bisschen nackte Haut.«

Ich schlucke. In jeder anderen Situation würde ich mich gegen diese Behauptung wehren, würde eine klare Linie setzen und anprangern, wie viel Sexismus und Abwertung in diesen Worten steckt. Aber ich kann nicht. Alles, was mich sonst ausmacht, bleibt mir im Halse stecken.

Niemand sagt etwas, doch das scheint Joseph nicht aufzufallen. Er klatscht in die Hände. »Wer hat Lust auf einen guten amerikanischen Burger?«

»Klingt gut«, murmle ich, versuche das beißende Stechen zu ignorieren, das sich in meiner Brust festgesetzt hat.

Vielleicht ist etwas frische Luft genau das Richtige, damit sich diese Anspannung zwischen uns allen endlich löst. Während ich durch den Garten streife und das Objektiv meiner Kamera auf alles halte, das interessant sein könnte. Inklusive meiner neu gewonnenen Familie.

Es ist stärker als eine simple Gewohnheit, es ist ein Zwang, eine Sucht, die mich immer wieder auf den Auslöser drücken lässt.

Im Sonnenlicht drehe ich mich um, blicke durch die Linse und fange Audrey ein, wie sie sich lachend an die Schulter meines Vaters drückt. Sie sehen so glücklich aus – und wecken in mir die Frage, wie es wohl gewesen wäre, wenn ich hier aufgewachsen wäre. Bei ihnen, und Ann und John. Zu meiner eigenen Überraschung fühlt sich dieser Gedanke allerdings nicht gut an, sondern eher, als sei ich dann nicht mehr ich. Ohne Mia würde mir meine Seelenschwester fehlen, selbst wenn ich dafür meinen Vater um mich gehabt hätte.

Meine Grübelei fällt allerdings niemandem auf. John hat seine Nase in einem Buch versteckt, doch Ann schnappt es ihm weg. Die beiden jagen sich durch den Garten, lachen, stolpern durch das Gras und wären fast in einem der Blumenbeete gelandet, als ich wieder den Auslöser drücke.

»Bitte sag mir, dass du kein Foto gemacht hast«, stöhnt Ann auf.

»Darf ich es sehen?«, will John deutlich zurückhaltender wissen.

Ich nicke und hocke mich hin, damit er sich die Bilder auf dem kleinen Display mit mir zusammen ansehen kann.

»Wir lachen alle«, stellt er fest und legt den Kopf schief, während ich durch die Bilder klicke.

»Es ist ja auch ein schöner Tag.«

»Ich sehe schrecklich aus«, stöhnt Ann hinter mir. »Hätte ich gewusst, dass die Paparazzi anwesend sind, hätte ich was anderes angezogen.«

»Die besten Bilder entstehen dann, wenn man sich nicht vorbereitet hat«, meine ich grinsend. »Ich finde, das Lachen steht dir.«

Ann verdreht die Augen. »Haha, sehr witzig.«

»Kommt an den Tisch«, ruft Audrey, und keiner von uns zögert, stattdessen entbrennt ein Wettrennen zu unseren Burgern, das John nur gewinnt, weil ich Ann davon abhalte, ihn zu überholen.

Das PING meines Handys veranlasst mich, es aus der Tasche zu nehmen.

Leo: Ist alles okay bei dir?

Megan: Ja, mir geht es gut. Hör auf, dir Sorgen zu machen.

»Keine Handys am Esstisch«, kommt es von meinem Vater, und ich stecke das Smartphone schnell wieder ein.

»Tut mir leid, das war nur ...«

»Dein Freund?«, will Audrey mit einem Grinsen wissen, das mich schmerzlich daran erinnert, dass auch Mom so reagieren würde.

»Nein, also nur ... ein Freund.«

»Beziehungsstatus kompliziert«, kommentiert Ann, was mich zum Schmunzeln bringt.

»Na, du musst es ja wissen«, gebe ich zurück.

Joseph betrachtet uns skeptisch, sagt aber nichts. »Wie lange bleibst du, oder besser ihr, in Sandpoint?«

Ich belege meinen Burger mit Salat und Tomatenscheiben, ohne ihn anzusehen. »Nicht mehr lange«, murmle ich. »Ich denke, wir werden in den nächsten zwei Tagen wieder abreisen.«

»Oh, wie schade«, meint Audrey. »Wohnst du in der Nähe?«

»Aufgewachsen bin ich in New York City«, erkläre ich. »Aber die

Suche nach meiner Mutter hat mich nach Idaho gebracht, und inzwischen wohne ich in Belmont Bay.«

»Hast du sie gefunden?«, will Ann wissen.

Ich schüttle den Kopf. »Tatsächlich habe ich gehofft, dass Joseph etwas mehr weiß als ich ...«

»Tut mir leid, dich enttäuschen zu müssen«, wehrt dieser ab. »Wer möchte als Nächstes?«

Er klatscht ein Stück Fleisch auf Anns Teller, als hätte sie etwas Falsches gesagt.

Stirnrunzelnd sehe ich ihn an. »Vielleicht könntest du mir erzählen, was damals passiert ist.«

»Das ist kein Gespräch, das man während des Dinners führt«, gibt er streng zurück, ehe er sich ebenfalls an den Tisch setzt. »Außerdem ist dieses Fleisch zu gut, um es mit langen Reden zu ruinieren.«

Mein Mund klappt auf. Ich bin so verdutzt über die harsche Abfuhr, dass mir buchstäblich die Worte fehlen. Alle anderen am Tisch scheinen jedoch kein Problem mit dem Tonfall meines Vaters zu haben. Schluckend frage ich mich, ob es vielleicht wirklich besser ist, nicht am Tisch der Familie darüber zu sprechen.

Allerdings werde ich mich das nächste Mal nicht so einfach abwimmeln lassen. Auch wenn ich ihn gefunden habe, sind noch immer mehr Fragen als Antworten da.

Schweigend essen wir, was seltsam ist, denn es ist so ziemlich das Gegenteil von meinen Abendessen mit Mom und Mia. Wir haben oft stundenlang am Tisch gesessen und über Gott und die Welt geredet. Nicht selten wurde das Essen kalt, ehe eine von uns auch nur einen Bissen genommen hat. Aber die Familie Avens tickt da offensichtlich anders.

Damit Audrey noch etwas in der Abendsonne bleiben kann, biete ich an, zusammen mit Ann den Tisch abzuräumen und das Geschirr zu spülen.

Sie ist zwar nicht begeistert von diesem Plan, trocknet aber ohne Widerworte ab, während ich meine Hände in den warmen Schaum gleiten lasse.

Ich reiche ihr den ersten Teller. Sie poliert ihn gründlich, sagt jedoch eine ganze Weile nichts. Offenbar ist die gesamte Familie etwas wortkarger, als ich es bin.

»Ich steh auf dein Shirt«, meint sie nach einer Weile und sieht mich an.

Grinsend sehe ich sie an. »Danke. Und ich auf das Bauchnabelpiercing, das du vor deinem Dad versteckst.«

Sie wird kurz blass und greift automatisch zu ihrem Shirt, um es weiter nach unten zu ziehen. »Woher ...«

»Als ich meins bekommen habe, war ich so alt wie du«, erkläre ich mit einem schiefen Grinsen. »Es hat sich furchtbar entzündet, weil der Bund meiner Jeans immer über den Stecker gerieben hat.«

Noch immer sieht sie ertappt aus, aber immerhin ist die Angst aus ihrem Gesicht verschwunden. Schwestern verpetzen sich nicht. »Wenn er das mitbekommt, bringt er mich um«, flüstert sie.

»Das hab ich von meiner Mom auch gedacht«, gestehe ich und muss daran denken, wie sie einmal in mein Zimmer kam, als ich gerade dabei war, mich umzuziehen. Damals dachte ich, ich hätte es über ein Jahr geheim halten können – dabei wusste sie es längst. Meine Mom weiß oft mehr, als sie zugibt.

Sie wusste, dass Mia aus New York zu mir geflohen ist, noch bevor ich sie angerufen habe. Sie wusste es einfach immer, wenn ich in Schwierigkeiten steckte. Oder wenn mein Lächeln nur aufgesetzt war. Ich wünschte, ich hätte sie doch angerufen. Denn gerade jetzt fehlt mir ihre Umarmung.

»Deine Adoptivmom?«, hakt Ann nach.

Ich nicke.

»Wie ist sie so?«

Während ich ihr ein tropfendes Glas gebe, lächle ich breit. »Einfach großartig, ich kann mir keine bessere Mutter wünschen.«

Das scheint Ann zu verwirren. »Und warum suchst du dann nach deiner echten?«

Schluckend blicke ich in das Spülbecken. »Keine Ahnung, vielleicht weil ich einfach nur wissen will, weshalb sie nicht für mich da sein konnte.«

»Ich wünschte, ich wäre auch adoptiert«, brummt Ann, und ihr

Gesicht dreht sich in Richtung Garten, wo der Rest ihrer Familie sitzt.

»Aus meiner Perspektive kann ich dir sagen, adoptiert sein ist auch nicht gerade ein Zuckerschlecken.«

Ann überlegt einen Moment. Sie erinnert mich so sehr an mich selbst in ihrem Alter, dass ich unwillkürlich wieder lächeln muss. Es fühlt sich jetzt schon so an, als würden wir uns viel länger kennen als diesen einen Tag.

»Hast du noch mehr Geschwister?«, will sie vorsichtig wissen.

»Ja, Mia. Sie ist der Hammer.«

»Vielleicht lerne ich sie irgendwann mal kennen«, überlegt sie laut und nimmt sich das nächste Glas.

»Natürlich wirst du das«, sage ich sofort. »Ihr könnt mich jederzeit besuchen, und Sandpoint ist nicht so weit weg von Belmont Bay.«

Allerdings scheint sie meine Worte nicht wirklich zu glauben. »Ja, schon möglich.«

»Ganz sicher sogar«, sage ich, fasse sie sachte am Arm.

»Worüber reden meine Töchter?«, will Joseph wissen, als er in die Küche kommt und sich ein Bier aus dem Kühlschrank nimmt.

»Ich hab Ann nur von meiner Schwester Mia erzählt«, sage ich fröhlich, aber mein Vater scheint sich nicht wirklich dafür zu interessieren. Stattdessen geht er auf Ann zu und inspiziert das Geschirr, das Ann bereits abgetrocknet hat.

»Denk dran, die Gläser richtig zu polieren, ich will nicht wieder Kalkflecken darauf finden«, meint er mit einem beißenden Unterton, den ich bisher nicht von ihm kenne.

Ann lässt den Kopf hängen. »Ja, Dad.«

Joseph tätschelt meine Schultern, dann geht er wieder in den Garten.

»Kalkflecken?«, wispere ich etwas leiser, und Ann schenkt mir ein Lächeln, das ich nicht deuten kann.

»Nur eine seiner wirklich unzähligen Macken. Sei froh, dass du in zwei Tagen wieder in deinem richtigen Zuhause bist.«

26

LEO

*E*s ist der zweite Tag, den ich damit verbringe, auf Megan zu warten. Nur dass ich dieses Mal zumindest wusste, worauf ich mich vorbereiten muss. Also nutze ich den Tag.

Mein Spaziergang beginnt im *La Quinta Inn* an der nordwestlichen Ecke der Stadt entlang der alten Interstate 95.

Der Stadtführer in meiner Hand erzählt mir stolz, dass der Sand Creek Byway bereits 2012 eröffnet wurde, wodurch eine Umgehungsstraße von Sandpoint für Reisende geschaffen worden war. Der City Beach und Lake Pend Oreille sind eindeutig die Besuchermagneten der Stadt.

Aber mich zieht es weiter, während ich das Handy aus der Hosentasche ziehe und Megan noch mal antworte.

Leo: Vielleicht mache ich mir keine Sorgen, sondern vermisse nur deine aufbauende Gegenwart.

Megan: Nun, auf die wirst du noch etwas verzichten müssen.

Leo: Schade.

Das Schild vor *Connie's Café* ist der Grund, warum ich heute so früh aufgestanden bin. Es ist mir schon in unseren ersten Stunden in der Stadt aufgefallen, doch bisher hatte ich nicht die Zeit, um Megan zu fragen, ob wir durch Sandpoint wandern und klassische Schilder fotografieren wollen. Dieses hier sieht aus wie ein Medicine Head. Es ist die Art von kitschigem Oldschool-Café, in dem ich mir vorstelle, einen klassischen 70er-Jahre-Cocktail zu trinken und über mein Leben zu philosophieren.

Gleich unten bei *Connie's* befindet sich die *Tam O'Shanter Tavern*. Zumindest glaube ich, dass es so ist, denn das Schild am Eingang ist so alt und zerschlissen, dass man die Schrift kaum noch entziffern kann. Das macht für mich keinen Unterschied, denn mein Reiseführer verspricht mir hier das »kälteste Bier der Welt«.

Die Hipster haben die urige kleine Bar bereits für sich eingenommen. Ich bestelle mein Bier und lasse mich auf einen der Stühle sinken, ehe ich mein Handy hervorziehe.

Eine Nachricht von Megan, dass sie sich auf den Weg macht. Keine Nachricht vom Universum, das mir sagt, was zur Hölle ich mit meinem Leben anstellen soll.

Fakt ist, dass der bloße Gedanke daran, einfach wieder zurück in meinen normalen Alltag zu gehen, mich an den Rand der Verzweiflung treibt. Bis zu dieser Zwangspause war mir nicht bewusst, wie unfassbar unglücklich ich bin, seit ich mit meinem Dad im *Daddarios* arbeite.

Aber kann ich es meinem Dad wirklich antun, einfach zu gehen? Sicher, er hat noch Cousin Maxx, der ihm aushilft, und natürlich die anderen Mitarbeitenden. Für Maxx ist es eher ein Hobby, nicht sein tägliches Brot. Wenn es hart auf hart kommt, hat Dad am Ende nur mich. Und ich weiß nicht, wie ich mit diesem Druck umgehen soll. Wie ich es schaffen soll, dass er nicht enttäuscht von mir ist, weil ich seine Leidenschaft für diesen Beruf einfach nicht teilen kann. Wieso nur ist es so schwer, ihm einfach zu sagen, dass ich gehen will?

Das frage ich mich, während ich an dem kalten Bier nippe. Und die Wahrheit ist ebenso einfach wie unspektakulär: Es hat Dad glücklich gemacht, dass ich in seine Fußstapfen trete.

Ich bin keiner von den Jugendlichen gewesen, die direkt einen Masterplan für ihr Leben hatten. Im Gegenteil, für mich gab es immer nur die Schulzeit und das *Danach*. Und dann bin ich darin gestrandet.

Die Bar füllt sich. Ich lasse mir Zeit mit dem Bier, blicke mich um und muss feststellen, dass ich diesen Stil mag, doch sie kommt nicht an das *Red Lady* in Belmont Bay heran. Es muss großartig sein, der

Besitzer einer solchen Bar zu sein. Ich stelle es mir großartig vor, die Geheimnisse der Menschen als Barkeeper zu hüten, zuzusehen, wie die Menschen darin aufgehen, völlig schief Karaoke zu singen und jeden Abend erschöpft, aber glücklich die Tür der Bar zu schließen, während der letzte Song aus der Jukebox erklingt. Zu schade, dass ich diese Zukunft wohl eher nicht erreichen kann.

Megan: Sandpoint hat sicher viel mehr zu bieten als ich.

Leo: Nein, ich denke nicht.

Megan: Hörst du bitte auf, mir zu widersprechen?

Leo: Ich glaube, du magst es sogar, dass ich dir widerspreche.

Nach einer Weile stehe ich wieder auf, lasse die Hipster ihr kühles Bier trinken und bin noch immer keinen Schritt weiter.
Es wäre so einfach, wenn ich einen Traum hätte, dem ich nachjagen könnte – doch man kann Träume schlecht erzwingen. Sie müssen von allein auf einen zukommen, oder?
Oder ist es vielleicht schon ein Traum, von einem Traum zu träumen?
Möglicherweise war es nicht nur das kälteste Bier, sondern auch das stärkste, denn ich fühle mich etwas beschwipst. Nur leider nicht auf die gute Art, sondern auf die Art, in der einem bewusst wird, wie viel man bisher verbockt hat.
Bevor ich jedoch weiter in meinen Gedanken abrutschen und mich selbst bemitleiden kann, klingelt mein Telefon.
»Conner?«
»Mia macht sich Sorgen«, platzt er direkt mit dem heraus, was er mir mitteilen will. »Sie hat seit ungefähr sechs Stunden nichts von Megan gehört.«
»Es geht ihr gut, denke ich.«
»Denkst du?«, will Conner wissen.
»Ja, sie ist bei ihrem Vater.«
»Und wo bist du?«

»Irgendwo in Sandpoint und trauere meiner Jugend nach«, antworte ich und muss über mich selbst lachen.
»Wieso denn trauern?«
»Keine Ahnung«, gestehe ich. »Woher hast du meine Nummer?«
»Von Mia.«
Während ich durch die Allee laufen, wechsle ich das Handy von einem Ohr zum anderen. »Und warum ruft sie mich nicht an?«
»Weil sie noch nicht zugeben kann, wie groß ihre Sorgen wirklich sind.«
»Ich sag Megan, sie soll sich melden«, meine ich und muss lächeln, weil ich mir lebhaft vorstellen kann, wie Conner gerade in seiner Küche die nächsten Seifen herstellt.
»Danke. Also, worüber trauerst du?«
»Keine Ahnung, ungeträumte Träume?«
Conner gibt einen Pfiff von sich. »Häng deinen Kopf nicht zu sehr an Träumen auf, Mann«, meint er. »Mitten im Leben begegnet man manchmal den größten Wünschen, noch bevor man sie kennt – das sagt Mia immer.«
Vor Überraschung bleibe ich kurz stehen. »Das war ein erschreckend guter Rat«, gebe ich zu.
»Danke, das werde ich Mia ausrichten. Wir hören uns.«
Dann legt er auf, und ich muss einem Radfahrer ausweichen, weil ich noch immer so sehr an seinem Rat hänge. Vielleicht bin ich meinem Traum längst begegnet und war einfach zu sehr damit beschäftigt, ihn zu suchen, sodass ich ihn übersehen habe.
Wieder im Hotelzimmer angekommen, muss ich feststellen, dass Megan noch nicht zurück ist. Allerdings bin ich zu erschöpft, um mich zu bewegen. Ohne die Lederjacke auszuziehen, schalte ich den Fernseher an und lasse mich auf das Bett fallen, als ich höre, wie die Tür aufgeht. »Und, wie war's?«
Megan schließt die Tür, fährt sich durch die Haare und wirft ihre Handtasche auf den Stuhl, über dem sonst meine Lederjacke hängt. »Gut.«
Stirnrunzelnd richte ich mich auf und schalte den Fernseher auf stumm. »Das klingt weniger euphorisch, als ich gedacht hätte.«

Da sie mir den Rücken zugedreht hat, kann ich ihren Gesichtsausdruck nicht erkennen, während sie ihre Boots auszieht. »Es war gut.«

Falls sie mich vollkommen verwirren wollte, ist ihr das gelungen. »Okay?«

Megan dreht sich halb zu mir herum. »Sieh mich nicht so an.«

Stirnrunzelnd sehe ich sie an. »Wie denn?«

»Mit diesem Ich-habe-es-dir-gesagt-Blick, denn nein, du hattest nicht recht. Sie sind eine wundervolle, warmherzige Familie, die mich mit offenen Armen empfangen hat.«

»Aber?«

Sie wendet sich wieder ab. »Kein Aber.«

In ihren Worten liegt das, was ich befürchtet habe. Megan ist alles andere als unklug. »Dein Bauchgefühl warnt dich also«, stelle ich fest.

Wütend steht sie auf und funkelt mich grimmig an. »Tut es nicht.« Die Luft um uns herum verändert sich, lädt sich auf mit einer Energie, die ich nicht greifen und erst recht nicht deuten kann.

Ich stehe ebenfalls auf. »Wenn es nicht so wäre, wärst du nicht wütend.«

Ihre Augen verengen sich. »Ich bin wütend, weil du mich mit Fragen löcherst.«

»Das letzte Mal hast du dich noch beschwert, dass ich nicht danach frage«, gebe ich zu bedenken.

Sie stöhnt auf. »Hat dir schon mal jemand gesagt, dass du wirklich unglaublich anstrengend bist? Und wie zur Hölle kann es sein, dass du mitten im Hochsommer in dieser verfluchten Jacke immer noch so gut riechst?«

Ich muss lachen. »Ähm, danke? «

Offenbar gefällt es ihr nicht, dass ich lachen musste, also verstumme ich gleich wieder.

Megan mustert mich. »Mach dich nicht über mich lustig.«

»Das tue ich gar nicht«, antworte ich ehrlich. »Ich bin nur von den unterschiedlichen Signalen, die du mir sendest, verwirrt.«

»*Du* bist verwirrt?«, gibt sie zurück. »*Ich* bin verwirrt, Leo. Von dieser ganzen Situation, von den Geheimnissen und all den Dingen, die irgendwie ungesagt in der Luft hängen – und dann komme ich von meiner leiblichen Familie zurück, und du liegst auf dem Bett wie für eine verdammte sexy Lederjackenwerbung.«

»Du findest mich sexy?«

Sie tritt bedrohlich nahe an mich heran, sieht von meinem Gesicht auf meine Lederjacke. Ich habe keine Ahnung, was hier los ist. Megan offenbar auch nicht, aber das hindert sie nicht daran, noch näher zu kommen. »Es sind gefühlt hundert Grad hier drinnen, zieh dieses verdammte Ding endlich aus.«

»Wieso nur fällt es dir so schwer, über andere Gefühle zu sprechen als Wut?«, frage ich, wohl wissend, dass sie das noch weiter anstachelt.

Megan bleibt vor mir stehen. »Du mit deinen ganzen Gefühlen«, murmelt sie. »Würdest du es überhaupt aushalten, wenn du wüsstest, wie es in mir aussieht?«

»Versuchen wir es doch«, sage ich trotzig. Nun bin ich es, der einen Schritt näher an sie herantritt.

Die Luft zwischen uns knistert, scheint Funken zu schlagen. Funken, die nur darauf warten, das Feuer endlich zu entfachen, vor dem sie sich so lange versteckt hat.

»Deine Lederjacke ist albern bei dieser Hitze«, behauptet sie, aber ich erkenne genau, wie ihre Wangen sich rosa verfärben, als wäre es gar nicht die Hitze im Zimmer, die ihr zu schaffen macht.

Sondern all die Gefühle, die sich in ihr aufstauen, die sie aber einfach nicht herauslassen will. »Vielleicht habe ich es gern warm, wenn meine Mitbewohnerin sich verhält wie ein Eisklotz«, gebe ich trotzig zurück und komme noch näher, spüre die Spannung zwischen unseren Körpern.

»Zieh sie aus.«

Es fühlt sich an, als hätte jemand ein Kraftfeld um uns herum errichtet, das uns nur zwei Möglichkeiten lässt. Entweder es reißt uns auseinander, oder es presst uns zusammen. »Warum?«

Megan hebt den Kopf. »Weil sie mich kirre macht.«

Ich gehe all in. Tue das, was ich noch nie getan habe, reize sie weiter. »Vielleicht ist ja genau das mein Ziel.«

Megan gibt ein Geräusch von sich, das irgendwo zwischen einem

Stöhnen und einem Knurren liegt. Sie schiebt die Jacke von meinen Schultern, und ich wehre mich nicht. Ihr Atem geht flach, ihre Hände zittern, und die Pupillen sind so groß, dass ich das Braun ihrer Augen kaum noch erkennen kann.

»Du willst also, dass ich dir meine Gefühle zeige?«, zischt sie.

»Ich will, dass du mir alles von dir zeigst, Megan. Und das wäre wesentlich einfacher, wenn du dir eingestehst, dass du mich gerade genauso gern küssen würdest wie ich dich.«

Es funkt.

Endgültig und unwiderruflich.

Die Spannung zwischen uns muss sich entladen oder alles auseinanderreißen, was um uns herum ist. Es sind nur Millisekunden, doch ihr Blick auf meinen Mund reicht aus, um zu wissen, dass sie mich nun völlig in der Hand hat.

Dann zieht sie mich so plötzlich an sich, dass ich kaum eine Chance habe, darüber nachzudenken. Ihre Lippen pressen sich auf meine. Sie küsst mich mit solcher Wut, dass mein gesamter Körper erbebt.

Die elektrische Spannung setzt mich unter Strom, lenkt mich immer noch näher an sich. Ich ziehe sie dichter, halte sie fest, damit sie mich nicht gleich wieder von sich stoßen kann. Ihre Hand vergräbt sich in meinen Haaren, zerrt daran. Doch ich kümmere mich nicht um den leichten Schmerz, alles, woran ich denken kann, ist, dass der Stoff zwischen uns stört.

Mit beiden Händen zerre ich ihr das Kleid vom Körper, schnappe kurz nach Luft, als ich ihre Kurven in der schwarzen Spitzenunterwäsche vor mir sehe. Die Tätowierung in Form einer Blumenranke zieht sich über die gesamte Seite ihres Körpers und wird nur durch den dunklen Stoff unterbrochen. Sie ist so unfassbar schön und so atemlos wütend.

Megan lässt mir allerdings keine Zeit, sie länger anzuschauen. Ihre Küsse rauben mir den Atem.

Noch nie in meinem Leben bin ich so geküsst worden. Es fühlt sich an wie eine Offenbarung all der Dinge, die ich immer wollte, aber zu feige war, danach zu fragen.

Jede neue Berührung löst einen neuen Funken aus, obwohl ich längst in Megans Flammen stehe.

Mir war schon vorher klar, dass ich mich langsam, aber sicher in Megan verliebe, doch nun wird es zu einer Erkenntnis, bei der mein Körper nur noch meinem Herzen folgt.

Heiser stöhne ich auf, als Megan von mir ablässt und auf die Knie sinkt, um meine Jeans zu öffnen. Mein Shirt landet auf dem Boden, zusammen mit meiner Hose und dem Gürtel. Dann steht sie wieder auf, sieht mir fest in die Augen, ehe sie mich auf das Bett stößt.

Ihre Hände wandern über meinen Körper, jeder neue Kuss treibt mich weiter in ein Feuer der Sehnsucht, die nur sie wieder löschen kann.

Funken schlagen Funken.

Feuer gegen Feuer.

Haut an Haut.

Minuten vergehen, in denen es nur uns auf dieser Welt gibt. Nur uns und die Küsse, die Hände auf der nackten Haut und die Spitzenunterwäsche als letzte Barriere. Dann setzt sie sich auf mich, und ich kann schon die Fanfaren der Erlösung hören, bis ein einziges Wort über ihre Lippen kommt: »Kondom?«

Mein Gesicht verzieht sich, als hätte ich Schmerzen. »Ich hab keins«, gestehe ich so leise, als könnte ich diese Tatsache dadurch unsichtbar machen.

»Fuck, Leo. Ist das dein Ernst?«

»Ich war nicht darauf vorbereitet«, murmle ich. »Auf das hier, auf uns.«

Etwas an meinen Worten scheint etwas in Megan auszulösen. Etwas, das absolut nicht gut ist und das Blut wieder in meinen Kopf laufen lässt.

Sie steht auf. »Ist alles in Ordnung?«

Ihr Schweigen ist wie ein kalter Stich.

»Ja.« Ohne mich anzusehen, sammelt sie ihre Sachen vom Boden auf, ehe sie auf die Tür des Badezimmers zumarschiert.

»Megan, was tust du?«

Sie hält inne. Für einen Moment denke ich, sie würde einfach hinter der Tür verschwinden, doch dann passiert etwas, das noch viel schlimmer ist. Ihr Blick trifft mich, doch die Leidenschaft ist einem kühlen Bedauern gewichen. »Das war ein Fehler.«

Das Bett unter mir fühlt sich an wie eine Sandgrube, in die ich langsam, aber sicher hinabsinke. »Sag so etwas nicht.«

Aber Megan antwortet nicht. Sie steht nur da.

»Megan, was zur Hölle habe ich gesagt, das dir plötzlich solche Angst macht?«

Ihr Blick flackert. Sie kann mir nicht einmal für eine Sekunde in die Augen sehen. Dann schluckt sie schwer und wendet sich vollständig ab. »Ich brauche eine kalte Dusche.«

MEGAN

Scheiße.

Was stimmt denn nicht mit mir? Wie konnte ich zulassen, dass wir über diese Grenze gehen? Na ja, fast zumindest. Irgendwie scheint das so eine Sache zwischen uns zu sein. Wir sind ein *Fast*.

Und mir ist dieses Fast schon jetzt zu viel. Alles ist zu viel. In meinem Kopf dreht sich alles. Die ganzen Emotionen der letzten Tage haben sich so lange in meinem Kopf angestaut, bis der Damm, den ich so sorgfältig aufgebaut habe, langsam einreißt.

Damit Leo mein leises Schluchzen nicht hört, drehe ich die Dusche auf, nehme mir eine Zigarette und verschanze mich an der Wand der kleinen Kabine. Mit dem Rücken drücke ich mich an die Fliesen, sodass der Wasserstrahl nicht auf mich niederfällt, sondern einen Bogen über mich schlägt. Das Wasser prasselt auf meine nackten Beine, während ich mir die Zigarette anstecke. Doch nicht einmal das kann mich noch beruhigen.

Ich starre auf mein Handy und bin dankbar, dass die Feuchtigkeit der Luft und die vereinzelten Wasserperlen dem Gerät nichts anhaben können. Obwohl ich kurz zögere, kann ich nicht anders: Ich wähle die

Nummer des einzigen Menschen auf dieser Welt, vor dem ich mich nie verstecken muss. »Mia?«

»Was ist los?«, fragt sie sofort alarmiert.

Ein deprimiertes Lachen kommt über meine Lippen, und ich schlage die Hand vor den Mund. »Ich sitze heulend in der Dusche.«

Ich höre Conner und Chris im Hintergrund leise miteinander reden, dann vernehme ich Schritte, eine Tür, die sich öffnet und schließt. »Was?«

»Mia ... «, setze ich an, doch die Tränen sind stärker als meine Worte. Hemmungsloses Schluchzen schüttelt meinen Körper. Ich kann nicht aufhören. Egal, wie sehr ich versuche, die Tränen wieder zu stoppen, sie laufen einfach weiter über meine Wangen. Der Wasserdampf wirbelt um mich herum, hüllt mich ein und kann doch nicht verschleiern, wie schrecklich einsam ich mich gerade fühle.

Mia schweigt, wartet, bis mein Weinen etwas leiser wird. »Scheiße, Megan. Soll ich kommen? Soll ich dich abholen? Muss ich Mom bitten, einen Anwalt anzurufen und dir ein Alibi zu besorgen?«

Die Zigarette klemme ich mir zwischen die Lippen, ehe meine freie Hand sich an den Fliesen entlangtastet, bis sie die Mischbatterie finden. Augenblicklich wird das Wasser kühl, hilft mir dabei, wieder einen klaren Gedanken zu fassen. Ich wische mir über die tränennassen Augen, während die Dusche über mir weiter kühles Wasser auf meine Beine regnen lässt.

»Ganz so schlimm ist es nicht«, murmle ich. »Nein, aber ich habe etwas unfassbar Unkluges getan.«

»Was ist los? Ist es wegen deinem Vater?«

»Nein«, sage ich schnell, weil mir jetzt erst klar wird, dass ich mich nicht gemeldet habe. Einmal atme ich tief durch, versuche mich ganz auf das kühle Wasser zu konzentrieren, das noch immer auf meine Füße prasselt. Die Zigarette in meiner Hand ist längst verglüht. Nur der schwere Geruch des Rauchs und des nassen Tabaks liegt in der Luft. »Ich hatte gerade fast Sex mit Leo.«

Meine kleine Schwester fängt an zu lachen. Ich bin so perplex, dass ich mich nach vorn beuge und kurz fluche, weil das kalte Wasser meine Haare getroffen hat.

»Und was ist daran schlecht?«, will sie wissen.

Empört reiße ich den Mund auf. »Dass er sich in mich verliebt hat, das ist das Problem daran. Und ich weiß das, ich weiß, dass Sex für ihn etwas mit Gefühlen zu tun hat, und ich … ich …«

»Megan, ganz ruhig.« Vor meinem geistigen Auge sehe ich, wie Mia eine Hand hebt und den Kopf schief legt, doch das kann den Ausbruch meines schlechten Gewissens auch nicht mehr stoppen. »Warum tue ich das? Warum nutze ich alle Menschen um mich herum nur aus?«

»Das tust du nicht«, sagt meine Schwester sofort.

»Doch, Mia. Doch, das tue ich. Ich nutze Mom aus, ich nutze Chris aus, meine Follower, dich und jetzt auch noch Leo. Erst um meinen Vater zu finden, und jetzt …«

»Megan«, schnaubt Mia, dieses Mal wesentlich strenger. »Hör auf. Nichts davon ist wahr. Du nutzt niemanden aus. Hilfe in Anspruch zu nehmen ist nicht das Gleiche wie jemanden auszunutzen.«

Da sind sie wieder, diese verfluchten Tränen. »Ich spiele mit seinen Gefühlen.«

Nun stöhnt meine Schwester auf. »Wenn du mich fragst, hast du ein ganz anderes Problem.«

»Ach ja?«

»Du bist in einer unglaublich emotionalen Situation. Immerhin hast du gerade deine leibliche Familie kennengelernt. Und jeder, der dich kennt, weiß, dass du nicht gerade gut darin bist, offen zu deinen Gefühlen zu stehen«, meint sie überraschend nüchtern.

Ich atme zweimal tief durch. Warte darauf, dass meine kleine Schwester noch etwas sagt, das dafür sorgt, dass ich mich nicht mehr fühle wie die letzte Versagerin auf der Welt. Doch diesen Gefallen tut sie mir nicht, stattdessen fragt sie: »Magst du ihn?«

»Was soll die Frage?«

»Dass du dich vor der Antwort drückst, bedeutet Ja. Wenn du ihn magst und er dich mag, wo ist dann dein Problem?«

Ich presse die Lippen aufeinander. »Vielleicht habe ich Angst.«

»Nur vielleicht?«

Ich stelle das Wasser ab. Die plötzliche Stille lässt meine Gedanken noch lauter erscheinen. »Okay, ich scheiß mir in die Hosen, so viel Angst habe ich.«

Mia grinst. »Das, meine liebe Schwester, nennt sich Verliebtsein.«
Ich rolle mit den Augen. »Ist das dein Ernst?«
»Denkst du an ihn?«
»Er ist halb nackt im anderen Zimmer, wie könnte ich da nicht an ihn denken?«, zische ich in mein Smartphone.
»Wenn ihr nicht gerade zusammen Liebe gemacht habt.«
»Nur fast«, stelle ich klar.
»Beantworte die Frage.«
Es wäre so viel einfacher, wenn ich länger über diese Antwort nachdenken müsste und mein Verstand nicht direkt Dutzende Ja-Schilder hochhalten würde. »Manchmal.«
»Und wenn er gerade nicht da ist, denkst du dann an ihn?«
»Quälst du mich gerade absichtlich?«
»Drückst du dich schon wieder vor einer Antwort, auf die du die Frage kennst?«
Verdammt, sie kennt mich wirklich zu gut. »Ja.«
»Und was fühlst du, wenn du daran denkst, dass ihr morgen wieder aufbrecht?«, fragt sie nun etwas sanfter.
Mein Blick heftet sich an die schmucklosen Fliesen. »Ich will nicht«, gestehe ich, denn ich weiß, was es bedeutet, wenn wir wieder zurückfahren. Leo wird gehen, Belmont Bay verlassen und wahrscheinlich nie wiederkommen.
»Liegt das an Leo oder an der Familie, die du gerade erst kennengelernt hast?«
»Beides.«
»Das ist nichts Schlechtes, Megan«, meint sie eindringlich und so ruhig, dass mein Herzschlag endlich wieder langsamer wird. »Im Gegenteil, das ist etwas Gutes.«
»Wie kann es etwas Gutes sein, wenn wir beide wissen, dass es ohnehin nicht funktioniert«, stoße ich aus und schaffe es irgendwie, nicht gleich wieder in Tränen auszubrechen. Was ist nur los mit mir? Ich bin sonst nicht so nah am Wasser gebaut. Allerdings habe ich in den letzten zwei Tagen meinen verschollenen Vater kennengelernt

und mich in einen Privatdetektiv verknallt, also ist es wohl wirklich so, wie Mia sagt: Meine Emotionen spielen verrückt.

»Woher wollt ihr das denn wissen, wenn ihr es nicht versucht?«, bohrt sie beharrlich weiter nach.

»Manchmal hasse ich es, mit dir zu sprechen.«

»Und trotzdem rufst du mich an, wenn du unter der Dusche weinst.«

Meine Mundwinkel zucken ein kleines bisschen nach oben. »Ein Hoch auf wasserdichte Handys.«

Ihr Lachen sorgt dafür, dass eine kleine Last von meinen Schultern genommen wird. Es ist noch immer nicht wieder alles gut, aber ich kann wieder atmen und die Tränen wieder tief in mir einschließen.

»Geht's wieder?«

Ich nicke, bis mir klar wird, dass sie das ja nicht sehen kann. »Ja, mir geht's besser.«

»Gut.«

»Mia?«, sage ich und werde panisch bei dem Gedanken, dass ich gleich wieder in Leos dunkle Augen blicken muss. Meine Schwester scheint jedoch sofort zu wissen, was in mir vorgeht.

»Dusch eine Weile, und dann rede mit ihm. Du hast doch sonst kein Problem mit schonungsloser Ehrlichkeit, also sag ihm einfach all das, was du mir gerade gesagt hast.«

Hilflos blicke ich zur Tür. »Bist du sicher?«

»Nein, bin ich nicht. Aber bei Gefühlen gibt es keine Sicherheit. Komm schon, Megan, du stehst doch auf Abenteuer. Das hier ist auch eins.«

27

LEO

Ich sitze auf der Kante des Betts, ohne zu wissen, was ich jetzt machen soll. Sollte ich überhaupt etwas machen? In meinem Leben kam es bisher nicht gerade oft vor, dass mich eine Frau nackt im Bett hat liegen lassen.

Inzwischen habe ich allerdings wieder etwas an, auch wenn meine Kleidung sich plötzlich viel zu eng anfühlt und mein Herz bei jedem Schlag zwischen Angst und Hoffnung zittert.

Dann endlich öffnet sich die Badezimmertür. »Ist alles in Ordnung?«

»Wie man es nimmt«, murmelt Megan und wirft das Handtuch achtlos in die Ecke. »Tut mir leid für den melodramatischen Abgang.«

Ihre Augen sind gerötet, ebenso wie die Nase. Hat sie geweint? Meinetwegen? Wegen der Situation? Ich bin mir nicht sicher, was davon schlimmer wäre. »Ist okay«, murmle ich, weil ich keine Ahnung habe, was ich sonst sagen soll.

»Ist es nicht«, unterbricht sie sofort. »Das war nicht fair von mir.«

Regungslos bleibe ich sitzen, fange ihren Blick mit meinem auf und schüttle den Kopf. »Du hast jedes Recht zu gehen, wenn du das willst.«

Megan schnalzt mit der Zunge und verzieht das Gesicht. »Hör bitte für einen Moment auf, so verdammt verständnisvoll zu sein, sonst fühle ich mich noch schlechter.«

»Und was soll ich dann tun?«, will ich so hilflos wissen, wie ich mich fühle. Sie hingegen wirft die Hände in die Luft, nur um sie kurz darauf wieder in die Hüften zu stemmen. »Keine Ahnung, du könntest mich anschreien.«

Stirnrunzelnd sehe ich sie an. »Mir fällt kein guter Grund ein, warum ich das tun sollte.«

»Hörst du mir nicht zu? Weniger verständnisvoll.«

»Sorry.«

»Noch weniger, Leo. Bitte.«

»Tut mir leid. Also, wie ist unsere Abendplanung?«, versuche ich das Thema zu wechseln, bereue es jedoch sofort.

»Ich dachte, wir gucken einen alten Actionfilm und gehen früh ins Bett, ich bin morgen zum Familienbrunch eingeladen.«

Familienbrunch.

Natürlich.

Ich schlucke den bitteren Kloß in meiner Kehle hinunter. Alles in mir schreit danach, ihr endlich die volle Wahrheit zu sagen. Ihr alles mitzuteilen, was ich verschweige. Verschweigen muss, weil ich meine Familie beschützen will, auch wenn ich mit den Entscheidungen nicht einverstanden bin. Mein Mund öffnet sich, noch ehe mein Kopf diesen Beschluss gefasst hat. »Megan ...«

»O bitte, nicht schon wieder diese Schallplatte«, schnaubt sie bitter.

Meine Lippen pressen sich kurz aufeinander. »Du hast gesagt, du hast ein komisches Bauchgefühl und du ...«

»Natürlich habe ich ein komisches Bauchgefühl. Ich habe plötzlich eine Familie, die eigentlich fremd für mich ist. Das ist eine verdammt seltsame Situation, mit der ich nicht einfach so klarkomme«, fährt sie mich an.

»Das verstehe ich, aber das ist nicht der Punkt.«

»Und was ist der verdammte Punkt?«

»Er ist nicht der, für den du ihn hältst«, fluche ich. »Er ist kein guter Mensch.« Jetzt sag es ihr schon, drängt alles in mir. Aber irgendwas hält mich zurück. Sie sieht mich an und doch völlig durch mich hindurch. Wenn sie wüsste, was ich weiß, wäre auch der letzte Rest ihrer Hoffnung einfach weg. Diese kleinen goldenen Sprenkel in ihren Augen könnten das Glühen verlieren, das mich so sehr in den Bann zieht. Ich räuspere mich.

Ihr Blick verhärtet sich. Wird kalt. »Dir ist schon klar, dass ich eins und eins zusammenzählen kann, oder?«, zischt sie. »Dieses Geheimnis kannst du mir aus einem guten Grund nicht erzählen. Weil du, dein Vater oder wer auch immer noch, genauso wenig unschuldig seid, wie mein Vater es ist. Oder lieg ich damit falsch?«

Fuck.

Damit hat sie so sehr ins Schwarze getroffen, dass ich zusammenzucke. Aber immerhin erleichtert sie es mir so. »Du hast recht.«

Das scheint sie zu überraschen. »Dann bestraf mich jetzt nicht, indem du wieder nur um den heißen Brei herumredest, sag mir, was Sache ist, Leo.«

»Okay.« Erschöpft stehe ich vom Bett auf, fahre mir durch die Haare und versuche, ihrem bohrenden Blick auszuweichen.

Der Moment, vor dem ich Angst hatte, seit ich seinen verfluchten Namen auf ihrer Geburtsurkunde gesehen habe, ist gekommen. Mir ist bewusst, dass es nun kein Zurück gibt. Keine Ausflüchte mehr. Keine Zeit zu schinden.

Wenn ich nun weiter schweige, wird das Band zwischen uns zerreißen, und wenn ich es ihr sage, wird etwas in ihr brechen.

Ich atme einmal tief durch, versuche, mich daran zu erinnern, dass ich keine andere Wahl habe, wenn ich sie nicht verlieren will.

»Mein Vater hat deinem Vater dabei geholfen … «, meine Stimme zittert, »etwas zu vertuschen. Etwas wirklich Übles.«

Die Worte hallen einen Moment im Raum nach. Megan scheint nicht damit gerechnet zu haben, dass ich dieses Mal wirklich vorhabe, ihr die Geschichte zu erzählen. Die ganze. Oder zumindest die Bruchstücke, die ich kenne.

Sie entzieht mir ihre Hand und verschränkt die Arme vor der Brust. »Und was?«

Zwei Schritte weicht sie von mir zurück. Ihr mag es nicht auffallen, doch für mich fühlt es sich an, als habe sich gerade ein Abgrund zwischen uns aufgetan.

Am liebsten würde ich schweigen, die Zeit zurückdrehen und noch einmal von vorne anfangen – aber dazu ist es zu spät.

»Deine Mom kam zu meinem Dad. Weil sie nach Hilfe gesucht hat. Sie wollte sich scheiden lassen«, fahre ich also fort, wobei mir mit jedem Wort nur deutlicher bewusst wird, wie sich Megan von mir entfernt.

Das rote Haar verdeckt ihr Gesicht. »Und was wollte sie dann bei euch? Ihr seid keine Anwälte.«

Diese Frage habe ich kommen sehen. »Nein, aber mein Dad hat gute Kontakte. Kontakte, mit denen man verschwinden kann, ohne dass man wiedergefunden wird.«

Megans Kopf ruckt hoch. »Leo, es ist spät. Ich bin müde, und ich verstehe absolut nicht, was du mir gerade zu sagen versuchst.«

Sie schreit nicht, obwohl ich mir wünschte, sie würde es tun. Ihre geballte Wut wäre besser als diese Bitterkeit und dieses Misstrauen. Misstrauen, das sich einzig und allein gegen mich richtet. »Deine Mom wollte vor deinem Vater flüchten. Aber das war nicht so einfach, weil sie wusste, wenn sie geht, verliert sie dich.«

»Warum?«

Diese Frage habe ich auch gestellt. Tausendmal. Nicht nur meinem Dad, dieser Welt oder mir selbst – doch aus ihrem Mund klingt es anders. Ich habe sie noch nie so verletzlich gesehen. Am liebsten würde ich sie einfach in den Arm nehmen, ihr sagen, dass alles nur ein großes Missverständnis ist. Aber ich weiß es besser, weiß, dass die Wahrheit das Einzige ist, was gerade zählt. Egal, wie sehr die auch schmerzen mag, und selbst wenn sie die Person verletzt, an die ich in den letzten Tagen mein Herz verloren habe.

»Er ...« Ich kann ihr nicht mal in die Augen sehen. »Er hat sie verprügelt, manchmal sogar eingesperrt. Wenn du als Baby nachts geschrien hast, hat er dich in den Keller gebracht und deine Mom nicht zu dir gelassen.«

Ein seltsames Geräusch kommt aus ihrer Kehle. Eine absurde Mischung aus Schluchzen und Lachen. »Was zur Hölle erzählst du mir da für einen Scheiß, Leo.«

Ich belecke die Lippen, nehme mir diesen Moment Zeit, um meine Worte so behutsam wie möglich zu wählen. »Deine Mom wollte, dass mein Dad ihr hilft. Er sollte dafür sorgen, dass sie untertauchen kann, nachdem sie deinen Dad angezeigt hat. Weil sie wusste, dass er sich durch seine Kontakte wahrscheinlich rausreden kann – und sie hatte schreckliche Angst, was passieren würde, wenn er sie und dich dann findet. Und mein Dad hat versprochen, ihr zu helfen«, fahre ich fort, weil erst jetzt der wirklich abgefuckte Part der Geschichte kommt. »Aber dein Vater hat irgendwie davon Wind bekommen. Mein Vater hatte alle nötigen Beweise. Fotos der blauen Flecke deiner Mom, die Krankenhausakten, sogar Videos. Material, das es ihm schwer gemacht hätte, einer Strafe zu entgehen.«

»Und warum hat sie ihn dann nicht angezeigt?«

»Das wollte sie. Deine Mom wollte Zeit schinden, damit sie mit dir verschwinden kann. Denn selbst wenn dein Vater verurteilt worden wäre, hätte es nicht lange gedauert, bis er wieder auf freien Fuß gekommen wäre. Das wusste sie. Darum hat mein Vater jemanden gefunden, der Papiere fälscht, ihr eine neue Identität verschafft. Aber dann ... kam dein Dad in die Kanzlei. Und er hat meinem Vater einen Deal vorgeschlagen.«

Mir ist eiskalt angesichts Megans brennendem Blick. »Einen Deal?«

Nickend versuche ich, nicht dem Drang nachzugeben, ihr auszuweichen. »Er sollte die Beweise gegen deinen Vater verschwinden lassen und ihm verraten, wo deine Mom ist. Und du. Und dafür hat er eine halbe Million Dollar kassiert, um die Kanzlei vor dem Ruin zu retten.«

Megan schnaubt. Ihre Hände ballen sich zu Fäusten, und sie beginnt, auf und ab zu gehen. Immer nur zwei Schritte, denn mehr Raum bietet dieses Zimmer nicht. »Das ergibt keinen Sinn.«

Bevor mich noch der Rest meines ohnehin schon geringen Muts verlässt, spreche ich schnell weiter. »Aber deine Mom war clever. Sie ist abgehauen, mit dir. Aber nicht mit den gefälschten Papieren von meinem Dad, sondern irgendwie anders. Und dich hat sie nach New York gebracht. Mit nichts als der Geburtsurkunde. Damit er dich nicht so einfach finden kann.«

Ich mache einen Schritt auf sie zu, doch sie weicht sofort zurück. »Du lügst.«

»Nein. Mein Dad, er hätte die Kanzlei verloren, wenn er den Deal nicht angenommen hätte. Warum, glaubst du, hat Joseph seinen Namen geändert? Es war eine Vorsichtsmaßnahme, damit er schwerer ausfindig zu machen ist, falls etwas von den Beweisen ans Licht kommt.«

»Mein Vater ist also das große böse Monster, vor dem meine Mutter davongelaufen ist?«

»Megan, es tut mir leid, aber … ja.«

Ihr Finger zeigt anklagend auf mich. »Das kann nicht dein Ernst sein. Was zur Hölle stimmt nicht mit dir?«

»Glaub mir, ich wünschte, es wäre anders«, flüstere ich flehend.

Sie schüttelt sich, schüttelt das rote Haar, aus dem noch immer Wasserperlen rieseln und durch die Luft segeln. »Du bist vollkommen durchgeknallt.«

Wieder will ich nach ihrer Hand greifen, doch sie weicht mir aus. »Megan, bitte.«

»Nein«, zischt sie wütend. »Sprich mich nicht mehr an.«

»Megan, bitte, dieser Mann ist gefährlich. Deine Mutter wusste es, darum hat sie dich nach New York gebracht«, setze ich nach und hoffe, dass sie mir dieses Mal glaubt.

Doch diese Hoffnung wird zerschmettert wie eine Fliege auf der Windschutzscheibe, sobald ich sehe, dass sie nach ihrem Rucksack greift. »Das ergibt alles überhaupt keinen Sinn.«

Es ist mein bloßer Instinkt, der dafür sorgt, dass ich mich vor die Zimmertür stelle. »Dein Vater war zu der Zeit bei der Polizei, Megan. Er hatte ein ganzes Netzwerk hinter sich. Niemand hätte ihr geglaubt, und selbst wenn, wäre die Gefahr zu groß gewesen, dass sie einfach verschwindet …«

Mitten in der Bewegung hält sie inne. »Halt den Mund. Ich will nichts mehr hören.«

»Wenn diese Sache auffliegt, verliert mein Dad seine Zulassung und damit die Firma. Meine Familie wäre am Ende. Wieso sollte ich dir so was sagen, wenn es nicht die Wahrheit ist?«, versuche ich es erneut.

Ihr kaltes Lachen lässt mich erschauern. Sie schultert den Rucksack und macht einen Schritt nach vorn. »Verdammt, ich hoffe, das passiert. Du willst deine Familie schützen und hängst meiner etwas an.«

Gnadenlos will sie sich an mir vorbeidrängen, einfach gehen und mich mit meinem Geständnis zurücklassen. Mein Körper reagiert schnell. Ich schiebe mich vor sie, greife nach ihren Schultern. »Megan, bitte …«

Megan hebt das Kinn. Ihre Stimme ist vollkommen ruhig, doch dadurch schneidet jedes Wort nur noch tiefer in mein Herz. »Nimm deine Hände von mir.«

Sofort lasse ich los.

Sie reißt die Tür auf.

»Megan, wohin willst du?«, rufe ich noch, aber sie bleibt nicht einmal auf dem Absatz stehen, sondern marschiert weg. Weg von mir.

»Was glaubst du?«

Ich eile ihr nach. »Nein, bitte. Tue das nicht.«

An der Treppe wirft sie mir einen letzten Blick zu. »Weißt du, was das Schlimmste ist, Leo?«, fragt sie und sieht mich mit Augen an, in denen Tränen schwimmen. »Ich habe gerade angefangen, daran zu glauben, dass da wirklich etwas zwischen uns ist. Aber da ist nichts.«

»Megan.«

»Fick dich.«

Und dann geht sie.

Lässt mich allein, und ich sinke auf dem rauen Teppichboden in unserem Zimmer auf die Knie.

28

LEO

Vier Jahre zuvor

*E*s gibt diese Tage im Leben, die vom ersten Moment dazu verdammt sind, einem die möglichst schlechten Seiten des Daseins zu präsentieren.

Heute ist ganz offensichtlich einer dieser Tage.

Ich schaffe es gerade so, die Tränen zu unterdrücken, denn das Letzte, was ich will, ist, dass mein Dad mich darauf anspricht. Stattdessen sortiere ich die Akten vor mir, ordne die abgeschlossenen Fälle in die Kisten, die bereits digitalisiert sind, und höre meine Musik auf voller Lautstärke, damit ja kein klarer Gedanke es schafft, Form zu gewinnen.

Obwohl der Abend schon spät ist, brennt im gesamten Büro noch Licht. Die Arbeitsplätze sind leer, es gibt nur mich und meine Aufgabe. Akten sichten, einscannen, ablegen.

Immer wieder und wieder.

Solange meine Hände beschäftigt sind, fühlt sich mein Herz weniger gebrochen an. Ich bin noch nicht bereit, mich dem Verrat der Frau zu stellen, in die ich mich verliebt habe. Noch nicht.

Trotzdem starre ich auf die Fotos, die ich selbst geschossen habe. Meine Freundin, meine Verlobte, in den Armen eines anderen Mannes. Ich kann nicht einmal behaupten, dass ich schockiert oder wütend bin. Alles, was ich fühle, ist dieser schreckliche Schmerz in der Brust, der nicht vergehen will. Und noch schlimmer wird es bei dem Gedanken, dass ich nun die Wahrheit kenne und nicht mehr so tun kann, als sei alles in Ordnung. Ob ich es ertragen kann oder nicht, ich werde mit ihr reden müssen – und damit endet dann die Liebesgeschichte, von der ich dachte, sie sei die meines Lebens.

Bevor dieser Gedanke sich verfestigen kann, lenkt mich etwas ab. Ein Schatten im Augenwinkel.

Erschrocken fahre ich herum.

Ein Mann mit hellen graublauen Augen steht vor mir und mustert mich. »Wir haben geschlossen«, kommt es statt einer Begrüßung aus meinem Mund. Der Fremde verschränkt die Hände vor seinem Schritt, strafft die Schultern und mustert mich abschätzig von oben bis unten. In meiner simplen Alltagskleidung wirke ich neben dem schicken Anzug und der schimmernden Krawatte um seinen Hals, als wäre ich nicht einmal den Dreck unter seinen Schuhen wert. Zumindest vermittelt sein Blick mir dieses Gefühl.

»Höflichkeit und Anstand scheinen in deiner Familie keinen besonders hohen Stellenwert zu haben.«

Jedes Wort schneidet tief in Wunden, von denen ich nicht einmal wusste, dass sie da sind. »Was?«

»Wo ist dein Vater?«

»Ich ...« Meine Verwirrung steigt mit jeder Sekunde, die ich diesem Mann länger ins Gesicht blicken muss – und es mischt sich noch etwas anderes dazu: Angst.

Ich kann es nicht erklären, aber alle Alarmglocken in meinem Kopf beginnen zu läuten.

»Was willst du hier?« Die Stimme meines Vaters donnert durch die leere Kanzlei.

»Es freut mich auch, dich zu sehen«, meint der Fremde noch immer in diesem seltsamen Ton, der freundlich wirken könnte, würde er nicht vor Abfälligkeit tropfen.

Mein Dad schiebt sich vor mich, als hätte er Angst, dieser Mann würde sich gleich in ein Monster verwandeln, das mich in Stücke reißt. »Verschwinde, Joseph.«

Perplex blicke ich zwischen den beiden hin und her. Doch ich schaffe es nicht, die richtigen Worte zu finden.

»Ich dachte, bei unserem letzten Gespräch hätte ich mich klar genug ausgedrückt«, fährt der Angesprochene ungerührt fort. »Wenn ich noch einen deiner Angestellten vor meinem Haus entdecke, werde ich ungemütlich.«

Mein Vater schnaubt. »Du kannst mir wohl kaum verbieten, meinen Job zu machen.«

»Ach wirklich? Das sehe ich etwas anders.« Joseph macht einen Schritt auf uns zu. Mein erster Reflex ist es, zurückzuweichen, doch mein Dad bleibt stehen wie ein Fels im Sturm. Er lässt sich nicht so einfach einschüchtern.

»Vielleicht erinnerst du dich nicht«, sagt Joseph und lächelt so strahlend, dass mir schlecht wird. »Aber du kannst deinen Job nur machen, weil ich es noch zulasse. Oder hast du alles vergessen?«

Dann passiert etwas Seltsames. Mein Vater schluckt.

Es ist die Art von Schlucken, die jeden Widerstand zum Brechen bringt. »Dad?«

Seine Augen finden kurz meine, doch nur für den Bruchteil einer Sekunde, dann macht er einen Schritt nach vorn. »Raus mit dir.«

»Oh, ist dir unsere alte Freundschaft nicht einmal ein Gespräch wert?«

»Du bist nicht mal eine Sekunde meiner Zeit wert«, schnaubt mein Vater, strafft die Schultern und ballt die Fäuste.

Doch mit dem, was dann passiert, hätte ich trotzdem nicht gerechnet.

Joseph holt aus.

Dad schreit auf, stolpert zurück. Blockiert auch den nächsten Schlag nicht, sondern geht zu Boden.

Blut tropft auf den grauen Teppich.

Irgendwas in mir zerreißt. Ich stürme nach vorn, will den Kerl an seiner verfluchten Krawatte aufknöpfen, doch dazu komme ich nicht. »Leo, nicht.«

Wie angewurzelt bleibe ich stehen. Erst jetzt wird mir bewusst, wie schnell ich atme, wie viel Adrenalin durch meine Adern rauscht.

Joseph lächelt noch immer. »Hör auf deinen Vater, Junge. Diesen Kampf kannst du nicht gewinnen.« Dann beugt er sich näher zu meinem Dad und zischt: »Was ich mit meiner Frau oder meiner Familie mache, geht dich nichts an, Alexander.«

Jeder Muskel in meinem Körper schreit auf, ist bereit, sich auf diesen Mistkerl zu stürzen, doch ich bleibe stehen. Tue das, was mein Vater von mir verlangt.

Dad kommt auf die Beine. »Bist du jetzt fertig?«, fragt er und spuckt Blut vor die polierten Schuhe des Eindringlings.

»Oh, ich weiß nicht, Alexander. Sind wir uns denn einig? Hörst du auf, nach Dingen zu suchen, die dich am Ende ins Gefängnis bringen?«

Mein Vater atmet einmal tief durch. Dann nickt er.

Ich starre ihn fassungslos an, verstehe nicht, was hier gerade passiert ist.

Josephs Lächeln wird noch breiter. »Einen schönen Abend noch, ich hoffe, ich bin nicht gezwungen, euch allzu bald wiederzusehen.«

»Das beruht wohl auf Gegenseitigkeit«, brumme ich, spüre, wie meine Fingerknöchel knacken, weil meine Fäuste sich so verkrampfen.

Zu allem Überfluss lacht der Mistkerl auch noch auf. »Das Temperament des Vaters«, murmelt er offensichtlich amüsiert, während mein Dad sich das Blut von den Lippen wischt.

Dann geht er. »Fuck, Dad«, stoße ich aus und helfe ihm, sich hinzusetzen, ehe ich mir den Schaden in seinem Gesicht ansehe und zum Telefon greife, um die Polizei anzurufen.

»Nicht, Junge«, sagt er schnell und nimmt mir das Handy aus der Hand. »Keine Polizei.«

»Was?«

»Du hast mich schon verstanden«, knurrt er in sich hinein.

»Dieser Typ hat dich geschlagen.«

»Ist mir nicht entgangen.«

»Wir müssen ...«

»Nein.«

Fassungslos sehe ich von ihm zum Handy. Bis eben dachte ich, dieser Abend könnte nicht mehr schlimmer werden. Doch dann klopft mein Vater auf den leeren Stuhl neben sich. »Setz dich, ich muss dir etwas erzählen.«

Und dann gesteht er mir, was er getan hat. Beichtet mir, dass dieser

Mann nicht nur ihn in der Hand hat, sondern auch die Kanzlei. Lüftet das dunkle Geheimnis, das ihn all die Jahre verfolgt hat, ohne dass ich auch nur eine Ahnung davon hatte.

Betrug kann viele Formen haben.

Und innerhalb eines Tages habe ich gleich zwei Narben auf meiner Seele, von denen ich nicht weiß, ob sie je wieder unsichtbar werden.

29

MEGAN

Ich drücke dem Taxifahrer Geld in die Hand, ohne darauf zu achten, ob es genug ist. Wahrscheinlich habe ich ihn um das Trinkgeld beschissen, doch in meinem Kopf kreisen zu viele Dinge gleichzeitig.

Diese ganzen Geheimnisse. Ich habe es so satt.

Und diese verdammten Tränen auch.

Etwas verloren stehe ich einen Moment vor der Haustür. Im Hotel kam es mir noch wie eine absolut logische Idee vor. Wenn das Leben einen fickt, geht man zu seiner Familie, um sich auszuweinen, oder?

Mom ist in New York, meine Schwester in Belmont Bay – aber mein Vater ist genau hier. Hinter dieser Tür. Warum also zögere ich auch nur für den Bruchteil einer Sekunde? Es ist noch nicht sonderlich spät, es brennt Licht, das durch die cremefarbenen Vorhänge auf den perfekten Rasen fällt.

Die leisen Zweifel schieben sich aus ihren dunklen Ecken in den hintersten Winkeln meiner Gedanken, werden jedoch unterbrochen, als Audrey die Tür aufreißt.

»Megan, Schätzchen, was ist denn los?«

Ich komme nicht dazu, etwas zu sagen, denn mein Vater erscheint sofort hinter ihr. Er zieht mich ins Innere, nimmt mich in den Arm, ohne ein Wort zu verlieren.

Es fühlt sich so gut an.

So sicher.

So geborgen.

So richtig.

Nur ein Vater, der seine Tochter in den Arm nimmt. Warum also geben diese verdammten Zweifel keine Ruhe? Warum höre ich ihr

Murmeln immer lauter und lauter, während ich einfach nur glücklich sein sollte, hier zu sein?

»Was ist passiert?«, will Joseph wissen und hebt mein Kinn an, sodass ich ihn ansehen muss.

»Ist eine lange Geschichte«, nuschle ich, weil ich nicht weiß, ob ich bereit bin, ihn jetzt mit all diesen Anschuldigungen zu konfrontieren.

»Ich mach uns einen Tee«, sagt Audrey und tätschelt mir sanft die Schulter.

Im Wohnzimmer läuft der Fernseher. Eine Dokumentation über Blauwale, überall ist schillerndes blaues Wasser und mittendrin diese gigantischen Wesen. Es ist seltsam beruhigend, ihnen dabei zuzusehen, wie sie durch das Meer schwimmen. Ich wünschte, ich hätte meine Kamera in der Hand, um diesen absurden Zwiespalt zwischen einem typischen amerikanischen Wohnzimmer und den Wundern des Meeres einzufangen.

»Geht es dir gut, Megan?«

Ich blicke auf und muss feststellen, dass Audrey mir bereits eine dampfende Tasse Tee hingestellt hat. Die Lachfältchen um ihre Augen erscheinen wieder. Sie wirkt doch glücklich, oder? Nicht so, als wäre ihr Mann ein Monster, wenn niemand hinsieht. Ich war doch hier, ich habe gesehen, wie glücklich sie sind, nicht perfekt, aber niemand ist das. Kann ich mich so sehr geirrt haben? Leo muss unrecht haben. Das kann alles nicht wahr sein, es *muss* ein Irrtum sein.

»Wir haben uns gestritten«, höre ich mich selbst tonlos sagen.

»Streit unter Freunden oder Liebenden?«, will mein Vater wissen.

Mir fehlt die Kraft, die komplexen Zusammenhänge genauer zu erklären, also nicke ich nur.

»Nun, ich denke dieses Problem haben wir alle irgendwann einmal«, meint er und beugt sich leicht nach vorn. »Beziehungen sind nicht immer einfach. Nicht wahr, Audrey?«

Er greift nach ihrer Hand. Vielleicht ist es nur die Müdigkeit, doch es kommt mir vor, als würde sie sich versteifen.

»Das stimmt«, bestätigt sie. »Streit kommt in den besten Ehen vor.«

»Und es ist wichtig, direkte und klare Grenzen zu ziehen«, führt mein Vater aus. »Grenzen und Regeln. So funktioniert es. Und wenn jemand deine Regeln nicht befolgt, dann muss er das zu spüren bekommen. Habe ich nicht recht, Schatz?«

Audrey nickt. Lächelt.

Mein Kopf schmerzt von all den losen Gedanken, den Tränen und der Verwirrung. Doch selbst in diesem Zustand sehe ich, wie Josephs Frau angespannt schluckt. »Soll ich dir das Gästezimmer herrichten?«

In dieser Frage schwingt etwas mit, das ich nicht benennen kann. Eine stumme Bitte, die mir entgleitet. Offensichtlich habe ich die beiden bei etwas gestört. »Ich will euch keine Umstände machen«, sage ich schnell und werde das Gefühl nicht los, dass ich in irgendwas reingestolpert bin. Dass ich sie bei etwas unterbrochen habe. Bei einem Streit?

»Da du nun schon einmal da bist, kannst du auch bleiben«, meint mein Vater freundlich. »Und so bist du morgen direkt da, damit wir unseren Abschied gebührend auskosten können.« Audrey nickt und geht die Treppen hinauf, damit ich für diese Nacht einen Schlafplatz habe.

»Fühlt sich seltsam an, oder?«, denke ich laut. »Wir kennen uns erst seit drei Tagen und verabschieden uns schon wieder.«

Mein Vater lehnt sich zurück. »Das Leben geht eben weiter, egal, was passiert.«

Der absurde kindische Teil in mir ist verletzt über diese Aussage, aber ich kann natürlich nicht leugnen, dass er recht hat. Immerhin habe auch ich ein Leben, in dem er bisher nicht vorgekommen ist und das sich nicht einfach auflöst, nur weil ich ihn nun gefunden habe. »Stimmt.«

»Zumindest eine Frau in dieser Familie ist sich nicht zu fein, einzugestehen, dass ich es besser weiß«, sagt er lachend, doch der Witz in diesen Worten erschließt sich mir nicht. Gerade will ich ihn darauf ansprechen, als Audrey wieder im Zimmer erscheint.

»Es ist alles vorbereitet«, sagt sie in dem Tonfall eines Zimmermädchens.

Was ist nur los mit mir? Wieso kommt mir alles, von dem ich eben noch so überzeugt war, plötzlich wie ein schrecklicher Fehler vor?

»Gut.« Mein Vater steht auf. »Ich zeige dir dein Domizil für diese Nacht.«

Ich bin versucht zu widersprechen. Es ist noch nicht einmal neun Uhr, und das Letzte, woran ich gerade denken kann, ist Schlaf. Aber ich tue es nicht. Vielleicht fehlt mir die Kraft, vielleicht ist es auch das andauernde Murmeln meiner Zweifel oder der Anblick der Wale. Müdigkeit macht sich in meinen Knochen breit. Das ständige Weinen hat mich die letzten Kraftreserven gekostet. Also stehe ich auf.

Joseph geht vor.

Das Haus kommt mir seltsam verlassen vor. Alle Türen sind geschlossen, und es ist kein Mucks zu hören. Nicht einmal aus den Zimmern meiner Halbgeschwister. Welcher Teenager schläft um diese Uhrzeit?

Es ist so schrecklich still hier.

»Da wären wir.«

Joseph führt mich durch ein kleines Büro zu einem Gästezimmer, dessen florales Design mich zu erschlagen droht. Die Tapete zeigt rosa Rosen, die Bettdecke ist farblich genau auf diesen Ton abgestimmt, und auf den Zierkissen wird die Blütenpracht noch weiter fortgesetzt.

»Danke«, murmle ich und unterdrücke einen Witz. Irgendwie macht mein Vater nicht den Eindruck, als würde er sich für meine Kritik an dieser Inneneinrichtung interessieren.

»Pünktlich um acht Uhr gibt es Frühstück«, informiert er mich. Dann geht er.

Falls das überhaupt möglich ist, fühle ich mich jetzt noch beschissener als vorher. Rücklings lasse ich mich auf das Bett fallen und starre eine halbe Ewigkeit an die Zimmerdecke. Dann kann ich dem Drang nicht mehr widerstehen und ziehe das Handy aus meiner Hosentasche.

Siebzehn verpasste Anrufe von Leo.

Nur eine Nachricht.

Pass auf dich auf.

Nicht gerade das, was ich erwartet habe, aber Leo ist in keiner Form das, was ich erwartet habe. Ich hätte es besser wissen sollen.

Schon unsere erste Begegnung bestand nur aus Lügen, und es hat sich immer weitergezogen. Wieso sollte ich ihm jetzt noch glauben?

Wenn all diese Anschuldigungen stimmen, wieso hat er mir vorher nichts davon gesagt?

Und wieso will ich ihm überhaupt glauben?

Der Gedanke an ihn, seine olle Lederjacke und seine Arme um mich erscheint mir so schrecklich verlockend. Das passiert, wenn man sich zu schnell auf einen Menschen einlässt, von dem man eigentlich nichts weiß.

Stöhnend reibe ich mir über die Augen.

Eindeutig zu viele offene Fragen und zu viele Gefühle, die meine Gedanken blockieren. Für einen Augenblick denke ich darüber nach, ob ich Mia noch einmal anrufen sollte, aber ich kenne mich selbst gut genug, um zu wissen, wie das endet. In noch mehr Tränen und Worten, die ich gerade nicht hören will.

Was also dann?

In meinem Kopf herrscht noch zu viel Chaos, um mich einfach schlafen zu legen, aber in diesem Zimmer befindet sich nichts, das mich ablenken könnte.

Also greife ich nach meinem Rucksack. Nur damit mein Herz direkt den nächsten Schnitt erleidet, denn das Erste, was ich herausziehe, ist die Auster.

Bilder blitzen vor meinem geistigen Auge auf. Bilder von Leo. Von uns. Von den Momenten, in denen ich kurz vergessen habe, dass es keine Liebe auf den ersten Blick geben kann. Und kein Happy End für immer.

Doch dieses Wissen ändert nichts an dem Gefühl.

Sorgfältig ziehe ich das schwarze Fotoalbum hervor. Noch ist es leer, doch ich habe mir vorgenommen, es zu füllen. Nicht nur für mich, sondern auch für die Megan danach. Die entsprechenden Fotos habe ich bereits drucken lassen und verteile sie nun auf dem Bett, um einen besseren Überblick davon zu bekommen, wie ich sie in dem Album anordnen sollte.

Eine gute Stunde hält mich das beschäftigt, aber dann werden die Einsamkeit und die Sehnsucht nur noch größer.

Der Wunsch, gar nicht erst hergekommen zu sein, wird lauter. Zögernd nehme ich das Handy in meine Hand, denke darüber nach, ob ich mich einfach entschuldigen und wieder ins Hotel fahren sollte – aber mein Dad, oder besser Audrey, hat extra dieses Zimmer für mich fertig gemacht. Es wäre unhöflich, jetzt zu gehen, oder?

Unschlüssig ziehe ich meine Kamera hervor.

Ich rutsche weiter auf das Bett und gehe die Bilder der letzten Tage durch. Nur, um immer wieder Leos Gesicht vor mir zu sehen.

Alles, was ich sehen wollte, war meine Wahrheit. Meine Perspektive. Meine Wut. Meine Angst.

Doch was mir aus Leos entgegenblickt, bringt diese Wahrheit zum Wanken.

LEO

Jeder begegnet irgendwann dem Menschen seines Lebens, aber niemand kann dir sagen, ob du ihn auch erkennst, wenn er vor dir steht. Ich glaube, dass Megan dieser Mensch ist, doch ich glaube auch, dass ich es für sie nicht sein kann.

Wenn es anfängt, nur noch wehzutun, mit jedem Atemzug mehr, dann ist es nicht mehr das Richtige. Egal, wie schön es einmal war oder wie sehr man etwas will. Zumindest das hat mir mein Job gezeigt. Und Megan so zu sehen, ist die schlimmste Qual, die ich mir vorstellen kann. Ich weiß nicht, ob ich mit ansehen will, wie dieser Mann ihr das nimmt, was ich so sehr an ihr bewundere.

»Du hast es ihr gesagt?«, donnert mein Dad am anderen Ende der Leitung.

»Ich hatte keine andere Wahl«, rechtfertige ich mich, doch selbst in meinen Ohren klingt das nach Ausflüchten. Die Wahrheit ist, dass ich sehr wohl eine Wahl hatte, und ich habe mich für Megan entschieden.

»Gottverdammt.«

»Und sie glaubt mir nicht«, setze ich nach. Wobei die Tatsache, dass ich es ausspreche, den Schmerz in meiner Brust neu aufflammen lässt. Es ist mein eigenes Verschulden, dass sie mich für einen Lügner hält.

Ich habe so lange um dieses Geheimnis drum herumgeredet, dass die Wahrheit nun kaum noch eine Bedeutung hat.

»Das habe ich nicht erwartet«, kommt es von meinem Vater.

»Ich auch nicht, um ehrlich zu sein.«

Unruhig fahre ich mir mit der Hand über die Augen. Sie hat auf keinen meiner Anrufe reagiert, auch nicht auf die Nachricht, und ich wollte ihr nicht das Gefühl geben, dass ich nicht nur ein Lügner bin, sondern tatsächlich ein Stalker, also habe ich mich seitdem nicht mehr bei ihr gemeldet.

»Meinst du, sie wird reden? Wenn jemand erfährt, dass ich mich habe bestechen lassen, ist das das Ende der Kanzlei. Und mit Pech auch meines. Ich bin zu alt für das Gefängnis.«

Die Frage meines Dads bringt mich aus dem Konzept. »Ist das alles, wovor du Angst hast?«

Ich höre, wie er schluckt. »Du solltest auch Angst haben, verdammt noch mal. Es hängt nicht nur mein Leben daran, sondern auch deins.«

»Die Kanzlei ist dein Traum, Dad«, unterbreche ich ihn grimmig. »Nicht meiner. Das war er nie.«

Die Worte sind so beiläufig ausgesprochen, dass ich nicht weiß, ob mein Vater versteht, was ich ihm sage. Er schweigt einen Moment, scheint nicht zu wissen, wie er darauf reagieren soll, also sage ich: »Sie wird sicher nichts sagen und dich erst recht nicht wegen etwas davon anzeigen. Warum sollte sie, wenn sie kein Wort glaubt?«, frage ich und lasse mich erschöpft auf den Boden sinken. Für das Bett fühle ich mich nicht gut genug, schon gar nicht, wenn an den Laken noch immer der schwache Hauch von Megans Parfum hängt.

»Hmpf«, macht mein Dad. »Das überzeugt mich nicht.«

»Offenbar bin ich heute nicht gerade gut darin, Menschen von irgendetwas zu überzeugen. Selbst wenn es die Wahrheit ist«, murmle ich.

Wieder schweigen wir eine Weile. Dann scheint es bei meinem Dad klick zu machen. »Sie bedeutet dir was.«

Ich rolle mit den Augen. »Wow, das merkst du jetzt erst?«

»Nein, aber ich war vorher zu höflich, um es anzusprechen. Und wenn du für sie riskierst, dass dein alter Mann eine Weile im Knast sitzt, wird sie wohl kaum eine x-beliebige Frau sein.«

»Tut mir leid«, murmle ich, weil es mir tatsächlich leidtut. Ich verurteile meinen Vater für die Entscheidung, die er damals getroffen hat – aber er ist immer noch mein Dad, und ich habe ihn und alles, was er über die Jahre aufgebaut hat, in Gefahr gebracht.

»Muss es nicht«, meint er leise, und mein Kopf ruckt vor Überraschung hoch. »Die Vergangenheit holt einen irgendwann ein, das wusste ich. Und wenn es jetzt sein soll, dann ist es so. Ich kann dich schlecht dafür verurteilen, dass du ein besserer Mann geworden bist als ich.«

Vor Überraschung klappt mein Mund auf. »Ich kann nicht glauben, dass du das gerade gesagt hast.«

»Keine Sorge, ich werde mich zu einer anderen Zeit ausgiebig darüber beschweren, dass du die Sache ausgeplaudert hast.«

Gegen meinen Willen muss ich grinsen. Mein Vater ist nicht gerade der Inbegriff von Feinfühligkeit, aber gerade hat er mir bewiesen, dass doch noch ein Stückchen Held in ihm steckt. Nur leider kann er mir nicht dabei helfen, jetzt Megan davor zu bewahren, sich ihrem Vater zu stellen. »Ich mach mir Sorgen um sie.«

Mein Vater schnaubt. »Natürlich machst du das, sie ist in dem Haus eines Psychopathen.«

»Das hilft mir nicht, Dad.«

»Ich hab dir gesagt, ihr sollt euch fernhalten und nicht nach Sandpoint fahren«, brummt er. Am liebsten würde ich ihm widersprechen, aber in diesem Punkt hat er leider recht. Er hat mich gewarnt, und ich wollte nicht hören, sondern Megan helfen, um – ja, um was? Um ihren leuchtenden Retter zu spielen, wenn ihr Dad ihr das Herz gebrochen hat? Das ist selbst für meine Verhältnisse ziemlich erbärmlich.

»Es ist möglich, dass er sich geändert hat, oder?«, versuche ich mich trotzdem an dem kleinen Funken Hoffnung festzuhalten.

»Möglich? Ja. Wahrscheinlich? Eher nicht«, brummt mein Vater. »Raubtiere hören nicht einfach so damit auf, ihre Beute zu reißen.«

Ich verziehe das Gesicht. »Könntest du das noch etwas bildlicher beschreiben, damit ich mir noch mehr Sorgen mache?«

Mein Dad lenkt ein, was ich ihm zugutehalten muss, denn oft tut er das nicht. »Tut mir leid, Junge.«

»Ja, mir auch.«

»Ich bin sicher, sie wird merken, dass etwas nicht stimmt«, versucht er, mich zu beruhigen. Doch ich bin mir nicht so sicher, ob es das ist, was ich will.

Megan soll glücklich sein, die Familie finden, die sie verdient. Kein weiteres Drama. Aber ganz so einfach läuft es eben nicht. »Ja, vielleicht«, sage ich ausweichend.

»Und dann wird sie sehen, dass sie mit dir einen verdammten Glücksgriff gelandet hat.«

»So weit würde ich nicht gehen.«

30

MEGAN

*T*räume ich, oder beginne ich mich an etwas zu erinnern, das ich so lange verdrängt habe?

Ich als kleines Mädchen, das zwischen zwei streitenden Erwachsenen steht. Und ich habe Angst. Schreckliche Angst. Meine Mutter greift nach meinem Arm, sagt mir, dass wir jetzt gehen müssen – doch ich werde zurückgezerrt. Weg von ihr. Und dann wird sie gestoßen von zwei groben Händen.

Meine Mutter fällt die Treppen hinunter, schlägt sich den Kopf auf. Ich schreie, renne zu ihr, weine und rufe nach meinem Daddy, der uns helfen soll. Doch stattdessen starrt mir nur eisiges Grau entgegen.

Ich reiße die Augen auf.

In einem fremden Bett, unter dem fremden Dach einer Familie aufzuwachen, gibt mir das Gefühl, völlig fehl am Platz zu sein. Gähnend mache ich mich frisch, ehe ich in das Arbeitszimmer trete. Und die Reste meines Traums hinterlassen eine Gänsehaut auf meinem Körper, wie nach einem Gruselfilm. Es fühlt sich an, als würde der Geist der Mutter, die ich nie wirklich kannte, jeden meiner Schritte verfolgen.

Was ich brauche, damit ich wirklich und endgültig Gewissheit bekomme, sind Antworten – und es gibt nur eine Person, die sie mir geben kann.

Mein Vater sitzt bereits an dem großen dunklen Schreibtisch. Als er mich sieht, nimmt er die Lesebrille ab. »Guten Morgen.«

Ich ringe mir ein Lächeln ab. »Danke, dass ich hier übernachten durfte.«

In seinen hellen, blauen Augen blitzt es. »Du bist meine Tochter. Du gehörst zur Familie, egal, was passiert, du kannst immer zu mir kommen.«

Er sagt es, als würde er es ernst meinen. Doch irgendwo in mir ist der Zweifel und scheint zu schreien. Verwirrt reibe ich mir über die Unterarme. Gerade würde ich alles dafür geben, einfach wieder in Belmont Bay zu sein und mit Mia auf der Veranda zu sitzen, während unsere Mom uns einen Vortrag darüber hält, wieso Cherry-Pepsi kein Grundnahrungsmittel ist. »Danke, ich weiß das wirklich zu schätzen.«

Diese förmliche Antwort passt nicht zu mir, aber sie passt zu dieser Situation. Dieser seltsamen Anspannung zwischen mir und meinem Vater.

»Willst du darüber reden, was passiert ist?«, will er wissen, während ich mich vor ihm an den Schreibtisch setze.

»Um ehrlich zu sein, nein. Aber ich würde gern über etwas anderes reden.«

Er lehnt sich in seinem großen Lederstuhl zurück. »Und worüber?«

Ich sehe ihn direkt an, versuche, schlau aus seiner Mimik zu werden, etwas zu finden, an dem ich mich festhalten kann. Doch in dem Blau verschwimmt alles. Noch einmal schlucke ich die Angst hinunter. »Meine Mutter.«

Seine Stirn zieht sich zusammen, zeichnet die nachdenkliche Falte zwischen seine Brauen, die ich von mir selbst kenne. »Das ist kein gutes Thema für einen so schönen Tag.«

Mein Mund öffnet sich, weil ich nicht glauben kann, dass er dieses Thema schon wieder so einfach wegwischen will. Als wäre es nichts. Als wüsste er nicht, was mir diese Antwort bedeuten wird.

Nur lasse ich es dieses Mal nicht zu. Es reicht. Ich kann nicht noch einmal alles einfach in der Schwebe lassen. Nicht mit diesem Gefühl im Nacken. Ich hebe das Kinn. »Gut möglich, aber ich muss es wissen.«

Joseph steht von seinem Stuhl auf. Er umrundet betont langsam das dunkle Holz, nur um sich dann vor mir zu positionieren. »Du lässt nicht so einfach locker, oder?«

»Deine Frau meinte, in dieser Sache bin ich dir ähnlich«, gebe ich zurück, wobei sich meine Lippen zu einem verkrampften Lächeln verziehen.

Mein Vater zieht eine Packung Zigaretten aus seiner Schublade und steckt sie sich zwischen die Lippen. »Natürlich bist du das.«

Die Glut leuchtet in seinen Pupillen. Sein Schweigen bringt mich dazu, mich zu räuspern. »Also, was ist passiert?«

Joseph sieht mich eine Weile an. Es ist, als würde er auf mich herabblicken – doch das ist Unsinn. Oder? Wieso sollte er das tun?

Die Pause wird immer länger, dehnt sich aus. Dann nickt er und seufzt einmal tief. »Sie war krank, Megan«, sagt er mit einer Stimme so kalt wie Eis. »Wirklich schwer krank. Ständig hat sie aus allem ein Drama gemacht, hatte Halluzinationen, Wahnvorstellungen. Sie rief sogar die Polizei und behauptete, ich hätte den Teufel in mir.«

Es dauert, bis ich die Tragweite seiner Worte verstehen kann, und auch als ich meinen Mund wieder öffne, ist es noch nicht völlig in mein Bewusstsein übergegangen. »Hat sie keine Hilfe bekommen?«

Er zuckt mit den Schultern und drückt die Zigarette aus. »Sie wollte keine. Von einem Tag auf den anderen war sie verschwunden mit dir, und ich hatte nichts anderes als einen Abschiedsbrief.«

In meinem Kopf rattert es. »Einen Abschiedsbrief?«

»Deine Mutter hat sich umgebracht, Megan.«

Irgendwo tief in mir zersplittert etwas. »Was?«

Wieder dieses Schulterzucken, kühl und distanziert. »Zumindest vermuten wir das. Sie hat dich irgendwo ausgesetzt und sich dann selbst das Leben genommen.«

Ich schüttle den Kopf, kann ihm nicht glauben, will es nicht. »Wieso hätte sie das tun sollen?«

Er stößt die Luft aus, ganz so, als sei er es leid, über dieses Thema zu sprechen. »Das sagte ich doch bereits, sie war krank.«

Wie er das sagt, wie er sie verurteilt. Wie er sich nur mit diesen Worten über sie erhebt und mir das Gefühl gibt, sie habe weniger Wert gehabt, als ich ihr zuschreibe. Als könnte irgendeine psychische Krankheit den Wert einer Person mindern. »Aber ...«

»Ich kann ihn dir zeigen.«

Mein Plan, ihn darauf hinzuweisen, wie schrecklich falsch seine Worte und besonders sein Tonfall sind, löst sich schlagartig in Luft auf. »Den Brief?«

Er nickt. Steht auf und geht zum Schreibtisch, ohne auch nur den Hauch eines Zweifels in seinen Schritten. Dann drückt er mir ein vergilbtes Blatt Papier in die Hände.

Ich ertrage dieses Leben nicht mehr, darum werde ich es verlassen. Such nicht nach mir, denn der Snake River wird nichts von mir übrig lassen.

In Liebe
Margot

Meine Finger streichen über das Papier, über die Tinte, die vor mehr als zwanzig Jahren auf diesen Linien getrocknet ist. »Aber ...« Tränen laufen mir über die Wangen. Zweifel schreien, brüllen und toben in meinem Kopf.

Das Herz in meiner Brust fühlt sich wund und rissig an, obwohl ich nichts davon glaube. Nichts von diesen Worten. Nichts von dieser Geschichte.

»Kein Aber, Megan. Sie ist tot. Da bin ich mir sicher, und um ehrlich zu sein, dachte ich, du wärst es auch«, meint er mit Nachdruck und nimmt mir den kleinen Brief wieder aus der Hand, als wolle er auch die letzte Verbindung zu meiner Mutter kappen.

»Das ergibt keinen Sinn«, versuche ich es noch einmal. »Wenn sie sich in den Fluss gestürzt hat, wie bin ich dann nach New York gekommen?«

Falls ihn das aus dem Konzept bringt, lässt er es sich nicht anmerken. »Die Frage werden wir wohl nie abschließend klären können«, antwortet er kühl. »Jetzt geh dir das Gesicht waschen. Ich will nicht, dass du meiner Familie völlig verheult gegenübertrittst.«

Mein Mund klappt auf, und ich wische mir nur aus Reflex über die tränennassen Augen. »Ist das dein Ernst?«

»Darstellung ist die halbe Realität, Megan. Werd erwachsen. Geh dich waschen und zieh dir etwas an, das weniger ... unangemessen ist. Ich erwarte dich unten.«

Dann geht er und lässt mich allein.

Ich weiß nicht, ob ich wütend oder traurig bin, oder ob Enttäuschung noch einmal eine ganz andere Emotion darstellt. Für ein paar Herzschläge sitze ich einfach nur da, starre vor mich hin und wünsche mir, seine Worte hätten weniger offene Wunden hinterlassen.

Mein Blick fällt wieder auf den Brief. Den Abschied, der sich so schrecklich falsch anfühlt. Das ist nicht logisch. Die letzte Spur meiner Mutter führte nach Belmont Bay. Sie kann diesen Brief nicht geschrieben haben. Oder? Ich bin mir nicht sicher, warum, doch dann stehe ich auf und nehme ihn an mich. Offensichtlich bedeuten diese Worte meinem Vater nichts, für mich aber könnten sie alles bedeuten.

Die Wahrheit, der ich hinterherjage, seit ich denken kann.

Trotz seiner unmissverständlichen Anweisung ziehe ich mich nicht noch einmal um. Wenn er ein Problem mit meinem Hintern in Jeansshorts hat, ist das seines und nicht meins. Allerdings nehme ich das Album, an dem ich die letzte Nacht gebastelt habe, mit mir, ehe ich die Stufen hinunterklettere.

»Wo ist Ann?«, frage ich zur Begrüßung, als ich mich am Küchentisch neben John setze und ihm mein Fotobuch überreiche.

»Ist das für mich?«

Ich wuschle ihm durch die Haare, was er hasst, aber womit er klarkommen muss, weil ich eben seine große Schwester bin und so etwas tue. »Ist es.«

Die Antwort meines Vaters ist ruhig und gelassen. »Sie wird heute nicht mit uns essen.«

»Warum nicht?«

»Sie ...«, setzt Audrey an, doch Joseph unterbricht sie sofort. »Gib mir bitte die Butter.«

Audrey lächelt, nickt, und wir essen schweigend Pfannkuchen, die sich in meinem Mund anfühlen wie Asche. Mein Blick geht immer wieder zwischen Audrey und John, der gerade dabei ist, sein Geschenk auszupacken, hin und her.

Er reißt das provisorische Geschenkpapier, das nur eine alte Tageszeitung ist, herunter und betrachtet neugierig das schwarze Fotoalbum. Auf den ersten Seiten findet er die Fotos unseres Familienessens. Er und seine Schwester lachend im Garten. Audrey und Joseph, wie sie sich liebevoll anschauen. Und eines von mir, wie ich lächelnd im Sonnenuntergang stehe. Völlig überbelichtet und unglaublich glücklich darüber, dass ich endlich den Ort gefunden habe, nach dem ich so lange gesucht habe.

Wie schnell sich die Dinge doch ändern können.

»Es ist wunderschön«, murmelt John verlegen. »Danke.«

Ich lächle breit. »Gern geschehen – du musst es jetzt nur mit neuen Erinnerungen füllen.«

Grinsend öffnet er eine Seite, auf der ich bereits Dekorationen hinzugefügt habe, wo jedoch genug Platz ist, damit er seine eigenen Erinnerungen einkleben kann. Andächtig streicht er über die goldenen Verzierungen.

»Oder du benutzt wie jeder andere auch einen Ordner auf deinem Laptop«, meint mein Vater, schnappt sich das Fotoalbum und wirft es achtlos auf das Sofa hinter sich. »Können wir jetzt in Ruhe weiteressen?«

Und wieder einmal sacke ich etwas mehr in mich zusammen. Ohne etwas zu sagen, starre ich auf meinen Teller. Die Zeit dehnt sich aus wie eine unendlich große Kaugummiblase, die uns alle zu ersticken droht. Noch nie war ich so erleichtert, endlich einen leeren Teller vor mir zu haben.

»Kann ich dir helfen?«, frage ich, als Audrey Anstalten macht, meinen Teller abzuräumen. »Nein, alles gut. Bleib sitzen und unterhalt dich mit deinem Bruder.«

John und ich sehen uns kurz an, warten jedoch, bis sowohl Joseph als auch Audrey das Zimmer verlassen haben, ehe wir sprechen. »Was ist los?«

Mein Halbbruder weicht meinem Blick aus. »Mom und Dad hatten Streit.«

Das Blut rauscht in meinen Ohren, die Zweifel stimmen einen Chor an, dem ich nicht mehr entkommen kann. »Weswegen?«

»Mom gibt sich nicht genug Mühe.« Jedes seiner Worte ist tonlos, völlig ohne Wertung oder Überraschung. Für ihn ist es Normalität. Und das sorgt dafür, dass mein Magen sich noch weiter herumdreht und mir fast der letzte Pfannkuchen wieder hochkommt.

»Mit was gibt sie sich denn nicht genug Mühe?«, will ich trotzdem wissen, auch wenn ich jetzt schon weiß, dass es eine ganze schlechte Idee ist, weiter nachzubohren.

John sieht mich an. »Dad ist eben so.«

»Wie denn?«

»Streng.«

Ich weiß nicht, was ich darauf sagen soll, also stehe ich auf. Die gedämpften Stimmen aus der Küche sorgen allerdings dafür, dass ich kurz vor meinem Ziel stehen bleibe. Lauschen ist nicht gerade mein Spezialgebiet. Vielleicht habe ich doch etwas zu viel Zeit mit Leo verbracht. Ganz langsam setze ich einen Fuß vor den anderen und bemerke nicht einmal, dass ich den Atem anhalte, um jedes Wort verstehen zu können.

»Sie ist deine nutzlose Tochter«, brummt Joseph.

»Sie ist ein Teenager«, hält Audrey dagegen.

»Das ist John auch fast, und er zieht sich nicht so an oder benimmt sich wie eine Nutte.«

Mein Herz bleibt stehen.

»Du weißt, dass ich es nicht mag, wenn du so über sie redest.«

»Wenn du ihr Benehmen beigebracht hättest, müsste ich sie nicht als das bezeichnen, was sie nun einmal ist. Also wessen Schuld ist das?«

Ich höre einen Teller zerbrechen, Audreys Stimme, die durch etwas gedämpft wird, meinen eigenen Herzschlag, der so laut in meinen Ohren donnert, dass er selbst meine Gedanken übertönt.

»Wessen Schuld, Audrey?«

Ihr Schluchzen ist leise, doch das Wort hallt dennoch in meinem Kopf wider. »Meine.«

Das reicht. Ich marschiere in die Küche, sehe gerade noch, wie mein Vater von seiner Frau zurückweicht und ihren Arm loslässt.

»Megan«, sagt Audrey sofort. »Brauchst du etwas?«

»Nein, bei mir ist alles gut. Bei euch auch?«, frage ich betont freundlich. Ein kleiner, naiver Teil von mir will glauben, dass ich mir all die roten Flaggen nur eingebildet habe. Dass diese Familie doch so großartig und liebevoll ist, wie es am ersten Tag den Anschein gemacht hat. »Audrey?«

Ihr Lächeln erinnert mich an die Maske eines Clowns. »Es ist alles in Ordnung.«

Mein Vater tut etwas noch Schlimmeres. Er geht einfach mit den Worten: »Ich bin in der Garage, wenn ihr mich braucht.«

Schweigend warte ich, bis er außer Hörweite ist, dann trete ich näher an Audrey heran.

»Verfluchte Scheiße, hier ist gar nichts in Ordnung«, fauche ich. »Was läuft hier?«

Audrey lächelt noch immer, sie hebt beschwichtigend die Hände. »Du hast das missverstanden, es ist alles okay.«

Langsam, aber sicher fange ich an, dieses Wort zu hassen. Okay. Was zur Hölle ist in dieser Familie überhaupt noch okay? Können Familien überhaupt jemals wirklich okay sein?

Ich schlucke, versuche, nicht daran zu denken, dass ich diesen Ausdruck in ihren Augen besser kenne, als mir lieb ist. Er erinnert mich an Mia. An den Albtraum, den sie durchleben musste. Dann straffe ich mich. »Zeig mir deinen Arm.«

Die Frau meines Vaters zuckt zurück. »Nein.«

»Audrey, wenn er dir wehgetan hat ...«

»Hat er nicht«, beteuert sie. »Er ist ein guter Mann. Ich habe mich nur ...«

Gröber, als es meine Absicht war, greife ich nach ihr und ziehe die Ärmel ihrer Bluse hoch. Auf ihrem Unterarm gibt es ein Mal aus dunklen Flecken in Form einer Hand.

Und damit fällt auch der Rest meines Zweifels.

Die Hoffnung, an die ich mich geklammert habe.

Die Wunschvorstellung meines Helden in Gestalt meines Vaters.

»Was, gestoßen?«, frage ich und blicke über meine Schulter, aus Angst, dass mein Vater plötzlich hinter mir stehen könnte. Aber ein weiterer Blick in Audreys Augen verrät mir, dass ich gegen Windmühlen kämpfe.

Sie macht einen Schritt von mir weg, schiebt den Ärmel wieder nach unten und sagt: »Ja.«

»Du bist ganz zufällig in eine Hand gefallen, die dich umklammert hat?«

Schweigend wendet sie sich dem Geschirr zu. »Er ist ein guter Mann, du verstehst das nicht.«

»Ich habe es nicht verstanden, bis jetzt«, kontere ich, nur damit der Stein in meinem Magen noch schwerer wird. »Wo ist Ann?«

»In ihrem Zimmer, sie hat Hausarrest«, antwortet Audrey, und ich lasse ihr nicht die Zeit, mich zu fragen, warum ich das wissen will. Mit großen Schritten eile ich durch das Wohnzimmer, wieder hinauf in die erste Etage und klopfe an die Zimmertür meiner Schwester. »Ann?«

»Geh weg.«

»Ann, ich bin's, Megan.«

Zögernde Schritte sind zu hören. »Was willst du?«

Eine verdammt gute Frage, denn wenn ich ehrlich bin, habe ich keine Ahnung, was ich hier tue oder was ich tun sollte. »Ich wollte nur hören, ob es dir gut geht.«

Ihre Stimme klingt nun viel näher. Die Tür trennt uns voneinander, aber ich bin trotzdem froh, dass ich ihr etwas näher bin. »Machst du jetzt einen auf fürsorglich?«

Mit dem Kopf lehne ich mich gegen das lackierte Holz. »Könntest du mich reinlassen?«

Ann zögert einen Moment. »Würde ich, aber ich hab den Schlüssel nicht.«

Ich weiß nicht, warum ich diesen Beweis noch brauche, aber ich drehe am Türknauf. Nichts. Meine kleine Halbschwester ist eingesperrt. Mein Vater hat sie in ihrem eigenen Zimmer eingeschlossen, als müsste sie eine Straftat absitzen. »Ann, was ist hier los? Tut er euch weh?«

»Wer?«

»Dein Dad.«

Sie schweigt eine ganze Weile. »Du solltest gehen. Wirklich. Solange du da bist, wird alles nur noch schlimmer.«

Jedes ihrer Worte sorgt dafür, dass die letzten Reste meiner Hoffnung langsam vergiftet werden. »Wie meinst du das?«, flüstere ich.

»So, wie ich es sage. Du störst seine Routine, und darauf reagiert er ... nicht gut.«

Ich schließe die Augen, lehne meine Stirn gegen das Holz der Tür. »Beantworte mir die Frage, Ann. Tut er dir weh?«

»Mir nicht, nicht bis gestern«, haucht sie so leise, dass ich es kaum verstehen kann. »Aber Megan, bitte. Geh einfach. Wenn du weg bist, wird es wieder wie vorher. Mom ...«

Scheiße.

»Er hat kein Recht dazu«, murmle ich, obwohl ich genau weiß, dass ihr diese Phrase auch nicht weiterhilft.

»Was du nicht sagst«, schnaubt Ann, doch auch ihre Stimme zittert. »Man kann sich seine Familie eben nicht aussuchen.«

»Da hast du recht, aber ich bin auch deine Familie.«

Ann sagt nichts, und ich wühle in meiner Handtasche nach einem Stift. Achtlos reiße ich ein Blatt aus dem kleinen Kalender, den Mia mir geschenkt hat und den ich nie benutze. »Das ist meine Adresse und meine Telefonnummer. Wenn du irgendwas brauchst, dann ruf an. Egal, wann oder warum.«

»Du solltest wirklich gehen. Wenn er mitbekommt, dass du mit mir redest, obwohl ich im Arrest bin, wird er nur noch wütender«, murmelt Ann, doch sie zieht den Zettel mit meinen Daten in ihr Zimmer.

Arrest.

Sie hat sogar ein Wort für das, was er ihr antut.

»Ich bin für dich da«, verspreche ich, obwohl es sich wie eine entsetzliche Floskel anfühlt.

Dann lässt Josephs Stimme das ganze Haus erzittern. »Megan? Was tust du da oben?«

»Ich hab mich nur von Ann verabschiedet«, rufe ich und bleibe dennoch unentschlossen vor der Tür stehen.

Es heißt, dass jede Enttäuschung einen stärker macht, doch im Grunde wird man nur kälter und kälter.

31

MEGAN

*M*ir ist schlecht.
In meinem Magen scheint es plötzlich ein schwarzes Loch zu geben, das mit jedem Herzschlag größer wird, sich mehr und mehr ausdehnt, bis von meinen Hoffnungen und Träumen nichts mehr übrig ist als endlose, gähnende Leere.

Und das Schlimmste ist: Ich würde am liebsten meine Mom anrufen. Meine richtige Mom, meine echte Mom. Meine Mom, die mir mit sechs Jahren ein Kamillenbad eingelassen hat, als ich die Masern hatte, die mich mit siebzehn Jahren, als ich völlig betrunken war und wie ein Schlosshund weinte, von einem Festival abgeholt und die mich in den Arm genommen hat, immer dann, wenn ich eine Umarmung gebraucht habe. Doch ich habe mich dazu entschieden, ihr nichts von all dem hier zu sagen, und nun begreife ich, was für ein unglaublicher Fehler das war.

Ich blicke auf mein Handy. Ein Teil von mir sträubt sich, aber der andere braucht jetzt dringender denn je seine Mom. Es klingelt nur einmal, dann hebt sie ab. »Megan?«

Mit einer Hand halte ich mir den Mund zu, um mein Schluchzen zu unterdrücken. »Mommy«, hauche ich gegen das Smartphone.

Alarmiert stößt sie aus: »Was ist los?«

»Ich hab Scheiße gebaut, Mom«, flüstere ich, wische mir die Tränen weg, als könnte sie jede einzelne davon hören.

»Egal, was passiert ist«, sagt meine Mom ruhig und bestimmt. »Wir schaffen das. Sag mir, was los ist.«

Und es sind diese Worte, die ich hören musste. Es ist diese Stimme, die ich gebraucht habe.

»Megan?«

Mir war nicht bewusst, wie lange ich geschwiegen und still geweint habe. Meine freie Hand verkrampft sich zur Faust.

Und dann erzähle ich es ihr, in der Kurzfassung.

»Ich nehme den nächsten Flieger«, meint meine Mutter. Ihre Stimme ist noch immer ruhig, aber ich höre das leichte Zittern der Sorge. Kenne es von all den Malen, als sie kommen und mich retten musste. Aber sie tut es, so wie sie es immer getan hat. Ich habe meiner Mutter so viele Gründe gegeben, wütend auf mich zu sein oder mich einfach im Stich zu lassen, aber sie tut es nicht, würde es nie tun – und ich glaube, in diesem Moment begreife ich, wie stark das Band zwischen uns ist.

»Wir fahren nachher nach Belmont Bay zurück«, murmle ich und betrachte die Badezimmertür, als hätte ich Angst davor, dass jemand sie einfach aufreißen würde.

»Gut, versuch so schnell es geht aus diesem Haus rauszukommen.«

Ich nicke. »Mom?«

»Ja?«

»Was ist ... mit der Familie?«

Die Frage schwingt einen Moment zwischen uns, als könnte sie die Distanz zwischen New York und Idaho einfach überwinden und eine Antwort geben. Meine Mom schweigt, weiß, dass ich mit einer ehrlichen Antwort gerade wahrscheinlich nicht zurechtkommen würde.

»Darüber denken wir nach, wenn ich da bin.«

»Danke, Mom«, murmle ich und meine es so.

»Meld dich, sobald du aus diesem Haus raus bist.«

Nickend schließe ich die Augen. »Ich rufe Leo gleich an.«

»Leo heißt er also ...«, gibt meine Mutter zurück, und ich kann den Anflug eines spöttischen Grinsens hören, obwohl die Situation gerade so gar nicht dazu passt.

Nachdem ich aufgelegt habe, atme ich einmal durch. Ich wünschte, es würde mir besser gehen, doch mein Fluchtinstinkt ist nur noch stärker geworden.

Schluckend betrachte ich mein Spiegelbild in dem fremden Badezimmer. Ich bin schon viel zu lange hier drin, aber ich kann mich einfach nicht dazu überwinden, wieder die Tür zu öffnen und so zu tun, als wäre alles in Ordnung. Es geht nicht.

Zum zweiten Mal innerhalb der letzten Minuten ziehe ich das Handy aus meiner Hosentasche. Ich könnte sie anrufen, könnte ihr alles sagen und hoffen, dass sie es versteht und mich abholt. Mich einsammelt, weil ich mich auf den Irrwegen des Lebens mal wieder verlaufen habe.

Obwohl mein Finger kurz über ihrer Nummer verharrt, entscheide ich mich dagegen. Sie würde sich in den nächsten Flieger setzen, keine Frage. Aber ich will schneller hier raus.

Weg von diesem Haus.

Diesem Mann.

Es ist so absurd. Ich habe mich so lange gefragt, wer er ist, und nun, da ich hinter seine Maske geblickt habe, wünschte ich mir, diese Frage nie gestellt zu haben.

Ein paarmal atme ich tief durch, bevor ich mich dazu entschließe, das Bad wieder zu verlassen.

»Ist alles in Ordnung?«, fragt Audrey alarmiert und sieht mich besorgt an. Ich würde ihr so gern helfen, ihr sagen, dass sie gehen kann – aber ich bringe nichts über die Lippen. Und durch Anns Worte habe ich Angst, dass alles, was ich jetzt tue, es noch viel schlimmer für die gesamte Familie macht.

Ich weiß nicht, wie, aber es gelingt mir, ein verkrampftes Lächeln auf mein Gesicht zu zaubern. »Alles gut.«

»Du siehst etwas blass aus.«

So fühle ich mich auch, aber das kann ich schlecht sagen. Also zwinge ich mich zu lächeln. »Es ist okay, ich werde gleich abgeholt.«

»Tatsächlich?« Die kalten Augen meines Vaters bohren sich in meine. Ahnt er etwas? Dass ich dieses falsche Spiel der perfekten Familie durchschaut habe? Oder etwas von dem, was meine kleine Schwester gesagt hat?

»Ja, es ist ein Auftrag reingekommen, und der kann leider nicht warten«, meine ich so diplomatisch wie möglich.

Audrey lächelt. »Das ist wirklich schade.«

John schaut von seinem Buch auf. »Kommst du bald wieder?«

Scheiße.

Muss er mich so ansehen? Mein Herz verkraftet diese Knopfaugen nicht, schon gar nicht, wenn ich daran denke, dass ich ihn hier zurücklassen muss.

Immerhin bleibt es mir erspart, ihm eine Lüge aufzutischen, denn wenn es nach mir geht, werde ich dieses Haus nie wieder betreten. Ein Hupen ist zu hören.

Leo ist zu meiner Rettung erschienen.

»Das ist mein Wagen.«

»Sehr schade«, sagt mein Vater und geht einen Schritt auf mich zu.

Sofort spanne ich mich an, spüre eine eisige Kälte, die sich trotz des Sommers in meinem Inneren ausbreitet. Dann umarmt er mich.

Mein Dad umarmt mich.

So viele Nächte in meinem Leben habe ich mir genau das gewünscht, und alles, was ich jetzt fühle, ist entsetzlicher Ekel. Ich halte sogar die Luft an, um den Geruch seines Aftershaves nicht einatmen zu müssen.

Für ein paar panische Herzschläge glaube ich, dass er mich einfach nicht loslässt. Dass er mich einsperrt, wie er es mit Ann getan hat. Dass ich nun auch in diesem schauderhaften Abziehbild einer Familie gefangen bin.

Doch dann lässt er mich los, und ich kann endlich wieder atmen.

»Ruf mich an, wenn du gut angekommen bist«, sagt er, und es schimmern sogar Tränen in seinen Augen. Sind sie echt? Oder ist das nur Teil seiner Maske? Ist er jetzt einer von den Guten? Oder von den Bösen? Oder ist die Wahrheit wie so oft im Leben schrecklich grau und uneindeutig?

»Es war schön, dich bei uns zu haben«, höre ich Audreys Stimme. Auch sie umarmt mich, kürzer, fast schon entschuldigend. Für einen Moment blicken wir uns in die Augen, und ich glaube fast, dass sie noch etwas sagen will, doch mein Vater kommt ihr zuvor.

»Immerhin eine meiner Töchter ist halbwegs vorzeigbar.«

Er lässt diesen Satz klingen wie einen Scherz. Nur ein harmloser Witz, der sich in meine Seele schneidet – und die Überreste dieser kaputten Familie.

Ich schlucke eine Antwort, will das alles nicht noch schlimmer machen, schultere meine Handtasche und sehe John an. »Meld dich mal bei mir, Genie«, sage ich zum Abschied und drücke ihm einen Kuss auf die Stirn. »Egal, wann oder warum. Ich bin immer da, okay?«

»Danke für das Album«, antwortet er und lächelt, wenn auch verkrampft.

»Das gilt auch für dich«, sage ich an Audrey gewandt, wobei ich noch schnell hinterherschiebe: »Euch.«

Gegen die Tränen ankämpfend, gehe ich durch die Tür, über den weißen Pfad durch den Vorgarten. Leo sitzt im Wagen. Seine Augen sind hinter einer Sonnenbrille verborgen.

Ich kann mich nicht einmal umdrehen, denn ich weiß, wenn ich das tue, versuche ich mich einzumischen. Und dann wird alles noch viel schlimmer. Schlimmer für sie, die hierbleiben müssen.

»Hätte nicht gedacht, dass du mich nach meinem Abgang trotzdem noch abholst«, murmle ich, sobald sich die Wagentür hinter mir schließt.

»Ich bin kein ganz so furchtbarer Mensch, wie du vielleicht denkst«, antwortet er sofort. Sein Blick huscht hinter mich.

Joseph, Audrey und John stehen auf den Stufen der Veranda und sehen uns an.

»Leo … es tut mir leid«, entkommt es mir erstickt. Die Tränen brennen in meinen Augenwinkeln, auch wenn ich weiß, dass sie jetzt nicht fließen dürfen.

Er startet den Wagen, legt den Rückwärtsgang ein. »Mir tut es auch leid.«

»Und ich sag's nicht gern, aber ich glaube dir.« Ich kann ihn nicht einmal ansehen, während ich das sage, sondern starre zu Joseph, der zum Abschied mit einem siegessicheren Lächeln die Hand hebt.

Leo tritt auf die Bremse. »Was ist passiert, hat dieser Dreckskerl dir wehgetan?«

Ich schüttle den Kopf. »Fahr los, bitte. Ich erklär es dir, wenn wir nicht mehr beobachtet werden.«

Er schaut über die Schulter zurück, verengt die dunklen Augen. Dann endlich fährt er los. Es fühlt sich an, als würden tonnenschwere

Steine von meinen Schultern fallen. Mit jedem Meter, den wir uns von diesem Haus entfernen, fühle ich mich wieder mehr wie ich selbst.

»Jetzt sag schon«, zischt Leo in einem Ton, den ich noch nie bei ihm gehört habe. Er ist nicht einfach sauer, es ist der pure Zorn, der seine Stimmbänder beben lässt.

»Mir nicht, aber ich glaube, er tut seiner Familie weh«, antworte ich so leise, dass ich mir erst nicht sicher bin, ob er mich verstanden hat. Ich will noch etwas sagen, aber dann werde ich nach vorne geschleudert.

»Fuck.«

War das Leo? Oder war ich es?

Es dauert einen Moment, bis ich verstehe, dass Leo hart abgebremst hat, weil jemand vor das Auto gesprungen ist. Mein Kopf ist gegen das Armaturenbrett geknallt, und Sterne tanzen so heftig vor meinen Augen, dass ich die Gestalt zuerst nicht erkenne. Schmerz lässt mich aufstöhnen. Die Sonne ist plötzlich viel greller.

»Fuck, Megan, ist alles okay?«

Ich antworte nicht.

Meine Augen sind auf das Mädchen geheftet, das mitten vor uns auf der Straße steht.

Es ist Ann.

LEO

»Fuck, ich hätte dich umbringen können«, rufe ich aus.

»Tut mir leid«, sagt das Mädchen sofort und hebt die Hände, als wollte sie damit zeigen, dass sie unbewaffnet ist. Ein schwerer Rucksack hängt um ihre Schultern, und in der Hand hält sie einen Beutel, aus dem der Kopf eines Katzen-Kuscheltiers schaut.

»Ann, was tust du hier?«, kommt es von Megan, die noch immer etwas benommen aus dem Wagen steigt und direkt auf das Mädchen zugeht – erst jetzt begreife ich, dass es ihre Halbschwester ist.

»Bitte«, wimmert sie. Tränen laufen über ihre Wangen, sie zittert am ganzen Körper und schüttelt immer wieder den Kopf. »Bitte, ich kann nicht wieder zurück.«

Hinter uns hupt es.

Wir sind immer noch mitten auf der Straße, und hinter uns staut es sich langsam. Ich blicke mich um, doch niemand scheint die Polizei gerufen zu haben. »Steigt ein«, herrsche ich, warte nicht darauf, dass eine der beiden antwortet, und steige wieder ein.

Ann rutscht auf den Rücksitz.

»Anschnallen.« Noch einen Blick auf Megan, auf deren Stirn sich eine deutliche Beule abzeichnet, doch sie scheint soweit okay zu sein. Etwas, das man von Ann nicht sagen kann.

Vielleicht ist es der Schock, aber ich fahre los. Einfach geradeaus. Ohne darüber nachzudenken.

Meine Gedanken fühlen sich an, als habe jemand sie zwischen knirschender Watte versteckt, und nichts will wirklich zu mir durchdringen.

Keine der beiden sagt etwas, bis ich aus der Stadt hinausfahre, rauf auf den Highway. Immer weiter und weiter, bis ich mir sicher bin, dass nicht plötzlich ein Wagen hinter uns auftaucht, der uns verfolgt.

Dann biege ich auf einen kleinen Parkplatz ein. Meine Finger haben das Lenkrad so sehr umklammert, dass sie schmerzen.

»Fuck.«

»Fuck«, bestätigt Megan. Dann schnallt sie sich wieder ab und dreht sich zu Ann herum. »Fuck, Ann.«

»Es tut mir leid«, wimmert das Mädchen, und die Tränen laufen wieder über ihre gerötete Haut. »Ich bin aus dem Fenster geklettert. Bitte, schick mich nicht wieder zurück. Ich kann da nicht mehr hin. Du hast gesagt, du bist auch meine Familie. Bitte, Megan ...«

Der dünne Körper verkrampft sich. Zittert und bebt, während sie im wahrsten Sinne des Wortes Rotz und Wasser heult.

Megan zögert keinen Moment. Sie kriecht auf den Rücksitz, nimmt das Mädchen in den Arm. »In meiner Handtasche sind Taschentücher«, sagt sie an mich gewandt, und ich gebe sie ihr nach hinten. Für ein paar Minuten sehe ich die beiden an, sehe zu, wie sie sich hin und

her wiegen, bis Ann keine Kraft mehr hat zu weinen. Bis ihr Körper keine Kraft mehr zum Weinen hat.
»Versuch, etwas zu schlafen«, murmelt Megan sanft.
»Aber ...«
»Keine Angst«, unterbricht sie vorsichtig. »Ich lass nicht zu, dass er dir noch einmal wehtut.«
Ann nickt.
Die dunklen Ringe unter den Augen betonen ihre Erschöpfung nur. Ich steige aus, hole eine Decke aus dem Kofferraum. Nicht gerade das beste Stück, aber es kommt mir richtig vor. Also gebe ich sie Ann, sehe zu, wie sie sich auf dem Rücksitz darin einrollt und die Augen schließt.
Megan steigt aus und macht ein paar Schritte von mir weg.
»Was zur Hölle tun wir jetzt?«, frage ich leise.
Sie holt ihre Zigaretten hervor, zündet sich eine an und schüttelt den Kopf. »Ich habe keine Ahnung.«
»Was ist letzte Nacht passiert?«
»Ich weiß es nicht«, antwortet Megan. »Aber er hat Ann in ihr Zimmer gesperrt. Und ich glaube, er tut ihnen weh. Allen.«
Nervös fahre ich mir durch die Haare. »Hast du Beweise?«
»Du meinst, mehr als einen verstörten Teenager auf deiner Rückbank?«, gibt sie zynisch zurück.
»Megan, wenn wir sie mitnehmen ...«
»Willst du sie etwa hierlassen? Oder zurückbringen? Sieh sie dir doch mal an«, schnaubt sie mit gedämpfter Stimme. »Glaubst du, sie ist wegen eines kleinen Streits vor dein Auto gesprungen?«
Alles wäre einfacher, wenn ich das glauben könnte. »Nein.«
»Nein? Scheiße, Leo, du kannst doch nicht ...«
Ich hebe eine Hand, um sie zu unterbrechen. »Ich meinte: Nein, wir werden sie ganz sicher nicht wieder zurückbringen.«
Megan zieht an ihrer Zigarette. »Und was tun wir dann?«
»Das ist eine Nummer zu groß für mich«, überlege ich laut. »Du musst mir sagen, was genau alles passiert ist.«
Wieder ein Kopfschütteln. »Nichts. Ich habe nichts, das uns helfen könnte. Nur ein paar Fotos, auf denen man nicht wirklich etwas sieht, und diesen blöden Abschiedsbrief meiner Mutter.«

Perplex blinzelnd sehe ich sie an. »Diesen was?«

Megan winkt ab. »Ich glaube nicht, dass er echt ist«, murmelt sie und reicht mir ein Blatt Papier, das sie aus ihrer Handtasche gezogen hat.

Ich betrachte die Worte, doch mein Verstand kann sie nicht wirklich entschlüsseln. »Und wieso nicht?«

»Auch für den Fall, dass ich klinge, als hätte ich zu viel Zeit auf dem Esoterik-Channel verbracht: Ich fühle es einfach. Das hat nicht meine Mutter geschrieben, und es passt nicht zu den Nachforschungen, die ich angestellt habe. Meine Mutter kann sich nicht hier umgebracht haben, während ich in New York gefunden wurde, und ihre letzte Spur hat mich nach Belmont Bay geführt«, erklärt sie und zuckt hilflos mit den Schultern.

Ich starre von dem Papier zur Straße, die vor uns liegt. »Wenn sie es nicht war, finden wir das heraus. Mein Vater hat ein gutes Auge, was Fälschungen betrifft.«

»Weil er sie selbst hergestellt hat?«

»Das wirst du ihn selbst fragen können. Ich fürchte, ich werde dir meinen Dad vorstellen müssen, denn um ehrlich zu sein, habe ich keine Ahnung, wie wir heil aus dieser Scheiße rauskommen.«

Megan zieht noch einmal an ihrer Zigarette, dann tritt sie sie aus und sammelt den Stummel von der Straße, bevor sie ihn in ihren Taschenaschenbecher legt.

Ich weiß nicht, warum, aber ich greife in ihre Jackentasche, ziehe die Packung Zigaretten hervor und werfe sie einmal quer über die Straße – in genau dem Moment zieht ein Laster an uns vorbei. Gegen seine Reifen hat die dünne Pappe keine Chance.

»Geht es dir jetzt besser?«, fragt Megan mit einer hochgezogenen Augenbraue.

»Um ehrlich zu sein, ja«, gestehe ich und ringe mir ein halbherziges Lächeln ab. »Du solltest eh damit aufhören.«

»Dann mal los, ich hoffe, dein Vater ist etwas netter als meiner.«

»Er gewinnt nicht den Daddy Award, aber wenn uns jemand helfen kann, dann er.«

32

LEO

*H*ome, sweet home.
Ich kann nicht einmal den Schlüssel ins Schloss unseres Hauses stecken, da wird die Tür bereits aufgerissen. Mein Dad sieht mich mit angespanntem Gesicht an. »Verfluchte Scheiße, geht's euch allen gut?« Die Stimme meines Vaters lässt uns alle zusammenzucken.

»Hallo, Dad«, murmle ich erschöpft und schiebe mich an ihm vorbei. Sein Blick huscht von mir zu Megan und Ann. Das junge Mädchen zittert noch immer, sieht sich mit großen, tränenverschleierten Augen um und drückt sich immer wieder fest an ihre Schwester.

»Kommt schon rein«, brummt er.

»Danke«, murmelt Megan, die Ann an sich drückt, als hätte sie Angst, jemand würde sie ihr jeden Moment aus den Armen reißen. »Kann Ann sich irgendwohin zurückziehen, bevor wir ... die Dinge klären?«

Ertappt verziehe ich das Gesicht. Das Letzte, was ich will, ist, Ann noch weiter zu traumatisieren. »Mein Zimmer ist oben rechts«, antworte ich. »Das Bad ist direkt daneben. Bedient euch einfach.«

Megan nickt, nimmt Ann mit sich, und ich lasse mich kraftlos auf das Sofa sinken. Mein Vater lässt sich in seinem Sessel nieder. »Das ist ein verdammt großer Haufen Bullshit, Junge.«

»Ich weiß.«

Dad kratzt sich am Bart, blickt die Treppen hinauf. »Hast du eine Ahnung, was Joseph mit dem Mädchen macht, wenn sie wieder ...«

»Dann dürfen wir das eben nicht zulassen«, unterbreche ich ihn. »Sie kann nicht wieder dahin zurück.«

Er schüttelt den Kopf. »Ich bin mir nicht sicher, ob ein Gericht dieser Aussage zustimmen wird.«

»Seit wann interessiert es dich, was unser Gesetz sagt?«, frage ich und würde am liebsten etwas werfen. Oder etwas schlagen. Vorzugsweise Josephs Gesicht, bis ihm dieses ekelhafte Grinsen aus der Visage fällt. Dabei bin ich echt nicht der Typ für eine Prügelei.

»Ich habe einen Fehler gemacht«, murmelt mein Vater und klingt dabei so entsetzlich müde, wie ich mich fühle. »Einen wirklich großen Fehler. Aber gerade sollten wir uns darauf konzentrieren, dass wir Ann helfen. Denn ich hab nicht vor, noch einmal jemanden wegen meiner Fehler zu verlieren.«

Er muss nicht genauer darauf eingehen, was er meint. Oder besser: wen. Meine Mom. Nach all diesen Jahren ergibt es endlich Sinn. Sie muss hinter sein Geheimnis gekommen sein, dass er Fälschungen verkauft hat, Schmiergeld angenommen und gewalttätigen Männern geholfen hat, ihre Spuren zu verwischen. So wie ich vor ein paar Jahren. Vielleicht hat er es ihr sogar gesagt, und dann ist sie gegangen.

Sie hat uns verlassen. Meinen Dad und mich, weil sie nicht glauben konnte, dass der Mann, den sie liebte, diese Entscheidung getroffen hat. Verdenken kann ich ihr das nicht. Es war nur der Tropfen, der ein Fass aus Verzweiflung zum Überlaufen gebracht hat.

Unsere Augen begegnen sich. »Was können wir tun?«

Mein Dad schweigt einen Moment, fährt sich durch die Haare, kratzt sich über das stoppelige Kinn. »Wie alt ist die Kleine?«

»Fünfzehn«, antwortet Megan, die gerade die Treppen herunterkommt.

»Mist. Sechzehn wäre besser.«

»Na, das klingt ja hoffnungsvoll«, meint sie und setzt sich zu uns. »Ann schläft jetzt. Ich weiß nicht, wie lange, aber bis dahin sollten wir zumindest einen ungefähren Plan haben.«

Ich greife nach ihrer Hand, weniger, um sie zu beruhigen, sondern mehr, um mich selbst daran zu erinnern, dass wir jetzt hier sind und dass es ihr gut geht. Zumindest so gut, wie es möglich ist, wenn man gerade realisiert, dass die leibliche Familie aus einem Gruselfilm kommen könnte. Mein Vater steht wieder auf, er macht ein paar Schritte und stemmt dann die Hände in die Hüften. »Weiß er, wer du bist?«, fragt er an mich gewandt.

»Ich glaube nicht.«

»Von mir nicht«, meint Megan. »Er weiß, dass mir ein Privatdetektiv geholfen hat, aber deinen Namen habe ich nie erwähnt.«

»Gut, das verschafft uns Zeit zum Nachdenken«, murmelt mein Vater. »Joseph ist schlau genug, um die Verbindung zwischen euch zu erkennen.«

Megan drückt meine Hand etwas fester. »Und dann?«

»Dann?«, fragt mein Vater grollend. »Dann kommt er und reißt euch den Arsch auf.«

Gequält stöhne ich auf. »Sehr beruhigend, Dad.«

»Es bringt nichts, wenn ich euch in falscher Sicherheit wiege«, knurrt er und tigert im Raum auf und ab, wie er es immer tut, wenn er versucht, in Ruhe nachzudenken.

»Ich glaube nicht, dass er ahnt, dass Ann bei uns ist«, sagt Megan nachdenklich, und ihr Blick gleitet die Treppen hinauf. »Sie sagt, er wird frühestens morgen früh merken, dass sie weg ist.«

»Und dann ruft er die Polizei«, fluche ich.

»Nein, das glaube ich nicht«, merkt mein Dad an. »Das passt nicht zu seinem Image, könnte einen Schatten auf die perfekte Familie werfen. Nicht sein Stil.«

»Und was ist sein Stil?«, will Megan wissen.

Ein Schatten huscht über das Gesicht meines Vaters und lässt ihn noch müder aussehen. »Der ist sehr viel schmutziger.«

Megan sieht mich an. »Ist dein Dad immer so ein Sonnenschein?«

Darauf kann ich nicht antworten, also rutsche ich auf dem zerschlissenen Polster nach vorn. »Was wir auch tun, ich brauche vorher etwas Schlaf.«

»Ich denke, wir sollten zurück nach Belmont Bay«, sagt Megan.

Nun bin ich es, der sie überrascht anschaut, auch wenn ich ein kaltes Bier aus dem *Red Lady* wirklich gut vertragen könnte. »Wieso?«

»Es ist möglich, dass ich meine Mom angerufen habe, sie nimmt den nächsten Flieger«, antwortet sie ruhig, aber bestimmt. »Und sie kennt sich mit dem Jugendrecht besser aus als wir. Sie wird uns helfen, einen Weg zu finden, damit Ann nicht wieder dorthin zurückmuss.«

»Sie ist minderjährig«, entgegnet mein Vater. »Wenn wir damit zum Jugendamt gehen, muss Ann bereit sein, gegen ihren Dad auszusagen. Schafft sie das?«

Falls Megan diese Worte mitnehmen, zeigt sie es nicht. »Keine Ahnung, aber sie ist aus ihrem Fenster geklettert und vor ein Auto gesprungen, um von ihm wegzukommen – meinst du nicht, das hat zumindest etwas Gewicht?«

»Nicht genug«, brummt mein Dad. »Sie ist ein Teenager, und die neigen zu Übersprungshandlungen.«

Megan lässt den Kopf hängen. »Und welche Aussage reicht dann?«

»Bei dem Bürgermeister von Sandpoint? Das wird eine verdammte öffentliche Schlammschlacht«, brummt er. »Und ich weiß nicht, ob ihr die gewinnen könnt.«

»Wow, das nenne ich eine motivierende Rede«, stöhnt Megan und lässt sich tiefer in die zerschlissenen Polster des Sofas sinken.

Die Mundwinkel meines Vaters zucken nach oben. »Du gefällst mir, Kleines.«

Sofort richtet sie sich wieder auf, beugt sich nach vorn und fixiert meinen Dad. »Ich bin echt dankbar für die Hilfe, aber ich werde verdammt wütend, wenn man mich Kleines nennt.«

Er lacht und sieht mich an. »Jetzt versteh ich, was du an ihr magst.«

»Und etwas weniger Sexismus würde auch nicht schaden«, meint Megan in diesem süßlichen Tonfall, bei dem ich eine Gänsehaut bekomme.

Da ich absolut keine Lust habe, darauf näher einzugehen, schüttle ich nur den Kopf. »Ann ist traumatisiert, wir können nicht die ganze Verantwortung auf sie schieben. Und wir haben noch etwas anderes.«

Megan nickt und zieht den Brief aus ihrer Tasche, um ihn meinem Dad zu zeigen.

Er nimmt ihn stirnrunzelnd entgegen. »Der soll von deiner Mutter sein?«

Sie nickt. »Laut meinem Vater soll meine Mutter ihn geschrieben haben, ehe sie sich umgebracht hat. Aber das ergibt keinen Sinn. Ich denke, es handelt sich um eine Fälschung.«

Mein Dad nickt. »Wenn es so ist, haben wir einen guten Anhaltspunkt. Aber auch das wird nicht ausreichen. Zumindest nicht, um Ann zu helfen.«

»Und was würde helfen?«, will Megan wissen. Die Müdigkeit steht ihr ins Gesicht geschrieben.

»Am besten wäre es, wenn ihre Mutter sich trennt und aussagt, aber dein Blick sagt mir schon, dass wir damit erst einmal nicht rechnen können«, brummt er. »Was wir jetzt brauchen, ist eine Sozialarbeiterin, die bereit ist, Ann zuzuhören, und bereit ist, die Fürsorge zu regeln – auch wenn wir wenig Handfestes haben.«

Megan kratzt sich am Kopf. »Da fällt mir vielleicht jemand ein, wir sollten morgen zurück nach Belmont Bay«, murmelt sie nachdenklich.

»Warum?«, frage ich sachte.

»Meine Mom kommt dorthin, ich denke, ich kenne jemanden, der uns eine Sozialarbeiterin beschaffen kann. Und Mia wird besser wissen, wie man mit Ann umgehen kann, als ich«, murmelt sie. »Sie hat was Ähnliches durchgemacht.«

»Okay«, sagt mein Dad. »Legt euch etwas hin, um diese Uhrzeit können wir nicht mehr viel ausrichten.«

Megan nickt. »Und, ist der Brief eine Fälschung?«, will sie wissen, und mir entgeht das Zittern ihrer Stimme nicht.

»Das finde ich heute Nacht heraus, wenn ich die alten Dokumente gesichtet habe.«

Mein Kopf ruckt nach oben. »Du hast die Akte noch?«, frage ich irritiert.

Mein Dad zuckt mit den Schultern. »Dein alter Herr hebt alles auf, was vielleicht noch von Belang sein könnte.«

Vor Megan tut er es ab, und sie ist zu müde, um zu verstehen, was das bedeutet. Er hat die Beweise gegen Joseph nicht vernichtet. Sie sind noch immer da. Können uns noch immer helfen.

Nur wäre der Preis dafür, dass mein Vater zugibt, dass er die Beweise nie der Polizei ausgehändigt hat. Und was dann geschieht, vermag ich mir nicht vorzustellen.

Mein Vater deutet auf das Sofa. »Wir sind nicht auf Besuch vorbereitet«, brummt er. »Aber das Ding lässt sich ausziehen. Ich hol euch eine Decke.«

Megan antwortet nicht. Mein Dad geht nach oben und lässt uns allein. Was mir nur noch mehr bewusst macht, wie absurd diese Situation ist. »Willst du was trinken?«

»Was ich will, ist eine Zigarette, aber die liegen auf dem Highway.«

Sie klingt nicht sauer, sondern eher belustigt.

Mit einem halben Grinsen sehe ich sie an. »Tut mir leid.«

»Du bist ein schrecklicher Lügner. Und ich denke, das ist ein guter Zeitpunkt, um aufzuhören.«

Wir blicken einander an, sehen nur uns in einem allumfassenden Chaos, ganz ohne Licht am Ende dieser Nacht.

»Bist du wütend?«, will ich leise wissen.

Megan runzelt die Stirn. »Auf dich? Nein. Nur auf mich selbst.«

»Dazu gibt es keinen Grund.«

Sie legt den Kopf in den Nacken. »Doch. Ich war so darauf fixiert, meinen Vater zu treffen und mich endlich vollständig zu fühlen, dass ich alle blinkenden Stoppschilder einfach überfahren habe.«

»Stoppschilder blinken nicht«, merke ich neckend an und bringe sie so dazu, dass sie mich wieder ansieht.

»Halt die Klappe, Leo.«

Wir grinsen. Halbherzig und verkrampft, aber es sorgt trotzdem dafür, dass ich mich ein kleines bisschen besser fühle.

Mein Vater bringt uns die Decke, ehe er selbst wieder in sein Schlafzimmer geht. Ich versuche, unser Nachtlager halbwegs gemütlich zu machen, aber es bleibt provisorisch und trist.

»Ich kann auf dem Boden schlafen«, biete ich an.

Doch Megan schüttelt den Kopf.

Sie steht auf und kommt mir so nahe, dass mein Herz einen Schlag aussetzt. Tränen schimmern in ihren Augen. »Kannst du mich einfach festhalten?«

Und das tue ich, bis zum nächsten Morgen.

33

MEGAN

Sobald ich die Augen öffne, fühlt es sich an, als hätte ich den schlimmsten Kater meines Lebens. Die grelle Morgensonne kommt durch die Fenster und bringt mich dazu, die Augen fester zusammenzukneifen.

Leos Arm ist noch immer fest um mich geschlungen. Er hat sein Versprechen nicht gebrochen, hat mich die ganze Nacht festgehalten, bis ich zumindest für ein paar Stunden eingeschlafen bin. Doch diese Gnadenfrist ist nun vorbei.

Vorsichtig drehe ich mich zu Leo herum. Das schwarze Haar hängt ihm in die Stirn und verdeckt die geschlossenen Augen. Dichte schwarze Bartstoppel zieren seine Wangen, und aus dem halb geöffneten Mund kommt ein einzelner Satz: »Nur noch fünf Minuten.«

Ein Lächeln zupft an meinen Mundwinkeln. Fünf Minuten. Das klingt gut. Ich kuschle mich näher an ihn, genieße das Gefühl seiner Arme um meinen Körper. Ich muss noch mal eingeschlafen sein, denn als ich die Augen wieder öffne, höre ich das Klappern von Tellern und Geschirr.

Ich richte mich auf und entdecke Ann und Alexander in der Küche. »Guten Morgen, Schlafmütze«, begrüßt Leos Vater mich. »Es gibt Kaffee und Pfannkuchen.«

Das klingt zu verlockend, um das Angebot nicht anzunehmen, zumal der Platz neben mir im Bett leer ist. Ich stehe auf und geselle mich zu den beiden.

»Konntest du etwas schlafen?«, frage ich an Ann gewandt.

»Es ging«, antwortet sie ausweichend.

»Das Mädchen ist klug«, meint Alexander und nickt, als würde das seine Aussage bekräftigen. »Hat ihr Handy zu Hause gelassen.«

»Mein Dad hat bei uns allen eine Ortungs-App installiert«, antwortet Ann mit heiserer Stimme. Sie sieht heute noch jünger aus. Die Reste ihres Make-ups sind vollständig verschwunden. Der Pferdeschwanz wippt bei jeder Bewegung etwas hin und her.

»Im Ernst?«, brumme ich in meine Kaffeetasse.

Ann zuckt mit den Schultern, als sei das noch eines der harmlosesten Dinge, die ihr Vater getan hat. Unser Vater. Und schon wird mir wieder schlecht.

»Wo ist Leo?«

»Duschen.«

»Das sollte ich vielleicht auch mal tun«, murmle ich, weil ich mir des schweißnassen Shirts an meinem Körper nur allzu bewusst bin.

»Da hinten ist das zweite Bad. Ist nicht besonders groß, aber es sollte reichen«, meint Alexander. »Greif bei den Handtüchern einfach zu.«

Ich blicke noch einmal zu Ann. »Kommst du klar?«

»Sicher.«

»Versprochen?«

Sie nickt, ringt sich ein Lächeln ab.

Nach einer langen Dusche geht es mir besser. Doch in meinem Kopf kreisen noch immer hundert Fragen.

Als ich das nächste Mal die Küche betrete, ist der Tisch fertig gedeckt, und Leo grinst mich an. »Setz dich«, weist Alexander mich an, und ich widerspreche nicht. Dazu ist mein Hunger viel zu groß.

»Ich werd ihn im Auge behalten, aber ich kann euch nichts versprechen. Es wird nicht lange dauern, bis er eins und eins zusammenzählt und rausbekommt, dass wir mit dahinterstecken. Und dieser Mann weiß, wie er einem Ermittler entwischt. Also passt auf euch auf«, brummt Alexander.

»Danke«, sage ich schnell.

»Du musst mir nicht danken«, gibt er grimmig zurück. »Hätte ich mich nicht für den falschen Weg entschieden, würde keiner von euch in diesem riesigen Haufen Scheiße stehen.«

»Das fasst diese Situation leider ziemlich treffend zusammen.«

»Aber ich konnte mir den Brief ansehen«, fährt der Privatdetektiv fort. »Ich bin kein Experte für Handschriften, aber das sieht nicht nach deiner Mutter aus.«

Sofort beschleunigt sich mein Puls. »Bist du sicher?«

»Hier, siehst du, wie sie hier unterschrieben hat?«

Alexander deutet auf einen Vertrag, datiert auf das Jahr, in dem ich vier geworden bin. Das Jahr, in dem meine Mutter in seiner Kanzlei aufgetaucht ist. Es ist ein förmlicher Geheimhaltungsvertrag. Nichts Besonderes, doch ich sehe sofort, was er meint.

Die Unterschrift auf dem Dokument ist der des Briefes ähnlich, aber die Schnörkel im Brief sehen anders aus – sie sind zur entgegengesetzten Seite geneigt, fast so, als hätte jemand mit der rechten Hand unterschrieben und nicht mit der linken.

»Dann haben wir einen Beweis«, murmle ich nachdenklich.

»Eher einen Hinweis.«

Ich sehe Alexander mit großen Augen an. »Aber es ist doch eindeutig.«

»Ganz so einfach ist es nicht, wenn ihr dafür sorgen wollt, dass Joseph die Konsequenzen seiner Handlungen tragen muss.«

Das will ich nicht glauben. »Aber ...«

»Deine Mutter hat nie offiziell Anzeige erstattet, und wenn Anns Mutter es ebenfalls nicht tut, habt ihr nur einen Runaway, den ihr ohne Zustimmung ihrer Eltern bei euch aufgenommen habt«, schließt der Privatdetektiv.

»Scheiße.«

Alexander neigt den Kopf. »Ich wühle noch etwas weiter im Dreck, aber ich bin nicht sicher, ob ich etwas finde, das uns hilft. Joseph ist glatter als ein verfluchter Aal, und seine Kontakte sind gut.«

»Und was brauchen wir, damit sie nicht wieder zurückmuss?«, frage ich, obwohl die Antwort auf diese Frage mir verflucht große Angst einjagt.

»Die Sozialarbeiterin muss einen begründeten Verdacht haben, und ihr braucht jemanden, zu dem Ann gehen kann. Am besten jemanden, der schon Erfahrungen mit Pflegekindern hat. Fällt euch da jemand ein?«

»Aber ich bin fünfzehn«, sagt Ann und schüttelt den Kopf. »Wieso kann ich nicht entscheiden, dass ich bei Megan bleiben will?«

»Idaho ist einer der wenigen Staaten ohne Emancipation Statute, es gibt also eine exakte Grenze, wann du selbst entscheiden darfst«, brummt er nachdenklich. »Und das könnte uns in die Karten spielen, aber sicher wären wir erst, wenn du sechzehn bist.«

Fragend blicke ich meine Halbschwester an. »Ann, du hast nicht zufällig morgen Geburtstag?«

Sie schüttelt entschuldigend den Kopf. »November«, antwortet sie mit einem Unterton, der vor Angst und Panik nur so trieft.

Ich seufze tief. »Mit einer Sozialarbeiterin sprechen, eine Aufsichtsperson für Ann finden«, fasse ich zusammen. »Hast du sonst noch einen Rat?«

Er blickt zwischen uns hin und her. »Ich bin nicht sicher, ob es gut ist, wenn ihr Ann bei dir lasst«, fährt Alexander fort. »Dein Vater wird wissen, wie er dich finden kann. Schon durch deine Social-Media-Präsenz. Und er wird sich ganz sicher melden.«

»Ja, aber nicht sofort«, wehre ich ab.

»Aber ich will bei Megan bleiben«, meint Ann sofort und greift nach meiner Hand.

Alexander schüttelt den Kopf. »Ich denke trotzdem, das ist keine gute Idee.«

Mir ist bewusst, dass er damit recht haben könnte. Aber er unterschätzt meine Stadt. »Was wir jetzt brauchen, sind Menschen, die uns glauben und uns verstehen, und die finden wir zu Hause.«

Entschieden stehe ich auf und erkenne in diesem Moment: Seelen suchen nicht nach Perfektion, sondern nach ihrem Zuhause. Und meins ist in Belmont Bay.

LEO

Sobald wir angekommen sind, werde ich mir ein Rad oder so etwas besorgen. Irgendwas anderes. »Fahren wir zu dir?«, frage ich, während ich unsere Sachen aus dem Kofferraum hole.

»Nein, zumindest nicht sofort. Erst zu Mia und Conner. Und dort stell ich dir den alten Bennett vor.«

»Warum kann ich nicht bei dir bleiben?«, fragt Ann sofort.

»Wenn Joseph in Belmont Bay auftaucht, sucht er dich als Erstes bei mir. Und als Zweites bei meiner Schwester. Darum ist es besser, wenn du bei jemandem bist, den Joseph nicht so schnell ausfindig machen kann. Außerdem gibt es dort ein Gästezimmer, und der Kühlschrank beinhaltet mehr als nur Erdnussbutter und Cherry-Cola.«

»Welcher Mensch stellt Erdnussbutter in den Kühlschrank?«, stoße ich irritiert aus.

Megan sieht mich grinsend an. »Ich mag es, sie kalt zu löffeln.«

»Du bist schräg.«

»Das sagst du öfter«, bemerkt sie amüsiert.

»Was es nicht weniger wahr macht.«

»Mann, nehmt euch ein Zimmer«, kommt es lachend von Ann. »Ihr seid echt eins dieser super anstrengenden Paare, schlimmer als im Fernsehen.«

»Aber wir ...«, beginnt Megan, scheint es sich dann jedoch anders zu überlegen. »Ist das jetzt der Moment, wo du zur nervigen kleinen Schwester mutierst?«

Ann streckt ihr die Zunge raus.

Grinsend schüttle ich den Kopf.

Je näher wir Belmont Bay kommen, desto ruhiger werde ich. Das mir inzwischen so vertraute Willkommensschild kurz vor der Stadt scheint auch Anns Neugier zu wecken. Sie blickt aus dem Fenster, während wir einmal durch die Stadt fahren, bis wir wieder den Wald sehen.

Ich biege auf die unbefestigte Straße ein, die zu den Grundstücken des alten Bennett führt, und parke vor Conners Haus. Ann steigt aus, bleibt jedoch unschlüssig stehen, bis Megan ihr eine Hand auf den Rücken legt.

»Keine Angst, meine Familie ist okay«, sagt sie freundlich, aber mit einem Hauch von Sarkasmus in der Stimme.

»Schlimmer als meine kann sie ja auch nicht sein«, murmelt Ann und wartet, bis auch ich zu den beiden Schwestern aufgeschlossen habe.

Mia reißt beim ersten Klopfen die Haustür auf. Ohne ein Wort zu sagen, fällt sie Megan um den Hals. »Hey, du erdrückst mich ja«, murmelt diese und schiebt die Schwarzhaarige sachte von sich. »Ann, das ist Mia.«

Mit einem freundlichen Lächeln macht Mia einen Schritt auf das Mädchen zu und zögert nicht lange. »Darf ich dich umarmen?«

Ann zögert erst, sieht mich an, als wollte sie meine Zustimmung dafür, doch dann nickt sie. Mia schließt sie fest in die Arme. »Willkommen Ann, hast du Hunger?«

»Nach so einer langen Fahrt hat einfach jeder Hunger«, erklingt eine mir fremde Stimme. Das muss Megans Mutter sein. Obwohl sie barfuß ist, hat sie eine beeindruckende Größe. Jedoch weniger auf ihren Körper bezogen und mehr auf ihre Ausstrahlung. Sie ignoriert mich und presst die vollen Lippen auf die Stirn ihrer Tochter, ehe sie Megans Gesicht in ihre Hände nimmt. »Wie geht's dir?«

»Ist schon in Ordnung, Mom«, murmelt Megan, dann umschlingt sie ihre Mutter fest.

»Danke, dass du hier bist.« Ich kann hören, wie tränenerstickt Megans Stimme ist, und auch die dunkelbraunen Augen ihrer Mom füllen sich mit Tränen.

»Ich werde immer kommen, wenn du mich brauchst. Immer.«

Unschlüssig stehe ich neben diesen beiden Frauen, die nicht unterschiedlicher sein könnten und doch so eindeutig eine Familie sind. Megans Mom wischt sich über die Augen. Dann lächelt sie.

Die cremefarbene Bluse und die helle Jeans bilden einen schönen Kontrast zu ihrer dunkelbraunen Haut. »Und du musst Ann sein«, sagt sie liebevoll.

»Ja, hey.« Unsicher verschränkt Ann die Arme vor der Brust, was mich an die Eigenart ihrer großen Schwester erinnert.

Megans Mom lässt sich davon jedoch keine Sekunde aus dem Konzept bringen. »Ich bin Janett.«

»Freut mich, Sie kennenzulernen.«

Megans Mom winkt ab. »Vergiss die Förmlichkeiten, hast du Hunger?«

Zaghaft nickt Ann. Was Janett Rain dazu veranlasst, in die Hände zu klatschen. »Gut, dann kümmern wir uns erst einmal darum, dass dieses junge Ding etwas Anständiges zu essen bekommt.«

Ann blickt sich zu Megan um. »Geh ruhig schon rein, ich muss mit meiner Mom reden.«

Mia nimmt Ann sanft an den Schultern und führt sie ins Innere des Hauses, während wir zu dritt auf der Veranda stehen bleiben.

»Himmel, Liebes, in was für Schwierigkeiten hast du dich jetzt wieder gebracht?«, murmelt Mrs Rain und sieht ihre Tochter lange an.

»Tut mir wirklich leid, Mom.«

Sie schüttelt den Kopf. »Dir muss nichts leidtun, ich verspüre nur den dringenden Wunsch, diesen Mistkerl in Handschellen zu sehen.«

»So geht es, glaube ich, uns allen«, bemerke ich und werde dafür mit einem halben Lächeln von Megans Mom belohnt. Dennoch entgeht mir nicht der Blick, mit dem sie mich mustert.

»Leo, nehme ich an?«

Ich nicke. »Freut mich, Sie kennenzulernen, trotz der Umstände.«

Ihre dunklen Augen verengen sich etwas. »Wie ich hörte, sind Sie nicht ganz unschuldig an den Umständen …«

»Mom«, sagt Megan lang gezogen und sieht daraufhin mich entschuldigend an. »Das liegt nicht an dir, Conner hat sie auch gelöchert.«

»Dann bin ich ja beruhigt«, gebe ich etwas leiser zurück. Janett scheint sich allerdings entschieden zu haben, das Thema nun zu wechseln. »Der alte Bennett und alle, die du ansonsten sehen wolltest, warten in der Bar«, sagt sie an ihre Tochter gewandt.

»In der Bar?«

Conner kommt in diesem Moment durch die Tür und nimmt mir Anns Sachen ab. »In dieser Stadt halten wir zusammen«, meint er und hebt das Kinn. »Und wir haben echt was gegen Mistkerle.«

Verwirrt blicke ich Megan an. »Eine Belmont-Bay-Krisensitzung also? Wann hast du das geplant?«

Megan sieht mich mit einem halben Grinsen an. »Als du duschen warst.«

34

MEGAN

*D*ie *Red Lady* sieht noch genauso aus wie vorher, doch das Gefühl, als ich sie betrete, ist anders. Vielleicht liegt es an den neugierigen Augen, die sich auf Mia, Conner, Leo, meine Mutter und mich heften, als wir eintreten. Dennis reicht mir zur Begrüßung eine eiskalte Dose Cherry-Pepsi. Dann tue ich das, was ich am meisten hasse.

Ich halte eine Rede, in der ich kurz schildere, was passiert ist.

Die Tische sind an die Seite geschoben worden, damit alle Anwesenden ihre Stühle in die Mitte stellen konnten. Die halbe Stadt ist hier versammelt. Joey und Tanja, Elif, Caroline, Stella, der Sheriff, natürlich Dennis, Tara, Chris und sogar Arin, der sein Bad-Boy-Image damit pflegt, dass er im Gegensatz zum Rest nicht sitzt, sondern an der Wand lehnt.

»Also, hat jemand eine Idee?«, frage ich abschließend und blicke mich Hilfe suchend im Raum um.

»Rechtlich gesehen stehen wir vor einem ganzen Haufen Probleme«, beginnt meine Mutter. »Ich habe zwar keine Zulassung für Idaho, aber ich konnte meinen Flug dafür nutzen, etwas Recherche zu betreiben.«

Unsere Blicke treffen sich kurz, weil ich schon ahne, dass sie nichts herausgefunden hat, das ich gern hören würde. Meine Mom räuspert sich kurz und zupft an ihrem Afro, ehe sie die Lesebrille höher auf ihre Nase schiebt. »Zum einen werden Teenager in diesem Staat quasi als Besitz der Eltern angesehen. Wir haben also wenig Handhabe, wenn er hier auftaucht. Es sei denn, wir haben jemanden von der Jugendfürsorge auf unserer Seite.«

Sie lässt den Blick einmal durch die Runde schweifen. »Da kann ich helfen«, kommt es ausgerechnet vom Bad Boy der Stadt.

Alle drehen sich zeitgleich zu ihm um.

»Wer zur Hölle hat dich überhaupt reingelassen?«, knurrt Conner böse, doch Arin lässt sich davon nicht beeindrucken. Er macht einen Schritt vor und schiebt die Hände in die Hosentaschen. »Meine Sozialarbeiterin, Joline. Sie hat schon oft mit Runaways gearbeitet und würde mit Ann sprechen.«

»Das ist großartig«, werfe ich ein und ignoriere, dass Conner etwas nuschelt, dann blicke ich zu meiner Mutter, damit sie meine stumme Frage erahnen kann. Ihr knappes Nicken bestätigt mir, dass es wirklich eine gute Nachricht ist.

Caroline schüttelt den Kopf. »Das wird uns nur kurzfristig helfen, immerhin hat dieser Joseph noch ein Kind und eine Frau.«

»Ich fürchte, Audrey wird nicht gegen ihn aussagen«, murmle ich erschöpft. »Sie hat völlig abgeblockt.«

»Wir sollten uns nach einem Anwalt erkundigen«, brummt Bennett. »Nur zur Sicherheit.«

»Ja, das solltet ihr«, bestätigt meine Mom. »Am besten jemanden, dessen Spezialgebiet im Jugend- und Familienrecht liegt.«

»Weil wir alle wissen, dass es davon in Idaho so viele gibt«, nuschelt Conner. Zum Glück nimmt meine Mutter es mir ab, ihm einen bösen Blick zuzuwerfen.

»Bei einer Anwältin kann ich vielleicht helfen«, kommt es zögerlich von Tanja. »Meine Nichte wird uns ganz sicher aushelfen.«

»Das wäre großartig«, sage ich dankbar.

Tanjas kirschrote Lippen verziehen sich zu einem Lächeln. »Sie ist vielleicht keine Staranwältin, aber ich rufe sie gleich an. Vielleicht kennt sie jemanden.«

Erleichtert nicke ich. »Danke. Hat sonst noch jemand hilfreiche Kontakte? Zum Beispiel einen Richter, den wir mit Selfies und Milchshakes bestechen können?«

Mein Witz scheint nicht anzukommen, denn alle blicken sich nur ratlos an.

»Wir sollten uns überlegen, wie wir ihn von dem Mädchen fernhalten, wenn er in der Stadt ist«, kommt es von Arin. Völlig untypisch für ihn, wird seine Miene deutlich weicher als sonst. »Solche Typen gehen erst wieder, wenn sie haben, was sie wollen.«

Irgendetwas in diesem Satz lässt mich vermuten, dass Arin ganz eigene Erfahrungen mit dem Thema gemacht hat, aber mir bleibt keine Zeit, darüber nachzudenken.

»Noch habe ich keine Vermisstenmeldung«, sagt der Sheriff. »Das ist schon mal gut, denn es bedeutet, dass zumindest die Polizei noch nicht nach ihr sucht.«

»Sagst du uns Bescheid, wenn sich das ändert?«, frage ich vorsichtig.

Der Sheriff nickt und tippt sich an den Hut. »Aber sicher.«

»Danke.«

»Fakt ist, wenn er Ann wieder zurückholen will, haben wir kaum etwas in der Hand. Also sorgen wir dafür, dass er sie in dieser Stadt nicht findet – aber das verschafft uns nur mehr Zeit und ist keine dauerhafte Lösung«, denkt Caroline laut, und ihr Blick fixiert dabei Leo. »Da gibt es doch sicher noch etwas, das ihr uns nicht sagt.«

Leo schluckt schwer. »Noch nichts, bei dem die Beweise ausreichen würden«, antwortet er ausweichend.

»Gut, dann ist doch eindeutig, was wir tun«, brummt Bennett. »Arin sorgt dafür, dass wir eine Sozialarbeiterin auf unserer Seite haben, damit Ann vorerst bei mir bleiben kann. Und wenn dieser Scheißkerl in der Stadt auftaucht, schicken wir ihn überallhin – nur nicht in die Nähe von Ann.«

Meine Mom nickt. »Nicht der eleganteste Plan, aber viel mehr können wir gerade nicht tun.«

»Verdammt, wie kann so etwas passieren?«, murmle ich hilflos und lasse mich neben meiner Mutter sinken. »Ein Kind läuft doch nicht einfach ohne Grund davon. Wie kann man zulassen, dass sie wieder dahin zurückmuss?«

Mom greift nach meiner Hand und drückt sie kurz. Ihr Trost fühlt sich an wie eine warme Tasse Tee für meine Seele, doch das kann nicht verhindern, dass die Angst und Frustration mir Kopfschmerzen verursachen.

»Es ist nicht ganz so einfach«, versucht Caroline mich zu beschwichtigen. »Familien sind nicht so *einfach,* und dass unser Staat eine Sozialreform braucht, ist nun wirklich kein Geheimnis.«

»Scheiße«, stoße ich aus, weil ich mir von dieser Krisensitzung irgendwie mehr erhofft hatte. Aber mal wieder werden meine Erwartungen in das gute alte Amerika und seine Werte bitterlich enttäuscht.

»Okay, wir leiten alles in die Wege, und du schläfst dich erst mal richtig aus«, befiehlt meine Mutter streng und sieht mich an. »Tut mir leid, dass ich keine besseren Nachrichten habe.«

»Muss es nicht, Mom«, sage ich schnell. »Ich bin froh, dass du da bist.«

Sie sieht von mir zu Leo. »Geht, ich werde mit Tanja sehen, ob ich mich mit ihrer Nichte kurzschließen kann.«

»Danke, Mrs Rain«, sagt Leo höflich – etwas, das meine Mutter kurz irritiert. Wahrscheinlich, weil sie es nicht gewöhnt ist, dass ich ihr jemanden vorstelle, der so gute Manieren hat.

»Wir sehen uns morgen früh«, meint sie liebevoll und küsst mich noch einmal auf die Stirn, ehe sie die Bar verlässt.

Als ich endlich in meiner Wohnung angekommen bin, atme ich erleichtert auf. Zwischen den wenigen Tagen und jetzt erscheint es mir wie eine Ewigkeit.

»Du hast nichts falsch gemacht«, meint Leo und sieht mich mit diesem Hundeblick an, der mir das Gefühl gibt, es gäbe noch Dinge wie Sicherheit und Geborgenheit.

»Ich weiß«, murmle ich. »Obwohl, nein. Ich habe ungefähr alles falsch gemacht.«

»Du hast wirklich nichts falsch gemacht.«

Wenn es doch nur so wäre. Ich habe jede von Leos Warnungen ignoriert, habe meinem eigenen Bauchgefühl nicht getraut und mich von jemandem blenden lassen, weil ich so unbedingt einen Vater in meinem Leben wollte. Und das alles zu dem Preis, dass ich Leid von anderen einfach ignoriere.

»Und warum fühlt es sich dann so schrecklich falsch an?«, stöhne ich erschöpft.

Leo zieht seine Lederjacke aus und hängt sie über den kleinen Sessel neben meinem Bücherregal. »Weil das Leben nicht fair ist und die Menschen, die wir darin treffen, erst recht nicht.«

»Das klingt wie ein Spruch, den sich verbitterte Menschen an den Kühlschrank kleben.«

Er grinst. »Es ist möglich, dass ich ein kleines bisschen verbittert bin.«

»Dann sind wir schon zwei.« Ich stöhne laut. »Fuck, was, wenn ich genauso bin?«

Leo runzelt die Stirn. »Genauso?«

»Wie Joseph.«

»Du bist nicht mal im Ansatz so wie er.«

»Ach nein? Ich hab mich ständig geprügelt, ich hab ein Mädchen gemobbt, ich …«

»Nein.« Er greift nach meinen Schultern. »Er ist ein Monster, nicht du. Du warst vielleicht mal ein Arschloch, aber jetzt in diesem Moment bist du es nicht mehr.«

Unsere Blicke treffen sich, und sofort durchströmt eine prickelnde Hitze meinen Körper.

»Bist du sicher?«

»Du bist kein Monster, Megan. Und auch kein Arschloch. Zumindest die meiste Zeit über nicht.«

Gegen meinen Willen muss ich lächeln. Ich drehe mich um, schließe die Tür und drehe den Schlüssel einmal herum, bis ich das Klacken des Schlosses höre. Eine Gänsehaut breitet sich auf meinem gesamten Körper aus. Sein Geruch nach Leder, Seife und Verbot kribbelt in meiner Nase. »Leo?«

Meine Stimme klingt nicht mehr nach mir, klingt nur noch nach einem Verlangen, dem ich endlich nachgeben muss, weil ich an nichts anderes mehr denken kann.

»Ja?«

Als könnte sein Herz meinen stummen Wunsch hören, beugt er sich langsam zu mir. Unsere Lippen streifen sich. Zuerst zögernd. Doch dann kann ich nicht mehr anders.

Unsere Münder suchen einander. Dieser Kuss ist härter, fast schon dominant, obwohl ich nicht sagen kann, ob es an mir oder an ihm liegt. Ich weiß nur eins – ich will mehr. Will ihn. Und nackt. Und gleich, damit ich alles andere vergessen kann.

Seine Hände graben sich in meine Haare. Er macht kein Geheimnis daraus, dass er mich ebenso sehr will wie ich ihn. Ein Zittern geht durch seinen Körper, aber dann scheint auch er seine letzten Zweifel zur Seite zu schieben.

Der nächste Kuss ist hungrig, wild. Wir stolpern gegen die Wand, ohne auf die Vase zu achten, die wir dabei vom Beistelltisch fegen. Wäre sie aus Glas, hätten wir uns auch umringt von ihren Scherben weiter geküsst – doch, dem Kunststoff sei Dank, kickt Leo sie einfach zur Seite.

»Zieh dein Shirt aus«, verlange ich.

Leo zögert nicht, hinterfragt nicht. Er zieht sich das Shirt über den Kopf, wirft es hinter sich und zieht mich wieder an sich. Ich lasse mich einhüllen von seiner Wärme, seinem Duft, all seinen Küssen und dem glitzernden Verlangen in seinen Augen, das mein eigenes nur noch mehr befeuert.

Dann hebt er mich hoch. Ich wehre mich nicht, bin längst über den Punkt hinaus, an dem ich das, was zwischen uns ist, abwürgen will. Wir durchqueren das Wohnzimmer, dann lässt er mich auf das Bett gleiten.

Ich will nicht länger warten. Mein Shirt landet auf dem Boden, auf einen BH habe ich ohnehin verzichtet. Einen Moment stockt Leo, betrachtet meinen nackten Körper im Sonnenlicht des Abends.

Mein Lächeln wird breiter. Die Nacktheit meines Körpers erregt mich ebenso wie seine. Langsam lasse ich meine Hände über meine Brüste gleiten, über meinen Bauch, bis hin zum Bund meiner Jeans.

Leo versteht den Wink. Er öffnet die Knöpfe und zieht mir die Hose von den Beinen. Dann endlich lässt auch er die letzten Hüllen fallen.

Meine Augen streifen über die feinen schwarzen Härchen auf seiner Brust, die sich bis zu seinem Bauchnabel hin zu einem schmalen Streifen verjüngen und in dem Bund seiner Boxershorts verschwinden.

Zu viel Stoff.

Die lästige Unterwäsche trennt meinen Körper noch von seinem. »Scheiße, Megan«, haucht er erstickt an meinem Hals.

Ich spüre seine Härte an meinem nackten Körper und gebe ein leises Stöhnen von mir. Mein gesamter Körper scheint unter Strom zu stehen. Ich wirbele herum, drücke ihn zur Seite, um an die Schublade in meinem Nachtschränkchen zu kommen.

Als ich die schimmernde Kondompackung hervorziehe, erscheint ein Grinsen auf seinem Gesicht. »Darf ich?«, frage ich. Er nickt, während ich mich des lästigen Reststoffs entledige.

Ich nehme ihn in die Hand, schließe kurz die Augen, um das Gefühl seiner erhitzten Haut voll auszukosten. Meine sanften Auf-und-ab-Bewegungen werden schneller, härter. Leo stöhnt. Er drückt den Kopf in meine Kissen. Mit dem Daumen kreise ich um seine Spitze, spüre den winzigen Tropfen der Lust, ehe ich das Kondom überstreife und mich über ihm positioniere.

Sein heißer Blick gleitet über meinen Körper. Dann packt er meine Hüften, und ich lasse ihn in mich gleiten.

LEO

Ihre Präsenz nimmt mich völlig ein. Es gibt nur noch sie, und die Welt um uns herum ist ein verschwommener Klecks. Vollkommen nackt sitzt sie auf mir.

Ihr ganzer Körper zittert, ihre Muskeln ziehen sich zusammen, und ich mache weiter, immer weiter. Lasse mich von ihrem Rhythmus führen.

Ich spüre, dass ich komme, aber ihr Blick hält mich gefangen, als würde sie es mir verbieten, ehe sie selbst so weit ist. »Scheiße, Megan«, sage ich, doch es geht in einem Stöhnen unter, während ihre Hüften kreisen, sich heben und senken und mir damit jeden klaren Gedanken rauben.

Eine meiner Hände gleitet zwischen ihre Beine. Genau dorthin, wo es hart pulsiert. Das laute Stöhnen hallt in dem kleinen Raum wider, während meine Finger durch ihre Feuchtigkeit gleiten. Ich küsse ihren Hals, lasse meinen Mund zu ihren Brüsten wandern und sauge an ihren Brustwarzen.

Megan keucht, bewegt sich immer schneller.

Sie nimmt sich, was sie braucht, nimmt mich, wie sie es braucht, und ich brauche nichts anderes als das.

»Fuck«, ruft Megan aus, wirft ihr Haar zurück, bäumt sich auf. Ich spüre das Zittern ihrer Schenkel, das Beben in ihrem Inneren, das dafür sorgt, dass auch ich es keine Sekunde länger zurückhalten kann.

Für ein paar Minuten liegen wir einfach nur da, nebeneinander, unsere nackten Körper noch immer aneinandergepresst. Dann steht Megan plötzlich auf.

»Ist alles okay?«, will ich verwirrt wissen, doch ein Blick in ihr panisches Gesicht verrät mir, dass nichts mehr in Ordnung ist.

»Ich hab dich schon wieder ausgenutzt«, wispert sie und zieht sich das Kleid über.

»Nein, hast du nicht. Ich wollte das hier genauso wie du, und wenn du mich fragst, kam es jetzt nicht sehr überraschend«, murmle ich und richte mich auf. Ihr Anblick versetzt mir einen Stich. »Tu das nicht. Schieb mich nicht schon wieder weg, nur weil die Gefühle dir gerade zu viel werden.«

»Leo, ich …«, setzt sie an, aber ich lasse nicht zu, dass sie weiterspricht. »Du bist überfordert, und das ist okay, aber das Problem ist nicht, dass wir uns ineinander verlieben, sondern dass du glaubst, dass diese Gefühle etwas Schlechtes sind.«

»Und was, wenn ich … wenn ich es versaue, weil ich … einfach ich bin«, murmelt sie, ohne mich dabei anzusehen.

Ich schüttele den Kopf. »Manche Menschen müssen wir gehen lassen, weil ihre Nähe unser Herz zu sehr verletzt. Oder wir sie zu sehr verletzen. Nichts davon trifft auf uns zu, Megan. Aber dieses Dazwischen ist die reinste Folter. Und ich ertrag es nicht mehr, Megan. Ich ertrag es nicht, dir dabei zuzusehen, wie du dich noch weiter verletzt und mich jedes Mal wieder von dir wegschiebst.«

»Fuck.«

»Ja, fuck. Megan, ich bin in dich verliebt, seit ich diese verdammte Stadt betreten habe. Und ich habe kein Problem damit, dir ein paarmal nachzulaufen oder dass du mir ständig Dinge an den Kopf wirfst, die ich nicht hören will – aber das, was ich nicht ertrage, ist dieser Blick.«

»Leo, ich bin nicht gut in diesen Dingen.«

»In diesen Dingen? Scheiße, Megan. Es ist ganz einfach: Fühlst du etwas für mich oder nicht?«

Sie antwortet nicht. Stattdessen macht sie einen Schritt auf mich zu, zieht mich an sich und drückt ihre Lippen auf meine.

35

MEGAN

Meine Mom und meine Schwester sitzen auf der Veranda vor Conners Haus. Bo liegt zwischen ihnen und scheint darauf zu warten, dass jemand ihn beachtet. Ich nehme die zwei kleinen Stufen und lehne mich an die Brüstung, ehe ich frage: »Wo ist Ann?«

Mia legt lächelnd den Kopf schief. »Sie spricht gerade mit der Sozialarbeiterin.«

»Und der alte Bennett hat seine Freitagssitzung«, fügt meine Mutter hinzu, ehe sie auf den Hund deutet. »Dieser Hund mag offenbar keine Tomaten.«

Mia und ich grinsen uns an. Wahrscheinlich, weil wir beide vor Augen haben, wie Conner flucht, weil Bo wieder einmal seine Tomatenpflanzen als geeigneten Platz für sein Geschäft angesehen hat.

»Dann hat Arin also tatsächlich Wort gehalten«, bemerke ich und gebe mir keine Mühe, meine Überraschung zu verbergen. Caroline hat mir verraten, dass er dieses Mal seinen Entzug durchgezogen hat – zumindest bis jetzt. Und auf absurde Art beruhigt es mich, dass sich Menschen vielleicht doch ändern können. Und dass Leute wie Arin und ich, die viel Mist in ihrem Leben gebaut haben, vielleicht wieder einen Weg aus dem ganzen Chaos finden.

»Eigentlich wirkte Arin auf mich ganz nett«, kommt es ausgerechnet von meiner Mom, als hätte sie diesen Gedanken gehört.

»Eine gute Tat macht ihn nicht zu einem besseren Menschen«, brummt Conner, der gerade aus dem Schuppen kommt. Er verzieht das Gesicht, als würde schon der Name reichen, damit ihm schlecht wird.

»Menschen zu vergeben ist eine Tugend«, kommentiert meine Mom.

Über Conners Gesicht zucken Zweifel, ob er ihr wirklich widersprechen sollte. »Ja, aber einige Menschen verdienen das nicht.«

Sie schüttelt sachte den Kopf. »Er hat sein Wort gehalten, das sollte auch etwas wert sein.«

Der Freund meiner Schwester ist klug genug, es dabei zu belassen, während meine Mutter mich ansieht.

»Wie geht's Ann?«, frage ich vorsichtig – wobei ich mich zugleich vor der Antwort fürchte.

»Ganz gut, denke ich. Sie kommt klar, auch wenn sie nicht viel darüber redet«, antwortet Mia nachdenklich.

»Das ist okay, schätze ich«, sagt Mom. »Die Situation überfordert sie gerade.«

»Nicht nur sie«, gebe ich zu.

Meine Mom richtet sich in ihrem Schaukelstuhl auf. »Und wie geht es dir?«

»Du meinst, wie ich mit dem Desaster umgehe, das sich meine leibliche Familie nennt«, brumme ich und gebe mir Mühe, dabei nur sarkastisch zu klingen und nicht völlig verzweifelt.

»Genau genommen hast du nur mit deinem Vater ins Klo gegriffen«, merkt Mia an.

»Du weißt wirklich immer, was du sagen musst, Zuckerstern.«

Grinsend lehnt Mia sich wieder zurück. »Hab ich von meiner großen Schwester gelernt.«

Ehe ich dazu komme, noch etwas zu sagen, kommt eine junge Frau aus dem Haus. Ihre Miene ist ernst, angespannt, aber nicht unfreundlich. Sie steigt die Treppe hinunter und sieht mich an. »Megan, nehme ich an?«

»Ja, was hat mich verraten?«

Ein freundliches Grinsen erhellt das strenge Gesicht. »Ann ist sehr auf deine Haarfarbe eingegangen.«

Auf absurde Art freut es mich, dass meine Halbschwester das Rot ebenso sehr mag wie ich – und dass unser Vater es hasst. »Oh, und kannst du uns helfen?«

Die Sozialarbeiterin, Joline, verzieht das Gesicht. »Vorläufig. Ann hat klar gesagt, dass sie hierbleiben will. Und ich denke, sie ist reif genug, damit ich diese Entscheidung befürworten kann«, sagt sie ruhig.

Ich hingegen bin absolut nicht ruhig, sondern reiße vor Freude die Augen weit auf. »Aber das ist doch großartig!«

»Es ist ein Anfang«, dämpft Joline meine Laune gleich wieder. »Ohne Beweise, die wir in diesem Fall nicht haben, und wenn der Täter von seiner Frau gedeckt wird, könnte Joseph gerichtlich dagegen vorgehen und Ann wieder zu sich holen, ehe sie sechzehn Jahre alt wird.«

»Aber wenn er gar nicht weiß, wo sie …«

»Ich bin gezwungen zu melden, wo Ann sich aufhält, und ich brauche einen Nachweis, dass sie in die Schule geht«, werde ich unterbrochen. »Sobald ich alles gemeldet habe, kann er den Aufenthaltsort seiner Tochter einsehen.«

Ich schlucke schwer. »Und wann wirst du es melden?« Mir wird plötzlich kalt. Der bloße Gedanke, dass ich Ann wieder zurückschicken muss, sorgt für ein unkontrolliertes Schütteln, das durch meinen Körper geht.

Joline zuckt mit den Schultern. »Das wird einige Tage dauern, vielleicht sogar zwei Wochen – immerhin ist mein Schreibtisch ziemlich überfüllt.«

»Du deckst uns also für ein paar Tage?«, frage ich nach, weil ich mir gerade nicht sicher bin, ob ich sie richtig verstanden habe.

»Natürlich nicht«, kommt es von meiner Mutter. »Die Frau hat nur noch andere Fälle, die dringlicher sind.«

Jolines Mundwinkel heben sich, während sie meine Mom anschaut. »Ganz genau, Mrs Rain. Ich sehe, Sie verstehen meine Lage.«

»Danke«, sagt Mia, weil ich damit beschäftigt bin, nicht zu weinen. »Wir sind dankbar für die Zeit, die du uns damit erkaufst.«

»Tut mir leid, dass ich nicht mehr tun kann. Ich hoffe, ihr findet einen Weg für Ann und ihre Familie.«

Ich verziehe das Gesicht. »Das hoffen wir auch.«

Die Sozialarbeiterin nickt. »Wenn es zu einem Verfahren kommen sollte, bin ich gern bereit, Anns Aussage zu stützen. Sie ist ein wirklich bemerkenswertes Mädchen und nicht auf den Mund gefallen.«

»Nur dass ihre Stimme offenbar von niemandem gehört wird«, brumme ich grimmig.

»Wenn ihr noch etwas braucht oder Fragen habt, meldet euch einfach.«

Sie reicht mir eine Karte, auf der ihr Name und eine Telefonnummer stehen. Dann geht sie.

»Du könntest auch etwas netter sein«, merkt Mia an und nimmt mir die Karte ab.

»Seit wann bin ich denn nett?«

»Wenn du dir Mühe gibst, kannst du das.«

Mom steht auf und zieht mich kurz in ihre Arme. »Komm, der alte Bennett zwingt Ann sonst gleich wieder dazu, mit ihm Karten zu spielen.«

»Ja, und er schummelt immer«, gebe ich zurück und lächle zu meiner Mom hinauf. Die Umarmung tut so unglaublich gut, dass ich mich am liebsten einfach an sie lehnen und mich ausweinen würde. Aber dazu ist gerade noch keine Zeit.

Mia geht vor, und ich folge ihr ins Innere des Hauses, ehe ich mich auf das Sofa sinken lasse.

Bennett und Ann sitzen tatsächlich am Tisch. Der alte Mann hat bereits die Karten gemischt. Er sieht mich an. »Will jemand mitspielen?«

Conner setzt sich dazu, ebenso wie meine Mom – doch ich winke ab. »Später vielleicht«, sage ich ausweichend. »Gerade bin ich noch zu frustriert.«

»Sehen wir es positiv«, meint Conner. »Immerhin ist er noch nicht hier aufgetaucht.«

»Beschreie es nicht«, grummle ich vor mich hin. »Der Teufel hört mit.«

LEO

»Dad, verdammt«, stöhne ich. »Was machst du denn hier?«

Mein Vater runzelt die Stirn. »Glaubst du, ich warte darauf, dass euch die ganze Scheiße um die Ohren fliegt?«

»Um ehrlich zu sein, ja.«

Er schiebt sich an mir vorbei. »So ein schlechter Vater bin ich nun auch wieder nicht«, meint er und sieht mich an. »Außerdem müssen wir reden.«

Angespannt schließe ich die Tür von Megans Wohnung. »Es endet nie gut, wenn du das sagst.«

»Ich fürchte, an diesem Punkt der Geschichte haben wir nicht mehr viel Auswahl, was die möglichen Enden angeht«, brummt er, ehe er den kleinen Kühlschrank öffnet und gleich wieder schließt, da sich nichts darin befindet. Er kommentiert Megans Chaos aus bunten Blättern, Glitzerstiften und Fotos auf dem Tisch nicht. Nicht einmal mein zerknittertes Shirt oder die Tatsache, dass ich mich unbeholfen hinterm Ohr kratze. Etwas an seiner Haltung verunsichert mich. »Langsam machst du mir Angst«, gebe ich zu.

Mein Dad hält inne, setzt sich dann auf das Sofa und schüttelt den Kopf. »Keine Sorge, wenn du mal in meinem Alter bist, wirst du es verstehen. Setz dich, Junge.« Auffordernd klopft er neben sich, und ich lasse mich niedersinken.

»Dad?«

»Keine Angst, ich werde dich schon nicht übers Knie legen.«

»Nein, aber du siehst aus, als würdest du gleich in Tränen ausbrechen, und ich bin mir nicht sicher, ob ich das verkrafte«, gestehe ich.

»Ein paar Tränen mehr oder weniger schaden auch nicht.«

Was auch immer hier gerade passiert, ich verstehe es nicht. »Okay? Dad? Was ist los?«

»Es wird Zeit, dass ich für alte Fehler geradestehe.«

Der Knoten in meinem Magen zieht sich fester und fester. »Ich verstehe nicht, was du meinst.«

Wortlos reicht er mir die Akte von Megans Mom.

36

MEGAN

Nachdem ich endlich in meiner Wohnung angekommen bin, fühlt es sich an, als würde mir eine unendlich schwere Last von den Schultern fallen.

»Warst du den ganzen Tag hier?«, frage ich und betrachte Leo einen Moment, bevor ich ihm einen Kuss auf die Lippen hauche. Er sieht zerknittert aus, müde, und ich kann nicht ganz deuten, wieso sich seine Stirn so in Falten legt.

»Ja, zumindest die meiste Zeit. Mein Dad ist vorhin angekommen.«

»Und was hat er gesagt?«, will ich wissen, während ich mir die Boots von den Füßen streife und sie achtlos im Flur stehen lasse.

»Um ehrlich zu sein, will ich nicht darüber reden«, gibt er zurück und schlingt die Arme um meine Taille.

»Na, das klingt ja nach einer Menge Spaß.«

»Und wie war es bei dir?«

Ich zucke mit den Schultern. »Joseph hat dreimal angerufen. Beim ersten Mal hat er so getan, als wäre alles in Ordnung, beim zweiten Mal hat er mir erzählt, dass Ann verschwunden ist, und beim dritten Mal musste ich ihm versprechen, dass ich ihn anrufe, wenn sie bei mir auftaucht«, fasse ich es kurz zusammen. »Der alte Bennett und Ann verstehen sich besser, als ich erwartet habe. Sie hat das alte Zimmer seiner Enkelin bekommen. Fürs Erste.«

Leos Blick wird ernster. Er schiebt mir eine verirrte Locke hinter das Ohr und hebt mein Kinn, damit er mich besser betrachten kann. »Und wie kommst du klar?«

In dieser Frage schwingt so viel mehr mit, aber dafür haben wir jetzt keine Zeit. »Ich denke, ganz gut, mal davon abgesehen, dass ich eine furchtbare Lügnerin bin. Manchmal wünschte ich, ich hätte Mias Schauspieltalent.«

Die dichten Augenbrauen heben sich leicht. »Dann glaubst du, er ahnt was?«

Sämtliche Muskeln in meinem Körper spannen sich an. »Schlimmer, ich glaube, er ist schon auf dem Weg.«

»Du klingst so sicher.«

»Weil ich sicher bin«, sage ich und schlucke. »Uns bleibt nicht mehr viel Zeit. Ann bleibt nicht mehr viel Zeit, und ich weiß ehrlich gesagt nicht, ob …«

Er zieht mich näher zu sich. »Wir bekommen das hin.«

»Jetzt klingst du erstaunlich sicher dafür, dass so ziemlich alle, inklusive das Gesetz, gegen uns sind.«

»Ja, aber wir haben einen Plan und noch ein Ass im Ärmel.«

Bei dem Gedanken, was Leo zu opfern bereit ist, beginnt mein Herz wieder schneller zu schlagen. »Und du bist sicher, dass du dieses Ass auch ausspielen willst?«, frage ich leise, wobei ich versuche, in seinen Augen den Hauch des Zweifels zu erkennen, doch da ist nichts.

»Mehr als sicher«, bestätigt Leo noch einmal. »Und ich weiß nicht, ob es dir aufgefallen ist, aber ich bin bereit, ziemlich viel für dich zu tun.«

»Wow, möchtest du mir vielleicht noch etwas Druck machen?«, gebe ich sarkastisch zurück.

»Was ich damit sagen will, ist nur: Wir schaffen das. Egal, wie es am Ende ausgeht, keiner von uns muss da allein durch«, haucht er an meine Lippen und gibt mir einen sanften Kuss.

»Wie kannst du dir nur so sicher sein?«, murmle ich an seiner Brust, während ich mich fest an ihn drücke, als sei er der Fels, der mich in diesem Sturm davor bewahrt, aufs offene Meer geschleudert zu werden.

»Schieb's auf die ganzen romantischen Dramen, die ich gesehen habe«, sagt er lachend, doch mir ist nicht nach Scherzen zumute.

»Super, dann sterben wir also alle.«

Leo lacht. »Nein, ich denke, das wäre einen Tick zu dramatisch.«

Ich küsse ihn, hoffe, das Ende unseres persönlichen Dramas noch einmal hinauszuzögern, doch wie so oft hat das Schicksal sich gegen uns verbündet.

»Megan, Leo?«

»Hier!«, rufe ich, damit Mia uns findet. Sie stürmt ins Wohnzimmer und bleibt im Türrahmen stehen. Meine Schwester sieht uns gehetzt an. »Sie sind da.«

»Sie?«

»Dein Vater, seine Frau und der Junge.«

Für einen kurzen Moment schließe ich die Augen. So viel zum Thema, dass mir die Last von den Schultern fällt. Jetzt gerade fühlt es sich an, als würde sie mich erdrücken. »Fuck.«

»Ich fahr zu Ann und warte auf euren Anruf. Caroline weiß Bescheid«, ruft sie noch, ehe sie wieder davoneilt und meine Wohnungstür hinter sich zuwirft.

»Bin ich die Einzige, die das Gefühl hat, wir steuern auf ein wirklich dramatisches Finale zu?«

»Du hast doch sicher ein großartiges Actionfilmzitat dafür auf Lager«, bemerkt Leo.

»Leider nicht, dazu hab ich zu viel Angst.«

37

LEO

»Bereit?«

Ich sehe Megan an. »Eigentlich nicht. Und du?«

»Nicht mal ein bisschen.«

Sie hebt die Faust und klopft dreimal an. Es dauert nicht lange, bis Audrey die Tür öffnet und sofort erstarrt. »Megan, was ...«

Irritiert dreht sie sich halb herum, als wüsste sie nicht, ob sie mit uns reden darf, wenn Joseph nicht anwesend ist. Dieser wird gerade von Stella an der Rezeption des kleinen Belmont-Hotels aufgehalten. Damit bleiben uns ungefähr zehn Minuten, um Audrey zu überzeugen.

»Ihr wisst, wo Ann ist, oder?«, fragt sie fast flehend, und sofort treten Tränen in ihre Augen.

Megan sieht mich kurz an, dann nickt sie. »Aber das ist nicht der Grund, warum wir hier sind«, stellt sie klar.

»Was soll das bedeuten?«

»Audrey, hör uns zu«, sage ich und beuge mich vor, doch sie umklammert die Tür und ist fest entschlossen, uns nicht in ihr Zimmer zu lassen.

»Bitte, wo ist meine Tochter?«

»Es geht ihr gut, aber sie will dich nicht sehen. Nicht solange sie Angst vor ihrem ... unserem Vater haben muss«, gibt Megan kühl zurück und atmet einmal tief durch, als sei damit der schwierigste Teil getan.

»Was?«, stößt Audrey entsetzt aus. »Wovon redest du da?«

»Wir wissen alles«, erkläre ich, wobei ich versuche, möglichst ruhig zu klingen. Nicht abwertend, nicht anklagend, nur ruhig. »Wir wissen, was er mit euch macht. Mit dir.«

»Er macht euch kaputt«, murmelt Megan wesentlich weicher, als ich es erwartet hätte. »Und du bist nicht die erste Frau, die er so behandelt.«

Audrey schüttelt den Kopf. Die Verzweiflung ist ihr ins Gesicht geschrieben. »Ihr habt keine Ahnung, was ihr da sagt«, kommt es erstickt aus ihrem Mund. »Sagt mir, wo meine Tochter ist, oder verschwindet.«

Megan und ich sehen einander an, dann sagt sie: »Tut mir leid, aber das können wir nicht.«

Audreys Gesicht verliert auch noch den Rest an Farbe. Sie wird so blass, dass ich einen Moment fürchte, sie könnte hier und jetzt in sich zusammenfallen. »Wieso tust du das?« In ihrer Stimme klingt bodenlose Verzweiflung durch. Ein Abgrund voller Angst.

Megan macht einen zögerlichen Schritt nach vorn, doch Audrey umklammert die Tür noch immer, scheint fest entschlossen, uns so wenig vom Inneren ihres Hotelzimmers zu zeigen wie möglich. »Du kannst ihn verlassen«, sagt Megan bestimmt. »Gleich jetzt. Wir können dich und John zu jemandem bringen, damit Joseph euch nicht mehr wehtun kann.«

»Das geht nicht.«

»Warum?«, will sie wissen. »Liebst du ihn nach allem, was geschehen ist, noch immer?«

Eine einzelne Träne läuft über Audreys Wange. »Du verstehst das nicht.«

»Dann erklär es uns«, bitte ich etwas sanfter. »Sag uns, wie wir dir helfen können.«

»Es geht nicht um Liebe«, unterbricht Audrey erstickt. Fahrig schiebt sie sich eine Strähne hinters Ohr, wagt es kaum, uns anzusehen. »Schon lange nicht mehr. Eine Trennung bedeutet für Frauen wie mich nicht nur das Ende einer Beziehung. Es ist viel schlimmer als das. Es schneidet viel tiefer in das Leben ein.«

Bei ihren Worten wird mir abwechselnd heiß und kalt. Ich habe keine Ahnung, was ich darauf sagen soll.

»Wovor hast du Angst?«, fragt Megan mit bebender Stimme, auch sie ist den Tränen nahe.

Irgendetwas in Audreys Augen zerbricht. Aus der einen Träne werden zwei, werden Bäche, die über das hübsche Gesicht strömen. »Ich verliere alles, wenn ich mich trenne. Meine gesamte Familie. Meine Eltern, Freunde und mein gesamtes soziales Netz, das mich für diese Entscheidung verurteilen und bestrafen wird. Ihr habt keine Ahnung, wie schwer dieser Druck ist.«

Fuck.

Daran habe ich nicht gedacht. Und so wie ich Megans Gesichtsausdruck deute, sie auch nicht. Für uns schien die Lösung dieses Desasters ganz einfach: Audrey muss sich trennen. Happy End. Doch was das für sie bedeutet, was wir ihr damit auferlegen, daran haben wir nicht einmal einen Gedanken verschwendet.

Megan macht einen Schritt nach vorn. »Aber du bist nicht allein, wir können dir helfen.«

Sie lacht, ohne jede Freude in der Stimme. »Niemand kann hinter die Mauern blicken und den Kraftaufwand sehen, den man braucht, wenn man schon so weit im Abgrund versunken ist. Wenn ich mich trenne, bedeutet das, alles, was ich mir aufgebaut habe, zu verlieren. Und vielleicht sogar mein Leben, denn er wird uns nicht einfach gehen lassen. Niemals.«

Wir schweigen zwei Herzschläge lang. Unsicher, wie wir damit umgehen sollen. Überfordert von der schonungslosen Ehrlichkeit zwischen den Zeilen. Megan findet ihre Stimme schneller wieder als ich: »Aber das muss er, wenn er im Gefängnis sitzt.«

Audrey schüttelt den Kopf. Der Tränenbach ist versiegt, doch die Traurigkeit schwimmt noch immer im Ausdruck ihrer Augen. »Ich kann ihm nichts nachweisen.«

»Du vielleicht nicht«, sage ich und sehe Megan an. »Aber wir schon.«

Überraschung zuckt über das Gesicht der Frau – und ein winziger Funken, der sich anfühlt wie Hoffnung. »Wie?«

Das Piepen meines Handys lässt mich zusammenzucken. Sofort beginnt mein Puls zu rasen. »Wir haben keine Zeit mehr«, murmle ich. »Er kommt.«

Augenblicklich wird Audreys Gesicht panischer. »Ihr müsst gehen, ich hätte gar nicht mit euch sprechen sollen«, sagt sie hilflos, fährt sich ängstlich durch das Gesicht und starrt zu den Aufzügen, als würde sie glauben, Joseph würde daraus herausspringen wie ein *Jack in the Box*. Die Dinger haben mir schon immer Angst eingejagt.

»Wir haben genug Beweise gegen ihn in der Hand – und sie reichen wahrscheinlich auch ohne deine Aussage aus«, sagt Megan ruhiger als vorher, doch nicht mit weniger Nachdruck. »Aber mit deiner Aussage wären wir auf der sicheren Seite.«

»Das kann ich nicht.«

Mein Handy piept noch einmal. »Megan, wir müssen gehen. Jetzt.«

Doch Megan scheint mich gar nicht zu hören. Sie drückt Audrey einen Zettel in die Hand. »Wenn du dich entscheidest, uns zu helfen, dann triff uns morgen in der Bar. Du musst da nicht allein durch, ich verspreche es dir. Du bist jetzt auch ein Teil von meiner Familie.«

»Aber ...«

Als mein Handy zum dritten Mal klingelt, fluche ich leise. Joseph hat den Fahrstuhl betreten. Er wird in weniger als einer Minute vor dieser Tür stehen, und es wäre besser, wenn wir dann nicht mehr da sind. Für uns alle.

»Megan, wir müssen los.«

Sie greift nach den Händen von Mrs Avens. »Okay, komm einfach dorthin und warte, bis wir fertig sind. Bis wir dir die ganze Wahrheit sagen können.«

»Fertig womit?«

Megan schluckt. »Damit, deinen Ehemann ins Gefängnis zu bringen.«

38

MEGAN

*D*ie *Red Lady* schimmert im Licht der Mittagssonne. Durch die Fenster dringt nur gedämpftes Licht, das den Staub in Strahlen funkeln lässt. Da die Musik nicht eingeschaltet ist und die Stühle auf den Tischen stehen, wirkt es fast so, als seien wir Eindringlinge.

»Meinst du, sie kommt?«, fragt Leo, der auf dem Tresen sitzt und immer wieder zur Tür blickt.

»Keine Ahnung.«

Er hüpft von seinem Platz und erkundet den halbdunklen Raum. Ohne die blinkenden Schilder, die Kerzen und lärmenden Gäste wirkt die *Red Lady* anders. Ich weiß genau, wie er sich fühlt. In einer leeren Bar zu sitzen, kann seltsam intim sein. Diese alte Spelunke hat eine eigene Persönlichkeit, die man erst dann wirklich wahrnimmt, wenn man allein mit ihr ist.

»Öffnet die Lady heute nicht?«, fragt Leo und bleibt vor einem der Pin-up-Schilder stehen, die Marilyn Monroe zeigen.

Mein Magen zieht sich zusammen. »Nein, um ehrlich zu sein, wird sie wohl gar nicht mehr öffnen.«

Leo fährt herum. »Was?«

Erst jetzt wird mir klar, dass ich dieses Thema bisher vor Leo nie erwähnt habe. Ich zwinge mich dazu, nicht zu traurig zu klingen, und gehe um den Tresen herum. »Dennis muss sie verkaufen. Und das ziemlich schnell. Leider hat er nur ein Angebot bekommen, und der Käufer will die Lady abreißen.«

Es auszusprechen, macht es plötzlich sehr real. Ich habe so viel Zeit in dieser Bar verbracht und jede Minute davon genossen. Sie ist fast zu einem zweiten Zuhause geworden. Dass ich sie nun gehen lassen muss, erscheint mir wie ein zusätzliches Drama in meinem Leben. Als würde ich eine Freundin verlieren, die mir durch eine schwere Zeit geholfen hat.

»Was, das kann nicht dein Ernst sein?«, ruft Leo aus, dreht sich einmal um sich selbst, um die Lady aus allen möglichen Blickwinkeln zu sehen.

»Es mag dir nicht aufgefallen sein, Leo, aber ich bin aktuell echt nicht in der Stimmung für Scherze. Erst recht nicht, wenn sie meinen Job betreffen«, murmle ich nicht ohne Verbitterung in der Stimme.

Leo kommt auf mich zu und sieht mich an wie ein Welpe, den man gerade ausgeschimpft hat. »Dann wird sie abgerissen?«

Diesen Ausdruck in seinen Augen zu sehen, bricht mein Herz noch etwas mehr. »Ich fürchte schon.«

»Und warum erzählst du mir das nicht?«

Nun zucken meine Mundwinkel nach oben. »Entschuldigung, mir ist entgangen, dass dir diese Bar bei deinen zweimaligen Besuchen so sehr ans Herz gewachsen ist. Vielleicht hatte ich etwas zu viel um die Ohren, um mich auch noch darum zu kümmern, dass du alle wichtigen Kleinstadt-News sofort erfährst.«

»Das ist scheiße«, brummt er und greift nach meinen Händen, während er seinen Blick über die schweren Balken des Raumes gleiten lässt.

»Ja, ist es. Ich liebe diese Bar.«

»Warum will sie keiner kaufen?«, will Leo wissen, was mich dazu bringt, nur hilflos mit den Schultern zu zucken.

»Wahrscheinlich, weil die Hälfte hier drin nicht funktioniert und wir in einer Kleinstadt leben. Nicht gerade eine sichere Sache, diese Lady am Leben zu erhalten. Ich wünschte, wir könnten etwas tun, aber das liegt nicht mehr in unserer Hand.«

Leo rückt ein Stück von mir ab und lächelt. »Du hast wir gesagt.«

»Was?«, frage ich verdutzt.

»Du hast gesagt: *Ich wünschte, wir könnten etwas tun.*«

Ich rolle mit den Augen, kann aber nicht leugnen, dass mir warm wird, während er mich ansieht. »Das war nur eine Floskel.«

Er mustert mich mit einem Grinsen, in dem ein Hauch von Überlegenheit steckt. »Und warum wirst du dann rot?«

Stöhnend schiebe ich ihn von mir weg. »Könntest du bitte nicht alles, was ich sage, direkt auf deine Kitsch-Goldwaage legen?«

»Hm.«

»Und dieses Geräusch will ich auch nicht hören«, setze ich direkt hinterher und stemme die Hände in die Hüften.

»Und wenn dieses Geräusch bedeutet, dass ich eine Idee habe, wie wir uns die Wartezeit etwas verkürzen können?«, raunt er und zieht mich wieder in seine Arme.

Seine Lippen wandern meinen Hals entlang, jagen kleine Schauder über meinen Rücken und sorgen dafür, dass ich für ein paar Sekunden alles um mich herum vergessen kann. Aber die Realität ist zu nahe, als dass ich mich in diesen Traum flüchten könnte. »So unwiderstehlich dieses Angebot auch ist, ich muss passen.«

Leo hört auf, mich zu küssen, und nimmt stattdessen mein Gesicht in seine Hände, um mich anzusehen. »Gut, was machen wir dann?«

Lächelnd deute ich auf die Zielscheibe am anderen Ende der alten Lady. »Wie gut bist du im Dart?«

Er lacht. »Schrecklich.«

»Perfekt.«

Doch bevor ich zu den Pfeilen greifen kann, geht die Tür auf.

Audrey und John betreten die Bar. Sie sagt kein Wort. Aber das ist auch nicht nötig.

Die Haare sind zu einem unordentlichen Knoten hochgesteckt, aus dem sich einige Strähnen gelöst haben. Als würden sie versuchen, sich zu befreien.

Tränen schimmern in ihren Augen, wie Diamanten, die im Schatten der dunklen Ringe unter ihren Lidern noch mehr zu funkeln scheinen.

Ich eile auf sie zu, ziehe sie in meine Arme und lasse sie weinen.

LEO

Irgendwie fühlt es sich an wie der Abend vor einer großen Schlacht. Nachdem wir Audrey und John zu Mia und Conner gebracht haben, wollte Megans Schwester uns nicht mehr so einfach gehen lassen. Mein Dad hockt zusammen mit dem alten Bennett am Feuer und tätschelt Bo, der schnarchend zu seinen Füßen liegt. Ich will die beiden Männer nicht dabei stören, alte Geschichten auszutauschen, also lasse ich mich auf den Boden der Veranda sinken und betrachte die Blumenwiese in der Nacht.

Im Schein des Mondes sind die Blüten alle geschlossen, doch das raubt dem Anblick nicht die Schönheit. »Hier, du siehst aus, als könntest du was zu trinken vertragen«, meint Chris und reicht mir eine kalte Cola.

Ich blicke zu ihm hoch. »Danke, Mann.«

»Keine Ursache.« Seufzend lässt er sich neben mich sinken. »Mach dir nicht zu viele Sorgen, ab morgen ist alles vorbei.«

Seine Zuversicht sorgt nur dafür, dass mir meine eigene Angst noch klarer wird. Der Arzt der Kleinstadt schenkt mir ein sanftes Lächeln, ehe er mir auf die Schulter klopft, als seien wir längst Freunde geworden.

»Du sagst das so, als würdest du es glauben«, brumme ich etwas zynischer, als es meine Absicht war.

Chris mustert mich von der Seite. »Glaubst du es nicht?«

»Was ich glaube, ist egal, denn wir haben keine andere Wahl, als es zu versuchen«, gebe ich zurück, versuche dabei aber, nicht zu klingen wie ein Arschloch. Er kann nichts dafür, dass ich überfordert bin und eine Scheißangst habe. Hauptsächlich um Megan und ihr Herz, das einmal zu oft gebrochen wurde.

Zwei Menschen, die durch die Intrigen ihrer Familien verbunden sind. Ich bin sicher, Mia könnte mir sofort das passende Zitat von Shakespeare nennen, nur weiß ich nicht, ob ich es auch hören möchte.

»Es ist in Ordnung, wenn du gerade das Gefühl hast, dass alles zu viel wird«, meint Chris freundlich. »Jedem von uns würde es ähnlich ergehen.«

»Etwas mehr positives Denken wäre trotzdem nicht schlecht.« Conner kommt aus dem Haus und setzt sich zu uns.

Seine grünen Augen mustern mich streng, ehe er einen Schluck seines eigenen Bieres nimmt.

»Ich geb mein Bestes«, sage ich und meine es auch so. Mir ist klar, dass es nichts bringt, mich ausgerechnet jetzt unter all meinen Sorgen zu vergraben. Aber der bloße Gedanke an morgen sorgt dafür, dass mir vor Angst schlecht wird.

Der Langhaarige legt eine Hand auf meine Schulter. »Megan ist echt froh, dass du da bist«, meint er mit Nachdruck.

»Fühlt sich eher so an, als habe ich ihr die ganze Scheiße erst eingebrockt«, nuschle ich in meine Cola hinein.

»Nein, sie ist, schon seit ich sie kenne, ganz gut darin, sich in Schwierigkeiten zu bringen«, meint Chris gelassen.

»Ach wirklich?«, frage ich.

»Definitiv. Nur versucht sie meistens, sich allein aus der Scheiße wieder rauszuziehen«, antwortet der Arzt und legt den Kopf schief. »Es ist also ein gutes Zeichen, dass du mit ihr zusammen im Mist sitzen darfst.«

Fast muss ich lachen. »Das überzeugt mich noch nicht.«

Conner lacht. »Außerdem bist du ihr letzter Instagram-Post, und das will einiges heißen«, sagt er, ehe er das Handy aus seiner Hosentasche zieht.

Nun bin ich völlig verwirrt. »Ich bin was?«

Das Grinsen in Conners Gesicht wird breiter, bevor er mir sein Handy reicht. Irritiert starre ich auf Megans Feed und betrachte das letzte Bild. Wenn man nicht weiß, dass ich es bin, erkennt man es nicht. Aber ich weiß sofort, wann sie es aufgenommen hat.

Mein Gesicht liegt im Halbdunkel, doch meine Augen sind gut zu erkennen – genauso wie die Funken des Feuerwerks über uns. Es steht nur ein Satz als Bildbeschreibung unter dem Bild: *With you I hope.*

Mein Herzschlag setzt aus, nur um dann doppelt so hart gegen meinen Brustkorb zu hämmern. »Fuck.«

»Von Megan ist das so was wie eine Liebeserklärung«, erklärt Chris, nur für den Fall, dass ich es noch nicht kapiert habe.

»Fuck.«

»Ich glaube, es hat ihm die Sprache verschlagen«, murmelt Conner amüsiert.

Das hat es. Megan raubt mir wieder einmal den Atem. Und mein Herz.

39

MEGAN

»Aufstehen, Schlafmütze«, rufe ich und bewerfe Leo mit einem meiner großen Kissen. »Keine Zeit mehr zum Schlafen, wir müssen los.«

Er stöhnt leise auf. Seine Haare stehen zu allen Richtungen ab, während er gähnt und mich verschlafen anblinzelt. »Wie viel Zeit habe ich?«

»Um ehrlich zu sein, fünf Minuten«, gestehe ich mit dem Hauch eines schlechten Gewissens.

»Warum hast du mich nicht eher geweckt?«, fragt er, bevor er in seine Jeans schlüpft.

»Du sahst so friedlich aus«, murmle ich und gebe ihm einen kurzen Kuss, bevor ich ihm sein Shirt in die Hand drücke. Er verschwindet kurz im Badezimmer, was mir die Zeit gibt, mir selbst noch einmal im Flurspiegel in die Augen zu sehen.

Jetzt geht es los.

Zeit, meine innere Angelina Jolie auszupacken und dem Bösewicht in den Hintern zu treten – oder das Finale eines Shakespeare-würdigen Dramas zu erleben. Egal, wie es ausgeht, danach brauche ich Rotwein und ein Schaumbad.

Leo taucht hinter mir auf. »Bist du bereit?«

»Scheiße, nein«, gestehe ich und drehe mich zu ihm um. »Aber ich will es hinter mich bringen.«

Er sagt nichts, nickt aber und hält mir die Tür auf, bevor wir die Wohnung verlassen. Auf absurde Art fühle ich mich ruhig, fast schon geerdet. Ich habe alles getan, was mir möglich war. Sogar etwas, das ich sonst hasse. Die halbe Stadt steht hinter uns und kam zu unserer

Rettung angelaufen. Vielleicht weil sie wussten, dass mir, wenn ich um Hilfe bitte, die Scheiße bereits bis zum Hals steht. Leo fährt los, und ich drehe das Radio laut, um meinen Gedanken nicht zu viel Raum zu geben. Das Letzte, was ich gerade gebrauchen kann, ist die Angst, die sich von meinen Zehenspitzen in meinem gesamten Körper ausbreitet, wenn ich ihr zu viel Aufmerksamkeit schenke.

Die Gnadenfrist ist vorbei, als Leo parkt und das Radio ausschaltet. Er atmet einmal tief durch, sagt aber kein Wort, sondern sieht mich nur an.

»Jetzt wäre ein guter Moment für eine motivierende Rede«, versuche ich die Stimmung aufzulockern.

»Ich glaube, ich bin nicht der Typ für lange Reden«, murmelt er und lehnt sich in seinem Sitz zurück, ohne mich aus den Augen zu lassen. Stattdessen greift er nach meiner Hand, hält mich fest, als würde er mich nicht gehen lassen wollen. »Können wir hier überhaupt gewinnen?«

Ich verziehe den Mund. »Vielleicht geht es gar nicht darum, dass die Guten gewinnen, sondern nur darum, dass sie kämpfen.«

Er grinst. »Aus welchem Film ist das?«

»Das ist von mir«, antworte ich.

»Auf absurde Art ist es passend.« Sein Kopfschütteln bringt mich zum Schmunzeln.

»Ich wünschte, ich dürfte so viel rumballern wie Arnold und einfach alle Bösen auslöschen, weil ich Roboter bin«, sage ich seufzend und löse den Gurt.

»Aber nicht ohne ein Schießtraining mit Caroline.«

»Gutes Argument.« Ich beuge mich vor, küsse ihn. Versuche die Zweifel und die Angst, die auch in mir toben, zumindest von seinen Schultern zu nehmen. Aber das kann ich nicht.

»Bist du dir wirklich sicher, dass du das tun willst?«, haucht er an meine Lippen.

Ich lege den Kopf schief. »Diese Frage sollte ich eher dir stellen, oder? Deine Familie hat noch mehr zu verlieren als ich.«

»Wir zahlen nur eine Rechnung, die schon lange fällig ist«, murmelt er nachdenklich und schiebt mir eine rote Locke hinter das Ohr.

Noch ein Kuss, noch ein Moment, bevor ich dieses Auto verlassen muss und mich dem stelle, was dort auf mich wartet. »Also dann, auf in das letzte Gefecht.«

»Megan?«

»Bitte sag jetzt nichts super Romantisch-Dramatisches. Okay? Denn dann würde ich anfangen zu heulen und könnte diesen Mist nicht mehr durchziehen«, bitte ich.

Leo nickt, lässt meine Hand los und gibt mich frei, damit ich tun kann, was ich eben tun muss. »Ich bin ganz in der Nähe, so wie alle anderen auch.«

»Ich weiß«, murmele ich und drückt ihm einen sanften Kuss auf die Lippen. »Und wenn er mich auch nur schief anschaut, wird die halbe Stadt zu meiner Rettung kommen.«

»Ganz genau«, bestätigt er, während ich aussteige.

»Also, dann legen wir mal los.«

»Megan?«

Ich beuge mich noch einmal ins Innere des Autos. »Ja, Leo?«

»*Kein steinern Bollwerk kann der Liebe wehren; und Liebe wagt, was irgend Liebe kann.*«

»Scheiße, hat die Stadt dich mit dem Shakespeare-Fieber angesteckt, oder ist das dein natürlicher Romantikerzustand?«

»Ich denke, beides hat sich kombiniert.«

»Jetzt sind wir wirklich verloren«, sage ich mit einem halbherzigen Grinsen. »Dann bringen wir den Dreckskerl mal zum Reden.«

40

MEGAN

Manchmal muss man einfach darauf warten, dass ein Gewitter vorübergeht, ehe man mit seinem Leben weitermachen kann. Und manchmal muss man sich dafür in das Auge des Sturms wagen.

Mit jedem Schritt gehe ich einem Feuersturm entgegen, von dem ich noch nicht weiß, ob es mich versengen wird oder ob ich es löschen kann.

Ich sehe ihn an der Lichtung stehen, zu der ich ihn bestellt habe. Er sieht schon von Weitem wütend aus, was unweigerlich dazu führt, dass mein Adrenalinspiegel nach oben schießt. Mit etwas Sicherheitsabstand bleibe ich vor ihm stehen.

Das kalte Blau seiner Augen taxiert mich von oben bis unten. »Wo sind sie?«

Ich habe zwar nicht mit einer sonderlich warmherzigen Begrüßung gerechnet, aber ich spüre trotzdem, wie es in meinem Herzen zwickt. »Hallo, Daddy. Wollen wir uns setzen?«, frage ich und deute auf die kleine Bank inmitten der grünen Büsche. Bienen, Schmetterlinge und sogar eine Libelle tummeln sich an den kleinen weißen Blüten. Es sieht so friedlich aus, dass der Kontrast zu dem kalten Orkan zwischen uns noch deutlicher wird.

»Spiel keine Spielchen mit mir, Megan«, knurrt er und fingert in seiner Jackentasche nach der Zigarettenpackung.

»Das habe ich nicht vor.«

Er hält mir die Packung entgegen.

Zögernd nehme ich eine Zigarette. Für einen kleinen Moment ist es fast wieder wie am ersten Tag. Ich stecke mir die Zigarette zwischen die Lippen und lasse zu, dass Joseph mir Feuer gibt.

»Was soll das alles hier, Megan?«, fragt er, und ich glaube die Spur von Verzweiflung in seiner Stimme zu hören. Nur kann ich nicht sagen, ob er es schauspielert oder tatsächlich Angst hat – und wenn, wovor. Davor, seine Familie zu verlieren, oder die Konsequenzen seiner Taten zu tragen?

»Sag mir, was damals wirklich passiert ist«, fordere ich und puste den Rauch in die Luft.

»Ich bin nicht hier, um über alte Geschichten zu reden«, herrscht er mich an, scheint dann aber zu bemerken, dass ich nicht einknicke, nur weil er laut wird, und versucht es versöhnlicher. »Megan, bitte, du bist meine Tochter. Ich liebe dich – und ich liebe meine Frau und meine anderen Kinder. Sag mir, wo sie sind.«

Es fühlt sich seltsam an, nach so langer Zeit endlich die Worte zu hören, nach denen ich mich mein Leben lang verzehrt habe. Aber nun klingen sie einfach nur leer.

Schweigend ziehe ich an meiner Zigarette, wohl wissend, dass es die letzte in meinem Leben sein wird, denn von nun an werde ich den Geschmack nur noch mit diesem Tag verbinden.

»Megan«, schnaubt er. Sein Gesicht wird mit jeder Sekunde meines Schweigens härter.

»Bleib ruhig, das ist besser für dein Herz«, meine ich gespielt freundlich, auch wenn die Anspielung auf *Total Recall* komplett an ihm vorbeigeht. »Setzen wir uns.«

Er schnaubt wütend, lässt sich jedoch endlich auf die Parkbank nieder. »Ich hoffe, du verschwendest nicht meine Zeit, Megan.«

Damit ich den Abstand zwischen uns nicht verkleinern muss, bleibe ich stehen. Mein Blick wandert über die friedliche Natur um uns herum. Es ist niemand zu sehen oder zu hören, nur Grün, Sonne und Insekten, die von einer Blüte zur nächsten fliegen. »Keine Sorge«, meine ich. »Das ist nicht mein Ziel.«

Seine Augen verengen sich. »Gut, dann los.«

»Weißt du, ich dachte, wenn ich dich kennenlerne, dann würden sich all meine Probleme mit mir selbst einfach in Luft auflösen«, murmle ich nachdenklich. »Ich dachte, Familie sei stärker als alles andere.«

Das Schlimme an diesen Worten ist, dass sie so wahr sind. Ich habe mir so lange gewünscht, ihn kennenzulernen. Meine eigene Geschichte zu kennen und zu verstehen, wie ich zu der wurde, die ich nun bin. Und ich weiß, dass ich die Zeit nicht mehr zurückdrehen kann und es auch nicht will, weil zumindest diese Unsicherheit nun von mir abgefallen ist. Doch was ich stattdessen habe, ist etwas, von dem ich dachte, es könnte nie passieren: Verachtung.

Verachtung für einen Mann, den ich irgendwie noch liebe, weil er trotz allem mein Vater ist.

Ironischerweise ist nun er es, der verächtlich schnaubt. »Familie ist stärker, und genau darum will ich meine zurück.«

Ich schüttle den Kopf. Obwohl ich es besser wissen müsste, schafft er es dennoch, mich aus dem Konzept zu bringen. »Du redest von ihnen, als seien sie dein Besitz.«

Er erhebt sich von der Bank, und obwohl ich ihm nicht zeigen will, dass ich Angst vor ihm habe, zucke ich unwillkürlich zurück. »Sie *sind* mein Besitz. Ich habe alles für diese Familie geopfert.«

In jedem seiner Worte schwingt eine Drohung mit, die mir durch Mark und Bein geht. »Nein.«

»Das war keine Frage, sondern eine Tatsache«, schnaubt er. Gegen meinen Willen muss ich lachen, so absurd kommt es mir vor. Das alles. Er, meine Suche nach ihm, die Art, wie er hier in dieser Oase der Natur sitzt und dennoch alles mit seiner Wut und seinem Hass vergiftet.

»Sie sind Menschen, Joseph. Man kann Menschen nicht besitzen wie Häuser oder Autos. Nicht einmal, wenn man versucht, sie dazu zu zwingen«, sage ich und fühle mich wieder etwas besser, weniger ängstlich.

»Du solltest nicht von Dingen reden, von denen du keine Ahnung hast«, schnauft mein Vater. »Und was soll das überhaupt bedeuten? Ich zwinge niemanden zu etwas.«

»Das sehe ich anders«, antworte ich betont gelassen. Er darf mir nicht anmerken, dass mir das Herz bis zum Hals schlägt und ich dem Drang widerstehen muss, einfach wegzulaufen. Wie simpel das Leben doch wäre, wenn man immer weglaufen könnte, wenn es einem zu viel wird.

Joseph ballt die Hände zu Fäusten. »Was willst du damit sagen?«

Trotzig hebe ich das Kinn, unterdrücke das Zittern meiner Knie. »Ich will damit sagen, dass es vorbei ist.«

Er verzieht das Gesicht. »Was redest du da?«

In meinem Kopf habe ich diesen Augenblick seit der vergangenen Nacht mehrfach durchgespielt, doch nun, da er gekommen ist, fühlt es sich anders an. Besser. Ich weiß, dass ich das Richtige tue. Nicht nur für mich selbst, sondern für uns alle. Für meine Familie. Die, mit der mich das gleiche Blut verbindet, und die, die mich schon mein Leben lang begleitet. Sie gehören beide zu mir, mit allen Schattenseiten und jedem Sonnenstrahl. Und wir werden das hier durchstehen. Zusammen.

Dieses Mal bin ich es, die einen Schritt auf ihn zugeht.

»Erinnerst du dich an Alexander Daddario?«

Mein Vater scheint nicht überrascht, allerdings hatte ich das auch nicht erwartet. »Er ist ein alter Freund.«

»Nennst du so die Menschen, die dabei geholfen haben, dass die Beweise, die meine Mutter gegen dich gesammelt hat, verschwunden sind? Oder nur die, die dir eine neue Identität verschafft haben?«, frage ich zynisch und ziehe eine Kopie der Akte meiner Mutter aus der Innenseite meiner Jacke.

Sein linkes Auge beginnt zu zucken. Das Zögern lässt mich für den Bruchteil einer Sekunde hinter die harte Maske blicken – und dort sehe ich die nackte Angst. »Was soll das sein?«

Obwohl meine Hände zittern, ziehe ich das Bild meiner Mutter aus der Mappe. Die Frau, deren Gesicht ich in so vielen Erinnerungen nicht klar erkennen konnte. Ihre Gesichtszüge ähneln meinen. Sie hat die gleichen großen Locken, nur dass ihre von einem dunklen Braun sind. Das Foto zeigt sie, mit einer großen Platzwunde am Kopf, geschwollenen Lidern und einer blutigen Nase. Es stammt von dem Tag, an dem mein Vater sie die Treppen hinuntergestoßen hat.

»Das war ein Unfall«, behauptet mein Vater sofort. »Ich habe dir doch gesagt, dass deine Mutter krank war.«

»Wirklich? Und warum hat meine Mutter dich dann verlassen?«, will ich wissen.

Meine Worte scheuchen die Vögel von den Bäumen. Sie schießen zum Himmel hinauf, wollen weg von all dem Zorn und dem Hass in der Luft. Ich kann es ihnen nicht verdenken.

Joseph wendet den Blick ab, seine Oberlippe zieht sich nach oben und lässt ihn wirken wie einen hungrigen Hund, der jeden Moment beißt. »Sie hat mich nicht verlassen, sie hat sich umgebracht.«

Auch diese Sätze habe ich kommen sehen, aber das macht es nicht weniger schmerzvoll. Das letzte große Geheimnis, das ich wahrscheinlich nie abschließend lösen werde: meine Mutter. Die Frau, die mich so lange vor ihm versteckt hat, nur damit ich genau in seine Arme laufe.

Nur ist jetzt nicht der richtige Moment für diese Gefühle. »Du kannst mit dem Lügen aufhören, du wurdest bereits überführt«, meine ich so gelassen, wie ich nur kann. »Alexander wird gegen dich aussagen, und auch deine Frau.«

»Das ist Unsinn«, wehrt er sofort ab.

Irgendwie gelingt es mir, ein falsches Lächeln in mein Gesicht zu bringen. »Es ist vorbei, Dad. Du kannst dich nicht mehr hinter deinen Lügen verstecken.«

Die Verwirrung bringt ihn dazu, sich zu schütteln. Es braucht einen Wimpernschlag, bis mein Vater begreift. Bis er versteht, dass ich nicht nur leere Phrasen und Drohungen von mir gebe, sondern dass er im wahrsten Sinne des Wortes völlig im Arsch ist. »Wenn Alexander mich ans Messer liefert, hat er mehr zu verlieren als ich.«

Anerkennend nicke ich. »Gut, wir leugnen es also nicht mehr.«

»Ich muss nichts leugnen, Megan«, schnaubt er. »Ich habe nichts Falsches getan, nur das, was nötig war.«

Noch einmal halte ich das Foto meiner Mutter hoch, damit er es sehen kann. »Das hier nennst du nichts Falsches?«

Er sieht mich nicht einmal an, kann es wahrscheinlich nicht. Vielleicht sieht er die Szene, die mich so oft in meinen Träumen verfolgt hat, nur aus der anderen Perspektive. Aus seiner. Und vielleicht ist die Erinnerung für ihn genauso schmerzhaft, wie sie es all die Jahre für mich selbst war.

Joseph springt wieder auf. »Mir reicht es.«

»Und deiner Frau auch. Und deinen Kindern«, kontere ich. Die Wut auf ihn hat die Angst vor ihm vertrieben.

»Sie wissen nicht, was gut für sie ist. Audrey ist selbst schuld, wenn mir die Hand ausrutscht. Ihre Aufgaben sind nur ein Bruchteil dessen, was ich für diese Familie leiste, und …«, donnert er los.

»… und das gibt dir das Recht, sie zu verprügeln und einzusperren, als wären sie Tiere?«

»Es war nötig«, faucht er wütend. »Ich musste tun, was ich tun musste, damit sie ihre Rollen spielen.«

Fassungslos starre ich ihn an. »Wow, glaubst du irgendwas von dem, was du sagst, wirklich?«

»Du bist eine Enttäuschung, Megan«, meint er und schüttelt den Kopf. »Ich dachte, du wärst mehr wie ich. Weniger schwach, sondern dafür gemacht, die Herde zu leiten. Aber du bist nur das: eine Enttäuschung auf ganzer Linie.«

»Das Gefühl beruht dann wohl auf Gegenseitigkeit«, murmle ich. Allerdings lasse ich ihm keine Zeit, darauf noch zu antworten.

Ich klatsche ein paarmal in die Hände.

Joseph sieht mich verwirrt an. Dann ziehe ich das Tonbandgerät aus meiner Tasche und spule zurück.

»*Audrey ist selbst schuld, wenn mir die Hand ausrutscht.*«

Für ein paar Sekunden wird er ganz blass, als sei ihm jetzt erst bewusst, was er da gesagt hat. Doch dann läuft sein Kopf vor Wut rot an. »Gib mir das, sofort.«

Er will auf mich zustürmen, mich überwältigen. Aber dazu kommt es nicht mehr.

»Hände hoch«, erklingt Carolines freundliche Stimme.

Mit einem breiten Lächeln kommt sie aus dem Gebüsch und zielt mit der Waffe genau auf meinen Vater.

»Was zum Teufel …«

Doch Joseph hat keine andere Wahl, er hebt die Hände. Nach und nach kommen auch Leo, Bennett, Conner, Tara, Tanja und Elif aus ihren Verstecken – ebenso wie meine Mom, die sofort an meine Seite eilt. Nur Caroline trägt eine Waffe, aber es ist dennoch klar, dass Joseph nicht gegen alle Menschen auf einmal ankommen kann.

Mit einer Mischung aus Angst und Verwirrung dreht Joseph sich im Halbkreis. »Was soll das hier werden, ihr bedroht einen wehrlosen Mann.«

»Eigentlich gehört dieses Stück Land mir«, sagt Caroline mit einem freundlichen Lächeln. »Die Bank hat mein Gatte ausgesucht.«

»Genau genommen bedrohen wir also einen Eindringling auf Privatgelände«, kontert Leo gelassen und sieht mich an. Ich nicke, um ihm zu zeigen, dass ich okay bin. Zumindest so okay, wie man es in dieser Situation eben sein kann. Außerdem legt meine Mutter mir einen Arm um die Schulter, und es fühlt sich an, als könnte niemand auf der Welt mir je etwas antun, solange sie in meiner Nähe ist.

»Wo bleibt denn nur der Sheriff?«, will ich wissen und ignoriere den Blick meines Vaters. Er wird mich den Rest seines Lebens hassen. Noch etwas, mit dem ich ab jetzt zu leben lernen muss.

»Ich bin hier.« Der Sheriff lächelt breit und zieht die Handschellen hervor. »Mr Avens, ich verhafte Sie wegen häuslicher Gewalt, unbefugtem Betreten eines Privatgrundstücks, Bedrohung von Minderjährigen, Dokumentenfälschung und dem ganzen anderen Haufen Scheiße, der an Ihren Stiefeln klebt.«

Joseph sieht mich mit seinen kalten blauen Augen an. »Das wirst du bereuen«, zischt er. »Ihr habt nichts gegen mich in der Hand.«

»Das werden wir sehen«, gebe ich so ruhig wie möglich zurück. »Mach's gut, Daddy. Ich hoffe, ich sehe dich nie wieder.«

41

MEGAN

Drei Tage später

*W*enn die Dinge, die uns wichtig sind, einfach wären, wüssten wir sie dann noch zu schätzen? Brauchen wir vielleicht ein Stückchen bittersüße Qual, um das, was wir lieben, auch als solches zu erkennen?

»Alle gehen«, murmle ich nachdenklich und sehe Leo mit einem traurigen Lächeln an. »Selbst du.«

»Aber das heißt nicht, dass ich nicht wiederkomme.«

Er zieht mich in seine Arme, doch es fühlt sich anders an. Nach Abschied.

Genau darum habe ich mich so lange vor ihm verschlossen, weil ich wusste, dass wir über kurz oder lang hier ankommen würden. Am Ende.

Sein Leben ist nicht hier, sondern in Boise.

Und alles, was mir von ihm bleiben wird, sind die Erinnerungen.

Aber das ist besser als nichts, oder?

Erinnerungen wachsen nicht aus den Dingen, die uns in den Schoß fallen. Sie erblühen immer dann, wenn etwas, das als Fehler begann, sich in etwas Großartiges verwandelt.

Ich bereue es nicht, nach meinem Vater gesucht zu haben, selbst jetzt nicht, wo ich weiß, was für ein Monster hinter seiner perfekten Fassade steckt. Denn was ich auf dem Weg zu ihm gefunden habe, sind Ann, John, Audrey und Leo.

Auch wenn ich Leo nun gehen lassen muss.

»Woran denkst du gerade?«, fragt er und sorgt so dafür, dass ich mich dichter an seine Brust schmiege.

»Abschiede sind nicht mein Ding.«

»Niemand mag sie, aber manchmal sind sie nötig.«

»Solltest du jetzt nicht lieber etwas absolut Kitschiges sagen?«, brumme ich, ohne mich von ihm zu lösen.

Er lacht. »Hast du einen bestimmten Wunsch?«

»Du bist doch der Romantiker von uns, warum muss ich mir was einfallen lassen?«

Sanft nimmt er mich an den Schultern, wartet, bis ich ihn ansehe, und umfasst dann mein Gesicht mit beiden Händen. »*So grenzenlos ist meine Huld, die Liebe so tief ja wie das Meer. Je mehr ich gebe, je mehr auch hab ich: beides ist unendlich.*«

Mein Gesicht verzieht sich. »Bitte sag mir, dass das nicht aus *Romeo und Julia* war.«

»Dir kann man es auch einfach nicht recht machen«, murmelt er lächelnd und küsst mich.

Küsst mich mit dem Geschmack von Abschied auf den Lippen. Ich will nicht, dass er geht, doch ich kann ihn auch nicht dazu zwingen, hierzubleiben. Kann nicht einmal danach fragen, weil nicht ich diese Entscheidung für ihn treffen kann. Oder ihn dazu überreden will, wenn es nicht das ist, was auch er möchte.

»Hey«, murmelt Leo, löst sich noch immer nicht ganz von mir, sondern hält mich fest. »Ich bin nicht aus der Welt, nur in Boise. Zumindest erst mal, bis wir geklärt haben, wie es mit meinem Dad weitergeht.«

»Ich weiß«, sage ich schluckend.

»Gut, denn so schnell wirst du mich nicht wieder los.«

Fast hätte ich etwas dazu gesagt, dass die meisten Beziehungen scheitern, wenn die Distanz zu groß ist. Aber ich behalte diese Angst für mich, versuche sie für den Moment zu verdrängen und sage nur: »Hoffentlich behältst du recht.«

»In der letzten Zeit hatte ich doch erstaunlich oft recht, findest du nicht?«

»Ja, aber bei all deinen Voraussagen ging es eher um ein Desaster als um ein Happy End.«

»Das Happy End ist nur der Punkt, an dem die Geschichte nicht mehr weitererzählt wird, Megan.«

»Wow, möchtest du meine Hoffnung noch etwas mehr zerstören?«, nuschle ich in mich hinein, aber auch das kann Leos Laune nicht trüben.

»Nein, damit will ich sagen, dass es im wahren Leben immer noch ein Kapitel mehr gibt, nur ohne Zuschauer«, haucht er an meine Lippen und küsst mich wieder.

Küsst mich, als würde er nie mehr damit aufhören können.

42

LEO

Der Herbst ist in Boise eingezogen.
Mir peitscht der Wind ins Gesicht, weht gefallenes Laub und schimmernde Plastikfolie auf, die fast schon miteinander zu tanzen scheinen.

Ich blicke mich um und muss feststellen, dass ich es nicht vermissen werde. Denn die überteuerten Hotels mit ihren eiterfarbigen Wänden und ihren desillusionierten Dienstleistungsdrohnen, die zur Rushhour durch die Straßen laufen, spiegeln ein Stück Amerika wider, dem ich gern entfliehen möchte.

»Tut mir echt leid, Dad.«

Mein Vater sieht mich an, dreht das Schild der Kanzlei herum. Geschlossen.

Es fühlt sich seltsam an, zu wissen, dass er es nie wieder erneut herumdrehen wird. Meine ganze Kindheit und die Zeit danach habe ich hinter diesen Mauern verbracht – zusammen mit ihm. »Ist schon in Ordnung, Junge«, brummt er und schließt die Tür zum *Daddarios*. »Ich habe diesen Traum etwas zu lange gelebt, bis er zu einem Albtraum wurde.«

Ich nicke, ohne dass ich wirklich verstehen kann, wie dieser Moment sich für ihn anfühlt. Dieser Abschied von einem so großen Abschnitt seines Lebens. »Und was tust du jetzt?«

Mit einem halben Grinsen dreht er sich zu mir herum. Lässt den Schlüssel in seine Jackentasche gleiten. »Hm, ich dachte, es wäre gut, einen Neuanfang zu wagen.«

»Meinst du das ernst?«, kommt es aus meinem Mund, ohne dass ich es verhindern kann.

»Glaubst du, Neuanfänge sind nur etwas für deine Generation?«, will mein Dad grimmig wissen und mustert mich streng.

»Nein, aber ich kann mir nicht vorstellen, wie du in einem Schaukelstuhl sitzt und Däumchen drehst«, erkläre ich, während wir gemeinsam den Heimweg antreten.

Dad schüttelt den Kopf. »Ich gehe nicht in den Ruhestand, ich erfinde mich neu.«

»Guter Punkt.«

»Vielleicht leg ich mir ein neues Hobby zu.«

Spätestens jetzt muss ich tatsächlich lachen. »Und an was hast du dabei gedacht? Töpfern?«

»Du solltest wirklich nicht so mit deinem alten Herrn reden«, brummt er, klopft mir dabei aber versöhnlich auf die Schulter. »Ich dachte eher daran, zu gärtnern.«

»Gartenarbeit?«, frage ich grinsend. »Hat das zufällig etwas mit einer gewissen Floristin aus der Kleinstadt zu tun?«

Dad bleibt stehen. »Wieso hast du diese Beobachtungsgabe nie bei der Arbeit eingesetzt?«

Lachend schüttle ich den Kopf. Unser freundliches Gezanke bricht jedoch in dem Moment ab, als ich Megan sehe, die an meinem Auto steht. Obwohl der Himmel eher grau als blau ist, trägt sie ihre große Sonnenbrille. Und meine Lederjacke.

»Ihr seid spät dran«, sagt sie zur Begrüßung.

»Wir mussten uns noch verabschieden«, meint mein Vater und grinst mich an. »Viel Glück, Junge.«

Einen Moment zögert er, dann drückt er mich an sich. Die unbeholfene Umarmung sagt das, was er selbst nicht sagen kann. Dass er stolz ist. Stolz auf mich. Auf uns. Auf unsere Familie, und dass wir uns am Ende der Geschichte dafür entschieden haben, doch das Richtige zu tun.

»Danke, Dad.«

Megan kommt auf mich zu, zieht mich an sich und gibt mir einen langen Kuss. »Ich hab dich vermisst.«

»Habe ich einen Feiertag verpasst? Oder was ist der Anlass dafür, dass du so nett zu mir bist?«

Sie grinst und drückt mir einen Schlüssel in die Hand. Der kleine rote Anhänger bringt mich zum Lächeln.

»Bereit für das nächste Abenteuer, Cowboy?«

Ich nicke, steige ein und lasse zu, dass Megan die Musik laut aufdreht.

Auf Abenteuer kann ich zwar fürs Erste verzichten, aber ich bin bereit für einen Neuanfang mit zwei Red Ladys.

Epilog

Hallo Mom,

ich weiß, dass du diese Zeilen wahrscheinlich nie lesen wirst. Aber ich habe die vage Hoffnung, dass du noch irgendwo da draußen bist. In Sicherheit und glücklich. Zumindest ist es das, was ich mir wünsche.
Mein ganzes Leben lang habe ich nicht verstanden, was einen Menschen dazu bringt, sein Kind einfach allein zu lassen. In einer so großen Stadt, zwischen all den Gefahren. Aber so easy ist es nicht, oder?
Ich hatte so lange Angst davor, dass es an mir lag. Daran, dass du mich nicht lieben konntest, egal, wie sehr du es versucht hast. Dass du mich weggegeben hast, weil du meinen Anblick nicht mehr ertragen konntest.
Dabei war alles ganz anders.
Verzweiflung ist ein starker Antrieb, besonders wenn sie sich mit Liebe vermischt.
Und du hast mich geliebt.
Das verstehe ich jetzt.
Du hast mich immer geliebt. Und ich weiß, dass es keinen Unterschied macht, aber ich liebe dich auch. Ohne dich zu kennen, ohne ein Bild von dir, das ich in eines meiner Alben kleben kann.
Und ich bin dankbar, dass du mich beschützt hast, denn so habe ich die beste Familie gefunden, die man sich wünschen kann. Das ist mehr, als die meisten Menschen behaupten können.
Danke, dass du das für mich getan hast.

Denn auch wenn du diese Zeilen vielleicht niemals lesen wirst, hoffe ich, dass du es spüren kannst:
Ich liebe dich, und ich verstehe es jetzt.
Du hast das Richtige getan, Mom.

In Liebe
Megan

»Was tust du da?«

Ich zucke zusammen, als Leo die Treppen der *Red Lady* herunterkommt und sich an den Tresen lehnt. Eilig wische ich mir die Tränen aus dem Gesicht, auch wenn ich weiß, dass ich sie vor ihm nicht verstecken muss.

»Versuch siebenundzwanzig des Briefs«, erkläre ich.

»Darf ich ihn lesen?«

»Nein, vielleicht den nächsten«, sage ich ausweichend und lege den Stift zur Seite, nur um nach meiner Kamera zu greifen. »Bist du nervös?«

Leo grinst. »Nur ein bisschen.«

Ich fange das Grinsen ein, betrachte das Foto mit einem Lächeln. »Die Wiedereröffnung wird großartig«, verspreche ich.

»Das will ich schwer hoffen, es wäre ziemlich bitter, schon in der ersten Woche wieder schließen zu müssen, weil mein einziges Wissen von YouTube und Büchern kommt«, gibt er zurück und zieht mich in seine Arme.

Seine Hände greifen nach der Kamera und machen ein Bild von uns. Ich, an seine Brust gelehnt, die Bar im Hintergrund und seine Haare, die schon wieder zu lang geworden sind.

Und dann wird mir klar, ich will Bilder mit ihm.

Fotos, auf denen wir lachen, auf denen wir weinen, auf denen wir uns ansehen mit diesem Blick, der nichts anderes sieht als das Wir und das Uns.

NACHWORT

Familien sind nicht immer einfach.

Meine war es auch nicht, ist es heute noch nicht. Das ist kein Vorwurf und auch keine Rechtfertigung, denn Familien bestehen aus Menschen, und die sind nie perfekt. Es gibt immer Schwierigkeiten, Herausforderungen, und manchmal hat man einfach Pech.

Megan und mich verbindet etwas.

Wir beide sind groß geworden, ohne einen Teil von uns zu kennen. Unseren Vater.

Das klingt super dramatisch, doch die meiste Zeit über ist es das gar nicht gewesen. Zumindest nicht für mich. Ich bin auch ohne ihn groß geworden, zu mir selbst geworden. Trotzdem fühlt es sich oft so an, als würde da ein Stückchen fehlen. Als wäre alles, was ich tue, niemals gut genug, weil mir diese eine Anerkennung fehlt.

Und dann fand ich raus, wer mein Vater ist.

So wie Megan es herausgefunden hat.

Aber es war nicht wie in unseren Träumen. Unser Vater war kein Held wie in einem Hollywoodfilm.

Ganz ohne Glitzer, Fanfaren oder die Liebe und Anerkennung, nach der wir uns so lange verzehrt haben. Ich und Megan mussten erkennen, dass unsere Erwartungen überzogen und romantisiert waren. Dass sie nicht der Wahrheit entsprachen. Auch wenn meine Erfahrungen nicht von Gewalt geprägt waren wie Megans, haben sie dennoch den Traum der Familienzusammenführung zum Erlöschen gebracht.

Es tut weh, jemanden gehen zu lassen, von dem man sich so sehr gewünscht hat, dass er einen lieben wird. Und es darf auch wehtun.

Wir können uns unsere Familie nicht aussuchen. Aber wir alle haben Menschen, die uns lieben. Selbst in den Momenten, in denen es sich nicht so anfühlt.

Darum möchte ich dir nur zwei Dinge sagen:

Du wirst geliebt.

Du bist genug.

Es ist egal, aus was für einer Familie du kommst. Auf dieser Welt gibt es Menschen, die zu deiner Familie werden können, ohne dass sie das gleiche Blut mit dir teilen. Versprochen.

Wenn du oder jemand in deiner Familie in einer Situation voller Gewalt feststecken, findest du Hilfe bei *Gewalt gegen Frauen:*
08000 116 016
Außerdem findest du Hilfe beim Opfer-Telefon des Weißen Rings. Bundesweit. Anonym. Kostenfrei. Sieben Tage die Woche von 7 bis 22 Uhr.
08000 116 006

Such dir Hilfe. Überlebe.

In Liebe
Justine

DANKSAGUNG

Die Reise nach Belmont Bay ist für mich immer etwas Besonderes, aber dass ich sie auch mit einer Gruppe so großartiger Menschen bestreiten darf, macht es zu einem Erlebnis, das ich nie wieder aus der Galerie meiner Erinnerungen löschen möchte.

Mein erster Dank gilt auch dieses Mal Nora Bendzko und Jennifer Pfalzgraf. Danke, dass ihr mein völliges Chaos aushaltet. Ich kann nur immer wieder betonen, wie wertvoll euer Sensitivity Reading für mich ist.

Meine Testleserinnen … euch alle zu nennen, sprengt wahrscheinlich auch noch die Reste meiner Seitenvorgabe, aber seid gewiss, dass ich unendlich dankbar bin, dass ihr auch bei diesem Projekt wieder an meiner Seite gewesen seid. Ohne euch hätte ich längst das Handtuch geworfen.

Liebe Catherine Beck, auch wenn du immer wieder meine pseudophilosophischen Sätze mit deiner scharfsinnigen Logik auflöst, bin ich einfach nur dankbar, dass wir beide zusammenarbeiten dürfen – und ich freue mich auf das nächste Mal.

Danke, Sabine. Ich hoffe, du musst mich noch oft davon abhalten, Morde in meine Romance-Bücher einzubauen.

Und zum Schluss: Danke dir, dass du auch dieses Mal mit mir nach Belmont Bay gereist bist.

QUELLENVERZEICHNIS

Kapitel 12
William Shakespeare, *Romeo und Julia,* übersetzt von August Wilhelm von Schlegel, 1. Akt, 2. Szene

Kapitel 17
William Shakespeare, *Ein Sommernachtstraum,* übersetzt von August Wilhelm von Schlegel, 3. Akt, 2. Szene

Kapitel 39
William Shakespeare, *Romeo und Julia,* übersetzt von August Wilhelm von Schlegel, 2. Akt, 2. Szene

Kapitel 41
William Shakespeare, *Romeo und Julia,* übersetzt von August Wilhelm von Schlegel, 2. Akt, 2. Szene

TRIGGERWARNUNG

(Achtung: Spoiler!)

Dieses Buch enthält Elemente, die triggern können. Diese sind:
- Adoption und Suche nach den leiblichen Eltern
- Gewalt gegen Frauen
- häusliche und familiäre Gewalt
- Bewältigung von Traumata
- Victim Blaming
- Trauer und Verlust
- internalisierter Sexismus, Ableismus und Victim Blaming
- Erwähnung von: Drogenkonsum inkl. Tabak- und Alkoholkonsum, Mobbing, Prepper, Schusswaffen, Betrug

Wir haben uns sehr bemüht, sämtliche potenziellen Trigger anzuführen. Da jeder Mensch besonders und einzigartig ist, hat jede*r Lesende auch eine eigene Wahrnehmung von potenziellen Triggern. Wir bitten daher um Verständnis, dass wir nicht gewährleisten können, dass die Aufzählung vollständig ist.

Eine Liebe, die einen Neuanfang möglich macht
und alte Schuld heilen kann

NINA BILINSZKI

No Flames too wild

ROMAN

Auf der Suche nach ihrem australischen Vater, den sie nie kennengelernt hat, verschlägt es die 21-jährige Deutsche Isabel Tander in die kleine Küstenstadt Eden in New South Wales. Wegen heftiger Buschbrände wird in einem Koala-Reservat dringend Hilfe benötigt, und weil Isabel Geld braucht, nimmt sie den Job an, obwohl sie seit einem traumatischen Erlebnis in ihrer Kindheit Angst vor Tieren hat.
Isabel versucht, sich eher im Büro nützlich zu machen und lernt so Liam kennen, dessen Eltern das Reservat betreiben. Mit seiner ruhigen, nachdenklichen Art fasziniert er Isabel, bleibt aber seltsam verschlossen. Sie kann nicht ahnen, dass Liam, dem die Koalas und das Reservat alles bedeuten, eine riesige Schuld auf sich geladen hat …

Voller Gefühl, intensiv und zum Träumen schön: Nina Bilinszki erzählt in ihrem New-Adult-Roman von einer Liebe, die sich gegen alle Hindernisse stemmt.

Where our hearts meet – willkommen auf Cherry Hill

LILLY LUCAS

A Place to Love

ROMAN

Seit dem überraschenden Tod ihres Vaters vor drei Jahren leitet Juniper (June) McCarthy mit ihrer Mutter und ihren Schwestern Cherry Hill, die Obstfarm der Familie. Die 25-Jährige liebt die Farm im ländlichen Colorado, und sie fühlt sich verantwortlich für das Familienunternehmen, das ihrem Vater so viel bedeutet hat und in finanziellen Schwierigkeiten steckt. Deshalb hat sie damals auch ihrer großen Liebe Henry unter einem Vorwand den Laufpass gegeben, um seinen Zukunftsplänen in Wales nicht im Weg zu stehen. Als er jedoch eines Tages auf Cherry Hill auftaucht, stürzt er June in ein absolutes Gefühlschaos …

Nach der erfolgreichen Green-Valley-Reihe entführt uns Bestsellerautorin Lilly Lucas mit dem Auftakt ihrer neuen Reihe auf die wunderschöne Obstfarm Cherry Hill in Colorado.